KB099807

검은 활

검은 활

발행일 2015년 8월 14일

지은이 최 윤 정
펴낸이 손 형 국
펴낸곳 (주)북랩
편집인 선일영
편집 서대종, 이소현, 이은지
디자인 이현수, 윤미리내, 임혜수
제작 박기성, 황동현, 구성우, 이탄석
마케팅 김회란, 박진관, 이희정, 김아름
출판등록 2004. 12. 1(제2012-000051호)
주소 서울시 금천구 가산디지털 1로 168, 우림라이온스밸리 B동 B113, 114호
홈페이지 www.book.co.kr
전화번호 (02)2026-5777
팩스 (02)2026-5747

ISBN 979-11-5585-687-1 03810 (종이책)
979-11-5585-688-8 05810 (전자책)

이 도서의 국립중앙도서관 출판예정도서목록(CIP)은 서지정보유통지원시스템 홈페이지(http://seoji.nl.go.kr)와 국가자료공동목록시스템(http://www.nl.go.kr/kolisnet)에서 이용하실 수 있습니다.
(CIP제어번호 : CIP2015021553)

검은 활

바람, 숲 그리고 선택

최윤정 역사소설

"낙랑의 단궁이 동예東濊에서 산출된다."
『삼국지』「위서」 동이전에 기록된
한 줄의 글에서 시작된 그들의 이야기

북랩 book Lab

목차

소금장수 · 7

무천 · 26

사라진 활 · 42

교체 · 64

술 · 90

다가오는 위협 · 110

물소뿔 · 129

염유장 · 155

해후 · 172

동맹 · 186

자작나무 · 209

공방 · 231

헤어짐 · 255

낙랑군 · 270

십연 · 294

양맥 · 308

여정 · 328

끝없는 추격 · 347

검은 숲 · 362

또 하나의 책임 · 378

장발미인 · 393

길 · 418

저자 후기 · 436

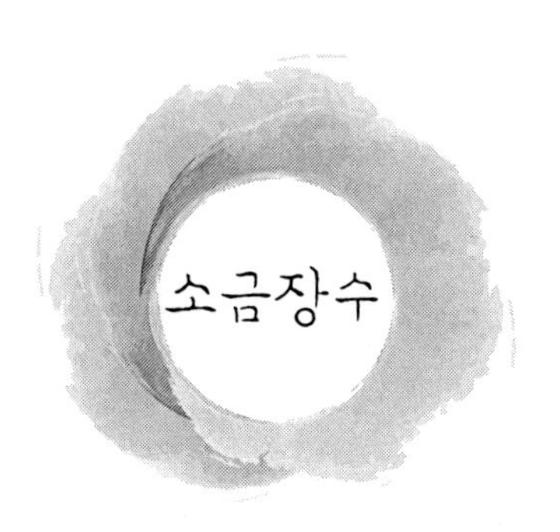

소금장수

가장 연약하면서 가장 잔인했다. 죽음을 직접 보지 않을 수 있는, 죽은 자에 대한 죄책감을 지지 않으려는 위선의 탈을 쓰고 있었다. 손가락 놀림으로 방향을 틀면서 적의 죽음을 이끌어냈다. 칼과 창으로 무장한 거구가 달려들어도 목표에 이르기도 전에 바닥에 쓰러졌다.

한 방울의 피도 묻지 않았다. 작은 상처 하나 입지 않았다.

산과 산이 겹쳐서 깊은 협곡을 만들어냈다. 끝도 없이 이어진 협곡의 끝에는 놀랍게도 넓은 분지가 펼쳐졌다. 분지 위에는 지극히 아름다운 나라 예족이 모여 사는 화려국이 보였다. 조선이 멸망한 후 유민들은 뿔뿔이 흩어졌다. 그중에 일부는 동쪽대륙의 깊은 협곡사이에 몸을 숨겼다. 세상 밖으로 나오기를 두려워하며 몇백 년간을 숨어 살듯 웅크렸다. 비옥한 영토로 풍족한 삶을 영위할 수 있었던 동쪽 대륙의 유민들은 자신들의 문화를 지키며 불내예, 화려국, 동이국, 잠대국, 아두미국, 전막국이라 불리며 예족의 공동체를 만들어나갔다.

오랜 세월이 지나자 동쪽대륙의 예족들이 사는 땅에도 강대국의 힘이 뻗어왔고, 북쪽대륙의 여러 나라의 힘에 눌려서 지배를 받아야 했다. 하지만 먼 옛날 조선을 잇고 있다는 자부심만은 대단하였다. 예족이 아닌 자들은 멸시하고 이방인에 대한 텃세가 심했다. 타인이 경계를 넘어오는 것도 싫어했지만 넘어가는 것도 몸서리치게 조심했다. 그것은 안으로 묶는 결속을 굳건히 했지만 밖의 실정에는 어둡게 만들었다. 동쪽 대륙에 치우쳐 험준한 산맥을 끼고 있는 지리 때문이기도 했지만 끊임없이 변하는 강대국의 지배 속에서 스스로를 묶어두는 습성 때문이기도 했다.

하늘을 찌를 듯 높게 솟은 솟대가 마을 어귀에 버티고 있었다. 이름처럼 눈부시게 아름다운 화려국 안으로 두 명의 사내가 들어섰다. 한 사내는 구부정한 몸집에 키가 열 살 정도의 아이로밖에 보이지 않았지만 떡 벌어진 널찍한 어깨와 몸에 비해 지나치게 긴 팔은 뭔가 부자연스러워 보였다. 또 다른 사내는 조금은 말라 보였지만 몸집이 다부지고 훤칠한 키가 조화로운 모습을 이루었다. 닮은 구석이 전혀 없고 어울릴 것 같지 않은 두 사람은 회의적이며 무심한 표정으로 저벅저벅 화려국으로 다가왔다. 오랜 여정 탓인지 고단함과 피로함이 역력했고, 말도 등 위에 커다란 자루가 버거운지 잔뜩 지쳐 보였다.

두 사내는 솟대를 하염없이 바라보며 무언가를 기다렸다. 이윽고 성문이 열렸다. 그들 사이로 젊은 처녀가 쪼르르 달려와서 키 작은 사내의 두 손을 덥석 잡으며 반가워했다. 열여덟, 열아홉은 됨직해 보였고, 예쁘다고 말하기에는 지극히 평범한 처녀였다. 갸름하기보다 동그란 얼굴에 눈은 그다지 크지도 작지도 않았고, 코는 작았으며, 입술에 힘을 주고 꾹 다문 것이 여간 고집스러워 보이지 않았다. 햇볕에 그을린 연갈색의 피부는 건강해 보였지만 곱다는 생각이 들진 않았다. 그나마 갈색빛이 도는 윤기 있는 머리카락만이 탐스러웠다.

–소근개 아저씨!

–수리…구…나.

키 작은 사내가 처녀에게 건네는 말투는 어눌하고 더듬거렸지만 따뜻한 정이 넘쳤다.

–왜 이리 늦게 오셨어요? 가을을 다 넘기고 오시는 줄 알고는 얼마나 조마조마했는데요. 이분은 누구세요?

–내…가 큰 신…세를 진… 소금…장수다.

–소금장수?

키 큰 사내는 자신에 대해 뭐라 설명해도 마치 아무런 상관이 없다는 표정으로 무심한 듯 신경을 쓰지 않았다. 수리는 호기심이 가득한 눈으로 소금장수를 넘겨다 보았다. 협곡이 깊은 화려국에서도 이따금씩 소금장수가 찾아와서 바깥소식과 함께 소금을 팔러 들어오기도 했다. 비단이나 삼베로 교환하거나, 간혹 커다란 소금 한 자루를 과하마 한 필과 바꾸기도 했으니 새삼스러울 것도 없었다.

하지만 이번에 온 소금장수는 형색은 초라했으나 묵직하면서 강한 분위기에 근접하기 어려운 무언가가 있었다. 이십 대 후반 아니면 그보다 더 되어 보이기도 하는 많지 않은 나이에 세월에 풍파를 겪은 노인에게 보이는 어떤 초월함이나 결국 아무것도 할 수 없다는 무기력,

어떤 누구도 받아들이지 않겠다는 적대감으로 똘똘 뭉쳐있었다.

수리는 연신 소근개에게 뭐라 조잘대면서 소금장수가 신경 쓰이는지 이따금 쳐다보았다. 화려국에서는 일 년 내내 외지 사람을 구경하기 힘들었다. 사람들은 좋은 구경거리가 생긴 듯이 소금장수를 힐끗거리면서 소금을 사러 몰려왔다. 바로 그 자리에서 흥정이 들어가기도 해서 성격 급한 사람은 소금 한 말을 삼베랑 바꾸고서는 자신의 집으로 돌아가기도 했다.

시끌벅적한 사람들 사이로 백발의 노인이 다가왔다. 빈틈없이 상투를 튼 머리며 허리를 곧추 세운 것이 위엄이 있었다. 이마에 굵게 새긴 주름은 평탄하지만 않은 삶을 말해 주었지만 지혜롭고 온화한 품성이 온몸에서 뿜어졌다.

–소근개, 오랜만이군. 이번에 소금장수를 데려왔나?

–그동…안 안녕…하셨…습니까? 길…에서 우…연히 만…난 소금…장수인…데 상…품은 틀…림…없습…니다요.

–자네가 보장하면 믿을 만하지. 나도 소금을 좀 볼까. 음, 최상품이군. 어디서 가져온 것인가?

–옥저입니다.

–제일 좋은 것으로 내려놓게. 내 손녀 혼례 때 보낼 예물이니 가장 좋은 소금으로 주어야 하네.

–할아버지!

수리는 뾰로통한 얼굴로 버럭 소리를 지르더니 얼굴을 붉히며 휙 돌아섰다.

—인석아! 아직 귀가 먹지도 않았는데 웬 소리를 그리 지르느냐? 소근개, 올해는 왜 이리 늦었는가?

—죄…송합니다, 삼…로님. 어…쩌다 보니 그…리 되었…습니다.

삼로와 소근개가 주거니 받거니 그동안의 안부를 주고 받을 때 소금장수는 말에서 소금자루를 내리고 다른 사람들과도 가격을 흥정했다. 조금이라도 더 소금을 받아낼 요량으로 억척스럽게 매달리는 아낙네, 비싸다고 타박을 놓는 노인까지 시끌벅적했다. 뭔가 불만족스러운지 흥정은 계속되었다.

날이 저물어 가기 시작했다. 하늘에는 연분홍빛 천이 드리워졌다. 지는 해는 마지막으로 강렬한 빛을 남기고 스러지고 있었다. 그 빛은 아주 길게 뻗어 내려와 눈부시게 아름다웠지만 왠지 모를 불길한 기운이 감돌았다. 그 순간 성문지기가 공포에 가득 찬 얼굴로 삼로에게 달려왔다.

—삼로님! 화적패가 몰려오고 있습니다!

—뭐라고?! 수가 얼마나 되느냐?

—언뜻 보아도 서른 명은 넘어 보입니다!

—하필이면 부솔이 불내예로 간 이때에….

—아무래도 작정을 하고 덤벼드는 것 같습니다.

—성문을 걸어 잠그고 노인들과 아녀자들 그리고 아이들은 모두 대피시켜라.

성 안에는 싸울 수 있는 장정의 수가 얼마 되지 않았고, 변변한 무기도 없는 형편이었다. 한때는 남쪽지방까지 침략할 만큼 강할 때도 있었지만 이제는 고구려의 위세에 눌려서 덩이쇠가 많이 들어가는 창이나 도끼 등의 무기는 공물로 죄다 바치는 통에 남아 있는 것이 별로 없었다. 단궁이라 불리는 작은 활만이 성능이 뛰어나 성을 수비할 때 요긴하게 사용하고 있었다. 하지만 그나마도 다룰 수 있는 사람이 얼마 되지 않았다. 단궁은 작은 크기에 비해 무척이나 매서운 무기였지만 일정한 수준이 되려면 오랫동안 연마를 해야만 했다. 그러니 활이 있어도 쏠 사람이 없어서 더욱 큰일이었다.

마을에 남아 있는 장정들은 모두 삼로 앞에 모여들었다. 소근개도 작달만한 어깨에 활을 메고 뒤따라갔다.

사람들이 대피하는 도중 수리는 소금장수와 맞닥뜨렸다. 두려움에 휩싸인 화려국 사람들에 비해 소금장수는 아무런 상관도 없다는 듯 소금값으로 받은 모피나 비단 등을 챙기느라 손이 바빴다. 수리는 갑자기 화가 치밀어 올랐다. 아무리 자신과 상관없는 일이라고 하나 어떻게 그렇게 모른 척할 수 있는 것인지 괘씸했다.

–뭐하는 겁니까?

–내 짐을 챙기고 있소.

–지금 한 사람의 장정이 아쉬운 판에 혼자 도망이라도 가고 싶습니까?

–난 화려국 사람이 아니오.

–하지만… 사람이 어찌 그럴 수 있단 말입니까?

–난 괜한 일에 휘말리고 싶지 않을 뿐이오. 근데 활이나 쏠 줄 알고 들고 다니는 거요?

–도와줄 거 아니면 상관하지 마시오.

부아가 치민 수리는 경멸하듯 소금장수를 노려보다가 고개를 획 돌려서 삼로에게 부리나케 달려갔다. 소금장수는 달려가는 수리의 뒷모습에 잠시 한숨을 내쉬다가 짐을 말 등에 실었다.

삼로의 지휘 하에 창, 칼, 활 등의 무기를 꺼내오고 싸울 수 있는 사람은 모두 모아보았다. 하지만 제대로 싸울 수 있는 장정은 몇 명 되지 않았고, 노인이나 소년티도 벗지 못한 앳된 젊은이가 전부였다. 그나마 소근개가 성벽에 붙어서 기어오르는 화적 떼에게 화살을 쏘고 있었지만 혼자서는 힘에 벅찼다. 어디선가 날아오는 도끼가 어깨를 강타했다. 짧은 신음소리와 함께 소근개는 활을 놓쳤다.

더 이상 막을 사람이 없자 화적들은 성벽을 부리나케 기어오르며 짐승처럼 포효를 내며 사람들을 공포로 몰아넣었다. 삼지창과 도끼 등으로 중무장한 이들은 마구잡이로 사람들에 위협을 가하며 약탈을 일삼기 시작했다.

삼로는 창을 휘두르며 화적을 막았다. 얼굴에 칼자국이 깊게 패인 한 화적은 가소롭다는 듯 비웃으며 칼로 창을 내리쳤다. 힘에 겨운 삼로는 바닥에 쓰러졌고, 매끈하게 잘 갈아진 칼날은 금방이라도 목을 베기라도 하듯이 위협했다.

–노인장의 배포가 두둑하군. 죽기 싫으면 항복해!

–미개한 족속들아! 어서 썩 물러가지 못할까!

–히히히…. 고구려의 버러지들이 자존심만 세군. 어차피 고구려에 갖다 바칠 것 우리가 가져가면 어떠냐? 낙랑에 붙었다가 다시 고구려

에 빌붙어 사는 족속들이 너희가 아니냐?

–이놈들!

–두목, 빨리 끝내고 갑시다. 여기서 더 이상 지체할 시간이 없습니다.

배가 불룩한 화적이 도끼를 휘두르며 얼굴에 칼자국이 난 화적에게 다가왔다. 금방이라도 목이라도 벨 기세로 번쩍이는 도끼날은 길고 가는 삼로의 목을 위협했다.

–삼로신데 깨끗하게 목을 베어드려라.

–네.

잔인하게 웃으며 배가 불룩한 화적은 도끼를 높이 쳐들었다. 그 순간 화살 한 발이 화적의 얼굴을 스쳤다.

–아얏! 이건 뭐야?! 아니 저년이!

수리는 또다시 시위에 걸어 화살을 날렸다. 하지만 이번에는 미처 날아가지도 못한 채 발등에 떨어졌다.

–맹랑한 계집이군.

화가 난 배가 불룩한 화적은 쏜살같이 달려가 한 손에 수리의 머리채를 잡고 질질 끌고 왔다.

–이놈들! 그 손 놓지 못해!

삼로는 몸부림치며 수리에게 달려갔다. 애끓는 외침이 허공에 흩어졌다. 모든 것이 끝이라고 생각했다.

한 발의 화살이 배가 불룩한 화적의 뒤통수에 박혔고, 허옇게 눈을 뒤집은 채 쓰러졌다. 그 옆에 또 한 놈의 화적이 쓰러졌다. 한 발을 쏘고 나면 순식간에 다음 화살이 날아갔다. 단 한 차례의 실수도 없이 명중시켰다.

갑자기 무서운 정적이 감돌았다. 얼굴에 칼자국이 난 화적은 눈앞에 엎드려 죽어 있는 부하의 뒤통수를 보았다. 머리에서 붉은 피가 흘러내렸다. 대단한 솜씨다. 화적들은 보이지 않는 적에게 극한 공포감을 느끼며 몸을 낮추고 인질 뒤에 숨었다. 방금 전까지 자신만만했던 화적들이 자신들에게 불리하게 돌아가자 두려움에 동요하기 시작했다. 얼굴에 칼자국이 난 화적은 재빨리 수리를 자신 앞에 세우고 칼날을 겨누며 소리쳤다.

–비겁한 놈! 어서 나와라!

목이 터져라 소리를 질렀지만 목소리는 가늘게 떨렸다. 보이지 않는 적에 대한 극한 공포로 얼굴에 칼자국이 난 화적은 화살이 날아온 쪽으로 수리를 앞세우고는 몸을 사렸다. 숨을 죽인 채 기다렸지만 화살은 더 이상 날아오지 않았다.

–두목. 어떻게 된 일일까요?

–화살이 다 떨어진 게 분명해. 조금만 더 기다려봐.

숨막힐 듯이 답답한 고요가 찾아왔다. 어둑어둑해지자 화적들은 더욱 초조해지기 시작했다. 밤이 되기 전에 약탈품을 가지고 서둘러 철수해야만 했다.

–어디 숨어 있는 거야! 네 놈의 화살이 다 떨어진 걸 안다. 어서 무기를 버리고 나와라.

하지만 여전히 답이 없고 침묵만 계속되었다. 화살이 떨어진 것을 확신했지만 여전히 수리를 앞세워 앞으로 나가며 큰소리쳤다.

—하하하! 화살이 없으니 아무것도 할 수가 없군…!

바람을 가르는 날카로운 소리와 함께 얼굴에 칼자국이 난 화적의 이마 한가운데 화살이 깊게 박혔다. 비명도 지르지 못하고 뒤로 쿵 하고 쓰러졌다. 숨막힐 듯한 공포가 바람을 타고 왔다. 겁에 질린 나머지 화적들은 두려움에 슬금슬금 뒷걸음치며 성 밖으로 미친 듯이 내빼기 시작했다.

수리는 두 눈을 부릅뜬 채 이마 한가운데에 화살이 깊이 박혀 죽어 있는 화적을 바라보았다. 그의 눈이 어찌나 생생한지 마치 다시 벌떡 일어나 수리의 목에 다시 칼날을 들이밀며 위협할 것만 같았다. 수리는 온몸이 굳어버린 듯 꼼짝을 할 수 없었다.

어느 틈엔가 소금장수가 모습을 드러냈다. 감정이라곤 찾아볼 수 없을 만큼 차고 메마른 얼굴로 죽은 화적의 몸에 단단히 박힌 화살을 익숙한 솜씨로 뽑아냈다. 이윽고 얼굴에 칼자국이 난 화적 앞에서도 섰다. 머리통에 깊숙이 박힌 화살은 쉽게 뽑혀지지 않았다. 자칫 화살이 부러질 것만 같았지만 소금장수는 화적의 얼굴에 한 손을 밀며 한 손으로 화살을 비틀면서 결국 뽑아냈다. 그 순간 핏방울이 그의 얼굴에 튀었다. 하지만 전혀 개의치 않으며 무심하게 얼굴을 닦아내고는 화살촉의 살점을 떼어냈다.

수리는 소금장수의 조그마한 행동 하나까지 놓치지 않고 뚫어지게 쳐다보았다. 두 눈을 부릅뜬 채 죽은 화적의 얼굴에서 화살을 뽑아내는 모습 하나하나를 놓치지 않았다. 핏방울이 수리의 옷에도 튀었다.

하지만 피하지 않았다.

소금장수가 천천히 일어났다. 수리는 소금장수 앞에 섰다.

—활시위를 당겨… 보아도 됩니까?

—뭐라 했소?

—활시위를 당겨 보고 싶습니다.

소금장수는 조금은 당황한 듯 수리를 쳐다보았다. 그녀는 놀라고 두려워하고 있었지만 강한 의지를 뿜어내고 있었다.

—수리야! 거기서 무얼 하고 있느냐?

소근개의 부축을 받으며 어느새 삼로가 다가왔다. 삼로의 몸이 심상치 않다는 것을 알자 수리는 부리나케 달려갔다.

—어디 다친 데는 없느냐?

—전 아무렇지도 않습니다. 할아버지는 괜찮으세요?

—나도 콜록콜록….

—할아버지! 왜 그러세요?

—넘어…지면…서 갈…비뼈…를 다…치신 것 같…구나.

—할아버지! 움직이시면 안됩니다. 바우에게 들것을 가져오라고 하겠습니다.

—난 괜찮다. 우선 소금장수에게 고맙다는 인사를 전하고 싶구나. 소금장수, 정말 고맙네. 자네 덕분에 우리가 살았어.

—전 소근개님께 진 빚을 갚았을 뿐입니다.

—아무리 그래도 자네는 우리에게 큰 은인이네. 쿨룩쿨룩….

—할아버지! 어서 가세요.

—알았다. 바우야! 소금장수를 잘 대접해 주어라.

—네. 삼로님.

삼로를 부축해서 마을 안으로 들어가면서도 수리는 소금장수를 계속 힐끗 쳐다보았다.

화려국 사람들은 강한 재생력을 가진 사람들이었다. 깨진 독이며 기왓장 등을 치우고 부서진 성벽과 문을 뚝딱거리고 고쳤다. 화적들의 시신은 한데 모아 묻어 주고 부상이 심한 사람과 심하지 않은 사람을 나누어 재빨리 치료에 들어갔다.

그들은 체면과 부끄러움을 중요시하는 사람들이라서 은혜를 입으면 반드시 갚아야 하는 성미가 있었다. 부서진 성벽을 수리하고 부상당한 사람들을 치료하는 데도 바빴지만 소금장수를 위한 잔치 준비로도 바빴다. 마을 한가운데에 장작불을 지피고 돼지를 잡아와 불 위에 올렸다. 아낙들은 음식준비로 손놀림이 바빠졌고, 처녀들은 소금장수를 은근슬쩍 보며 자기네들끼리 뭐라고 재잘거렸다.

고기 익는 냄새가 사방을 둘러싸자 아이들이 먼저 달려 나와 침을 흘리며 서 있었다. 그러다가 어른들의 불호령에 입이 삐쭉 나와서 도망갔다가도 야단맞은 무서움 따위는 금방 잊은 채 장작불 옆에 다시 다가와 앉았다. 술이 오고가고 흥에 겨워 춤을 추고 노래를 불렀다. 방금까지 죽음의 문턱을 넘었던 사람들이라고 전혀 보이지 않을 정도로 아무 일도 없다는 듯 즐거운 밤을 보내고 있었다.

삼로는 커다란 지팡이를 짚고 손녀의 부축을 받으며 비틀거리면서도 소금장수에게 다가왔다. 앙상한 나뭇가지처럼 마른 몸에 화적에게 맞은 상처로 얼굴과 목 등에 깊은 상처가 패어 있었다. 그는 손녀의 걱정에도 소금장수에게 술 한 잔을 따라주어야 한다며 고집을 부렸다. 커다란 술병을 들은 삼로의 가는 팔이 후들후들 떨렸다. 수리가 잡아주지 않았다면 병을 떨어뜨리고 말았을 것이다.

술병에서 노오란 빛이 쏟아졌다. 아찔한 향기가 코끝을 자극했다. 그 순간 소금장수의 마음이 꿈틀거리며 깊숙이 숨겨둔 그리움이 일어났다. 무표정했던 얼굴에 아주 잠깐 무언가가 드러나다가 다시 숨어버렸다. 차조술이 목구멍을 넘어가면서 응어리진 가슴을 씻어냈다.

–자네의 이름은 무언가?

–이수라고 합니다.

–이수라? 어디 사람인가?

–옥저인입니다.

–소금장수는 어찌 할 만한가?

–원체 한곳에 정착을 하지 못하는 성미라서 제 체질에 맞습니다

–활솜씨가 보통이 아니던데 어디서 배웠나?

–이곳저곳을 떠돌다 보면 별놈이 다 있습니다. 그러다 보니 자연스럽게 익히게 된 것 뿐입니다.

–자네에게 큰 은혜를 입었네. 원하는 것이 있으면 말해 보게.

–소금값이나 잘 쳐 주십시오.

–그것은 당연한 일이고 필요한 것은 무엇이든 말해 보게.

–며칠만 묵게 해 주십시오.

–어렵지 않은 일이세. 있고 싶은 대로 있다가 가게.

—감사합니다.

—할아버지 이제 그만 들어가서 쉬세요. 여기 일은 바우가 알아서 다 할 거에요.

—그래. 알았다.

삼로가 일어서자 이수는 공손히 읍을 한 후 다시 사람들이 권하는 술을 마셨다. 목구멍에 넘어가는 차조술의 알싸함이 좋았다. 오랫동안 마시지 못했던 한이라도 풀듯이 이수는 마시고 또 마셨다.

다음날 새벽, 이수는 깜짝 놀라며 일어났다. 정신을 잃을 정도로 깊이 잠들었던 것이었다. 언제나 길 위에서 자야 했고, 노숙이 아니더라도 소금자루를 훔치려는 도적들 때문에도 잠을 깊이 이룬 적이 없었다. 술기운 때문인지 잠을 깊이 잔 덕분에 묵은 피로마저 싹 달아났다.

밖에서 헛기침 소리가 나더니 소근개가 들어왔다. 묵은 풀냄새가 확 덮쳤다.

—이…걸 마시…게.

어눌하면서 더듬거리는 말투가 들려왔다. 소근개는 붉은 빛이 도는 차가운 음료를 건넸다. 시큼하면서 떫다가 다시 단맛이 돌았다. 단숨에 들이키니 갈증도 해소되면서 속이 풀렸다.

—어제 제가 술을 과하게 마셨습니다.

—조…금 있…으면 괜찮…아질 것…이네. 삼…로님…이 있고 싶…은 대로 있으…라고 하셨…네. 조…만간에 무천…도 열릴 터이고….

—며칠만 묵겠습니다.

이수는 소금을 팔러 다니면서 수많은 일들을 겪었다. 그러면서 절대로 남의 일에 간섭하지 않겠다는 자신만의 원칙 속에서 살았다. 원칙을 저버리고 화살을 날린 것은 정의감에 사로잡혀서거나 동정심 때문만이 아니었다. 길을 따라 산을 따라 수많은 나라를 방황하며 수많은 일을 겪었고 죽을 고비도 여러 넘겼다. 괜한 의협심에 다른 사람들의 일에 관여했다가 죽을 뻔한 적이 한두 번이 아니었고, 배신도 수없이 당했다.

어느 순간 마음은 굳어져 동정심 따위는 잊어버린 지 오래였다. 옥저로 맨발로 도망친 열 살짜리 계집아이의 요청도 거절했고, 구야국에서 순장을 당하는 사람들에게조차 아무런 손을 쓰지 않았다. 그저 먹먹한 가슴을 안고 그 나라를 떠나는 것밖에 할 수 있는 일이 없었다. 감정은 점점 무감각해졌고 동정심 따위는 몰랐다. 스스로 철갑옷을 입고 세상에 점점 냉담해졌다. 어디에도 속하지도 안착하지 못하는 삶은 황폐해져 갔다.

길에서 묘한 사내 소근개를 만났다. 무슨 생각을 하는지 도통 알 수 없는 그의 무심한 눈빛에 마음이 갔고 작은 도움을 받았다. 그 인연으로 화려국에 들어오게 되었고 예상치 못한 일에 휘말리고, 동쪽의 땅 화려국에서 이상한 기운에 감염되어 뿌리칠 수 없는 무언가에 잡힌 것만 같았다.

이수의 복잡한 마음과 달리 소근개는 무심한 듯 느릿하게 나가더니 마루에서 쿵쿵쿵 약초를 찧었다. 몸짓은 느리지만 뭉툭하고 거친 손놀림은 재빠르고 정도가 있었다. 어릴 때 나무에서 떨어졌다고 하고,

혹은 날 때부터 꼽추라고 하는 이도 있었다. 열 살 때부터 더 이상 키는 크지 않았고, 구부정한 몸은 앉을 때나 설 때나 별로 차이가 없었다. 소를 돌보는 일을 주로 했었는데 자신이 아끼는 소가 희생의 제물로 쓰인 후 떠돌아다니기 시작했다.

하지만 무천제가 열리기 전 반드시 화려국에 돌아왔고 소의 도살을 맡았다. 죽음을 앞둔 소는 열 명의 장정이 달려들어도 잡기 힘들 정도로 난폭해지기 마련인데 희한하게 소근개 앞에서는 순해졌고 순순히 죽음을 받아들였다. 그 외에도 여러 재주가 많아서 무슨 물건이든 잘 만들어냈고, 약초에 대해서도 일가견 있었다. 곱추에다 흉한 외모에 어눌하고 답답한 말투로 평소에는 사람들이 꺼려 하지만 아프거나 다칠 때마다 소근개를 찾곤 했다.

소근개는 다친 사람들을 치료하느라 하루종일 바빴다. 매일 새벽 약초를 뜯어 와서 씻고 말리고 또다시 찧어서 상처 부위에 바르거나 약으로 먹이기도 했다.

–소근개 아저씨!

–바…우가 왔…군.

–부솔님이 찾으십니다.

–알…았…네.

부솔은 삼로의 아들이다. 온화한 삼로와 달리 날이 선 듯한 날카로운 눈매에 그 성미가 어떤지 한 번에 보여주었다. 아비를 닮았으나 분위기에서는 전혀 다른 모습을 풍기며 좌중을 압도했다. 늙은 아비를 대신해서 화려국의 작은 부분 하나까지 살피는 것이 여간 꼼꼼하지 않았는데 자신이 없는 사이에 화적패가 침입했다는 사실에 적잖이 놀랐다.

불내예에 과시하고 싶은 욕심으로 지나치게 많은 병사들을 데려간 것부터가 잘못이었다. 최소한 성을 수비할 수 있는 병력을 남겨두었어야 했음을 미처 생각하지 못했다. 화적떼가 들끓는다 말을 들었을 때 설마 깊은 산속에 자리 잡은 화려국까지 침범할 것이라고는 생각지도 못했다.

불내예와 화려국의 혼사를 앞두고 큰 난리를 제대로 치룬 셈이었다. 예족들 중 가장 큰 부족은 불내예였지만 화려국은 예족들 사이에서 덕망이 높았다. 맞수로서 두 예족은 서로 경계하기도 협력하기도 하면서 오랜 세월을 교유했다. 이제 두 예족 간의 화합의 상징으로서 혼사를 앞둔 지금 이렇게 불미스런 일이 생길 줄은 생각지도 못했다.

소근개는 바우를 따라 삼로의 집에 당도했다. 차를 마시던 부솔은 미간을 찌푸리면서 소근개를 맞아들였다. 부솔은 소근개가 싫었다. 아버지가 그를 아끼고 감싸도는 것도 싫었고, 수리가 아비처럼 따르면서 살갖게 구는 것도 싫었다.

–아버지께서 꼼짝을 못하신다. 어떻게 된 일이냐?

–연…세가 워…낙 많…으…신데…다 갈…비뼈…를 다친 듯…합니다. 그래서 열…이 심…해지…신 것입…니다.

–어쩌면 좋겠느냐?

–약…초를 달…여 드렸…으…니 내…일 아침 즈…음에 열…이 내…릴 것…입니다.

—소금장수의 도움이 컸다면서? 그는 누구냐?

—길…에서 만…난 인…연으로 화려…국까…지 왔…습니다.

—혹 그자가 화적패의 길라잡이가 된 것이 아니더냐?

—그…것은 아…닐 것…입니다. 제…가 그자…와 여…러 날…을 함…께 했지…만 그 사…이에 저…희를 뒤…쫓는 자…는 아…무도 없…었습…니다.

—사람 속을 어찌 알 수 있겠느냐? 여기 깊은 협곡에 있는 우리를 바깥의 화적패들이 어찌 찾는다 말이냐?

—부…솔…님! 그…건 억…지입니다. 그…는 저…희를 도…와준 고…마운 사람입니다.

—됐다. 어찌 되었건 그자를 빨리 내보내거라. 느낌이 좋지 않다.

—삼…로님…께서 무…천 때까지 있…어도 좋…다고 하…셨습니다.

—부솔아!

수리의 부축을 받은 채 삼로가 그들 앞에 섰다.

—손님을 박대해서 되겠느냐?

—하지만 아버지, 이방인을 들이셨다가 무슨 일이라도 생기면 어쩝니까?

—우리를 살려준 사람에게 할 수 있는 한 정성을 다하고 있고 싶을 때까지 있게 해라. 소근개가 옆에서 잘 챙겨주고 하게.

—네. 삼…로…님.

부솔은 아버지의 말을 거역할 수 없어 분을 삭이는 수밖에 없었다. 소근개가 올 때마다 화려국이 시끄러워지는 것이 너무도 싫었다. 사례를 충분히 한 후에 내보내면 될 것을 굳이 무천제까지 있게 하는 처사가 영 마음에 들지 않았다.

며칠만 있으면 무천이 열렸다. 예족들의 신성한 제의에 이방인을 참여시킨다니 도대체 무슨 생각을 하는지 알 수가 없었다. 저물어가는 한 해를 감사드리며 내년 농사도 풍년을 기원하며 제를 지내고 온 마음을 다해 하늘에 춤을 추는 날이었다.

그때만은 서로의 영역을 풀고 모든 예족들이 한 마음이 되는 날에 이방인을 들여서 불운한 기운이 감돌기라도 하면 큰일이었다. 소근개는 자꾸만 이방인을 받아들여 예족의 신성함을 허물어뜨리기만 했다. 그가 무슨 생각으로 그러는지 몰라도 소근개의 행동은 영 마땅치 않았다.

무천

첫서리가 내렸다. 들판에 흰 쌀가루처럼 흩어진 서리는 일 년 농사의 끝을 알렸다. 수확은 이미 다 끝났기 때문에 큰 피해는 없었다. 화려의 땅은 기름지고 넓었다. 큰 태풍이나 재해를 겪지 않으면 무엇을 심어도 대체로 풍작이었다. 곳간 안은 배불리 먹을 만큼의 콩, 조, 수수 등 곡식들로 채워졌다.

농사일이 끝났다고 손을 놓고 있는 사람은 아무도 없었다. 사내들은 고기맛을 보기 위해 사냥을 나섰다. 허탕을 칠 때는 부인 앞에 얼굴도 못 들었지만, 토끼나 꿩 한두 마리 잡아오거나 운이 좋을 때는 노루를 메고 오기도 했다. 그럴 때면 아이들은 팔딱팔딱 뛰어다녔다. 석쇠에 고기 굽는 냄새가 퍼지자 너나 할 것 없이 한 점씩 집어먹느라 정신이 없었다.

아낙들은 콩을 삶아 메주를 만들었다. 메주 만드는 날은 여인들에게는 큰 행사 중에 하나였다. 사내들이 하루전날 물에 담가 놓은 콩자루를 마을 우물가에 가져다 놓으면 그때부터 여인들의 몫이었다. 콩을 깨끗이 씻어내서 혹 한 톨이라도 빠질까봐 조심하면서 정성스레 커다란 솥에 부었고 마른 장작에 불을 지피고 삶았다. 구수한 콩 삶는 냄새가 마을 곳곳에 퍼졌다. 어느새 몰려든 아이들은 배고프다며 어미에게 채근되었다.

솥바닥에 물기가 자작지면 아이얼굴만 한 주걱으로 널따란 절구통에 콩을 퍼 담는다. 한 꼬마 녀석이 막 끄집어낸 삶은 콩을 재빠르게 한주먹 채갔다. 이내 뜨거워 콩을 떨어뜨리고 손을 움켜쥐었다. 꼬마의 어미는 얼른 우물가로 데려가 찬물에 손을 담그고 식혔다. 끝도 없는 잔소리가 귓전을 따갑게 울렸다. 어미는 한숨을 내쉬더니 큰 바가지에 콩을 한가득 담아주었다. 큰 바가지를 가운데로 아이들이 모여 삶은 콩을 먹느라 정신이 없었다.

절구통에 뜨거운 김이 펄펄 나는 콩을 담고 아낙 둘이 마주보고 섰다. 흥얼흥얼 노래를 부르며 장단에 맞춰 쿵쿵 절구질을 한다. 힘이 부치면 다음에 다른 아낙들로 바뀌며 계속된다. 모두들 둘러 앉아 메주를 만드는 동안 남편의 험담이 이어졌다. 끝도 없이 이어지는 이야기 속에서 묵은 체증을 날려버렸다. 메주가 처마 밑에 달렸다. 차고 건조한 바람에 금세 굳어졌다.

메주를 모두 만들고 나면 그 다음에는 술 좋아하는 남편을 위해 차조술을 빚어야 했다. 그러면 또다시 험담이 오고가고 일이 끝이 없다고 신세한탄이 이어졌다. 가장 험담을 많이 한 아낙이 가장 맛있게 차조술을 담갔다. 며칠 지나면 한 집 건널 때마다 술 익는 냄새가 코를 자극할 것이다.

아낙들이 하는 일의 중심에 항상 은월이 있었다. 메주를 만들고, 술을 빚고, 장을 담그는 일까지 손길이 가지 않는 일이 없었다. 화려에서 가장 솜씨 좋은 아낙을 꼽으라면 단연 은월이었다. 나물 한 가지를 무쳐도 맛깔스럽고 간이 딱 맞아 떨어졌다. 삼로는 며느리들 중 은월이 해 준 음식이 입에 맞다며 칭찬을 아끼지 않았다.

열일곱에 시집을 와서 수리를 낳은 지 삼 년 만에 남편이 죽고 홀로 지내는 것이 안타까워서인지 삼로는 손녀뿐 아니라 며느리에 대한 사랑이 지극했다. 이렇듯 시아버지의 든든한 뒷배가 있었지만 그렇다고 우쭐하거나 자신을 내세우는 법이 없었다.

누가 부르지 않으면 집안에서건 마을에서건 먼저 나서는 법이 없고, 일이 끝나면 조용히 물러나 호바위로 가서는 기도를 드리는 것으로 하루의 대부분을 보냈다. 호바위는 신령스런 기운이 깃든 바위로 화려국에서 가장 신성한 장소였다. 마을을 벗어나 기괴한 절벽을 따라가면 돌로 쌓은 탑들이 흩어져 있고, 그 앞을 조금만 지나면 호랑이 모습을 한 바위가 있었다. 마치 호랑이 한 마리가 웅크리고 있는 듯해서 호바위라 불렸는데 해가 떠오를 때나 노을이 질 때면 빛을 받아 마치 살아 있는 듯 신령스러웠다.

해가 떠오르는 아침이나 노을이 지는 저녁이면 어김없이 호바위에서 기도를 하는 은월을 볼 수 있었다. 매일 기도를 드리는 은월의 모습은 여인들뿐 아니라 사내들마저 고개를 숙이게 만들었다. 큰소리를 내거나 앞에 나서는 법이 없어도 여인들 대부분은 은월을 따랐다. 혼인이나 장례 같은 큰일뿐 아니라 아낙들 간의 사소한 시비까지 중재하며 신망이 두터웠다.

하지만 올해부터 은월과 아낙들 사이에 서먹한 기운이 감돌았다. 그것은 은월을 그림자같이 따라다니는 시화라는 아이 때문이었다. 열한 살 정도 되었을까 하는 어린아이지만 솜씨가 보통이 넘었다. 처음 해 본 것이라는 게 믿어지지 않을 정도로 콩을 적당히 삶아서 메주를 만들어내고, 술을 담글 때도 눈썰미가 어찌나 좋은지 어른들이 하는 것을 지켜보다가 그보다 더 잘 만들었다. 은월은 시화의 야무짐을 칭찬했지만 화려의 사람들은 어찌된 것인지 시선이 곱지 않았다.

시화를 화려국에 데려온 사람은 소근개였다. 워낙 많은 곳을 다니다 보니 여러 사람을 만났고, 간혹 이번처럼 소금장수나 길을 잃은 행인을 데려오는 경우도 있었다. 부솔이 그 일을 병적으로 싫어했으나 삼로는 너그럽게 받아들여 주는 편이었다. 그런데 시화는 사정이 이전과 달랐다. 며칠 묵다가 떠나는 소금장수나 오다가다 만난 행인처럼 보낼 수도 없는 처지였다.

처음 데려왔을 때 시화는 온몸이 상처투성인데다 어린 여자아이로서는 견디기 힘든 일을 당한 듯 처참한 상태였다. 살아나지 못할 것이라 생각했다. 그러나 소근개의 약초와 은월의 정성스런 간호 덕분에 서서히 몸을 회복해 나갔다.

서너 달이 지나자 시화의 몸의 상처는 회복되었다. 하지만 마음에 새긴 상처는 치유되지 못했는지 몇 달 동안 심한 거부반응을 보이며 짐승 같은 울음소리만 내뱉었다. 그때마다 은월은 끈질기게 시화를 안아주고 감싸며 돌봐주었다.

시화가 자신의 이름을 말하면서 입을 열었던 날 은월은 엄청난 선

언을 했다. 시화를 자신의 딸로 삼겠다고 나선 것이었다. 한 번도 자신의 주장을 내세운 적이 없던 은월의 갑작스런 발언에 삼로는 물론이고 화려국 전체가 들썩거렸다. 부솔은 거세게 반대하고 나섰고 절대로 있을 수 없는 일이라며 화려에 재앙을 몰고 올 것이라 했지만 결국 삼로의 허락이 떨어졌다.

삼로가 허락한 이상 시화를 화려국인으로 받아들이게 되었지만 거센 반대를 한 부솔뿐 아니라 대부분 사람들은 못마땅했다. 소박하고 정이 많은 사람들이지만 이방인에 대한 경계가 유난히 심했다. 병이 들어 죽으면 꺼림칙함을 못 이겨 살던 집까지 불에 태우고 이사할 정도로 극성을 떨었다. 그러니 시화가 은월의 딸이 되었다고 해도 사람들의 마음속에 새긴 이방인에 대한 배타심과 꺼리는 감정이 없어지지 않았다.

그들의 속내에는 다른 사람을 받아들이지 못하는 비틀린 자기애가 뿌리깊이 박혀 있었다. 한때는 고구려보다 앞선 문화와 기술을 뽐냈지만 이제는 오히려 지배를 받는 입장으로 바뀌었다. 하지만 여전히 자신들이 왜 그렇게 되었는지 알지 못한 채 예족만을 앞세우는 습성을 버리지 못하고 있었다.

사람들은 아이들이 시화와 같이 어울리지 못하게 했고, 뒤에서는 항상 수군거렸다. 시화의 눈에 띄는 외모를 또 다른 불길함으로 여겼다. 어린아이치고는 지나치게 빼어난 미모에 여인이라면 누구나 가지고 싶을 만큼 탐스러운 검은 머리카락은 미묘한 질투심을 불러 일으켰다. 게다가 세상을 바라보는 원망의 눈빛과 음산한 기운은 화려국 사람들을 더욱 몸서리치게 만들었다.

시화도 자신을 향한 곱지 않은 시선을 피하고 싶은지 언제나 고개를 푹 숙이고 사람들을 피해 다녔다. 하지만 은월과 수리는 어떻게든 시화를 밖으로 끌어내고 싶어 마을행사에 참여시켰고 호바위에 기도를 할 때도 꼭 데리고 다녔다. 그런 노력 덕분인지 따가운 시선은 여전했지만 어두웠던 시화의 얼굴도 점차 밝아졌다. 이제는 어둠이 아닌 빛이 되어서 세상을 따뜻하게 만드는 미소를 지어보였다.

새벽녘에 은월은 잠을 깼다. 아직 깊은 잠에 빠진 수리와 달리 시화도 함께 일어났다.

–일어났니?

–네.

–언니라는 게 저렇게 태평스럽게 자고 있다니. 쯧쯧…. 내년 봄이면 혼인할 처자가 원 저래서 어쩌누.

–언니가 밤늦게….

–수리가 밤늦게까지 무엇을 했느냐?

–아닙니다. 밤늦게까지 이야기하다 잠이 들어서….

–아무리 그래도 동생보다 늦게 일어나서야 되겠느냐.

은월은 잠에 빠져있는 수리를 보고 짧은 한숨을 내쉬었다. 삼로에게는 아들이 다섯인데 그 아들들이 모두 아들만을 낳았다. 그러던 중 큰며느리인 은월이 수리를 낳자 큰 경사라며 즐거워했다. 유일한 손녀에게 애정을 듬뿍 쏟으며 손자들과 차별을 두어서 어려서부터 유별나고 각별한 사랑을 베풀었다. 아버지의 부재를 그다지 깊이 느끼지 않을 수 있었던 이유도 할아버지의 특별한 애정 덕분이었다.

은월은 열여덟이라는 적지 않은 나이임에도 아직 철부지 어린애 같은 딸이 걱정이었다. 내년 봄에 혼인을 앞둔 처지여서 더욱 그러했다. 배워야 할 일이 산더미처럼 많은데도 어디에 정신이 팔렸는지 하루 종일 안보이다가 어두울 쯤이면 집으로 들어오는 수리를 야단을 쳐도 소용이 없었다. 오늘 같은 날에도 단잠에 빠져 일어날 생각을 하지 않는 딸을 보면 한숨부터 절로 나왔다.

수리에 비하면 시화는 손도 야무지고 뭐든 못할 것이 없었다. 열둘의 어린 나이가 믿기지 않을 정도로 장과 술을 담그고 베틀짜기도 숙련된 아낙네에 못지않았다. 수리가 시화를 챙기는 것이 아니라 시화가 수리를 챙기는 꼴이었다. 시화를 딸로 삼은 것은 하나밖에 없는 딸이 시집을 가고 난 후 느낄 적적함 때문만은 아니었다. 여자형제 하나 없이 사내아이들 틈에서 자란 수리에게 자매의 돈독한 정을 느끼게 하고 싶어서였다.

시화를 딸로 삼자고 나섰던 일은 한 번도 어른들 앞에 나선 적이 없던 은월로서는 큰 용기와 결단이 필요했던 엄청난 사건이었다. 아직도 그 일로 부솔이 자신을 대하는 태도가 호의적이지 못하다는 것을 알고 있었다. 하지만 후회하지 않았다. 수리에게는 좋은 여동생이 생겼고, 자신에게도 의지할 수 있는 딸이 생겼다는 사실만으로 벅차고 행복했다. 은월은 시화를 바라보며 부드럽게 미소지었다.

-무천 준비로 먼저 나가볼 터이니 넌 이따 언니와 함께 오너라.

-네.

시화는 야무지게 대답하고는 은월을 배웅했다. 아직 어둠이 짙게 깔린 새벽이었다. 차가운 공기를 마시며 은월은 발걸음을 서둘렀다.

무천제가 열리는 날이면 모든 예족들은 하나가 되어 제의를 올리고 밤새도록 먹고 마시며 춤을 추었다. 고된 노동의 끝을 위무하고 다음 해의 풍년을 기원하는 예족의 가장 큰 의식이었다.

둥, 둥, 둥…. 북소리가 하늘과 땅을 울렸다. 장정 여러 명이 제물에 쓰일 황소를 어깨에 메고 호바위 앞으로 걸어갔다. 그리고 호바위 앞 제단에 희생에 쓰일 황소를 조심스레 올려놓았다. 그 앞에는 흰 천들이 사방으로 끝도 없이 이어졌다. 흰 천은 펄럭거렸다. 흰색은 가장 순수하고 아름다운 색이었다. 너무나 성스러운 의식이었으므로 그것을 대신할 색은 없었다.

화려국 사람들은 모두 호바위 앞에 섰다. 자신의 키보다 더 큰 지팡이를 잡고 선 삼로는 옆으로 누운 황소 머리에 손을 대었다. 아직도 체온이 식지 않았다. 희생을 기꺼이 받아들이는 것에 대한 감사인지 잔인하게 죽인 것에 대한 미안함인지 삼로는 한참을 손을 떼지 못했다.

둥, 둥, 둥. 북소리가 다시 울렸다. 삼로가 지팡이로 땅을 세 번 쿵쿵쿵 내리쳤다. 늙은이부터 아이들까지, 사내나 여인이나 모두 오른발을 쿵쿵쿵 굴렀다. 사람들은 하얀 천을 붙잡고 원을 그렸다. 작은 원이 생기고 그 다음 밖에 또 다른 원이 생겼다. 그렇게 서너 개의 원이 만들어졌다. 쿵쿵쿵, 오른발을 굴리며 오른쪽으로 가다가 다시 쿵쿵쿵, 왼발을 구르며 왼쪽으로 갔다. 손을 들어 위로 뻗었다, 아래로 내렸다 하기를 반복했다. 수백 명의 사람들이 흐트러짐 없이 삼로의 지휘에 따라 춤을 추었다.

모든 예족이 하나 되어 춤을 추었다. 그것은 풍년에 대한 감사 인사이며, 숭배의 행위였다. 한 해 동안 풍요로운 곡식을 내려주고 평온한 삶을 열어 준 것에 대한 열렬한 마음이었다. 격정적인 춤사위는 걱정, 공포를 떨치기 위한 몸부림이었다. 끊임없이 침입당하고 핍박받았던 한의 표출이었다. 조선이 멸망하고 자리 잡은 동쪽 대륙에서 몇백 년을 이어온 끈질긴 생명력이 타올랐다. 내면 깊은 곳에서 올라온 소망은 손끝에서 피어났다.

사람들은 격정적으로 춤을 추다가 어느 순간 따스한 어미 품처럼 포근해지고 잔잔해졌다. 펄럭이는 옷 사이에서 수놓은 크고 작은 은꽃들이 모여서 햇빛에 반사되어 아름답게 빛났다. 화려하고 격정적인가 싶다가도 단순하고 정갈했다. 숨이 막힐 듯 아름다웠다. 과하지 않은 움직임은 하고 싶은 많은 말을 절제하고 있었다. 한 몸짓을 떨 때마다 움직임은 소리를 삼켰다. 극도의 절제된 움직임은 토해내지 못하는 수많은 것들을 눌러 내렸다.

은빛 물결은 너무나 아름답고 신비로웠다. 춤은 끊이지 않고 계속 이어지더니 어느 순간부터 격정으로 치달았다. 춤이 막바지에 이르자 마지막 남은 하나도 모두 토해낼 듯이 온몸을 불태우더니 은꽃들이 스르르 흩어졌다. 사람들의 얼굴과 등줄기에 땀이 흘렀다. 거칠게 숨을 몰아쉬며 허공에 두 손을 올리며 호신에게 고했다.

북소리가 울려 퍼졌다. 삼로는 지팡이로 쿵쿵쿵 땅을 쳤다. 그리고 술잔을 높이 들어 허공에 돌렸다. 늙은이들부터 앞으로 나아갔다. 한 사람씩 잔을 들고 삼로가 따라주는 술을 마셨다. 또 그 뒤 사람이 따랐다. 한 명씩 삼로에게서 술잔을 받았다. 그리고 다음으로 계속 이어졌다.

이른 아침부터 시작된 무천은 초저녁이 되어서도 끝날 줄 몰랐다. 모두들 우러러 하늘을 보았다. 초승달은 따스한 빛을 내렸다. 모든 것을 가득 채운 보름달은 그 다음부터 빛을 잃어갔다. 하지만 초승달은 채워야 할 것이 더 많은 시작의 의미였다.

제의가 끝나면 희생된 소는 제단에서 내려와 소근개에게 갔다. 그는 허망한 눈으로 잠시 죽은 소를 응시하더니 수레에 소를 싣고 어디론가 향했다. 아무도 소근개의 눈에 어린 푸른 눈물을 보지 못했다.

날카로운 칼이 머리부터 잘라냈다. 가죽을 벗기더니 몸통을 뚫고 갔다. 투박하고 굵은 손가락은 살 한점을 그냥 두지 않았다. 물에 씻기듯 뼈에서 살들이 떨어져 나갔다. 어느새 그의 손과 얼굴은 피범벅이 되었다. 주변에서 그 모습을 보는 사람들은 얼굴을 찡그리며 아이들의 눈을 가렸다. 하지만 고기 한 점이라도 더 먹고 싶은 욕심에 자리에서 물러나지는 않았다.

거대한 몸집이 조각조각 갈려졌다. 원래 형체는 찾아볼 수 없고 붉은 살코기, 가죽, 뼈와 뿔로 나누어졌다. 늙거나 젊거나 여인이나 사내나 할 것 없이 모두 붉은 고기에 눈을 떼지 못했다. 일 년에 한 번 맛볼 수 있는 소고기의 그 쫄깃함은 말할 수 없는 황홀감을 가져왔다.

마을 한가운데 가마솥에 물을 끓였다. 소뼈들을 통째로 집어넣었다. 밤새도록 펄펄 끓는 물에서 뼈들은 녹아 흐물흐물해질 정도로 고

아질 것이었다. 그리고 아침이면 뜨거운 국물과 함께 사람들의 뱃속으로 들어가 살이 되고 피가 되었다.

붉은 고깃덩어리는 불덩어리 위에 지글거리며 기름을 떨어뜨렸다. 춤을 추느라 정신이 없던 이들도 고기 익는 냄새에 몰려들었다. 지글지글 구워 오르는 고기들은 저절로 침이 고인다. 한 번 맛보면 절대로 끊을 수 없는 고기의 유혹이었다. 그것은 노루나 돼지고기와는 또다른 맛이었다. 씹을수록 침에 고이는 육즙은 말할 수 없는 만족감을 주었다.

한 마리 거대한 소는 순식간에 사라졌다. 남은 것은 소머리와 가죽뿐이다. 눈을 꼭 감고 입을 다문 소는 아무런 원망도 없이 평안해 보였다.

고기 냄새에 개구쟁이들은 벌써 모여들었다. 뜨거운 줄도 모르고 점점 가까이 들러붙자 어른들이 호통을 쳤다. 노한 기세에 잠깐 겁을 집어먹는가 했더니 다시 쪼르르 달려들었다.

사람들은 흥에 겨워 노래를 부르며 격의 없이 춤을 추었다. 수많은 사람들이 커다란 원을 그리며 장작 더미 주변을 빙빙 돌았다. 무천을 위해 옷에 수놓은 은꽃들은 불빛에 아른거리며 더욱 아름답게 빛났다. 여인들은 손을 하늘 높이 들었다가 내렸다가 하고, 사내들은 그것에 대한 화답의 춤을 추었다.

춤을 추다 지친 이들은 나무 그루터기에 걸터앉아 술을 마시거나 잡담을 했다. 은근히 눈길을 돌리다 마주친 젊은 남녀들은 슬그머니 사라졌다. 아이들은 낄낄대며 천진난만하게 장작에 지글거리고 있는 고기 냄새에 좋아서 어쩔 줄 몰라 했다. 오늘만큼은 모든 일에서 손을 놓고 무천을 즐겼다. 세상의 모든 고통이 사라지고 즐거움만 가득한 듯했다.

바우는 고기와 술을 가지고 소근개와 이수에게 다가왔다. 동무들은 처녀들과 함께 어울려 춤을 추느라 바쁜데 그는 이수에게 바짝 달라붙어 넉살좋게 적당히 익은 고기를 건넸다. 누린내가 코를 확 덮쳤다. 무슨 일인지 고기를 먹고 싶다는 생각이 들지 않았다. 무수히 많은 사냥을 하면서 직접 짐승의 가죽을 벗기고, 배를 가르고, 살을 발라내었다. 하지만 소근개의 도살은 단순하지 않고 무언가 신성함이 깃든 것만 같았다.

온 세상에 즐거움만이 가득한 곳에서 소근개는 특유의 느릿한 발걸음으로 그 자리에서 일어났다. 바우가 예의상 고기와 술을 들고 가라고 권했지만 못 들은 것인지 못 들은 척하는 것인지 아무런 대답도 없이 돌아섰다. 바우도 익숙한 듯 더 이상 권하지도 않았다.

소근개는 이방인인 이수보다 더 화려인들과 어울리지 못하고 겉돌았다. 아무도 그에게 신경을 쓰지 않았고 그 자신도 어떤 원망도 찾아볼 수 없을 만큼 무심했다.

—신경 쓰지 마십시오. 원래 저럽니다. 수리 빼고는 아무도 소근개 아저씨와 어울리지 않아요.

—그런가?

—저, 형님이라 불러도 될까요?

—형님이라고?

—저보다 나이도 많으시니 제가 형님으로 모시겠습니다.

—내게 뭐 바라는 것이라도 있는가?

—아닙니다. 그저 우러러 존경하는 마음에 그런 것입니다.

—존경?

—일전에 화적패들을 상대로 활시위를 당기는 모습에 감명 받았습니다. 제게도 활쏘는 법을 가르쳐 주십시오.

—허허허. 하지만 어쩌나 난 곧 떠날 것이네. 겨울이 오기 전에 옥저로 가야 하네

또다시 춤판이 벌어졌고, 달빛 아래에서 손짓과 발짓을 하는 이들이 한데 아울리며 다시금 은꽃을 피웠다. 은꽃춤 속으로 수리가 시화의 손을 잡고 파고들었다. 그러자 약속이라도 하듯 사람들 사이가 벌어지며 어색한 기류가 흐르며 주춤거렸다. 시화는 불안해하며 파르르 몸을 떨고는 밖으로 뛰쳐나갔다.

시화를 뒤쫓다 수리는 이수와 눈이 마주쳤다. 수리는 미묘한 감정을 한껏 드러낸 눈으로 잠시 그를 응시하더니 곧 숲속으로 사라졌다.

—쯧쯧쯧. 아무리 해도 무리지.

—뭐가 말인가?

—수리가 뒤쫓아가는 저 여자아이는 시화입니다. 어디서 왔는지 출신도 알 수 없고, 조금은 불길한 이방인인데 은월님이 딸로 받아들였죠. 어쩌시려고 하는지 모르겠습니다.

—예족이 아니면 화려인이 될 수 없는가?

—네. 아무래도 예족끼리만 혼인을 하고 그러니까….

—나도 불길한 이방인이군.

바우는 당황하며 뭔가 말하려고 했지만 이수가 갑자기 일어났다. 화려인들의 제의인 무천에서 멀리 떨어져서 이수는 걷고 또 걸었다. 북소리도 노랫소리도 멀어졌다.

초승달이 노오란 빛을 뿜어냈다. 그 아래에서 두 여인이 바람을 따라 춤을 추었다. 바람보다 더 가볍고 자유로운 몸짓이었다. 손끝에서 발끝까지 바람을 타며 춤을 추며 가녀다란 몸은 아름답게 나부끼며 하늘로 손짓했다. 아름다우면서 지극히 슬펐다. 이수는 그들의 처연한 몸짓에 가슴이 뭉클해졌다.

낯선 시선을 느낀 수리와 시화는 몸짓을 멈추었다. 시화는 공포에 질려서 수리 뒤에 숨었다. 수리와 이수의 눈이 부딪쳤다.

—이곳에서 무엇을 하는 것입니까?

—무천제에 나 같은 이방인이 어울리지 않은 것 같아 조금 떨어져서 걷고 있었소. 그러는 당신은 왜 이곳에 있는 거요? 오늘 같은 날이면 무천의 중심에 있어야 할 사람 같은데.

—난 그 중심에 서기에는 부족한 면이 많습니다.

—그렇다고 해도 당신은 삼로의 손녀가 아니오?

—그건 당신이 상관할 바가 아닙니다.

이수는 수리의 뒤에서 바들바들 몸을 떨고 있는 시화에게 시선이 멈추었다. 이방인이라는 이유로 불길한 아이로 낙인찍히기에는 너무 어리고 약해 보였다. 수리가 무천의 중심에 서지 않는 것은 모두 시화 때문이라고 짐작할 수 있었다.

—수리야!

날카로운 목소리가 섬뜩했다. 부솔은 세 사람 곁으로 빠른 걸음으로 다가왔다.

—수리는 여기서 무엇을 하는 거냐?

—그것이….

—넌 화려국 제일 가문의 딸이다! 네가 있어야 할 자리는 여기가 아니다!

이수와 시화를 번갈아 쏘아보는 부솔의 눈이 매서웠다. 마치 너희 이방인 따위가 왜 여기에 있느냐고 따져 묻는 것 같기도 했다. 특히 시화를 마치 징그러운 벌레 보듯이 하며 몸서리쳤다. 겨우 열두 살의 어린아이에 불과한데도 정도가 너무 심했다. 시화는 온몸이 굳어버린 듯 고개를 숙인 채 꼼짝을 하지 않았다.

수리는 어쩔 도리 없이 부솔을 따라나섰다. 그러면서도 시화가 걱정되는 듯 자꾸만 뒤돌아보았다.

무천제가 끝나고 사람들은 다시 제자리로 돌아왔다. 사내들은 사냥을 나가거나 집을 고치는 등 소일거리를 찾았고, 여인들은 밤낮으로 베틀짜기에 열을 올렸다. 사람들이 일상생활로 돌아가자 이수도 자신의 일상으로 돌아가야 될 때가 왔음을 직감했다. 부솔의 사나운 눈길도 여러 번 받으면서도 꽤나 오랫동안 있었다.

화려국에서 마지막 밤, 바우는 술 한 잔 하자며 간청했다. 너무도 질긴 부탁에 그의 집으로 향했다. 그곳에는 바우뿐 아니라 덕구, 막새

등 여러 젊은이가 있었다. 그들은 모두 이수의 신묘한 활솜씨에 매료된 자들이었다. 이수가 화려국에서 머물면서 활을 가르쳐 주었으면 하는 바람을 넌지시 비추기도 했다.

화려국 밖을 나선 본 적이 없는 앳된 젊은이들에게 이수는 엄청난 무용담을 지닌 무사처럼 보였다. 하지만 이수는 그런 장단에 맞추어 줄 생각이 전혀 없었다. 말없이 술만 들이켰다. 무슨 이야깃거리라도 들어보려고 했던 젊은이들은 실망만 가득 안은 채 뒤돌아서야 했다.

바우의 집에서 나온 이수는 달빛도 없는 밤길을 걸었다. 바로 앞도 보이지 않을 만큼 사방은 깜깜했다. 비가 올 듯 습기를 먹은 바람이 햇곡식과 풀냄새를 전해왔다. 세상은 고요했고, 어두울수록 눈이 밝아지는 부엉이만이 즐거운 듯 부엉부엉 소리를 냈다.

완벽한 어둠이었다. 바로 옆에 누군가가 있다고 해도 전혀 알아볼 수 없을 정도였다. 검은 어둠이 미묘하게 움직였다. 움직임은 익숙하고 재빠르게 흘렀지만 뭔가 모르게 불안하고 초조했다. 공기 사이로 긴장한 숨소리를 내쉬며 사라졌다.

소근개의 집에 도착했을 때 이수는 뭔가 심상치 않은 기운을 감지했다. 재빨리 방안으로 들어가 불을 켰다. 선물로 받은 비단이나 모피들은 그대로였다. 구야국에서 소금과 바꾼 덩이쇠도 그대로였다. 바우가 탐내던 작은 칼 오자도도, 둥근 손잡이가 멋진 긴 칼도 그대로였다. 이수의 몸이 멈추었다.

활이 사라졌다….

사라진 활

살아 숨쉬는 듯 생기가 돌았다. 눈앞에 있는 활을 보고도 믿기지 않아서 몇 번이고 손으로 들어다 놨다를 반복했다. 볼수록 신기한 검은 빛이 감돌았다. 몇 번이고 만져보았다. 활시위를 당겨보았다. 강하고 탄력이 있었다. 활대로 쓰인 나무는 산뽕나무나 떡갈나무 등을 쓴 것으로 보였다.

활의 생명은 소뿔이었다. 어디에도 이런 소뿔은 본 적이 없었다. 화려국에서 제일 큰 황소뿔도 이보다 훨씬 작았다. 세상에 이렇게 큰 뿔이 있다는 사실이 너무 신기하고 놀라웠다. 화려국의 소뿔은 크기가 작아서 세 개를 잇대어야 하나의 활을 완성할 수가 있었다. 그런데 이 뿔은 두 개만을 잇대어서 만들었다. 훨씬 강하고 탄력이 있다는 것을 뜻했다.

처음 이 검은 활을 보았을 때 그 떨림을 잊을 수가 없었다. 하루 종일 활만 떠올렸고, 매일 밤 꿈을 꾸기도 했다. 며칠 동안 도무지 정신을 차릴 수가 없었다. 그동안 무슨 생각을 어떻게 하고 살았는지 모를 일이다. 끔찍하고 괴로웠지만 유혹은 너무 강렬해서 떨쳐 내기 어려웠다. 여기 검은 활이 눈 앞에 있다. 만져보고 당겨보고 수십 번을 보고 또 보았다.

커다란 그림자가 드리워졌다. 벌겋게 충혈된 두 눈이 무섭게 노려보았다.

–도…대체 무…슨 짓…을 한… 거냐?

이른 아침부터 삼로집 부엌에서 차조죽을 끓이느라 바빴다. 부솔의 아내인 일성녀는 며칠째 아무것도 먹지 못한다는 수리를 위해서 차조죽을 끓였다. 차갑기 그지없는 부솔과 달리 일성녀는 후덕한 인상에 마음씨 좋은 여인이었다. 손도 야무져서 어떤 일이든 막힘이 없었고, 까다로운 부솔의 비위도 잘 맞추었다. 아들만 다섯을 낳아서인지 수리를 친딸 이상으로 아꼈다. 조카가 아프다는 말에 이른 아침부터 죽을 끓이고 있었다.

일성녀는 솥에서 죽을 퍼서 작은 항아리 안에다 담았다. 뚜껑을 덮고 보자기로 조심스레 싸맨 다음 눈길을 미끄러질까 조심하며 발걸음을 옮겼다. 수리의 집은 마을과 멀리 떨어진 곳에 자리 잡고 있었다. 큰 집을 지어주는 것도 마다한 채 조그마한 초가집에서 은월과 수리만이 살다가 이제는 시화까지 가세하여 세 명이 살고 있었다.

일성녀는 은월을 윗동서로 깍듯이 모셨지만 시화를 딸로 받아들이는 일은 극구 반대했다. 그 일로 사이좋은 동서지간이 약간의 껄끄러운 사이가 되었고, 서먹함을 풀지 못한 것이 벌써 해를 넘겼다. 수리가 아프다는 말에 이른 아침부터 죽을 끓여서 나선 것도 은월과의 묵은 감정을 풀어볼 마음이 강했다.

아침부터 일성녀가 집을 찾아오자 은월은 함박웃음을 지으며 반겼다. 시화는 은월의 등 뒤에서 어색하게 인사를 건네며 뒷방으로 얼른 몸을 감추었다. 자신을 탐탁히 여기지 않는다는 것을 너무도 잘 아는지라 본능적인 행동이었다.

은월은 한숨을 내쉬며 수리가 며칠 전부터 아무것도 못 먹고 있다고 걱정하자 일성녀는 자신 있게 항아리를 내려놓았다. 뚜껑을 열자 차조죽이 구수한 냄새를 풍기며 하얀 김을 내뿜었다. 일성녀는 사발에 노오란 빛의 차조죽을 한가득 담아서 방 안으로 들어갔다.

수리는 이불을 뒤집은 쓴 채 꼼짝을 하지 않고 있었다. 일성녀는 죽 사발을 내려놓으며 이불을 확 걷었다. 그러자 수리는 발갛게 열에 들뜬 얼굴로 놀라서 눈을 동그랗게 뜨고 일성녀를 쳐다보았다.

–다 큰 처자가 방구석에서 뭔 짓이여? 보아 하니 그리 아파 보이지도 않구만. 일어나서 이거 얼른 먹어라!

–지금은 목이 아파서 아무것도 안 넘어가요.

–그런게 어딨어. 얼른 일어나!

일성녀는 먹기 싫다고 고집을 부리는 수리를 벽에 기대놓고 차조죽을 억지로 떠먹였다. 아니, 쑤셔 넣는다는 것이 맞을 듯싶었다. 아무리 앙탈을 부려보았자 일성녀에게는 통하지 않았다. 어찌할 도리 없이 억지로 몇 숟가락을 간신히 입에 넣었다.

까끌하면서 고소한 차조죽이 수리의 목구멍을 넘어갔다. 살갗을 벗기는 듯한 통증이 전해졌다. 자신도 모르게 미세하게 신음소리를 내뱉었다. 그렇다고 일성녀는 그냥 봐주지 않았다. 마지막 한 숟가락까지 결국 다 먹이고 말았다.

—왜 아무것도 안 먹고 버티고 있어. 어머니가 얼마나 걱정하는 줄 알아?

—저도 죄송스러워요.

—너 근데 수상하다. 무슨 일이 있는 게냐? 한겨울에도 맨발로 사방을 돌아다니던 네가 몸살을 다 앓고 말이다.

—….

—왜? 혼인날 잡아놓으니까 마음이 편치 않아? 그럴 게다. 아무리 너라도 어머니를 놔두고 불내예로 떠나야 한다는 사실이 무서운 게로구나. 어머니는 우리가 잘 돌봐드릴 것이니 아무 걱정하지 마라. 게다가 불내예의 동해는 정말 좋은 사내란다. 나도 몇 번 보았는데 그만한 인물이 없단다.

—네….

일성녀의 말은 수리의 귓가에 미치지 못하고 허공에 흩어졌다. 수리의 머릿속에는 온통 다른 생각만이 매달려 있을 뿐이었다. 자신이 저지른 일이 너무 커져 버린 것만 같아서 미칠 지경이었다. 이제는 어떡해야 할지 점점 더 막막해졌다.

한참을 잔소리를 잔뜩 늘어놓던 일성녀는 지쳤는지 죽사발을 들고 밖으로 나갔다. 바깥에서 은월과 일성녀의 대화가 끊임없이 들려왔다. 오랜만에 동서 간의 회포라도 풀 듯 두 사람 사이에서 따뜻한 기류가 흘렀다.

하지만 수리는 온몸에 한기가 돌아서 두꺼운 이불을 머리 위까지 덮어썼다. 어깨를 누르는 시린 기운이 영 가시질 않았다. 게다가 침을 삼킬 때마다 목구멍을 태우는 듯한 뜨겁고 쓰린 통증을 참을 수 없어 미세한 신음을 연신 내뱉었다.

이제 처분만 남았다. 실망감을 가득 안은 어머니와 할아버지, 노여움에 가득 차서 비난하는 숙부와 호들갑을 떨며 당황스러워하는 숙모가 떠올랐다. 수많은 기대를 한 몸에 받고 있는데 그런 짓을 저지른 것이 알려진다면 화려국의 수치로 될 것이 분명했다. 주위를 빙 둘러 자신을 비난하고 손가락질하는 마을 사람들도 같이 그려졌다.

무슨 말을 어떻게 설명할 수 있을까. 누가 뭐라 해도 비정상적인 행동을 저질렀다. 아무리 삼로의 손녀라 해도 벌을 받지 않을 수가 없었다. 아직도 심장이 쿵닥쿵닥 큰소리로 요동쳤다. 자신이 일을 벌려놓고도 믿어지지 않아 아직도 가슴이 진정되지 않았다. 수리는 몸서리쳤다. 끝을 모르는 기개와 배짱은 모두 사라졌다. 손발이 후들후들 떨렸다. 추위 때문인지, 두려움 때문인지 머리부터 발끝까지 온몸이 울렸다.

차고 건조한 바람이 이수의 얼굴을 감쌌다. 날은 점점 추워졌다. 하지만 이수는 화려국을 떠나지 못했다. 그러던 차에 부솔이 이수를 찾아왔다. 이방인을 병적으로 꺼린다는 그의 성미를 익히 알고 있던 이수는 무엇 때문인지 짐작했다. 부솔은 날이 선 듯 날카로운 눈으로 이수를 노려보았다. 화려한 은꽃으로 수놓은 은회색의 옷이 부솔을 더욱 차가워 보이게 했다. 반듯하게 말아올린 상투, 잘 다듬은 매끈한 수염은 깔끔하다 못해 질릴 정도였다.

–부솔 어르신께서 이 밤에 무슨 일이십니까?

–자네는 언제까지 화려국에 있을 참인가? 되도록 빨리 이곳에서 나가주게.

–삼로님께서는 제가 떠나고 싶을 때 떠나도 좋다고 하셨습니다.

–그래서 몇 년이고 이곳에서 머물 생각인가?!

–아닙니다. 그리 오래 걸리지 않을 것이니 염려 마십시오.

이수의 뻔뻔스런 태도에 부솔은 기가 질렸다. 하지만 어쩔 수가 없었다. 이수가 스스로 화려국을 떠나기 전까지 있어도 좋다는 명을 삼로에게 받았기 때문이었다. 부솔은 이수를 잡아먹을 듯 노려보다가 결국 뒤돌아섰다.

부솔이 다녀가고 난 후 소나기가 내리듯 별안간 많은 눈이 퍼부었다. 그 후 며칠 동안 밤낮을 가리지 않고 쉴 새 없이 눈이 쏟아졌다. 지붕을 덮고 문을 가로막을 정도로 쌓인 눈은 온 세상을 뒤덮었다.

검은 활을 찾는다고 하더라도 이수는 다음 해 봄까지 발이 묶이게 되었다. 그렇게 되자 바우를 비롯한 청년들은 신이 났다. 이수는 그들의 성화에 못이겨 활쏘기를 가르쳐주기로 했다.

바람을 가르며 화살들이 날아갔다. 더러는 과녁을 맞추고 더러는 가까이도 가지 못하고 땅에 떨어졌다. 환호성과 탄식이 교차하며 다시 활시위를 당겼다. 마치 내기라도 하듯 더욱 힘차게 활시위를 당겼다.

혈기왕성한 젊은이들이 가만히 집 안에만 들어앉아 있으니 좀이 쑤시던 차라 모두들 활쏘기를 환영했다. 특히 바우는 기세등등했다. 누구보다도 힘과 무예에 능하니 당연히 활쏘기도 잘할 줄 알았다. 생각과 달리 활쏘기는 결코 만만치 않았다. 번번이 제멋대로 날아가는 화살이 원망스러웠다.

—젠장. 활이 안 좋아서 그런가.

—활을 탓하지 말어.

—뭐라고!

바우는 버럭 소리를 지르며 덕구에게 싸울 듯이 대들었다. 그러던 중 막새의 화살이 과녁의 정중앙에 꽂혔다. 모두들 눈이 휘둥그레지면서 과녁에 박힌 화살을 보았다. 막새는 힘도 약하고 몸집도 작아서 매번 뒤쳐져 친구들 사이에서 놀림을 받기 일쑤였다. 그런데 활쏘기에서는 두각을 나타나며 모두의 시선을 한 몸에 받았다.

막새를 부하 부리듯 하는 바우는 괜한 심술이 났다. 먼저 시작한 것은 자신인데 어느 순간 뒤처지고 있으니 화가 솟구쳐 올라 활 탓만 더 해졌다. 힘이라면 누구보다 자신이 있는데 활쏘기는 너무 까다로웠다. 힘을 주어 세게 당긴다고 능사가 아니었다. 집중을 해서 아무리 쏘려 해도 자꾸만 빗나가거나 과녁 근처에도 못 가고 땅에 떨어지기 일쑤였다.

—바우! 힘만 잔뜩 준다고 활을 잘 쏠 수 있는 것은 아니다.

—네….

이수의 엄한 꾸지람에 잔뜩 움츠러진 바우는 다시 시위를 당겨 봤지만 말처럼 쉬운 일이 아니었다.

어느새 활터에 달이를 비롯한 몇 명의 처녀들이 구경하러 나왔다. 바우는 마음에 두고 있던 달이를 보자 무언가 보여주어야 한다는 욕심으로 남들보다 앞서고 싶은 마음에 손가락을 그만 엉뚱하게 튕겨내고 말았다.

하지만 막새는 이수의 가르침에 따라 천천히 과녁에 조준하며 활시위를 당겼다. 엄지와 검지를 교묘하게 틀어다 놓으며 팽팽하게 당긴 시위를 놓았다. 화살은 거침없이 날아가 과녁의 정중앙을 뚫었다. '우아!' 하는 함성소리가 터져 나왔다. 달이는 놀라워하며 막새를 향해 싱긋 웃음을 내비쳤다. 막새의 얼굴이 벌겋게 달아올랐고, 바우는 분해서 어쩔 줄 몰라했다.

활쏘기 경쟁으로 뜨거웠던 활터는 밤이 되자 차가워졌다. 뺨에 닿는 바람의 온도가 매서웠다. 이수는 답답한 듯 하늘을 올려다보았다. 눈은 그쳤지만 아직도 하늘은 더 쏟아낼 작정인 것처럼 보였다.

이수는 크게 숨을 한 번 내쉰 뒤 가만히 활시위를 당겼다. 엄지와 검지로 시위를 교묘하게 틀었다가 놓았다. 화살은 바람을 날카롭게 가르며 과녁을 향했다. 하지만 뭔가 마음에 들지 않아 눈썹을 찡그렸다. 바우에게 활 탓을 하지 말라고 했지만 정작 자신이 그렇게 하고 있었다.

검은 활이 그리웠다. 손에 착 감기는 순간 활과 한 몸이 되어 시위를 당기면 화살은 거침없이 목표물을 향했다. 검은 활은 이수를 한 번도 실망시킨 적이 없었다. 잠을 잘 때조차 손에서 놓지 않았던 활이었다.

그런데 감쪽같이 사라진 활. 다른 귀중품은 모두 다 있었는데 오직 활만 없어졌다. 부솔이 찾아왔을 때 활이 없어졌다고 말하지 않은 것은 곧 활이 돌아올 것 같은 확신 때문이었다. 무엇 때문에 그런 확신이 들었는지 알 수는 없지만 그렇게 될 것이라고 생각했다. 이제는 활을 찾는다고 해도 봄이 오기 전까지 나갈 수도 없었다. 이수는 긴 한숨을 내쉬었다.

그 순간 등 뒤에서 사각사각 눈 밟는 소리가 들려왔다. 이수는 발자국 소리에 뒤돌아섰다. 그의 두 눈이 놀라움과 분노로 커졌다. 검은 활을 두 손에 쥔 채 떨고 있는 수리가 서 있었다. 이수는 수리를 노려보았다.

–당신이 내 활을 훔쳤소?!

–죄송합니다. 뭐라고 하셔도 할 말이 없습니다. 활이 너무 탐났습니다. 당신의 활이 너무 강렬해서 보는 순간 빠져들지 않을 수가 없었습니다. 저도 모르게 제 손에 검은 활이 들려 있었고 그때는 제정신이 아니었습니다. 정말 미안합니다.

–그게 말이 된다고 생각하시오! 당신 때문에 난 화려국을 떠나지도 못하고 있소. 여러 날을 허비했단 말이오.

–도둑질을 했으니 거기에 따른 처벌을 받고, 허비한 시간만큼 보상도 해 드릴 테니 잠시만 활을 빌려주십시오.

–헛! 뻔뻔함이 지나치군. 이제야 활을 가져온 이유가 그것이오? 결국 날 가지도 못하게 붙들어놓고 다시 활을 가져가시겠단 말이오?

–무어라 해도 좋습니다. 내년 봄까지만 그 활을 빌려주십시오.

—당신이 원하는 대로 해 줄 순 없소.

이수는 검은 활을 거칠게 잡아채더니 차갑게 돌아섰다. 무언가 뒤통수라도 호되게 맞은 기분이었다. 검은 활은 온전한 상태로 돌아왔다. 그토록 찾길 바라던 활인데 전혀 기쁘지 않았다. 오히려 화만 날 뿐 마음을 잡을 수가 없었다.

새파란 하늘은 밤새 눈이 내렸다고 말하기 무색할 정도로 맑았지만 날카로운 바람은 코끝이 찡할 정도로 차가웠다. 소근개의 집은 마을과 한참 떨어져 있어 사람들과 마주치기 어려웠다. 특별한 일이 없는 이상 일부러 이곳까지 찾아오는 이가 드물었다.

아직 해가 뜨지 않은 이른 새벽 굴뚝에서 연기가 모락모락 피어올랐다. 누런 소는 눈을 껌벅거리며 음메, 길게 소리를 내뺐었다. 소 울음소리에 이수는 잠을 깼다. 소여물에서는 아직도 김이 모락모락 피어났다. 새벽부터 소근개는 벌써 어디론가 사라졌다. 무천이 끝난 후 소근개의 얼굴을 보기가 부쩍 힘들어졌다. 주인은 없고 손님이 집을 지키는 격이었다.

어젯밤에도 눈이 내렸다. 집 뒤편으로 조그마한 오솔길에 쌓인 숫눈 위로 큼직한 발자국이 푹푹 파여 있었다. 이수는 이상한 끌림으로 발자국을 따라갔다. 산길을 따라 한참을 걸어갔다. 눈으로 뒤덮인 거친 협곡 사이마다 가파른 암벽이 절경을 이루었다. 암벽의 조그만 틈마다 비집고 뿌리를 내린 나무의 가지에 눈꽃이 위태롭게 피었다.

한참을 가다 보니 협곡 사이에 커다란 동굴이 있었다. 거대한 붉은 바위가 버티고 있어 화려인들은 붉은 동굴이라 했다. 화려인들은 주인이 허락하지 않으면 다른 사람의 영역에 함부로 들어갈 수 없었다. 붉은 동굴은 누구도 침범할 수 없는 소근개만의 영역이었다. 무천제가 있을 때마다 소근개는 붉은 동굴로 소를 데리고 들어갔다. 언뜻 소 울음소리와 사람 울음소리가 섞여 바람에 흩날리는 듯했지만 그 안에서 무슨 일이 일어나는지는 아무도 알지 못했다.

이수는 붉은 동굴 안으로 들어갔다. 안에서 불어오는 거센 바람소리가 매서웠고, 짐승의 피와 썩은 살냄새가 뒤섞인 듯 뭐라 말하기 힘든 악취가 풍겼다. 이수는 자신도 모르게 눈살을 찌푸리며 코를 찡그렸다. 금방이라도 구토가 치밀어 오를 것만 같았다. 하지만 이대로 돌아가고 싶지가 않았다. 완전한 어둠으로 잠긴 동굴 안을 조심스럽게 발을 디뎠다.

동굴 바닥은 기분 나쁘게 질척했지만, 깊숙이 들어갈수록 악취는 점점 약해졌다. 어둠속에서 빛줄기가 새어나오면서 더 이상 썩은 냄새는 나지도 않았다. 건조하고 차가운 바람이 반대편 저 너머에서 불어왔다. 갑자기 주변이 환해지면서 넓은 공간이 나왔다. 동굴 벽 한 켠에는 창문같은 공간이 뚫려 있어 그 사이로 햇빛과 함께 맑고 차가운 공기가 안으로 들어왔다. 벽면에는 여러 종류의 활 모양이 그려져 있었고, 석궁, 나무활 등 몇 가지 종류의 활이 걸려 있었다. 한 켠에는 활채로 쓰이는 떡갈나무, 참나무, 뽕나무 등 여러 종류의 나무가 가지런히 쌓여 있었고, 그 옆에는 사슴뿔, 소뿔, 멧돼지뿔, 짐승의 힘줄도 쌓여있었다.

동굴 끝에는 수리가 있었다. 뽕나무를 자귀로 깎아내고 있었다. 그녀는 갑작스런 이수의 출현에 한 손에는 자귀를, 한 손에는 뽕나무를 든 채 당황하며 일어섰다. 이수는 수리의 손을 쳐다보았다. 거친 나무결에 긁히고 찍힌 자국이 눈에 들어왔다.

—당신이 이곳에 어떻게…?

—이곳이 화려의 궁방이오?

—여긴 아무나 들어올 수 있는 곳이 아닙니다.

—검은 활을 훔쳤던 이유가 이것였소? 삼로의 손녀가 이런 일을 할 필요가 없을 텐데. 무엇 때문에 활을 만드는 거요?

—좋아서 할 뿐입니다.

—이렇게 악취 나는 곳에서 만들 정도로 활이 그리 좋단 말이오?

—네. 좋습니다. 너무 좋습니다. 이곳은 소근개 아저씨가 수많은 소들을 도살한 곳이에요. 아무도 이곳에 오지 않아요. 피냄새가 진동하는 악취 때문이 아니라 죽은 소들의 영혼이 깃든 곳이라며 누구도 오지 않아요. 그래서 저는 더 좋습니다. 내가 짊어질 무거운 책임감에서 잠시 벗어날 수 있는 유일한 공간에서 마음껏 활을 만들 수 있으니 화려하고, 편하고, 향기 나는 어떤 곳보다 이곳이 좋습니다.

수리는 울분을 쏟아내듯 말을 토해내고 스스로 놀랐다. 소근개에게도 말한 적이 없던 진심을 이방인인 이수에게 말했던 것이다.

이수는 수리의 눈을 똑바로 쳐다보았다. 어떤 여인에게서도 본 적이 없는 눈이었다. 떠돌면서 수많은 여인들을 보았다. 보통의 여인들은 세상을 모르는 어린애처럼 순박하거나 굴곡 많은 삶을 한탄하면서

슬퍼하고 원망하거나 살기 위해 악을 쓰거나 자신을 포기한 채 어쩔 수 없다는 체념으로 가득했다.

그런데 수리는 그 어디에도 속하지 않았다. 세상을 모르는 어린애 같은 순수함이 있는가 하면 마음속에 슬픔을 안고 있는 것 같으면서도 자신을 절대 포기할 수 없다는 굳은 의지가 보였다. 끝없는 열망이 그 안을 가득 채웠다. 아직 설익어 들떠 보였지만 거부할 수 없는 강한 힘을 가지고 있었다.

수리는 알면 알수록 가까이 갈수록 알 수 없는 여인이었다. 한 번도 바깥세상에 나가보지 못한 세상물정 모르는 철부지라는 생각이 들다가도 깊이를 알 수 없는 눈이 가슴에 쿵 하고 들이쳤다.

그날 저녁, 이수는 소근개와 마주했다. 두 사람 사이에는 어색한 기류가 흘렀다. 소근개가 먼저 말을 꺼냈다.

–오늘 동…굴에 왔…다면서?

–네.

–수리의 아…비 재솔은 활…을 만드…는 사람이었어. 이곳은 재…솔과 내…가 함께 일…하던 곳이…네. 한때 고…구려인…들은 틈만 나…면 활…장이…이고 대장…장이 등 기술…이 뛰…어난 사람…들이…라면 모…두 붙…잡아 갔어. 그 때…문에 아무…에게도 말…하지 않…고 우…리만의 공…간을 만…들었다네. 재솔…이 죽…은 후에 난 더 이…상 활…을 만…들 수 없을 것…이라 생…각했네. 그…리고 화려…국을 떠…났네. 그런…데 수리가 지 아…비의 기질을 그…대로 물…려 받았지…. 수리는 활…밖에 모…르는 아…이네.

—그 이야기를 저에게 왜 하십니까?

—그러…면 자…네는 왜 이…곳에 왔나? 그…리고 떠…나지 않…은 건가?

—그건 잘 아시잖습니까? 수리가 활을 훔쳤고, 그 때문에 이곳에 묶인 것을….

—아닐…세. 그…건 핑계…거리네. 자네…는 떠…나려고 했…다면 얼마…든지 떠…날 수 있…었네.

소근개의 음성은 느리고 더듬거렸지만 날카롭고 정확하게 이수의 가슴을 찔렀다. 무언가를 들킨 사람처럼 얼굴이 화끈거렸다. 하지만 이수는 소근개의 말이 무엇인지 잘 알지 못했다.

봄을 맞이하는 사람들의 마음은 바빴다. 한 해 농사를 준비해야 했다. 계절의 변화는 무서운 것이었다. 아직도 겨울은 심술궂게 행패를 부려 보면서 애써 보지만 물러나야 할 때임을 알았다. 눈은 녹고 있었고 언 땅을 비집고 초록 새싹이 올라왔다.

지루했던 겨울이 물러나고 따뜻한 봄의 햇살이 포근하게 내렸다. 앞다투어 피어나는 봄꽃들은 향긋한 꽃내음을 뿜어냈다. 얼레지, 바람꽃, 미나리아제비, 양지꽃 등 수많은 꽃들이 피어나 천상의 화원을 만들어냈다. 아직 하늘을 바라보기 수줍은 듯 연보라빛을 띤 얼레지는 고개를 들지 못하고 땅만을 쳐다보았다. 그게 우스웠는지 바람꽃이 얼굴을 쳐들고 얼레지를 놀리듯 쳐다보았다. 온 산과 들녘에 따사로운 바람이 불어오며 사람들의 마음을 설레게 하였다.

산마늘, 곰취, 우산나물, 달래, 쑥 등 봄나물의 향연이 다채롭다. 시화는 봄나물의 향기에 취해서 살며시 미소를 지었다. 좀처럼 웃는 법이 없지만 이렇게 가끔씩 행복에 젖곤 했다. 아직도 사람들의 눈초리가 싸늘하지만 예전보다는 조금은 누그러졌음을 느꼈다. 어쩌면 정말로 은월의 딸로 살 수 있을 것만 같다는 막연한 기대감도 들었다.

광주리에 한가득 봄나물을 캐어들고 가벼운 발걸음으로 이곳저곳 들판을 옮겼다. 갑자기 시화의 발걸음이 멈추었다. 온몸을 오들오들 떨면서 뒤걸음질 쳤다. 그리고 미친 듯이 달아나기 시작했다. 웅덩이에 발을 헛디어 넘어져 치마가 진흙투성이가 되고 곡괭이를 들고 가던 일꾼과 부딪히기도 했다. 하지만 그녀는 멈추지 않았다. 두려움에 치를 떨며 도망치고 또 도망쳤다.

정신없이 달리다 억센 팔이 시화를 붙잡았다. 미친 듯이 반항하며 악다구니를 썼다. 소리를 지르고 발버둥 치며 온몸을 흔들었다.

-시화야! 정신 차려!

낯익은 목소리에 눈을 떴다. 이수가 걱정스런 얼굴로 시화를 내려다보고 있었다. 거친 숨을 헐떡거리며 땅에 주저앉았다.

-도망가야 해요. 절 붙잡으러 왔어요.

-누가 말이냐?

-무서워요, 싫어요. 다시 돌아가기는 죽어도 싫어요!

-알았다. 아무 데도 보내지 않을 것이다.

생각하기도 싫은 끔찍한 기억이 되살아났다. 소금 한 자루였다. 단지 소금 한 자루 때문에 팔려가야 했다. 열 살밖에 되지 않았던 소녀가 소금 한 자루에 아비보다 나이가 많은 사내에게 팔려갔다. 옥저에서 그런 일은 빈번했다. 가난한 집에서는 입하나 덜려고 민며느리로 시집보내는 경우가 허다했다. 그것이 전통이라고 했다.

소금장사로 큰 부를 벌었던 사내는 아내가 벌써 셋이나 있었다. 모두들 한참이나 나이가 어린 여자들이었다. 하지만 그의 욕심은 끝이 없었고 시화에게 눈이 갔다. 소금 한 자루가 시화의 부모에게 건네졌고 그 다음날 바로 끌려가다시피 시집을 갔다. 언니들도 모두 그러했다.

혼인 첫날밤 시화는 사내가 사준 머리꽂이로 그의 눈을 사정없이 찔렀다. 어디서 그런 힘이 났는지 모른다. 살고 싶었고 도망치고 싶었다. 도망쳤다. 사내가 한쪽 눈을 감싸쥐며 괴로워할 때 죽을 힘을 다하여 도망쳤다. 달아났다. 끊임없이 쉬지 않고 달아났다. 그런데 그 사내가 화려국에 나타났다. 한쪽 눈만을 가진 사내가 시화 앞에 다시 나타나고야 말았다.

이수는 두려움에 떨고 있는 시화를 붉은 동굴로 데려놓았다. 그리고 마을로 급히 내려갔다. 마을 한가운데 몇백 년 된 느릅나무가 있었다. 그 앞을 마을 사람들이 웅성거리며 한데 모여 있었다.

어두운 표정으로 입을 굳게 다문 은월과 수리가 보였다. 뭔가 심각한 일이 벌어진 것이 틀림없었다. 수리는 이수를 보자 살며시 곁으로 다가와 속삭였다.

—혹시 시화를 보았습니까?

—무언가 잔뜩 겁에 질려 달려가기에 소근개 집에 데려다 놓았소.

무리 중 우두머리로 보이는 자가 앞으로 나왔다. 한쪽 눈은 끔찍한 상처로 뒤덮여 보기에도 역겨웠다. 나머지 눈은 증오와 복수심으로 가득차 있었다.

–난 옥저의 소금장수 염유장이라 하오. 열한 둘 먹은 계집아이를 찾고 있소. 누군가가 이곳으로 데리고 가는 것을 본 사람이 있다고 했소. 신비한 눈을 가진 묘한 매력을 풍기는 아이오. 만일 찾아준다면 내가 소금 다섯 자루를 내놓겠소. 이름은 시화라고 하오.

웅성거리는 소리가 점점 커졌다. 서로가 눈치를 보며 선뜻 말하기를 망설였다. 염유장은 수상한 낌새를 놓치지 않고 한 사람씩 노려보았다. 눈을 피하고 있는 것이 영 수상했다.

염유장은 앞에 서 있던 바우에게 다가갔다.

–혹시 시화라는 여자아이를 아느냐?

–….

–말도 안 되는 소리 그만 하고 어서 우리 땅에서 나가시오!

은월이 노기 띤 목소리로 호통쳤다. 바우가 움찔 하며 뒤로 물러서려 하자 염유장이 멱살을 붙잡고 끌어당겼다.

–왜 아무 말이 없느냐? 말해라! 내가 엄청난 포상을 한다고 하지 않았느냐?!

그제야 달려온 부솔이 염유장을 막아섰다.

–무슨 짓이오?

–마을로 들어가도록 해 주시오. 내 아내 시화만 찾으면 바로 나갈 것이오!

–그건 안 된다는 것은 알지 않소!

부솔이 날카롭게 쏘아붙였다.

–만약 시화를 숨기고 계시다면 곤란하오. 옥저에는 옥저의 법이 있소이다.

–화려국에도 법이 있소. 그리고 여기는 화려의 땅이오.

염유장은 옥저에서 가장 큰 소금장수이다. 그의 소금은 북쪽으로 고구려, 서쪽으로 낙랑 그리고 남쪽으로 구야국까지 운송되었고, 옥저에서 이름난 부자로 고구려 귀족까지도 연이 닿아 있었다.

부솔도 옥저의 염유장에 대해서는 익히 들어왔다. 그렇기에 염유장의 비위를 건드려서 좋을 것이 없다는 것도 잘 알고 있었다. 시화가 염유장의 달아난 아내였다니 큰 문제였다. 시화를 돌려주지 않으면 화려국에 엄청난 변이 생길지도 몰랐다. 그의 뒤에 서 있는 거구의 무사들은 당장이라도 마을을 뒤질 기세였다.

갑자기 수리가 그들 앞으로 나왔다.

–무례를 무릅쓰고 한 말씀 올리고자 합니다.

–무슨 말을 하고 싶은 게냐?

–화려의 법이 있듯, 옥저의 법이 있습니다. 우리는 각자의 법을 존중해왔습니다. 이자들도 자신들의 법을 지키기 위해서 왔습니다. 만약 저들이 법대로 한다면 마을로 들어가게 해 주십시오.

–법이라?

수리는 염유장의 끔찍한 눈을 똑바로 쳐다보았다.

–당신네들이 화려국 안의 모든 마을에 들어가 집집마다 살펴보고 싶으면 그렇게 하시오. 하지만 우리에겐 책화라는 법이 있습니다. 한

집의 경계를 넘을 때마다 소 한 마리, 말 한 마리씩을 내놓으시오. 그러면 모든 집을 다 살펴보아도 좋습니다. 그리하시겠습니까?

염유장의 얼굴에 당혹스런 표정이 스쳐갔다. 부솔이 염유장에게 재차 물었다.

–어찌하겠소? 그래도 경계를 넘을 것이오?

아무리 염유장이 부유하다고 하지만 화려국의 모든 집을 넘어서는 소와 말을 배상할 정도의 여력은 없었다. 그렇다고 열 명 남짓 데려온 부하들과 함께 무작정 쳐들어갈 수도 없었다. 염유장은 끔찍한 눈으로 수리를 노려보며 말했다.

–알겠소. 하지만 이대로 물러가지 않을 것이오. 만약 시화를 숨기고 있었다면 조심하는 게 좋을 거요. 그 대가를 꼭 받게 될 테니까.

염유장은 어쩔 도리 없이 부하들을 이끌고 화려국 밖으로 물러났다. 마을 사람들도 하나 둘씩 흩어져 각자의 자리로 돌아갔다.

부솔, 은월, 수리 그리고 이수만이 남았다.

–형수님. 이번에는 그냥 넘어갔지만 다음은 그가 무슨 일을 할지 모릅니다. 염유장이라는 자가 그리 쉽게 포기할 자는 아닙니다. 시화를 포기하셔야 합니다. 화려국을 위해서라도 어쩔 수 없습니다. 오늘 밤 내로 어서 내보내십시오.

–그 어린아이를 어디로 보낸단 말입니까?

–근본도 모르는 계집아이 때문에 화려국이 위험해지게 할 수는 없습니다.

–숙부님. 염유장도 어쩔 수 없을 겁니다.

—시끄럽다. 넌 염유장이 얼마나 무서운 인간인지 모른다. 오늘 밤에 내보내라. 그렇지 않으면 내가 시화를 염유장에게 보낼 것이다.

부솔은 차갑게 뒤돌아섰다. 그 순간 이수와 눈이 마주쳤다. 속내를 알 수 없는 뭐라 말할 수 없는 거대한 힘이 느껴졌다. 어떤 사람도 이수 앞에서는 압도당하고 말았다. 아무런 위협을 가하지 않는데도 사람을 기죽이게 하는 무언가가 있었다. 그렇기 때문에 더욱 위험하고 불길한 존재로 다가왔다. 이수도 마땅히 떠나야 할 사람이었다.

—자네는 무엇 때문에 이곳에 있는가? 떠나게. 여기에 너무 오래 있었어.

소근개는 약초를 하나씩 조심스럽게 캤다. 봄이 되면 어김없이 망태기 하나 짊어지고 산속 곳곳을 누볐다. 봄에는 나물뿐 아니라 진귀한 풀들이 잔뜩 널려 있었다. 열심히 채취해 두었다가 말리거나 쪄서 약으로 썼다. 배탈이 나거나 열이 나거나 아니면 깊은 상처를 입은 사람까지 모두들 소근개에게 달려왔다.

병자를 치료하면서, 희생에 쓰일 소를 도살하고 활을 수리하는 등 소소한 일까지 모두 그를 향했다. 무언가를 그에게 끊임없이 요구하면서도 가까이하기는 꺼렸다. 대가로 곡식 한 자루나 술 한 병씩을 건네줄 뿐이었다. 그러고는 재빨리 돌아서서 가곤 했다. 이수를 소근개의 집에 머물게 한 것도 따지고 보면 이방인을 자신의 집에 들이고 싶지 않은 마음에서였다. 아무리 화려국에 도움을 준 사람이라고 하나 출신을 알 수 없는 사람은 집에 들이고 싶어 하지 않았다. 유난히 꺼리는 것이 많은 그들의 굳은 생각이었다.

일만 하고 대접을 받지 못하니 억울할 수도 있었다. 하지만 소근개에게 그런 것이 별 문제가 없어보였다. 고맙다는 말 한마디 듣지 못해도 개의치 않고 자신의 일만 묵묵히 하였다. 절대로 변하지 않고 그 자리에만 있을 것 같은 커다란 산이었다. 세상과는 상관없이 자신만의 가치를 세우고 그 속에서 사는 사람이었다. 그래서 세상 사람들이 자신을 어떻게 보고 대하든 신경쓰지 않았다.

소근개는 천천히 망태기를 내려놓았다. 산나물과 약초들이 뒤엉켜 향긋한 풀내음이 살짝 스쳤다. 갑자기 이수와 시화가 떠났는데도 자신의 일만 묵묵히 할 뿐 이렇다 할 말이 없었다. 마치 다 알고 있었다는 듯 놀라는 기색도 어떠한 동요도 일으키지 않았다.

수리는 소근개의 집 마당에서 멍하니 앉아 있었다. 모든 것을 잃어버린 사람처럼 끝없는 상실감 속으로 빠져들었다. 소근개가 조용히 옆에 앉았다.

—아무도 없어요. 이제 아무도 없어요.

—수리…야….

—제가 화려인이라는 사실이 처음으로 싫었어요. 화려국에 대한, 가족에 대한 어떠한 굴레도 없이 떠나는 시화가 부러웠어요. 그 순간만은 미칠 정도로 예족이라는 게 할아버지의 손녀라는 사실조차도 싫었어요.

—….

—내게 지워진 책임과 의무가 너무 싫어요. 나도 시화처럼….

스스로 내뱉은 말에 놀라며 말을 멈추었다. 소근개는 수리에게 명주천으로 단단히 싼 물건을 건네었다.

—이수…가 너…에게 전…해 주라…고 했다.

수리는 명주천을 풀었다. 검은 활이었다. 두 손이 부들부들 떨렸다. 가슴뿌리부터 억눌렸던 통증이 올라왔다. 너무 맘이 아파서 눈물도 나오지 않았다.

이수에게 단 한 번도 마음에 담긴 말을 내뱉은 적이 없었다. 말이 나오는 순간 걷잡을 수 없는 수렁 속으로 빠지는 것임을 알고 있기 때문이었다. 서로 회피했다. 아무것도 할 수 있는 것이 없음을 너무 잘 알고 있었기에 말하지 않았다. 밖으로 내뱉을 수 없는 말은 안으로 깊이 들어가 풀 수 없는 응어리가 되었다.

교체

늦가을 새벽, 마구간지기는 급히 마구간으로 달려갔다. 자신을 깨우러 온 뒷일꾼의 믿을 수 없는 말에 아직 어안이 벙벙하였다. 이 시각에 어떻게 우태후가 왔단 말인가. 한참 단잠에 빠진 자신을 깨우려 온 뒷일꾼에게 마구 욕을 퍼부었다. 하지만 곧 심상치 않은 분위기에 달려나왔다.

마구간 한가운데 서 있는 우태후를 보자 마구간지기는 온몸이 경직되었다. 우태후가 두 눈을 부릅뜨며 왕의 말을 노려보고 있었다. 시녀들은 마치 숨을 쉬지 않는 듯 멈춰 있었고, 마구간의 일꾼들도 그 자리에 얼어붙은 듯 서 있었다. 오직 단 한 사람, 우태후만이 존재하는 듯했다.

—이 말이 교체의 것이냐?

마부는 무슨 말인지 몰라 어안이 벙벙했다.

—교체의 말이냐고 묻지 않느냐?

—네. 폐하의 말입니다.

심장이 얼어붙을 것 같은 차가운 목소리에 정신이 번뜩 뜨였다. 교체가 왕을 가리키는 것임을 알아차렸다.

—갈기를 잘라라.

—네?

—잘라라.

우태후의 불꽃이 일듯 화가 난 눈에 겁에 질린 마부는 엎드린 채 발발 떨기만 했다.

—제발 그 명만은 거두어 주십시오. 폐하가 가장 아끼시는 말입니다.

—잘라라.

마구간지기의 손에 칼이 쥐어졌다. 날이 선 칼날은 스치기만 해도 베어질 것 같았다. 마구간지기는 덜덜 떨며 말 앞으로 갔다.

검은 말이 휘잉휘잉 콧소리를 내며 도리질 쳤다. 한눈에 봐도 훌륭한 말이다. 왕이 태자 시절부터 탔던 말의 새끼였다. 어미는 새끼를 낳다가 죽었다. 어미가 없는 처지가 불쌍해서인지 왕은 유난히 그 말을 아꼈다. 손수 먹이를 먹이고, 목욕도 시키며 정성을 다했다. 그 정성이 잇닿았는지 어미가 죽었던 새끼는 어떤 말보다 튼튼하고 날랜 말이 되었다.

갈기는 매끈하고 탐스러웠고 명마의 위용을 드러내고 있었다. 마구간지기는 한 손으로 갈기를 쥐고 칼로 베었다. 말은 몸을 부르르 떨었다. 갈기는 바닥에 떨어졌다. 태후는 차갑게 웃었다.

뒤늦게 소식을 전해 들은 왕이 마구간으로 왔다. 마구간지기는 왕 앞에 엎드려 숨을 죽였다. 왕의 말을 잘 관리하지 못했으니 왕이 죽으라고 한다면 당연히 죽어야 했다. 모든 것을 체념한 채 명을 기다렸다. 숨막힌 시간이 지났다. 왕에게서 아무런 대답이 없다. 다만 갈기가 잘린 말을 불쌍히 여기며 쓰다듬을 뿐이었다.

–죽여 주십시오. 폐하.

–갈기는 다시 자라느냐?

–네? 다시 자라긴 하옵니다.

–그렇구나. 조금만 참으면 되겠다. 조금만 있으면 더 멋진 갈기를 뽐내며 달려보자꾸나.

검은 말은 마치 알아들었다는 듯이 숨을 들였다 내쉬었다. 그것뿐이었다. 왕은 마부에게 아무런 죄를 묻지도 않고 마구간을 떠났다. 마부는 어안이 벙벙해서 한참을 그 자리에 서 있었다.

왕을 따르던 호위무사인 유옥구가 나섰다.

–마구간지기에게 왜 벌을 내리지 않으십니까?

–그래 봤자 무슨 소용이냐? 태후마마의 명령을 어찌 듣지 않을 수 있겠느냐. 나도 태후마마의 말 한마디에 심장이 내려앉는 듯한데 마구간지기는 오죽하겠느냐. 놔 두거라. 다 부질없는 짓이다.

–하지만….

유옥구는 말을 삼켰다. 왕의 눈빛이 너무 공허하여 차마 말을 잇지 못했다. 크고 넓은 어깨가 쪼그라든 듯 초라해 보였다. 미남형은 아니지만 부리부리하게 큰 눈과 둥글고 뭉툭한 코며 굳게 다문 두터운 입술은 사내 중에 사내다웠다. 무엇보다 육중하게 울려 퍼지는 음성은 좌중을 휘어잡았다.

하지만 태후 앞에서는 항상 겁에 질려 있었다. 장대한 기골과 달리 왕의 눈은 슬프고 모든 것을 벗어던지고 싶은 듯 공허했다. 중원의 맞수로 손색이 없는 강한 고구려 왕의 모습과는 어울리지 않았다.

–밀우는 지금 어디 있을까?

–의지가 강한 놈이니 어딘가 잘 있을 겁니다.

–유옥구! 은밀히 밀우의 행적을 쫓아보아라.

–네. 폐하.

왕의 눈은 먼 곳을 향했다. 왕의 옷을 입고 왕의 자리에 앉고 모두들 폐하라고 불렀다. 하지만 진정 자신이 왕이라 생각된 적은 없었다. 왕이 무엇인가. 왕은 무엇을 해야 하는 사람인가. 왕이었던 적이 있던가.

아끼던 말의 갈기가 잘린 것 때문만이 아니다. 이것은 일부분이다. 아무것도 할 수 없음을 더욱 깨닫게 해 줄 뿐이다. 마음은 다섯 살 아이에서 머물렀고, 몸만 쓸데없이 커졌다. 또다시 그 날의 기억 속으로 왕을 내몰았다.

이제 어머니의 얼굴도 가물가물했다. 키가 크고 체격이 무척이나 좋았던 것을 어렴풋이 기억이 났다. 피부가 그리 희지는 않았으나 그것이 오히려 건강하고 힘찬 느낌을 주었다. 얼굴은 잘 기억나지 않지만 어머니의 체취만은 코에 강하게 남았다. 술을 좋아하는 부왕을 위해 손수 술을 담그곤 했다. 어린 교체도 술 냄새가 싫지 않았다. 어머니의 키만큼 긴 막대기로 술을 휘휘 저을 때면 까치발로 술독에 붙어서는 신기하게 쳐다보았다. 그러다 지치면 뽀글뽀글 올라오는 술 익는 소리에 어미의 등에 붙어 잠이 들곤 했다.

어머니도 술도가에 있을 때가 가장 편안하고 행복해 보였다. 어떨 때는 교체를 업고 일을 하느라 힘에 부쳐 얼굴에 땀이 생글거리며 맺혀도 오히려 생기가 돌았다. 교체를 위해 자장가를 불러주거나 어머니의 고향에 대해 이야기를 들려주었다. 어머니의 고향은 주통촌이었다. 촌락민은 대부분 술을 빚는 일을 했다. 어머니도 열 살이 되기 전에 술 빚는 것을 배웠다고 하였다. 처음에는 술 한동이를 다 망쳐서 외할머니에게 엄청 혼이 났다면서 깔깔 웃었다. 가끔 외할머니가 보고 싶고 고향에 한 번만 내려가 보았으면 좋겠다고 눈시울을 붉혔다.

그때는 왜 어머니가 고향에 내려가지 못하는지 몰랐다. 미천한 신분이 어떤 의미인지 알지 못했다. 궁녀들조차 소후인 어머니를 깔보고 있다는 것을 알지 못했다. 겨우 다섯 살이었다.

모든 술독에 술을 가득 담았던 날, 교체는 어머니와 함께 잠을 잤다. 보통 때는 유모와 함께 잠을 잤지만, 어쩐 일로 어머니의 침소에서 남게 되었다. 다섯 살 교체는 너무나 기분이 좋아 어머니의 넓고 포근한 젖가슴을 어루만졌다. 왕자 체통에 이게 뭐냐고 야단치는 어머니의 목소리가 자장가처럼 들렸다. 깊은 잠에 빠져 들었다.

잠결에 교체는 한기를 느꼈다. 손을 더듬어 어머니를 찾았다. 부드러운 살결이 잡히지 않았다. 사방은 어둠으로 고요했다. 어머니를 찾으러 침상에서 내려와 발끝을 더듬어며 밖으로 나갔다. 이상하게도 처소를 지키는 궁녀마저 없었다. 교체만을 홀로 남기고 모든 사람들이 사라진 듯했다. 너무 두려웠지만 울지 않으려고 무진장 애를 썼다.

끝도 없이 이어진 회랑을 걷고 또 걸었다. 얼마를 걸었을까. 비로소 미세한 빛줄기가 보였다. 긴 어둠 속의 빛이라 더욱 반가웠다. 교체는 빛줄기가 새어나오는 어느 문 앞에서 섰다. 이상했다. 궁궐에 이런 방이 있었는지 의아했다. 문을 열려는 순간 누군가가 뒤에서 교체를 입을 틀어막으며 안아 올렸다.

–왕자님, 아무 말씀 하지 마세요.

울먹거리는 유모의 목소리가 들려왔다. 두려움에 휩싸인 심장소리가 교체의 귀에 쿵쿵쿵 크게 울렸다. 덩달아 교체도 심장이 뛰었다.

–침소로 돌아가시지요.

–어마마마는?

–곧 오실 겁니다.

유모는 교체를 안아 올리며 어르고 달랬다. 갑자기 기괴한 웃음소리가 퍼졌다. 머리칼이 쭈뼛거리며 피부를 비집고 소름이 툭툭 튀어나왔다. 옛 이야기 속의 무서운 마귀가 그 안에 있을 것만 같았다. 불현듯 어머니가 저 안에 잡혀 있을지도 모른다는 생각이 들었다. 유모의 등에서 단숨에 뛰어내려 문을 열었다.

어머니는 무릎을 꿇은 채 부들부들 떨고 있었다. 유난히 긴 팔은 바닥에 늘어뜨리고 어깨는 잔뜩 움츠렸다. 초가을이었지만 방 안은 한겨울처럼 냉기가 돌았다. 우테후는 좌중을 압도하며 차갑게 어머니를 내려 보았다. 촛불마저도 얼어붙을 것 같은 냉혹함이었다. 눈동자는 커다랗고 콧날은 날카로우며 입술은 얇았지만 짙은 분홍빛을 띠었다. 지나치게 흰 피부는 오히려 부자연스러워 인상이 더욱 차가워 보였다. 입술에 묘한 미소가 흘렀다. 화를 내는 것보다 더 무서웠다. 우태후는 고개를 돌려 교체 쪽을 쳐다보았다. 정면으로 눈이 마주쳤다. 차가운 눈동자가 교체를 마치 삼킬 듯이 노려보았다. 어머니도 뒤를 돌아보았다. 돌아가라고 손짓했다.

유모는 교체를 끌어안고 어둠을 내달렸다. 교체는 겁에 질린 채 유모의 품에 안겨서 한 번도 보채지 않았다. 날이 밝았다. 어머니는 돌아오지 않았다. 아무도 어머니에 대해 말하지 않았고, 부왕조차 말하지 않았다. 아무것도 하지 않았다.

교체는 태자가 되었다. 그리고 왕이 되었다. 그러나 아무것도 하지 못했다.

아침이 되자 왕이 아끼는 말의 갈기가 잘려 나갔다는 이야기가 궁궐 안에 파다했다. 둘만 모이면 태후의 알 수 없는 행동에 대해 입을 놀렸다.

유유는 분한 마음을 삭히지 못하고 득래를 찾았다. 얼굴이 벌겋게 달아올라 흥분한 자신과 달리 득래는 아무렇지도 않게 차를 마시고 있었다. 그 모습에 더욱 약이 오른 유유는 울화통이 터졌다.

–태후가 미치지 않고 어떻게 그럴 수 있습니까? 미친 할망구 같으니라구.

–목소리가 크네. 진중하게.

–제가 흥분하지 않게 되었습니까? 폐하가 그토록 아끼시는 말의 갈기를 자르다니요. 노망이 단단히 든 게 틀림없습니다.

—흥분한다고 뭐가 달라지나. 이미 일어난 일인데….

—하지만 이건 너무 하지 않습니까?

몇 달 전부터 태후의 행동이 과격해졌다. 얼마 전 궁녀로 하여금 일부러 왕의 옷에 국을 엎지르게 하기도 했다. 유유가 말한 대로 노망이라도 난 것인지 무슨 마음에 큰 변화가 있는 건지 알 수가 없었다. 이전에 보아왔던 것과는 사뭇 다른 모습을 띠며, 뭔가에 쫓기는 듯했고 상당히 불안해 보였다.

우태후는 무서운 여인이다. 고국천왕과 산상왕, 두 왕의 왕후였고, 지금은 태후에 이르렀다. 어느 나라의 왕후라고 한들 후사를 낳지 못하면 결국 골방 신세를 면치 못하게 되는 것이 다반사였다 그런데 공주조차 낳지 못했던 왕후가 태후까지 꿰찼으니 놀라운 일이었다.

태후의 처세술은 어떠한 노련한 대신도 따라잡을 수 없었다. 한때는 왕후자리에서 내쳐질 뻔했던 위기도 있었지만 고국천왕의 갑작스런 죽음은 기회를 안겨주었다. 왕의 아버지인 산상왕은 영민했지만 우태후를 넘어설 수 없었다. 배후에서 강력한 연나부가 지지했고, 일부 계루부까지 장악한 노련한 힘을 당해낼 수 없었다. 스스로의 힘이 아닌 우태후에 의해서 왕위를 차지한 것은 두고두고 발목을 잡았다. 그리고 그의 아들인 지금의 왕, 교체까지 이어졌다.

차향이 코끝을 스쳤다. 따스한 찻물이 목구멍을 타고 넘어 가슴을 쓸어내렸다. 태후의 행동이 지나칠수록 득래는 때가 왔음을 감지했다.

늦가을로 접어들자 서서히 추워졌다. 고구려 왕궁안은 동맹제를 지내기 위해 수혈로 떠날 준비로 한참이었다. 그 와중에 궁문 앞에서 한 차례의 소동이 벌어졌다. 서너 명의 장정들이 멧돼지 한 마리 때문에 애를 먹었다. 힘 깨나 쓰는 장정들도 힘들어했다. 갑자기 멧돼지가 온몸을 부르르 떨더니 벌떡 일어나 궁궐을 마구 돌아다니기 시작했다. 궁녀들은 소리 지르며 도망 다녔고 병사들은 멧돼지를 쫓느라고 아수라장이 되었다. 멧돼지는 화가 잔뜩 나 미친 듯이 이곳저곳을 뛰어다녔다.

왕은 대신들과 함께 수혈로 떠나기 위해 막 나서는 중이었다. 멧돼지는 무서운 기세로 왕 앞을 돌진했다. 깜짝 놀란 대신들은 우왕좌왕했고, 병사들도 어찌해야 할지 몰랐다. 순식간에 벌어진 일이었다. 멧돼지의 '꽥' 하는 비명소리가 울려 퍼졌다. 잠깐의 침묵이 흐르더니 환호성이 터져 나왔다. 왕이 멧돼지의 앞다리를 잡아 틀어서 그 거대한 놈을 땅바닥에 패대기친 것이었다. 병사들이 달려와서 멧돼지를 포획했다.

왕은 싱긋 웃더니 의복을 가다듬었다. 왕 앞으로 우태후가 다가왔다. 그녀는 여인치고는 큰 키였고 꼿꼿한 허리 덕분에 더 커 보였다. 가름한 얼굴에 분을 발라 얼굴에는 주름이 별로 보이지 않았다. 둥글게 말아서 한껏 올린 머리에는 아름다운 장신구가 반짝거렸다. 반듯한 이마는 무언가 불만이 가득한지 찡그렸다. 번쩍 치켜든 큰 눈은 호랑이의 눈보다 매서웠다. 무엇보다 온몸에 풍기는 냉기는 사람들을 얼어붙게 했다.

우태후는 싸늘하게 왕을 쏘아보았다. 얼굴이 흙빛으로 변한 왕은 고개를 숙였다. 무미건조하고 얼음 같은 목소리가 왕을 향했다.

–교체! 어찌하여 손수 돼지를 잡으시오? 그런 힘자랑은 왕에게 어울리지 않소.

–제가 생각이 짧았습니다. 태후마마.

태후는 왕을 교체라 불렀다. 아무리 태후라 할지라도 왕의 이름을 함부로 부를 수 없다. 하지만 왕은 아무 말도 하지 않았다. 오히려 입이 바짝바짝 타들어갔다. 온몸이 후들거리고 아득해졌다. 어서 빨리 이곳을 빠져나갔으면 하는 생각밖에 들지 않았다. 우태후는 싸늘하게 비웃으며 돌아서서 교체의 가슴에 다시 비수를 꽂았다.

–출신은 어쩔 수 없는 모양이지. 지 어미도 돼지를 손수 잡아 왕을 유혹하더니 별반 다를 게 없어. 저런 힘자랑은 저자에서나 어울릴 법하지.

태후의 말에 왕의 두 눈에 핏발이 서고, 심장이 분노로 사정없이 쿵쾅쿵쾅 두드려 대기 시작했다. '어머니'라 불러본 기억도 이젠 아득했다. 교체의 가장 큰 약점이며, 가슴 아픈 이름이었다. 그는 한동안 그 자리에 서서 움직이지 못했다.

주위에 몰려있던 신하들도 저마다 딴청을 피우며 황급히 물러났다. 그들도 차마 듣기 민망했던 모양이었다.

유유와 득래만이 교체 옆에 남았다. 성질 급한 유유는 분해서 발만 동동 굴렀고, 득래는 알 수 없는 표정으로 말을 아꼈다.

–아무리 태후마마라 하나 어떻게 폐하의 아명을 부르실 수 있습니

까. 득래 형님, 말씀 좀 해 보십시오.

–고정하게. 폐하 앞에서 무슨 말을 그렇게 하는가.

–난 아무렇지 않다. 내가 왕이었던 적이 있었던가.

–폐하!

–됐네. 밖에서 날 기다리는 사람들도 생각해야지. 어서 서두르자. 동맹제를 지내야 하지 않는가. 허허허….

심장이 뒤틀렸다. 약도 없고 처방도 없었다. 평소에는 아무렇지도 않다가 태후 앞에만 서면 생기는 병이었다. 스스로 책하기만 할 뿐이다. 자기 자신부터 인정하지 않으니 더욱 초라해지기만 했다.

매년 동맹제가 열리는 날에는 수혈로 왕족과 귀족들은 제의를 올리려 움직였다. 행차는 화려하고 위용이 당당했다. 환도성의 백성들은 일 년에 한 번, 화려한 행차에 흥분하며 뒤따랐다. 거대한 성문 밖은 수십 대의 수레들이 일렬로 늘어섰다. 맨 앞에는 삼족오가 새겨진 깃발을 든 기수들이 꼿꼿이 몸을 세우고 있었다. 그 뒤를 천하무적의 철갑기병들이 두 줄로 서서 화려한 수레들을 둘러쌌다. 그중 가장 화려한 수레에는 이미 우태후가 앉아 있었고, 그 옆자리를 연나부의 우씨 집안의 대가인 우돌문이 꿰차고 있었다. 그가 무슨 말을 했는지 태후는 연신 깔깔대었다. 그 뒤를 왕의 수레가 다음으로 왕후와 왕자들 그리고 왕족인 계루부가 뒤따랐다.

연나부의 대가는 왕보다 앞선 수레에 오를 수가 없었다. 우돌문은 마땅히 계루부 다음으로 서는 것이 맞았다. 그런데 예에 맞지 않게 태후 옆자리를 꿰차고 있었다. 하지만 왕은 조금도 불쾌한 표정을 짓지 않은 채 막 수레에 오를 참이었다.

-우돌문 뭐하는 게요? 당장 일어서지 못하겠는가!

왕의 장남인 연불이 태후의 수레 앞에서 서릿발 같은 목소리로 호통을 쳤다. 어린 왕자에게서 어디서 그런 힘찬 목소리가 나오는지 신기했다. 모든 사람들의 시선이 연불왕자와 우돌문에게로 향했다. 우돌문은 난처했지만 태후가 무언가 조처를 해 줄 것을 내심 기대하면서 여전히 일어나지 않았다.

놀라서 달려 나온 왕후는 얼른 앞으로 달려가 연불을 잡아끌었다. 하지만 연불은 발이 붙은 듯 그 자리에서 움직이지 않았다. 체격이 큰 아이도 아닌데 왕후는 연불을 끌어내지 못했다. 그녀는 공손히 읍하며 태후에게 용서를 구했다.

-태후마마, 왕자가 아직 철이 없습니다. 용서해 주십시오.

-어마마마, 전 잘못한 것이 없습니다. 당연한 것을 말하고 있을 뿐입니다.

-연불아!

-우돌문은 무엇을 하고 있소? 어서 내려와 예를 갖추시오.

연불은 더욱 노기 띤 목소리로 조금도 물러서지 않았다. 우돌문은 난감해하며 태후를 간절히 바라보았다. 야속하게도 태후는 묘한 웃음을 지을 뿐 이렇다 할 말이 없었다. 연나부의 위세가 왕 위에 있다는 것은 공공연한 퍼진 사실이었다. 연나부의 우씨집안은 우태후를 믿고 더욱 기세를 떨치고 있었다. 그런데 이렇게 어린 왕자 때문에 물러난다면 위신이 말이 아니었다. 태후가 호통이라도 한 번 쳐주면 좋으련만 모르쇠로 일관했다.

어쩔 도리 없이 우돌문은 태후의 수레에서 내려 뒤로 걸어갔다. 모든 시선이 그에게 박혔다. 분하고 부끄러운 마음에 수염이 부들부들 떨렸다. 다른 부족의 귀족들은 고소해하는 눈길이 가득했다.

연불은 언제나 말이 없고 차분하던 아이였다. 모두들 갑작스런 그의 행동에 꽤 충격을 받았다. 왕과는 체질적으로 달랐다. 왕은 보통 장정보다 몸집이 크고 굵지만 연불은 선이 고왔다. 말수가 적어 어디에도 잘 나서지 않는 왕자였다. 빼어나고 수려한 외모로 궁녀들의 입에 간혹 올랐으나 눈에 띄는 돌출행동은 한 번도 한 적이 없었다. 궁내의 서고에 틀어박혀 있기를 즐겼다. 너무 유약한 것이 아닌가 항상 걱정을 샀던 왕자였다.

태후는 흥미로운 눈으로 연불을 바라보았다. 흑갈색의 눈동자가 흔들림 없이 태후에게 맞섰다. 당당하게 고개를 쳐들고 마치 늑대 새끼마냥 눈을 부릅떴다. 자신을 두려워하지 않는 눈을 다시는 볼 수 없을 줄 알았다. 모두들 비루한 자들밖에 없다고 생각했다. 그런데 오랜만에 묘한 쾌감에 휩싸였다.

교체는 활을 들었다. 검은 활이 묘하게 빛났다. 시위를 당기자 탄력 있는 시위가 힘있게 튕겼다. 사냥을 나가지 못한 것이 꽤 되었다. 무인기질이 강한 그로서는 궁궐은 답답한 곳이다. 오늘은 기필코 사냥을 나가 볼 생각이었다. 마음껏 달리고 사냥을 해야지 온몸이 풀릴 것 같았다.

때마침 득래가 교체를 알현했다.

—득래, 때마침 잘 왔네. 이런 활을 본 적이 있는가? 정말 훌륭한 활이야. 그 힘이 얼마나 되는지 어서 시험을 해 보고 싶어 지금 나갈 참이었는데 그대가 왔군.

—폐하, 그전에 말씀드릴 것이 있사옵니다.

—뭔가? 어서 말하게.

—태후께서 심상치 않사옵니다.

—그게 무슨 말인가?

—태후의 건강이 온전치 않으신 것 같습니다.

—이보게나. 오늘도 내게 와서 온갖 욕을 퍼붓고 가신 분이시네. 그 위세가 얼마나 대단했는지…. 그분은 나보다도 오래 사실 분이야.

교체는 씁쓸하게 웃으며 다시 활을 집어 들었다.

—요즘 들어 부쩍 신경이 많이 날카로워졌고, 태후전 시녀의 말에 의하면 밤에 잠을 통 못 이루셔서 자신들도 덩달아 며칠 밤을 새는 것이 허다하다 합니다. 추위를 얼마나 많이 타시는지 화로를 몇 번이고 갈아드린다고 합니다.

교체는 잠자코 듣고만 있었다. 언제부터인가 태후의 날카로운 목소리에 힘이 빠지고, 불꽃이 튀어오를 것 같은 눈빛에 재가 떨어지고 있었다는 것을 알고 있었다. 누구보다 태후의 신경을 살폈기에 미묘한 변화가 시작되는 것을 눈치챘다. 다만 말을 내뱉지 않았을 뿐이다.

—득래, 말조심하게. 궁은 벽에도 귀가 있다네. 아직 연나부 세력의 기세가 꺾이지 않았어. 그들이 무엇을 준비할지 알 수 없네. 태후가

어찌되었다 한들 저들이 바로 무너지겠는가. 아직 왕후가 남아 있지 않은가. 허허허!

슬픈 웃음소리가 전각에 울려 퍼졌다. 득래는 더 이상 말을 잇지 못하고 머리를 숙였다.

–아, 지루하다. 활쏘기 시합을 하고 싶은데 나와 대적할 만한 사람이 고구려에 없으니 너무 심심하다. 그 녀석이 보고 싶군.

–네, 저도 보고 싶습니다.

–그놈은 도대체 어디에 있는가? 살아 있겠지. 질긴 놈이니까 꼭 살아 있을거야.

교체는 활을 만지작거리며 긴 한숨을 내쉬었다.

연나부 고추가의 딸 인영은 태후전으로 걸음을 재촉했다. 갸름한 얼굴에 짙은 눈썹에 큰 눈, 날이 선 콧날은 도도하고 쌀쌀맞았다. 열두 살의 인영은 한참 아름다움이 꽃피어 오르기 시작했다. 어린 나이에도 얼마나 자존심이 강하고 콧대가 높은지 위세가 당당했다.

시녀들이 고하기도 전에 인영은 문을 열고 안으로 들어갔다. 그녀의 거침없는 행동에 태후는 전혀 기분나빠하지 않고 반갑게 맞아들였다. 싸늘한 얼굴에 밝은 웃음꽃이 피어났다. 인영은 태후에게 달려가 두 손을 꼭 잡고는 걱정스런 표정으로 살폈다. 왕후조차도 감히 태후에게 얼굴을 제대로 들지 못하는데 철부지 소녀는 대담하게도 친근했다.

–왜 이 할미가 죽었는지 확인해 보러 왔느냐?

–왜 그리 끔찍한 소리를 하십니까? 태후마마가 걱정되어서 한달음에 달려온 저에게 겨우 그 말씀밖에 못하십니까? 요즘 들어 부쩍 잠을 못 주무시고, 기력이 많이 쇠해졌다고 하여 걱정을 많이 했습니다.

–그래 내 걱정을 하는 이는 우리 인영이밖에 없구나.

태후는 다정스레 인영의 머리를 쓰다듬었다. 태후에게 인영은 특별한 아이였다. 아이들은 모두 태후를 무서워했다. 가까이 가는 것도 꺼려했지만 인영은 달랐다. 스스럼없이 태후의 손을 잡고, 어떨 때는 무릎 위에서 놀기도 했다.

이때만큼은 어느 누구보다도 자애로운 할머니의 모습이었다. 태후는 자식을 낳지 못한 것이 한으로 남았다. 다른 것은 모두 가질 수 있었지만 자식만은 뜻대로 되지 않았다. 아이를 낳아본 적이 없었기에 어미의 마음이 무엇인지도 알지 못했다. 손자들을 안아주거나 따뜻하게 보듬어 준 적이 없었기에 모두들 우태후를 무서워하기만 했다.

하지만 인영만은 달랐다. 우태후를 무서워하기는커녕 가끔은 버릇없이 굴면서 손녀의 역할을 톡톡히 했다. 인영이 뭐라 재잘재잘 떠들면 얼마나 귀여워하는지 우태후의 얼굴에 웃음꽃이 피었다.

–네가 올해 몇 살이지?

–열둘이옵니다.

–조만간에 혼인을 해야겠구나. 마음에 드는 자가 있느냐?

–유치하기 짝이 없는 녀석들만이 바글거립니다.

–그래. 내가 너의 짝을 정해 줄까?

–마마, 전 아직 혼인을 생각해 본 적이 없습니다.

—그렇지만 결국 해야 할 것이다. 고구려에 너를 감당할 만한 사내가 있을지 모르겠구나.

—저는 사내 따위는 관심 없습니다. 모두들 시시합니다.

문밖에서 헛기침 소리가 들려왔다. 이윽고 문이 열렸다. 한 미소년이 들어왔다. 긴 목과 하얀 피부에 날 선 듯 매끈한 콧날과 엷은 입술은 인영이 봐도 부러웠다. 약간 마른 듯한 체격은 그리 보기 싫지 않았다.

소년은 인영을 보고 흠칫 놀랐다. 아마 태후가 혼자 있다고 생각한 듯했다.

—왔느냐.

—태후마마, 문후 올립니다.

—내가 부르지 않으면 날 찾는 법이 없구나. 내가 그리 싫더냐?

지독하게 고집스러워 보이는 입은 꾹 다문 채 말이 없었다. 단순한 치기에 어린 시위는 아닌 듯했다. 어리지만 자부심이 대단한 듯 얼굴을 꼿꼿이 든 채 태후의 눈을 피하지 않는다. 두려움이 없는 눈이다. 태후는 미소를 지었다.

—태후마마. 손님이 오실 줄 몰랐습니다. 오늘은 그만 물러가겠습니다.

—아니, 괜찮다. 조금만 더 있다 가거라.

—하지만….

태후는 어색한 기류를 즐기듯 이상야릇한 미소를 띠었다. 시녀가 차를 내왔다. 향긋한 차향기가 코끝을 자극했다.

—마셔라. 오나라에서 건너온 귀한 차이다.

—이리 귀한 것을 어찌 저에게 주십니까?

—인영아! 너는 내게 가장 귀한 손님이다. 나에게 머리를 숙이고 아부나 하는 그런 대신들과 비할 데가 아니지.

—그리 말하시니 몸둘 바를 모르겠습니다.

—너답지 않은 겸손이다. 우리 왕자께서는 왜 아무 말도 없으신가. 할미와 함께 있는 것이 그리 싫은가.

—아닙니다. 제가 워낙 말주변이 없어서….

—전에는 그리도 잘 따져 말하던 것과는 너무 딴판이구나.

왕자라는 말에 인영은 흠칫했다. 그렇다면 연불왕자를 말하는 것인가. 인영도 동맹제 날의 소동에 대한 소문은 익히 들어서 알고 있었다. 감히 태후 앞에서 할 말을 다 했다는 것에 놀라워하며 몇 번이고 회자되었던 것을 기억했다. 살짝 고개를 들어 왕자를 엿보았다. 마르고 작은 체격이었지만 말할 수 없는 큰 기운이 뿜어져 나왔다. 두 아이는 태후를 가운데에 두고 한참 동안이나 어색한 침묵을 견뎌야 했다.

우태후는 아이들을 보내고 난 후 갑작스럽게 심한 한기를 느꼈다. 시린 기운이 온몸을 타고 넘었다. 온몸을 부르르 떨며 시녀를 찾았다. 문 밖에서 졸던 시녀는 깜짝 놀라 방 안으로 들어왔다. 태후는 화로에 불이 꺼졌다며 날카롭게 소리쳤다. 방 안은 따뜻했지만 태후는 춥기만 했다.

추워서 잠을 잘 수가 없었다. 쪽구들에 불을 잔뜩 넣고 두터운 이불까지 덮는 것까지 모자라 밤새 불을 다시 피우게 했다. 아무리 해도 등을 타고 내리는 시린 기운을 가시게 할 수 없었다.

어젯밤 남무가 꿈에 나타나 밤새도록 태후를 괴롭혔다. 남무는 우태후의 첫 남편인 고국천왕이었다. 오직 고구려의 왕권을 강화시키는 데 몰두했고 그 외에는 아무것도 생각하지 않는 사람이었다. 평생 한 번도 따뜻한 정을 나눠주지 않았던 남편이었다.

남무와 우태후의 혼인은 철저한 정치적 계산에 의해서였다. 물론 어떤 왕들도 순수한 마음으로 다가간 여인을 왕후로 맞아들이는 경우는 드물었다. 남무에게 우태후의 존재는 정치적 이유 외에 어떠한 것도 없었다. 게다가 혼인한 지 십 년이 넘도록 우태후가 임신을 하지 못하자 그의 냉정함은 극에 달했다. 막강한 세력을 행사하는 연나부를 노골적으로 적대시하기까지 했다.

우태후는 점점 없는 사람처럼 살아갔다. 친정아버지마저 돌아가시고 연나부 대신들도 그녀 곁을 떠났다. 남무가 연나부에게 철퇴를 내리치고 있던 상황에서 자신의 자리를 지키기 급급했던 귀족들에게 왕자를 생산치 못한 왕후는 아무런 의미가 없는 존재였다.

크고 넓은 왕궁에서 우태후에게 힘을 줄 수 있는 사람은 아무도 없었다. 할 수 있는 일은 아무것도 없었고 바닥으로 자꾸만 치달아갔다. 왕후자리에서 쫓겨나면 그 다음은 뻔한 일이었다. 죽는 것보다 더한 비참한 삶만이 기다릴 뿐이었다.

모든 것이 끝났다고 생각되었던 그 날 이후 모든 것이 새롭게 시작되었다. 마지막 끈이라도 잡아보기 위해 남무에게 갔다. 무릎을 꿇고 애원이라도 하려고 했다. 그녀가 할 수 있는 일은 그것밖에 없었다. 왕후자리에서 물러나는 것은 죽어도 용납할 수 없었다.

왕의 처소에 도착했을 때 찢어질 듯한 비명소리가 사방을 에워쌌다. 무어라 말할 수 없는 무서운 기운이 왕의 처소에 감돌았다. 젊은 궁녀는 공포에 떨고 있었고, 남무는 바닥에 고꾸라져 있었다. 우태후는 궁녀에게 소리쳤다.

—입 다물어!

—흑흑흑….

젊은 궁녀는 바르르 떨며 두 손으로 입을 막았다. 눈앞에서 왕이 죽어 나자빠진 것도 무서웠지만 증오를 한껏 담고 우뚝 서 있는 우태후는 더욱 공포스러웠다.

그 짧은 순간 우태후는 수많은 생각이 교차했다. 하지만 왕의 죽음 앞에 놀라울 정도로 침착하게 상황을 정리해 나갔다. 공포에 질린 궁녀를 끌어내렸다. 의원을 불러 왕의 죽음을 확인받았다.

갑작스런 왕의 죽음에 모두들 갈피를 잡지 못했다. 후사도 정하지 못한 상황에서 엄청난 피바람을 근심했다. 궁에 있는 이상 그 누구도 그것을 피할 수는 없는 문제였다. 우태후는 냉정하고 신속하게 일을 처리했다. 의원과 궁녀들에게 자리를 지킬 것을 명령했다. 아무도 궁 밖을 나갈 수 없고 만약 그것을 어길 시에 죽음을 각오해야 한다고 엄포를 놓았다.

곧 주요 연나부 대신들에게 밀지를 보냈다. 국상이 도착하고 몇몇 연나부 대신들이 궁궐로 들어왔다. 하나같이 놀라움과 두려움으로 우태후 앞에 섰다. 그들의 은밀한 대화는 그리 오래 이어지지 않았다. 날이 밝아오자 교체의 아버지인 연우는 고구려의 새로운 왕으로 등극했다.

그해 여름은 유난히 일찍 와서 후덥지근했다. 매장을 할 기일을 정하는 동안 남무의 시체는 빠르게 부패하기 시작했다. 때 이른 더위도 있었지만 시체에서 난 이상할 정도의 독한 냄새가 궁궐을 휘저었다. 시체가 있는 전각 근처에서는 숨도 쉬기 힘들 정도로 악취가 풍겼다.

두 번째 혼례식 전날, 우태후는 남무 앞에 섰다. 한때 고구려 왕이었던 기운 세고 거대했던 사내의 흔적은 찾아볼 수 없고 고약한 악취를 내뿜는 형체를 알아볼 수 없는 썩은 시체만이 있었다. 우태후는 몸서리칠 정도로 잔인하게 비웃었다. 실컷 비웃고 또 비웃었다.

잔뜩 비웃고 돌아선 순간 등줄기로 시린 기운이 소름끼치게 지나갔다. 이상한 기운에 휙 뒤돌아보았으나 아무것도 없었다.

–남무! 아직 가지 못했나? 억울해서 가지 못하나 보지. 그러나 어쩌나. 당신은 죽었고 난 살아 있어! 난 귀신 따윈 무섭지 않아! 날 놀릴 생각하지 말고 어서 썩 사라져 버려!

날카로운 외침은 허공에 흩어졌다. 우태후는 다음날 연우와 혼인하여 다시 왕후의 자리에 올랐다. 두 번째 남편의 왕후로서 권력의 정점에 섰고, 지금은 태후가 되었다.

모두 깊은 잠에 빠져 있을 시각, 왕은 서둘러 태후전으로 향하고 있었다. 태후의 병세가 심상치가 않다는 전갈이었다. 태후전 앞에는 벌써 연나부 대신들이 몰려와 있었고 불안한 눈으로 왕을 응시했다.

태후전의 시녀가 쪼르르 달려 나왔다.

—태후마마께서 폐하만 드시라고 하십니다.

—의원은 왜 들어가지 않느냐?

—폐하 이외에는 아무도 들이지 말라고 하십니다.

검은 어둠으로 뒤덮인 태후의 방 안은 기분 나쁘게 서늘했다. 왕은 촛불에 불을 켰다. 일렁거리는 불빛이 화려하고 거대한 침상에 누운 늙은 여인을 비추었다. 백색의 머리카락은 화장기 없는 바싹 쭈그려든 얼굴 위에 어지럽게 흩어져 있었다. 입을 벌린 채 숨을 쉴 때마다 거친 숨소리와 함께 처진 목덜미가 실룩거렸다. 두 눈은 감고 있지만 눈동자가 어지럽게 돌아다녔다. 아무리 거대한 몸집의 사내라도 주눅 들게 했던 서슬 시퍼렇던 기운을 느낄 수가 없었다.

왕은 늙은 여인이 낯설게 느껴졌다. 다섯 살 때부터 공포의 대상, 그 앞에 서면 머릿속이 하얗게 변하면서 말까지 더듬었다. 몸집이 자랄수록 두려움은 오히려 커져만 갔던 존재가 지금은 너무나 초라한 모습으로 죽어가고 있었다.

우태후가 천천히 눈을 떴다. 교체는 눈을 피하지 않았다. 눈과 눈이 마주쳤다. 미묘한 기운이 얼마간 흘렀다.

—두려움이 없구나.

—….

—평생 네 눈에 나에 대한 두려움이 어려 있었는데 내가 죽긴 죽는가 보구나. 쿨룩쿨룩….

—저를 왜 찾으셨습니까?

—흐흐흐…. 이제야 나를 두려워하지 않다니. 어리석은 놈! 미련한 놈! 심약하기 짝이 없는 놈! 그래서 어떻게 고구려를 다스려! 연우의 약한 마음을 너무 닮았어. 허나 네 아들은 너를 닮기보다 남무를 많이 닮았어. 나의 첫 번째 남편인 남무를 닮았다니…. 그 녀석은 날 두려워하지 않더구나. 쿨룩쿨룩….

—그만 말씀하시지요.

—아니다. 지금이 아니면 할 시간이 없다. 내가 죽으면 어떻게 할 것이냐? 복수의 칼을 높이 들고 연나부 사람들을 모두 죽일 게냐? 오랫동안 기다려온 기회인데 그걸 놓치기엔 아깝겠지. 너의 활솜씨가 신궁에 가까우니 모두 과녁에 세워두고 그 심장을 하나씩 뚫어보면 어떨까. 큭큭큭….

—그만하십시오!

왕은 분노로 온몸이 부들부들 떨렸다. 오랜 세월 참고 눌려온 응어리가 한순간 마구 튀어져 나올 것만 같았다. 안으로 꾹꾹 눌러 담은 채 몇 십 년간을 참았다. 토해내고 싶었다. 늙은 여인의 얼굴에 오물을 쏟아내고 싶었다.

왕은 자신도 모르게 우태후의 늙고 주름진 목덜미를 커다란 두 손으로 움켜잡았다. 죽어가는 맥은 아주 약하게 할딱거렸다. 조금만 힘을 주어도 끊어질 것 같았다. 이내 두 손을 놓았다. 축 처지고 말라 비틀어진 거죽만 남은 늙은 여인은 온갖 욕설을 내뱉으며 악다구니를 썼다.

—켁켁켁! 못난 놈! 너에게 한주먹도 안 되는 늙은 년도 하나 못 죽

이냐? 흐흐흐….

—마지막까지 그리 악담을 하시고 싶습니까? 이제는 당신에 대한 두려움도 분노도 미움도 다 사라졌습니다. 그만 편히 가세요.

—….

—이제야 알겠습니다. 사실은 태후마마도 두려웠던 겁니다. 그래서 스스로를 공포의 대상으로 만들었던 겁니다. 누구에게도 자신의 두려움을 들키기 싫어서 특히 저에게 말입니다.

태후의 눈빛이 흔들렸다. 들켜서는 안 되는 큰 비밀을 들킨 사람처럼 당황했다.

—내가 누구냐…. 난 우태후다. 고국천왕과 산상왕의 왕후였으며 지금까지 고구려의 실질적 지배자는 바로 나다. 무슨 헛소리를 지껄이는 게야! 쿨룩쿨룩…. 너의 어미도 내가 죽였다.

—….

—내가 너의 어미를 죽였다! 알지 않느냐? 날 죽이고 싶지. 넌 나를 갈갈이 찢어서 짐승의 먹이로 던져도 시원치 않을 게다. 다섯 살짜리 어린애에게서 어미를 빼앗으니….

—왜 그랬습니까? 어머니가 태후마마의 자리라도 노릴까 겁이 나셨습니까?

—흥! 천한 것이 어떻게 내 자리를 넘봐! 절대 일어날 수 없는 일이다. 싫었다. 내가 아무리 노력해도 가질 수 없는 것을 네 어미가 너무 쉽게 얻는 것이 싫었다. 난 연우를 왕으로 만들어주었는데도 얻지 못했던 것을…. 쿨룩쿨룩….

더 이상 말을 잇지 못하고 연신 기침을 했다.

—내가 너의 어미와 한 가지 약속한 것이 있지. 너를 온전한 왕으로 만들어 주겠노라고 했지. 난 내가 한 말에 대한 약속은 무슨 일이 있어도 지킨다.

태후는 잠시 말을 멈추고 숨을 골랐다. 말을 너무 많이 한 탓일까. 숨소리는 점차 거칠어졌다. 마지막 남은 힘을 억지로 짜내며 말을 토해낸다.

—나는 죽으면 그만이다. 이제 더 이상 애쓸 필요도 없다. 죽음이라는 것이 이래서 좋구나…. 쿨룩쿨룩…. 연나부를 상대로 헛된 복수 따위 하지 마라. 내가 죽는다고 연나부도 다 죽는 것이 아니다. 아직은 네가 상대가 안 된다. 헛된 망동을 버려라. 침착하게 상황을 주시해라. 그리고 나서 과감하게 자르거라. 내 말을 명심해라. 고구려를 너에게 맡긴다. 더욱 크고, 더욱 강한 고구려를 만들어라. 그러면 넌 나를 이기는 것이다.

마지막 있는 힘을 다하여 모든 것을 내뱉은 뒤 태후는 쓰러졌다. 목덜미의 맥도 더 이상 팔딱거리지 않았다. 태후가 죽었다. 교체는 태후를 안아 올려 침상에 눕혔다. 늙고 가냘픈 여인은 교체에게 너무 가벼웠다. 평생 자신을 두려움과 모멸감으로 떨게 했던 태후가 이제 아무것도 아닌 쓸모없는 몸뚱이만을 남겼다.

이윽고 한 차례의 시끄러운 소리와 함께 문이 벌컥 열렸다. 명림어수를 위시한 연나부 대신들이었다. 모든 대신들은 엎드려 통곡했다. 태후전을 둘러싼 울음덩어리가 지나친 통곡을 자아냈다. 하지만 교체의 귓전에 아무런 소리가 들리지 않았다. 오직 거대한 침상에서 볼품없는 모습의 늙은 여인에게 눈이 고정되어 있을 뿐이었다.

매일 아침 태후에게 문안인사를 드리러 가는 것이 죽기보다 싫었다. 아비의 옆에서 차가운 미소로 노려보던 눈빛은 심장이 쪼그라들게 했다. 지친 몸을 이끌고 잠자리에 들면서 아침이 오지 않기를 바랬다. 단 하루라도 태후의 얼굴을 마주하지 않기를 원했다. 왕위에 오른 후에도 여전히 변한 것은 없었다. 보통 사내보다 거구의 몸집으로 성장했지만 다섯 살 아이의 두려움은 그대로 가지고 있었다.

이제는 더 이상 꺼릴 것이 없었다. 아침마다 무서운 우태후의 얼굴을 마주할 필요도 없어졌다. 하지만 아직도 우태후는 그의 옆에 존재했다. 여전히 차가운 미소로 그를 노려보았다. 보이지 않는 거대한 멍에가 교체의 두 어깨에 짊어졌다.

술

연나부는 우태후의 죽음 이후 세력이 약해졌지만 견고한 그들의 힘은 쉽게 무너지지 않았다. 여전히 왕과 연나부는 긴장을 늦추지 않고 서로를 견제하고 있었다. 이에 환도성의 귀족들은 왕과 연나부를 사이에 두고 편 가르기에 한창이었다.

그러나 동부의 수장인 밀을은 어느 편에 서지도 못하는 난처한 입장이었다. 밀을의 가문은 왕의 친위세력으로 성장해왔고 전 부인과의 사이에서 난 아들, 밀우는 왕에게 두터운 신임을 받고 있는 최측근이었다. 하지만 지금 부인인 설리는 연나부 사람이었다.

–무슨 생각을 그리 골똘히 하십니까?"

–언제 왔소?

–제가 들어온 줄도 모르시다니요!

설리는 새초롬한 얼굴로 찻상을 탁자 위에 올려놓았다. 두 아이의 어미이면서 불혹의 나이를 넘긴 것이 믿기지 않을 정도로 아름다웠다.

–저번에 오나라에서 온 상인에게 산 차인데 향기가 아주 좋아요. 드셔보세요.

—좋구려. 향부터가 남다르군.

—걱정이 깊어 보이십니다. 밀우 때문에 그러십니까?

—….

—궁궐에서 아는 체는 합니까? 내가 무엇을 그리 잘못해서 그놈에게 그런 수모를 당해야 합니까? 작년에 궁에서 만났을 때도 얼마나 차갑게 돌아서는지 당신은 모르십니다.

설리는 조소가 담긴 말을 내뱉으며 무엇이 분한지 부르르 떨었다. 밀을은 아무런 대꾸도 하지 않은 채 조용히 눈을 감았다. 결국은 다 자신의 잘못 때문이었다. 그날 이후 밀을은 돌아올 수 없는 깊은 강을 건넜다.

그때도 이렇게 무더운 여름이었다. 밀을은 궁궐을 나와 집으로 향하고 있었다. 갑자기 쏟아지는 폭우로 궁궐의 처마 밑으로 피했다. 밀을은 이제 막 중앙으로 진출한 터라 수레를 구할 형편이 되지 못했다. 엄청나게 쏟아지는 비를 보면서 한숨만 내쉬었다. 갑자기 화려한 수레가 밀을 앞에 서더니 수레에서 연나부의 낙공이 내렸다.

밀을은 이전에 몇 번 낙공과 인사를 나눈 적이 있었기 때문에 바로 알아볼 수 있었다. 낙공이 자신의 집에서 잠시나마 비를 피하라고 제안했다. 갑작스런 호의에 밀을은 당황했지만 조금 망설이다 수레에 올라탔다.

궁궐과 그리 멀리 떨어지지 않은 곳에 낙공의 집이 있었다. 바다를 통한 무역으로 엄청난 부를 축적한 가문답게 집안 곳곳에 이국적인 장식품들이 눈길을 끌었다. 붉은 옻칠의 장롱, 오묘한 빛을 띠는 구슬, 화려한 색을 가진 도자기 등 신기하지 않은 물건이 없었다. 낙공은 밀을을 일곱가지 색색의 휘장을 둘려진 방으로 안내하더니 이내 사라졌다. 밀을은 빗물로 흠뻑 젖은 옷 때문에 앉지도 못하고 서서 기다렸다.

이윽고 방문이 열리더니 한 여인이 옷을 들고 들어왔다. 무심코 여인을 본 밀을은 가슴이 쿵하고 내려앉는 듯했다. 다소곳이 그에게 옷을 내미는 여인은 누가 봐도 한눈에 반할 미인이었다. 눈처럼 하얀 얼굴에 짙은 눈썹과 붉은 입술은 대조를 잘 이루었다. 머리카락을 땋아 얹은머리는 과하지 않았고, 그 뒤에 나뭇가지의 모양의 붉은 뒤꽂이가 조화를 이루었다. 양쪽 볼을 타고 내려오는 두 가닥의 머리카락은 여인의 볼을 살짝 간지럽혔다.

여인은 밀을에게 수줍게 옷을 건네고 돌아서는데 모시치마 소리가 삭삭삭 시원한 바람소리가 났다. 마치 꿈이라도 꾼 것 같았다. 정신을 차리고 보니 자신의 손에는 옷 한 벌이 가지런히 놓여 있었다.

밀을은 낙공과 술잔을 기울었다. 동부와 연나부라는 나부의 족쇄를 벗은 채 사내들은 술을 즐겼다. 취기가 더할수록 밀을은 조금 전 여인의 모습이 지워지지 않았다. 옷차림을 보아서는 시비는 아닌 것 같은데 점점 더 궁금해지는 것을 참을 수가 없었다.

–설리가 가져다준 옷은 잘 맞는가?

–설리요?

–내 딸인데 아직 철이 없어 실수나 하지 않았나 모르겠네.

그 여인이 낙공의 딸이라는 말에 놀라 술잔을 놓칠 뻔했다. 환도성에서 설리를 모르는 자가 없었다. 몇 년 전 끔찍한 살인 사건이 발생했다. 사건의 원인은 설리였다. 일찍이 설리는 계루부 한 가문의 아들과 혼인을 했는데 일 년도 되지 않아 남편이 죽었다. 그런데 놀랍게도 범인이 바로 남편의 동생이었다. 동생이 형수인 설리를 차지하기 위해 형을 죽였던 것이다.

형사취수혼은 고구려의 오래된 관습이었다. 그래서 산상왕도 역시 형의 아내였던 우태후와 혼인할 수 있었다. 하지만 고의적으로 살인까지 저지르는 일이 발생하자 환도성은 발칵 뒤집혔다. 동생은 곧바로 처벌을 받았고, 설리는 온갖 손가락질을 받아야 했다. 남편을 죽음으로 내몬 것은 설리의 미모였다고 입을 모았다. 엄청난 부를 축적한 아버지가 없었다면 설리는 핍박을 견디지 못했을 것이다. 낙공은 소문이 잠잠해지기만을 기다렸다.

밀을은 술을 단숨에 들이키며 떨리는 가슴을 씻어냈지만 진정이 잘 되지 않았다. 낙공은 그의 미묘한 행동 하나까지 꿰뚫는 듯 쳐다보았다. 그들 사이에 숨막힐 듯한 침묵이 흘렀다.

–자네 부인은 병이 깊다고 들었는데 좀 어떤가?

–아직 별다른 차도가 없습니다.

–걱정이 많겠구려.

–네, 무엇보다도 밀우가 걱정입니다. 아직 어미의 손길이 많이 필요한 나이인데 몸이 성치 않으니 거의 돌보아주지 못하고 있지요. 전 거의 밖에 나와 있고, 집안에서 부리는 몇몇 노비가 돌봐주고 있습니다.

낙공은 쓴 웃음을 지으며 술잔을 내려놓았다.

–난 이제껏 딸자식 잘되는 것 하나 바라보고 살았는데 저러고 있으니 내 속도 말이 아니네. 좋은 혼처 만났다고 좋다고 갔는데 이게 무슨 날벼락인가. 아직 나이가 젊은데 이대로 혼자 살게 되는 것은 아닌지 걱정이 앞서네. 늙은 이 몸이 죽으면 설리는 어쩌면 좋겠는가.

–걱정 마십시오. 곧 좋은 혼처가 나올 것입니다.

–어디서 말인가? 계루부에서는 형제를 죽음으로 몰고 간 요물이라고 손가락질을 해대고, 연나부에서도 곱지 않은 시선이 가득하네. 어디 좋은 자리가 있어 간단 말인가. 그렇다고 허투루 보낼 수도 없고…. 그래도 일생을 맡길 수 있는 듬직한 사내를 만나야 하는데 말일세. 자네가 혹 그런 자리를 아는가?

–글쎄요.

–아니면 자네는 어떤가?

–네?

밀을은 너무 놀라 술잔을 떨어뜨렸다. 머릿속으로 아픈 아내와 밀우가 스쳐갔다. 하지만 그 위로 설리의 수줍은 미소가 덧대어졌다.

–자네만 좋다면 당장 이 처소를 서옥*으로 만들 생각이네.

–어르신!

–왜 설리가 마음에 들지 않은가?

–전 처자가 있는 몸입니다.

–자네 아내가 더 이상 회생하기 힘들다고 들었네.

* 서옥:혼인을 정한 뒤 신부 집 뒤에 조그맣게 지어 사위를 머무르게 한 집.

—하지만 제가 어찌….

—난 자네가 마음에 들었다네. 계루부나 연나부가 모두 지겹다네. 누구보다 설리를 아껴줄 듬직한 사람이 필요해. 바로 자네 같은 사람….

낙공은 유유히 잔을 들이킨 후 밀을에게 술을 권했다. 밀을은 떨리는 손으로 술잔을 받았다. 연나부의 우씨나 연씨는 대대로 왕후를 배출하는 가문으로 명림씨는 국상을 지내는 것으로 중앙권력에 깊숙이 개입했다. 하지만 낙씨 가문은 애매했다. 막대한 부를 축적하고 있었으나 정치력으로는 다른 가문에 뒤졌다. 설리의 혼인으로 낙씨도 새로운 도약을 하고자 하는 의도가 있었다. 그런데 생각지도 못한 데서 일이 터져 버렸고, 오히려 계루부에서는 설리를 원망하며 손가락질을 했다. 분하고 억울한 시간이 흘러갔다.

그러는 차에 낙공은 왕의 신임이 두터운 밀을을 눈여겨 보기 시작했다. 아내가 있다고 하나 그것은 문제될 것이 없었다. 고칠 수 없는 깊은 병에 언제 죽을지도 모른다는 소문을 익히 들어서 잘 알고 있었다.

설리는 싫다며 방방 뛰었다. 차라리 혼자 살겠다며 낙공을 원망했다. 하지만 밀을을 본 설리의 마음이 흔들렸다. 이전 남편은 세련되었지만 조금은 심심한 사람이었다. 하지만 밀을은 뭔가 다듬어지지 않은 거칠고 순박한 면이 마음을 끌었다.

그 날 이후 밀을은 낙공집의 서옥에서 기거했다. 집으로 돌아가지 않는 날이 점점 많아졌다. 여느 날처럼 낙공이 마련해 준 수레를 타고 서옥으로 돌아가고 있는 중이었다. 누군가가 그를 막아섰다.

—주인님! 막돌입니다.

—네가 웬일이냐?

—흑흑흑…. 마님이 돌아가셨습니다…!

갑자기 앞이 아득해졌다. 그 길로 바로 집으로 달려갔다. 대문은 활짝 열린 채 마치 도둑떼들이 덤벼들었던 것처럼 온 집안이 어지럽혀져 있었다.

—주인님이 오시지 않으시고 마님은 편찮으셔서 거동을 못하시고 도련님이 너무 어리시니 노비들이 마음대로 행패를 부렸습니다. 제가 주인님을 모시러 간 사이에 큰일이 벌어진 듯합니다.

—밀우는 어디 있는 게냐? 밀우야! 밀우야!

때늦은 후회를 하며 방 안으로 들어갔다. 구토가 올라올 정도로 지독한 냄새가 몰려왔다. 아내의 시신은 이미 부패의 정도가 심했다. 눈은 푹 꺼지고 피부에는 수포가 올라와서 진물이 흘러나왔다. 덥고 습한 열기는 시신을 더 빨리 썩게 만들었다.

시신 앞에서 밀우는 꼼짝을 하지 않았다. 두 무릎을 꿇고 그대로 굳어 버린 듯 움직이지 않았다. 밀을은 아들을 나지막이 불렀다. 천천히 고개를 돌리는 열 살 소년의 눈은 마치 모든 것을 버린 듯 공허했다. 차라리 아버지를 원망하는 눈빛이었으면 더 나을 듯했다.

장례는 화려하게 치러졌다. 더없이 화려한 수의에 진귀한 부장품이며 마치 축제라도 벌어진 듯 시끌벅적했다. 몇 달을 거쳐서 수많은 귀족들이 다녀갔다. 왕 또한 사람을 보내어 조문하게 했다. 끊임없이 이어지는 조문객을 접대하는 비용이 만만치 않았지만 낙공이 모두 부담

했다. 낙공은 장례식에 아낌없이 돈을 퍼부었다. 단 하나도 허투루 하는 것 없이 완벽에 가까웠다. 오가는 사람마다 한마디씩 했다. 부인이 죽자마자 복이 터졌다며 비꼬았지만 부러움을 감추지 못했다.

수많은 조문객이 다녀가고 작은 마을 전체가 들썩거릴 만큼 유난스러운 의식이 지나갔다. 장례를 치르는 동안 밀우는 한 번도 아비와 눈을 마주치지 않았다. 마치 바위처럼 어미의 위패 앞에서 꼼짝을 하지 않았다. 아이의 마음에 무슨 변화가 일었는지 아무도 몰랐다. 오로지 긴 침묵밖에 없었다. 말을 잃고, 모든 신경을 잃은 것 같았다. 아들의 침묵은 밀을을 더욱 고통스럽게 했다. 차라리 분노하고 패악이라도 부리는 것이 나았다.

어머니가 돌무덤에 묻히는 날까지도 밀우는 울지 않았다. 유달리 큰 키에 깡마른 몸은 금방이라도 휘청거리며 넘어질 것 같았다. 장례가 끝나는 마지막까지 입을 굳게 다문 채 그 모든 것을 버티었다. 그 날 이후 밀을은 아들로서의 밀우를 잃었다.

이마 위 굵은 주름의 골이 더욱 깊어졌다. 큰일을 앞둘 때마다 생기는 교체의 버릇이었다. 다섯 살에 태자가 되어 열아홉에 왕위에 올랐다. 선왕의 유일한 아들로 형제들 간의 어떠한 경쟁이나 혈투도 없었다.

겉으로는 왕위계승에 어떠한 문제도 없었다. 하지만 왕의 유일한 아들이 우태후의 몸에 태어나지 않고 주통촌의 비천한 여인에게서 태어난 것이 문제였다. 왕 위에 존재하는 권력을 거머쥔 우태후에게 반

아들일 수 없는 일이었다.

분노한 우태후는 교체를 받아들였지만 그 어미는 받아들이지 않았다. 다섯 살부터 교체는 엄청난 빚을 짊어진 채 살았다. 태자에 오르는 대가로 친어미가 죽음을 선택했고, 왕위에 올라서도 끊임없이 시험대 위에 올라 시달림을 당했다.

계루부는 왕족으로, 연나부는 왕비족으로 대대로 왕후를 배출했다. 교체는 왕족과 왕비족의 결합물이 아닌 이단아였다. 우태후는 연나부의 피를 이어받지 않은 교체를 끊임없이 괴롭히고 평가했다. 그것은 교체를 머리부터 밑바닥까지 짓눌렀다. 어릴 때는 우태후가 너무 무서워서 기를 펴지 못했다. 단 하나의 실수도 용납하지 않았던 우태후는 그 존재 자체가 두려움이었다. 교체는 평소에 거침없는 호방한 성격이었지만 태후 앞에서는 말까지 더듬었다. 선왕이 죽고 즉위했을 때도 변함이 없었다. 여전히 그녀가 두렵고 무서웠다.

우태후가 죽은 후에도 교체는 그 그늘에서 아직도 벗어나지 못했다. 연나부는 여전히 위세를 떨치며 교체를 압박하려 들었다. 고구려 왕은 절대적인 권력자가 아니었다. 나부들의 왕이었다. 나부가 군사를 내어주지 않는다면 전쟁을 치를 수도 없었다. 아무리 왕이라고 해도 나부의 의견을 마음대로 무시하거나 짓누를 수 없었다.

위나라를 도와 공손연을 토벌했고, 그 대가로 요동의 일부를 약속받았다. 그런데 이제 와서 위나라는 고구려를 무시한 채 슬그머니 낙랑군과 대방군을 차지했다. 사마의가 무슨 수를 두고 있는 게 틀림없었다.

그런데 연나부는 이 모든 책임을 교체에게 돌렸다. 제가회의라는 형식을 빌려 그 속에서 끊임없이 교체를 압박했다. 결국은 연불의 태자 책봉에 대해서도 말 한마디 꺼내지 못하게 했다. 연불의 나이가 벌써 열여덟이었다. 교체가 다섯 살에 태자에 책봉된 것에 비하면 늦어도 너무 늦었다.

크고 넓은 어깨가 축 처졌다. 고구려의 왕이 자꾸만 안으로 들어갔다. 가끔 이 힘겨운 싸움을 그만두고 모든 것을 놓고 싶었다. 목이 타올랐다. 내관과 시녀를 모두 물리고 혼자서 술도가로 향했다. 향기로운 술내음이 술도가에 가득했다. 왕은 거구의 몸집답게 술독째로 마셔도 취하지 않는 타고난 술꾼이었다. 체면 따위는 버려둔 채 술독을 열어젖히고 한 바가지 가득 퍼서 숨도 쉬지 않고 마셨다.

시큼한 술냄새는 고구려 왕 교체에게 그리움이었다. 어린 교체는 술을 담그는 어머니의 치마폭에 매달려 놀았다. 술독에 기어오르려다 엄청나게 야단을 맞기도 했다. 어머니는 무섭게 야단을 치다가도 엉엉 우는 어린 교체를 꼭 안아주었다. 그럴 때면 어머니의 품에서는 술과 살내음이 섞여 독특한 냄새가 풍겼다. 그 냄새가 어린 교체의 코끝에 물들어 어머니에 대한 기억이 되었다.

술도가의 문이 열리더니 키 큰 사내가 들어왔다. 문 쪽으로 고개를 돌린 교체의 얼굴이 환해졌다.

—밀우냐?

—네.

—내가 여기 있는지 어찌 알았느냐?

–시녀와 내관도 물리시고 간 곳이 여기밖에 더 있겠습니까.

–허허허. 역시 내 마음을 잘 아는 건 밀우밖에 없구나. 어서 와서 술 한잔 받거라.

밀우는 공손히 교체가 주는 술 바가지를 받았다. 그도 목이 탔는지 단숨에 들이켰다. 차가운 술이 목구멍으로 넘어갔다. 곡주 특유의 향이 올라오면서 새콤하고 감칠맛이 돈다. 독한 술이 목구멍에서 가슴을 타고 내려갔다.

–술 맛이 정말 좋구나!

–네. 그러하옵니다.

–물금이의 술맛은 언제나 좋구나. 진하면서 깊은 맛을 낸단 말이다. 요즘 들어서 더욱 깊은 맛을 내는 것 같아. 물금의 술이 없다면 내가 도저히 허전해서 견딜 수가 없었을 것이다.

–워낙 솜씨가 좋은 분이십니다.

–고마움을 전하고 싶어서 무엇을 원하냐고 물어도 아무 대답이 없구나. 처음 만났을 때 이후로 한결같은 사람이다.

–저도 그분이 아니었다면 세상에 대한 원망만 가득한 떠돌이로 지냈다 말았을 겁니다.

–물금이가 너에 대한 걱정이 많다. 언제 혼인할 것이냐?

밀우는 말없이 피식 웃기만 했다. 수없이 들은 말이지만 한 번도 제대로 대꾸해 준 적이 없다. 혼인을 안 하겠다고 생각한 적은 없지만 굳이 하고 싶지도 않았다. 마음이 맞는 처자를 만나지 못한 것도 있지만 무엇이라 꼭 말하기가 힘들었다.

—아비에 대한 원망이 아직 남았느냐? 아비는 용서하고 네 삶을 살아라. 사람 일은 어찌될지도 모르는 것이다. 왕후와 나도 정은 없지만 그래도 그 사이에 아들 셋을 보았다. 언제까지 떠도는 생활만 할 수는 없지 않느냐? 마음에 드는 여인이 있다면 궁녀라고 하더라도 내가 허락할 것이다.

—혹시라도 혼인이 하고 싶은 여인이 생긴다면 그때 폐하에게 알려드리겠습니다.

—그래. 제발 그런 날이 빨리 왔으면 좋겠다.

교체는 술 한 바가지를 단숨에 들이켰다. 잠시 말을 놓았다. 근심과 두려움이 휩싸인 깊은 한숨을 내뱉었다. 이마 위 굵은 주름이 바짝 모아졌다. 말할 듯 말 듯 한참을 망설였다.

왕과 신하로서 관계 이전에 가장 신뢰할 수 있는 벗이기에 항상 곁에 두고 싶었다. 하지만 정작 가장 많이 그리고 가장 위험한 전쟁터로 보내지는 것은 밀우였다. 그것은 참 얄궂은 모순이었다. 가장 위험하고 큰 전쟁은 오로지 밀우만이 모든 일을 감내할 수 있었다.

위군과 연합하여 공손연을 치고 돌아온 것이 얼마 되지 않았다. 묵은 피로를 다 풀기도 전에 다시 전쟁터로 내보내야 했다.

—이번에도 네가 가야 한다.

—어디입니까?

—서안평이다. 힘겨운 전투가 될 것이다.

—장수로서 소명이니 폐하께서 명하시면 어디든 갈 것입니다.

—한바탕 전투를 벌이고 적절할 때에 빠져나와라. 일시적이나마 점

령한다고 해도 위나라로서는 큰 타격이 될 것이다. 고구려를 얕잡아 보고 약조를 저버린 대가를 톡톡히 치르게 해 주어라.

–명심하겠습니다.

–너만 믿겠다.

교체는 신뢰에 가득 찬 눈으로 밀우를 바라보았다. 새삼 깡마른 몸으로 술독을 수레에 잔뜩 싣고 고집스럽게 끌고 가던 어린 밀우가 떠올랐다. 어미의 고향인 주통촌에서 밀우를 만난 것은 교체에게 가장 큰 행운이었다.

주통촌 사람들은 주로 술을 빚는 일을 했다. 그중에서도 물금의 솜씨는 탁월했다. 술을 만들기가 무섭게 팔려나갔다. 그녀가 어디서 왔는지 출신도 불분명했다. 혼인을 했던 적이 있었지만 소박을 맞은 건지 전쟁터에 나가 죽은 건지 잘 알지는 못했다. 거대한 몸집에 탄탄한 어깨, 웬만한 장정보다도 체격이 좋았다. 힘도 얼마나 장사인지 무거운 술독을 번쩍 번쩍 들어 수레에 실을 때마다 굵은 팔뚝에서 핏줄들이 요동쳤다. 물금은 어렸을 때 심한 열병을 앓은 뒤로 곰보가 되었다. 그 이유 때문인지 혼자 산 지 꽤 오래되었으나 짓궂게 추파 한 번 던지는 사내가 없었다.

밀우는 집을 나온 이후 거지처럼 거리를 떠돌았다. 어쩌다가 물금의 눈에 들어서 술도가에서 허드렛일을 하기 시작했고 술독을 나르는 일꾼이 되었다. 처음에는 오갈 데 없는 것이 가여워서 일을 맡겼지만 어느 순간부터인가 밀우가 없으면 제대로 일을 할 수 없을 정도였다. 키만 컸을 뿐 비쩍 마른 몸에서 어디서 그런 힘이 나오는지 술독을 잔뜩 실은 수레를 끌고 사방을 누볐다.

여느 날과 같이 밀우는 수레에 술독을 싣고서 길을 떠났다. 불쑥 그의 앞에 거대한 몸집의 젊은 사내가 길을 가로막았다. 햇빛에 비친 화려한 비단옷이 더욱 눈이 부셨다. 얼핏만 봐도 대단히 높은 귀족임을 알 수 있었다. 사내는 전혀 망설임 없이 술독을 열어보고는 냄새를 맡았다. 사내의 얼굴에 그리움이나 어떤 슬픔 같은 것이 어렸다.

—뭐하는 거요?

—이거 모두 내게 팔아라. 내가 파는 값의 두 배로 쳐줄 터이니.

—안 됩니다. 이미 다른 곳에 팔기로 약조가 되어 있습니다.

—그러면 내가 열 배로 쳐주겠다.

—아무리 그래도 소용없습니다. 돈을 아무리 준다 해도 난 술을 팔지 않을 것입니다.

—허 참. 어린 놈이 고집이 대단하구나.

—미천하지만 약조는 꼭 지켜야 된다고 배웠습니다.

사내는 흥미로운 듯 밀우를 쳐다보았다.

—네 이름이 뭐냐?

—밀우라고 합니다.

—음…. 내가 이 술을 꼭 사야겠는데 방법이 없겠느냐?

—그러시다면 주통촌의 물금의 집을 찾으십시오. 그곳에서 술을 사실 수 있을 겁니다.

—그래, 물금의 집이라….

밀우는 읍을 한 후 수레를 끌고는 언덕을 올랐다. 사내는 빙긋 웃으며 갑자기 수레를 뒤에서 밀기 시작했다.

–뭐하는 것입니까?

–보면 모르느냐? 널 도와주고 싶어서 그런다.

–괜찮습니다. 이건 내 일이니 괜한 짓 하지 마십시오. 흙탕물에 귀한 비단옷만 버립니다.

–내 옷이니 넌 신경 안 써도 된다. 어린 놈이 벌써부터 세상의 일은 다 짊어진 것 같이 굴지 말거라. 네가 아무리 능력이 있고 힘이 세다 한들 모든 일을 감당할 수는 없다. 괜한 허세 부리지 말고 도움을 받을 일이 있으면 받아라. 얼른 수레를 끌어라.

밀우는 당황하여 사내를 물끄러미 바라보았다. 밤새 내린 장대비로 길은 질척한 진흙탕으로 변해 있었다. 그런데 지체 높아 보이는 사내가 자신의 옷에 흙탕물이 튀는 것을 전혀 개의치 않고 수레를 밀어주었다. 희한한 사내였다. 귀하고 높은 사람은 모두 위선적일 것이라 생각했던 밀우로서는 너무 놀라웠다.

사내는 더욱 힘차게 수레를 밀었다. 수레바퀴가 돌아갈 때마다 진흙비가 날리듯 얼굴과 온몸에 날아왔다. 하지만 사내는 전혀 개의치 않고 수레를 더욱 힘껏 밀었다. 밀우와 사내는 진흙탕 길을 헤치며 언덕을 올라가서 잠시 숨을 돌릴 겸 멈추었다.

–고맙습니다. 덕분에 쉽게 수레를 끌었습니다. 집이 어디신지 가르쳐 주시면 술을 날라 드리겠습니다.

–그래? 그럼 주통촌 치소에서 교체를 찾아라. 꼭 와야 한다. 알겠느냐?

—네. 약조는 꼭 지킵니다.

서늘한 바람이 불어왔다. 지붕에서 내려온 길다란 줄을 잡은 젊은 여인이 방아에 발을 디디면, 희끗희끗 흰머리가 보이기 시작한 중년의 여인은 쭈그리고 앉아 움푹 파인 홈에 차좁쌀을 넣었다. 끼익끼익 소리를 내뱉으며 공이로 쿵덕쿵덕 차좁쌀을 내리쳤다. 디딜방아를 밟는 것이 쉽지 않은 듯 젊은 여인의 얼굴에 땀이 흘러내렸다. 한쪽 소매로 흐르는 땀을 훔쳤지만 신나게 내리쳤다.

—이제 되었다.

—네.

디딜방아에서 내려온 젊은 여인은 차좁쌀 가루를 조심스레 그릇에 담았다. 젊은 여인은 널따란 채를 잡고 중년의 여인은 조심스럽게 가루를 채에 넣고 걸러내었다. 바람에 가루가 날렸다. 걸러진 가루에 미지근한 물을 부은 후 힘껏 반죽을 했다. 손가락 사이사이에 덕지덕지 반죽덩어리가 붙었다.

두 사람은 말없이 반죽을 치대었다. 이리 치대고 저리 치대고 이마위에는 땀이 송글송글 맺히고 낑낑 대며 뒤집고 다시 치대었다. 어느새 시루에 김이 모락모락 나기 시작하자 뚜껑을 열고 시루위에 조심스럽게 반죽을 올려놓았다. 하얀 김이 저물기 시작한 검붉은 하늘위로 피어올라갔다. 뜨거운 열기에 여인들의 얼굴이 발갛게 달아올랐다.

젊은 여인이 불 속으로 마른 장작을 던졌다. 불은 허겁지겁 장작을 탐욕스럽게 집어 삼키며 타올랐다. 불꽃은 유혹하듯 춤추며 일렁거렸다. 그 속으로 빨려 들어갈 듯 강렬하고 아름다웠다. 불이 거세질수록 커다란 무쇠 시루는 뜨거운 김을 토해냈다. 하지만 강력한 불꽃은 장작을 삼킬 수 없자 더 이상 힘을 발휘하지 못하고 재가 되어 흩날렸다.

시루를 열자 웅크려 있던 뜨거움이 차가움과 맞닿아 무성한 하얀 김을 뿜어내다 한순간에 사라졌다. 젊은 여인은 차좁쌀 반죽의 상태로 보다가 무성한 김 사이로 얼굴을 내밀었다. 커다란 주걱으로 뜨거운 반죽을 위로 아래로 뒤집어 주었다. 차가운 바람이지만 그녀의 이마에는 어느새 땀방울이 송골송골 맺혔다. 그렇게 한참 반죽과 씨름했다.

중년의 여인은 겨우 한숨을 돌린 후 허리를 펴고 평상에 털썩 주저앉았다. 그녀는 막사발 잔에 술을 따라 단숨에 넘겼다. 그 사이 젊은 여인은 널부러진 그릇이며 채반 등을 챙기며 부산을 떨고 중년의 여인을 향해 싱긋 웃었다. 시루에서 반죽이 익어가는 냄새가 코를 찌르자 중년의 여인은 뚜껑을 열어 나무젓가락으로 쿡쿡 찔러 보더니 떡이 된 반죽을 꺼냈다. 뜨거운 김이 어느 정도 나가자 또다시 손으로 반죽을 치대었다. 떡이 된 반죽에 말린 메주가루를 넣어 치대었다. 간간히 물을 부어가며 반죽을 잘 섞었다. 치댄 덩어리를 커다란 독 안에 넣었다. 그 안으로 차고 맑은 물을 쏟아 부었다. 쏴아, 시원한 물소리가 어둠에 잠긴 고요한 밤을 울렸다.

–다 되었구나. 가비야, 이제 그만 들어가자꾸나.

–네, 물금님.

물금은 허리를 한 번 펴고는 뒷정리를 하느라 여념이 없는 가비를 힐끗 쳐다보고는 말없이 나가버렸다. 가비는 재빠르게 그릇과 채를 닦아서 엎어놓았다. 바닥에 떨어진 차좁쌀 가루를 빗질로 싹싹 쓸고 시루에 쓰인 보자기 등을 우물가에서 조물조물 빨아서 빨래줄에 널어서 장대를 높이 세웠다. 삼베 보자기들은 저마다 물이 들어서 어여쁜 색을 드러냈다. 누렇거나 노오란 색으로, 연보라나 자주색으로, 주황색 혹은 다홍색으로 물들었다. 차조나 산딸기, 오미자 등 여러 종류의 곡물이나 열매로 술을 만들어 보니 베보자기마다 제각각 물이 들었다.

새벽의 푸른 기운이 채 가시지 않아 차가웠다. 이슬 젖은 땅에서 축축한 흙냄새가 차가운 공기와 뒤섞여 서늘했다. 그 사이로 온갖 곡물과 열매로 담근 술이 익어가면서 독특한 냄새를 내뿜었다. 가비는 두 팔로 한껏 벌려 기지개를 쭉 펴서 아주 깊게 숨을 들이마셨다가 후 하고 내뱉었다. 이 냄새가 어떤 향보다 좋았다.

궁궐 술도가를 책임지고 있는 물금은 가비를 처음 만났을 때 싸늘하기만 했다. 밀우의 부탁이 아니었다면 절대 맡지 않았을 것이었다. 겁 많고 연약한 소녀를 맡아서 처음에는 어떻게 해야 할지 몰랐다. 아이를 낳아 본 적도 길러 본 적도 없었으니 그럴 수밖에 없었다. 두 여인의 동거는 어색하게 시작되었다.

물금은 아침부터 저녁까지 술을 빚는 일을 끊임없이 했다. 왕인 교체가 워낙 술을 좋아하고 많이 마셨지만 여러모로 술을 쓸 일들이 항시 있었다. 술독이 비면 다시 채우길 반복하다 보니 물금은 술도가에 거의 붙어 있다시피 했다. 홀로 디딜방아를 찧고 가루를 만들어, 시루에 찌고, 물을 붓고 술을 빚었다. 그러고는 침소로 들어와서 쓰러지듯 잠이 들기를 매일 반복했다.

몇 달씩이나 가비는 벙어리인 듯 아무 말도 하지 않고 방 안에만 웅크려 있었다. 그러다 어느 날 알싸하고 시큼한 냄새에 이끌려 밖으로 나왔다. 냄새를 따라 호기심 반, 두려움 반 안으로 들어간 곳은 커다란 독이 즐비해 있는 술 저장고였다. 여기저기서 톡톡, 경쾌한 소리를 내며 술냄새를 풍기고 있었다. 시큼하지만 묘한 향기를 내뿜는 이상야릇한 술냄새가 싫지 않았다. 가비는 자신도 모르게 조롱박으로 한 바가지를 떠서 숨도 안 쉬고 마셨다. 맛을 느끼기도 전에 목과 가슴이 타는 듯한 뜨거움을 느끼지마자 기절했다.

한참 뒤 정신을 차린 후 화들짝 놀라 일어났다. 물금은 아무것도 묻지 않고는 시원한 오미자차를 내밀었다. 빨갛고 고운 빛을 띤 오미자차를 들이키자 불이 올라오듯 쓰린 속이 진정되었다.

–넌 평생 술을 마시지 마라. 한 잔에 그렇게 나가떨어지는데 어찌 하겠누.

그러면서 물금은 술을 따라서 벌컥벌컥 마셨다. 물금은 술을 잘 빚었지만 마시기를 더 잘했다. 몇 잔을 들이켜도 좀처럼 취하지 않았다. 곰보라고 누구도 거들떠보지 않은 자신을 달래 줄 수 있는 유일한 벗이 술뿐이라며 마시기를 멈추지 않았다.

–네년도 어린 나이에 삶이 녹록치 않았나 보구나. 이렇게 어여쁜데 누가 반하지 않겠느냐? 네년의 얼굴에 반할 사내가 수두룩할 거다. 사내

가 너무 없어도, 너무 많이 달라붙어도 고달픈 것은 마찬가지지.

—저 술을 빚고 싶어요.

—요것 봐라. 한 모금 마시고 기절한 년이 무슨 술을 빚겠다고?

다음날부터 물금은 가비와 함께 술을 빚었다. 술을 빚으면서 두 사람 사이에는 어떤 끈끈한 유대감이나 정 같은 것이 생겼다. 가르치기 시작한 지 얼마 되지 않아 가비는 타고난 눈썰미와 솜씨로 어떻게 하면 맛있는 술을 만들 수 있는지 알게 되었다. 한 방울의 술도 입에 대지 못하지만 맛을 보지 않고도 냄새만으로 술맛을 잘 판별했다. 물금의 미각보다 가비의 후각이 더 정확할 때가 많았다.

가비도 물금도 서로의 속내를 드러내지 않았다. 물금도 무슨 사정이 있는지 입을 다물었고 가비도 아픈 기억을 꺼내고 싶지 않았다. 하지만 그런 것은 아무 상관이 없었다. 전혀 어울릴 것 같지 않은 두 여인은 궁궐의 가장 깊숙한 곳에서 술을 빚었다. 일을 하고 있을 때는 더욱 말이 없어졌다. 물금의 손이 움직일 때 가비의 손도 거기에 맞췄다. 두 사람은 세상 그 누구보다 잘 맞는 스승과 제자이며 동료였다.

다가오는 위협

둥둥둥! 북소리가 울렸다. 하늘을 향해 춤을 추었다. 은빛 물결이 달빛에 비춰 아름다웠다. 불내예후는 하늘을 향해 두 팔을 힘껏 뻗었다. 천신께 온 마음을 다해 기원했다. 올 한 해 풍요로운 곡식을 내려주시고 외부의 적들로부터 무사할 수 있게 된 것에 감사했다. 젊은 예후는 빛났다. 달빛에 젖은 그의 모습은 엄숙하다 못해 신성했다. 가장 화려한 은꽃을 피웠다. 가장 높은 곳에서 가장 화려하게 빛났다. 신 중의 신, 천신께 제의 드리는 날이다. 제의는 한 치의 빈틈없이 장엄하게 이루어졌다.

당이는 제단에 선 불내예후 동해를 흐뭇하게 바라보았다. 아니 정확하게 말하자면 가장 화려하고 가장 아름다운 은꽃이었다. 밤새도록 베틀을 짜서 옷감을 만들었다. 사야와 사도는 어미의 베틀소리를 자장가처럼 들으면서 잠들었다. 밤이 깊도록 베틀 짜는 소리는 그치지 않았다.

검푸른 잎이 든 쪽잎만을 따서 깨끗한 물에 씻어냈다. 절구통에 넣고 곱게 찧은 것을 물에 넣고 명주천을 담그었다. 그러고 나면 연하고 고운 쪽빛이 나왔다. 한 땀 한 땀 고운 바느질이 며칠이고 이어졌다. 솜씨가 워낙 좋아서 촘촘하게 일정한 간격을 둔 바느질에 감탄을 하지 않을 수가 없었다. 옷에 새겨놓은 은꽃들은 숨막힐 듯 아름다웠다.

풍채 좋고 잘생긴 동해에게 그보다 더 잘 어울릴 수 없었다. 당이는 어깨가 으쓱해졌다. 자신이 만든 옷을 입고 천지신께 제의를 드리는 모습에 자부심을 느끼면서 한편으로는 동해 옆에 서 있는 수리를 흘겨보았다. 수리는 동해를 위해서도 불내예를 위해서도 아무것도 하지 않았다. 다만 낡아빠진 궁방에 틀어박혀 나오지도 않는 이해할 수 없는 여인이었다.

무천제를 준비하는 일이며, 사소한 집안일까지 모두 당이의 몫이었다. 조밥은 아무리 잘 지어도 입안에서 맴도는 까끌한 느낌을 지울 수가 없었다. 그런데 신기하게도 당이가 지으면 찰지고 맛있는 밥이 되었다. 콩을 갈아 떡을 쪄내는 것도 그러했다. 몇 십년 살림을 산 나이든 아낙도 불 조절을 까딱 잘못하면 망치기 일쑤였다. 하지만 당이는 아무리 많은 떡을 해도 어느 하나 똑같이 촉촉하고 쫀득한 떡을 쪄냈다. 불내예후의 집에서 하루 종일 떡 찌는 냄새가 풍겨왔다. 아이들은 까치발을 딛고서 담 안을 훔쳐보고 군침을 흘렸다.

당이가 바빠지면 수리는 더욱 집에서 할 일을 찾지 못했다. 노비들조차도 서성거리는 수리에게 눈길조차 주지 않았다. 그럴 때면 수리는 방 안에서 꼼짝을 하지 않았다. 수리는 점점 주변부로 밀려나갔다. 일을 하려고 해도 마치 단단한 성벽을 쌓은 듯 수리에게 틈을 내주지 않았다. 엄연히 동해의 정실부인이었지만 이름뿐이었다. 실질적으로 모든 일은 당이에게로 향했다.

두 아들, 사야와 사도를 앞세운 당이는 자부심이 더없이 높아져 갔다. 하지만 일 년에 한번 무천제가 치르는 날이면 한껏 부풀어 올랐던 자부심이 땅으로 떨어졌다. 무천제에서는 동해의 옆자리를 차지할 수가 없었다. 아무리 동해의 옷에 화려하게 은꽃으로 수를 놓아도, 아무리 맛있게 떡을 쪄내도 이를 수가 없었다. 밤을 새우며 옷을 짓고 떡을 쪄내며 눈물을 쏟았다. 억울하게 답답해서 그만 놓아버리고 싶을 때가 많았다. 고생만 하고 아무런 공을 가지지 못한 것 같아 속상했다. 예족이 아닌 것이 한이 되었다. 정실부인이라는 이유로 동해의 옆자리는 수리의 것이었다. 갑자기 억울한 마음이 들었다.

아무리 사야와 사도의 어미이고 실질적인 일을 다한다고 해도 그것만은 변하지 않았다. 수리는 정실부인이고 당이는 첩이었다. 수리는 화려국에서 대대로 삼로를 지낸 명망 있는 가문의 딸이었지만 당이는 달랐다. 예족도 아니었고 구야국의 이름 없는 집안의 여식이었다. 아무것도 가진 것이 없고 아무에게도 인정받지 못하는 그런 집안의 딸이었다.

수리는 두 손으로 이마를 감쌌다. 머리가 지끈거리며 온몸이 피곤했다. 갑갑한 옷은 벗어던지고 머리에 높게 올린 다리도 내렸다. 숨이 막히는 줄만 알았다. 일 년에 한 번 치르는 일이지만 할 때마다 고역이었다. 모든 것을 풀어 헤친 뒤 수리는 궁방으로 달려갔다.

궁방에는 산뽕나무와 참나무 냄새가 말린 민어부레와 어울려 복잡하게 얽혔다. 다듬다 손을 놓았던 나무들이 여기저기 어지럽혀 있었지만 지끈하던 머리가 거짓말처럼 좋아졌다. 수리는 뽕나무를 들었다. 뽕나무는 다른 나무보다도 단단하고 여러모로 활의 대를 만들기에는 아주 적합했다. 게다가 탄력성까지 좋아서 활을 만드는 데 없어서는 안 되었다. 하지만 다듬는 게 쉽지 않았다. 좋은 결을 내며 다듬는 데 몇 백 번의 손길이 더해졌다. 그러다 보니 손가락 마디마디마다 성한 곳이 없었다. 찔리고 긁힌 상처가 손을 뒤덮을 정도였다.

수리의 손을 볼 때마다 마로의 아내 더미는 극성을 떨었다. 여인네 손이 너무 거칠다며 타박을 놓았다. 하루는 어성초를 잔뜩 뜯어서 말려서 물을 넣고 끓여왔다. 손수 어성초물을 얼굴이며 손에 발라 주었다. 더미의 손에서 어성초 특유의 비린내가 진하게 풍겨왔다. 더미는 수리에게 하루에 한 번은 어성초물에 손을 넣으라고 신신당부했다.

더미는 여인을 아름답게 하는 것이라면 모르는 것이 없을 정도였다. 피부를 하얗게 해 주는 분도, 입술을 붉게 만드는 연지도 만들어 냈다. 그러다 보니 아들을 셋이나 낳고도 젊고 아름다웠다. 서른을 훌쩍 넘긴 나이에도 탱탱한 피부에 약간 갈색빛이 도는 얼굴은 건강해 보였다. 무엇보다 몸에서 뿜어져 나오는 활력은 그녀를 더욱 빛나게 했다. 그래서 아낙이든 처녀든 더미를 자주 찾곤 했다. 약간의 보상을 받고 여인들이 원하는 것들을 만들어주곤 했다.

수리는 둥글고 입이 큰 작은 옹기에 두 손을 집어넣었다. 차가운 어성초 달인 물이 손가락 마디마다 시리게 했다. 너무 차가우면 손을 꺼냈다가 다시 담갔다. 나중에 더미에게 야단을 듣지 않으려면 어쩔 도리가 없었다. 덕분에 바짝 마르고 튼 손이 한결 부드러워졌다. 나무에 긁혀도 상처도 덜 났다.

손이 시려왔다. 마른 천으로 손을 닦고 입으로 호호 불며 시린 손에 따뜻한 입김을 불어넣었다. 화로를 뒤적거리니 미약한 불씨가 불긋하게 올라왔다. 손가락을 쫙 펼쳤다. 손끝부터 따뜻한 온기가 전해졌다.

어느 정도 한기가 가시자 조심스레 소뿔을 들어올렸다. 이번에는 뿔이 아주 잘 켜졌다. 매년 뿔 켜는 데 실패해서 활을 망치기 일쑤였다. 뿔을 켜다가 톱날에 손목이 날아갈 뻔하기도 했다. 마로가 아니었다면 정말 큰일을 당했을 것이다.

거칠게 문이 열렸다. 동해가 술이 거나하게 취한 채 벌건 눈으로 수리를 노려보았다. 숨을 내쉴 때마다 시큼한 차조술 냄새가 수리의 코에 닿았다.

—또 여긴가? 당신이라는 여자는 도대체 알 수가 없어! 뭣 땜에 이런 고생을 하는 건가! 젠장!

—취하셨습니다.

—숨이 막혀서 그래. 당신만 보면 숨이 막혀 죽을 지경이오.

—….

—언제나 그렇지. 혼인한 지 삼 년도 안 되서 당이를 데려올 때도 아버지와 어머니의 눈치가 사나워질 때도 마찬가지였소. 도대체 속내를 알 수가 없소. 무슨 생각을 하고 사는 거요? 다른 일에는 안중에도 없이 왜 활에만 매달리는 것이오?

—미안합니다. 후의 마음을 불편하게 하고 싶은 생각은 없었습니다.

―언제까지 당이에게 모든 일을 맡길 작정이오? 정실부인은 당신이오. 당신의 몸에서 태어날 아이를 아직 난 포기하지 않았소.

―그럼 당이는 무엇입니까? 여인들이란 후사를 낳기 위한 도구입니까?

―그렇게 비틀어서 말하지 마시오. 누구나 후사를 이어야 할 의무가 있소. 난 아직도 정실부인에게서 태어난 아이를 원하오. 불내예와 화려국의 결합을 위해서는 당신의 몸에서 태어난 아이가 필요하오!

동해는 다시 거칠게 문을 열고 나가버렸다. 사방은 다시 고요해졌다. 간간히 멀리서 노랫소리가 웅얼거리며 귓전을 간지럽혔다.

원치 않은 혼인이었다. 어차피 원하는 혼인을 할 수 있을 것이라 생각하지 않았다. 그 모든 것은 어쩔 수 없는 일이라고 생각했다. 이전의 모든 것을 내던지며 예의와 법도를 익히며 불내예의 사람으로 살고자 했다. 열망을 감추어 멀리 내던지고 꾸며진 모습으로 억지미소를 지었다. 하지만 시간이 지날수록 점점 지쳐갔다. 해야만 하는 일들은 손에 맞지 않고 겉돌았다.

모두가 기다리던 아기도 들어서지 않았다. 좋은 것은 다 먹어보고 좋은 처방은 다 해 보았다. 하지만 몇 년이 지나도록 아무런 기미가 없었다. 동해는 점점 더 초조해지고 실망이 깊어갔다. 수리는 하루하루 책임감과 의무에 짓눌리고 죄의식에 사로잡히면서도 끝없이 달아나고 싶었다. 하지만 현실은 언제나 변하지 않았다.

한편 수리는 자신이 원망스러웠다. 왜 자신이 운명을 받아들이지를 못하는가. 그저 흘러가는 물처럼 살지 못하는가. 모난 돌처럼 튀어나와서 여러 사람을 불편하게 하는가 말이다. 어디에도 어울릴 수 있는 둥글고 매끈한 돌이 아니라 모난 돌이었다. 화려국 삼로의 손녀로 특권 속에 싸여 있을 때는 모난 돌이라고 해도 별 문제가 없었다. 하지만 불내예에서는 달랐다. 경계와 시기가 가득한 눈으로 수리를 주시했다.

무수한 질시 속에서도 수리는 고집스럽게 활을 만들었다. 스스로에게도 몇 번이고 물었다. 무엇 때문에 활을 만드는가. 아무도 원하지 않고 아무런 보상도 없는 지루하고 힘든 일을 무엇 때문에 하는가. 왜 새로운 활을 만든다고 끊임없는 실패를 감수하면서 고집하는가.

답은 아직 구하지 못했다. 스스로 답을 찾지 못했으니 동해에게도, 그 누구에게도 시원하게 말을 해 줄 수 없었다. 다만 나무를 깎고 뿔을 다듬기를 멈추지 않을 뿐이었다.

당이는 차가운 봄바람을 맞으며 재빨리 손을 움직였다. 입맛을 잃은 동해를 위해 봄나물을 무쳐 줄 생각에 마음이 급했다. 특히 곰취의 연한 잎만 골라 잘 뜯어서 끓는 물에 살짝 데쳐 간장에 무치거나 쌈으로 줄 작정이었다.

바구니에 가득 나물을 뜯어서 집으로 들어온 당이는 심상치 않은 기운을 직감했다. 아침나절에 나갔을 때와 변한 것은 없었다. 하지만 지금은 집안 사람들 하나같이 당이의 눈을 피해서 옆으로 비껴났다. 불안하고 두려운 마음에 선뜻 무슨 일이냐고 물어보기가 겁났다. 바구니를 내려놓고 천천히 안으로 들어갔다. 안살림을 맡은 수돌네는 어색한 웃음을 짓다가 얼른 자리를 피했다. 마당에서 빗질하는 염노인은 가볍게 고개를 숙여 인사하더니 땅만 보고 열심히 빗질을 했다.

동해가 불쑥 수리의 처소에서 나왔다. 약간은 상기되고 흥분된 표정이었다. 정면으로 당이와 눈이 마주치자 약간은 곤혹스러워했다. 휙 하니 눈을 피하고 자리를 떠났다. 다정한 지아비는 아니었다. 하지만 이렇게 매몰차게 눈을 피한 적은 없었다. 설마 하는 불길한 예감이 머릿속을 지나갔다. 아니 그럴 일은 없을 것이다. 하지만 온몸을 감싸도는 불안감은 점점 커져만 갔다.

모두들 당이의 시선을 외면했다. 사야와 사도만이 반갑게 달려왔다.

수리는 또다시 구역질이 올라왔다. 한 번 시작되면 멈출 줄 모르고 누런 신물이 나올 때까지 계속되었다. 하루 종일 제대로 먹지 못한 수리는 앉아 있을 기력도 없었다. 아무리 맛있고 좋은 음식도 목구멍으로 넘어가는 것보다 토해내는 것이 많았다. 이대로 있다가는 출산하기 전에 모든 기력이 쇠할 것 같았다.

–후부인, 억지로라도 죽 좀 드셔보세요.

–도저히 먹을 수가 없구나. 음식은 보기만 해도 이리 역겨우니 좀 있다 먹을 테니 우선은 치우게.

–이러다 정말 쓰러지십니다.

–괜찮네. 나 때문에 자네가 수고가 많구려. 그만 들어가서 쉬게.

–한 술이라도 뜨시는 걸 보고 가겠습니다.

–내가 이따 먹을 것이니 걱정말게.

밖에서 헛기침 소리가 연신 들리자 수돌네도 어쩔 수 없다는 듯 죽

그릇을 바닥에 내려놓았다. 나가려다 다시 돌아서서 죽을 다 먹어야 한다고 다짐을 받았다.

수돌네가 나가자 방 안은 금세 어두워졌다. 잠이 오지 않았다. 수리는 자신의 배를 살며시 만졌다. 아직 태동을 느낄 만큼 배가 부르지는 않았다. 신기하고 복잡한 감정이 몰려왔다.

여느 날처럼 아침밥을 간단히 먹고 궁방으로 갈 참이었다. 조밥냄새를 맡는 순간 이전에 느껴보지 못했던 구토가 올라왔다. 자식을 다섯이나 둔 수돌네는 단번에 알아차렸다. 생각지도 못했는데 아이가 들어선 수리는 기쁨보다 놀라고 두려운 마음이 앞섰다. 아이에게 진정으로 좋은 어미가 될 수 있을지 자신이 없었다. 혼인한 지 일곱 해 만의 일이었다.

당이에게서 벌써 두 아들을 두고 있음에도 동해는 무한한 기쁨에 어쩔 줄 몰라 했다. 거의 매일 처소에 들려 수리를 살폈다. 어미를 이토록 골탕먹이냐며 혀를 끌끌 찼다. 그의 눈은 기대와 열망으로 가득 찼다. 너무 부담을 주는 것 같다며 께끄름하다가도 무슨 믿음인지 아들이라고 확신하는 듯했다.

연신 올라오는 구토에 잠을 더 이상 이룰 수 없어 수리는 밖에 나섰다. 며칠 전 얼굴이 하얗게 질린 채 우두커니 서 있던 당이의 모습도 떠올랐다. 잘못한 것은 없지만 미안한 마음이 들었다. 바람도 쐴 겸 살며시 길을 나섰다. 궁방에 가까이 다가서자 비리한 부레풀 냄새가 코끝에 맴돌았다. 이상했다. 비릿한 냄새가 전혀 역겹지가 않았다. 아무리 좋은 음식이라도 그 냄새 때문에 더 먹지 못했다. 그런데 부레풀 냄새가 이렇게 좋다니 이상할 일이었다.

—이럴 줄 알았다니까.

굵직하면서 탁한 목소리가 울렸다. 복슬복슬한 수염이 얼굴을 반쯤 뒤덮었다. 아직도 꽃샘추위가 극성을 떠는데 어깨까지 소매를 걷어붙여 팔뚝이 드러났다. 굵고 탄탄한 팔뚝은 힘깨나 쓴다는 것을 여실히 보여주었다.

—마로! 언제 왔는가?

—홑몸도 아닌 분이 이리 나와 계시면 어찌합니까? 이 안의 공기가 얼마나 탁한데요. 게다가 저 부레풀 냄새가 얼마나 고약하다고요. 이제 입덧은 안 하시는 겁니까?

—이상하게도 여기만 오면 속이 편하다네.

—허, 요상한 입덧도 다 있네.

마로는 혀를 끌끌 차며 탁상에 털썩 앉는다.

—자네는 어쩐 일인가?

—이 밤에 궁방에 불이 켜져 있으니 누군가 싶어서 그랬죠.

수리는 빙그레 웃었다. 마로의 무뚝뚝하고 투박하지만 따뜻한 마음이 전해 왔다. 수리가 밤늦게까지 혹여 무리라도 할까 싶어서 들러본 것이었다. 그가 아니었다면 뿔을 덧대어서 활을 만들 생각은 하지도 못했을 것이다. 크고 좋은 소뿔을 어디서 구해오는지 일 년에 몇 개씩이나 구해왔다. 어떨 때는 대장간의 일을 미뤄두고 다녀올 때도 있었다. 젊었을 적에 구야국으로 가서 쇠 다루는 기술을 배웠다고 했다. 장정 서넛이 들 만한 거대한 창부터 칼, 도끼 등 만들어내지 않는 것이 없었다.

—어서 가 봐야 하지 않나. 더미가 자네가 좋아하는 차조술이 다 익었다고 하던데….

—예? 차조술…?

마로는 눈이 휘둥그레졌다. 술이라면 동이째라도 갖다 마실 사람이었다. 벌써 입안에 잔뜩 침이 고여 꿀꺽 삼켰다.

—아닙니다. 그 여편네 이번에는 정말로 성질을 확 꺾어야 해요. 도대체 날 서방으로 생각하는 건지 어이가 없습니다.

—왜 또 싸웠는가?

—어구! 말도 마십시오.

마로는 주절주절 말을 늘어놓았다. 벌겋게 열을 내며 늘어놓는 이야기는 별 것이 없었다. 그는 거대한 몸집과 달리 은근히 마음이 약했다. 더미는 남편의 그런 약점을 잘 알고 있다 보니 꽉 잡고 늘어졌다. 가끔 싸움을 벌이기는 해도 두 사람은 잘 맞는 부부였다. 오가는 말은 거칠지만 그 속에 따스한 정이 묻어 있음을 수리는 잘 알고 있었다.

한참을 떠들고 나니 마로는 기지개를 쭉 폈다. 연신 입안에서 침이 꼴딱꼴딱 넘어가는 게 차조술 생각이 간절한 모양이었다. 수리는 미소를 지으며 마로를 달랬다.

—그만하고 집에 가게.

—아구, 아닙니다.

—고집부리지 말게. 게다가 자네와 내가 여기서 단둘이 있는 것도 모양이 그리 좋은 것은 아니네. 얼른 가게. 난 정말 이곳에 있으면 입

덧이 안 나네. 그건 예후께서도 아시는 일이네.

—아, 참…. 어쩔 수 없군요.

마로는 정말로 억지로 하는 듯 슬며시 일어났다. 수리에게 꾸벅 인사를 한 다음 밖으로 나갔다. 허둥지둥 급한 발자국 소리가 서서히 멀어져갔다.

궁방에 적막감이 흘렀다. 수리는 벽에 걸어둔 검은 활을 내려 매만졌다. 일곱 해의 세월을 함께 하며 무한한 열망을 쏟았다. 하지만 검은 활은 풀 수 없는 문제였고 무한한 좌절감만을 느꼈다. 만약 검은 활을 만나지 않았다면 소일거리로 작은 활이나 만들면서 안정된 지금의 생활에 만족하고 있을지도 몰랐다. 화려국 삼로의 장손녀로 누구나 부러워할 만한 혼인을 했다. 동해는 잘생긴 외모에 넉넉한 마음을 지닌 좋은 사내였다. 예족의 여인 중에서 수리는 가장 완벽한 삶을 살고 있는 것이다.

하지만 아무리 애를 써도 마음의 헛헛함이 채워지지 않았다. 활을 만들고 있을 때 가슴이 두근거리고 살아 있음을 느꼈다. 매년 반복되는 실패에도 포기하지 않는 것은 아주 미세한 희망과 가슴속의 울컥하는 무언가 때문이었다.

여름이 성큼 다가선 듯 후덥지근한 날이 많아졌다. 날은 더워졌지만 수리는 지독한 입덧이 잦아들고 입맛이 좋아졌다. 수돌네가 가져오는 것은 무엇이든지 맛나게 먹었다. 얼마나 맛있게 먹던지 살이 꽤나 쪘다. 볼에 살이 올라 얼굴이 동그래졌다. 배도 제법 불러오고 허리가 굵어졌다.

점점 어미가 되어간다는 것이 어떤 것인지 실감이 났다. 매일 신비롭고 경이로웠다. 수리는 지속적으로 자신을 괴롭혔던 수많은 고민과 질문에서 조금은 벗어나서 일상을 누렸다. 이러한 삶이 행복이구나 하는 생각이 조심스레 들기 시작했다.

–왜 이리 더울까. 아직 여름도 아닌데….

수돌네가 투덜대면서 오미자차를 가져왔다. 빨간색이 어찌나 예쁜지 보기만 해도 침이 고였다.

–그러게. 올해는 여름이 빨리 찾아오는 것 같네.

–봄볕이 어찌나 내리쬐는지 머리카락이 타들어갈 것 같아요.

수돌네의 과장에 수리는 자신도 모르게 피식 웃음이 나왔다.

–뭐가 그리 재미있소?

–오셨습니까.

불쑥 들어선 동해를 보고 수돌네는 놀라서 황급히 고개를 조아렸다. 그리고 쪼르르 문 밖으로 빠져나갔다.

–몸은 괜찮소?

–네.

–오미자차를 드릴까요?

–아니오. 목마르지 않소. 일이 빨리 끝나서 들러본 것이오. 부인에게 할 말도 있고 해서….

–무슨 일이 있습니까.

–화려국에 가고 싶지 않소? 날씨가 더워지기 전에 서둘러 가는 게 좋을 듯싶소.

—고맙습니다.

—고맙긴, 의례 그리 하는 것을….

아기를 낳기 위해 친정을 가는 것은 의례 있는 일이었다. 하지만 조금 서둘러 보내려는 것은 당이 때문이기도 했다. 동해는 수리의 임신에 너무 기뻐서 주책을 떠는 것이 당이에게 얼마나 큰 상처가 되는지 알고 있었다. 내색은 하지 않았지만 내내 당이에게 신경이 쓰였다.

첫아들인 사야가 태어날 때도 무덤덤했다. 아마도 정실부인에게서 태어나지 않은 탓이었을 것이다. 동해는 수리의 몸에서 태어날 아이가 절실했다. 그것이 분열을 거듭하는 예를 통합시킬 수 있는 시작이라고 보았기 때문이었다.

불내예와 화려국이 혼인으로 결합했다고 하나 더욱 단단한 결속이 필요했다. 그것은 두 소국의 피를 이어받은 아들이었다. 고구려는 일찍이 부족을 통합시켜가며 강력한 국가가 되었고, 마한의 수많은 소국들이 외부세력에게 잠식되어가고 있었다. 예나 옥저도 고구려에 멸망당할 수도 있을 것이다. 몇백 년간 지켜왔던 예의 전통이 사라질 수도 있었다. 언제까지 이렇게 소국으로만 존재할 수 없었다.

동해는 큰 뜻을 품었다. 예를 통합하여 진정한 왕국을 세우고 싶었다. 아버지와의 약조이기도 했으며 그 자신의 열망이기도 했다. 왕이 되어야 했다. 하지만 제각각 나누어진 소국들은 불내예후의 말에 귀 기울이지 않았다.

과하마에 올라탄 수리가 염려스러워 수돌네는 바짝 붙어서 걸어갔다. 제일 순한 놈으로 골랐고, 작은 키가 안정적이지만 그래도 영 불안했다. 어려서부터 과하마를 타는 게 익숙한지라 수리는 별 불편함이 없는데 수돌네는 너무 과하게 보호했다.

이제 산 하나만 넘으면 화려국이었다. 익숙한 풍광이 눈에 들어왔다. 산천의 모습은 떠나올 때의 그 모습 그대로를 간직했다. 어머니가 돌아가시고 간 이후로 오 년만이었다. 마지막을 숨을 거둘 때까지 수리를 걱정하는 모습이 아직도 눈앞에 선했다.

화려국에는 더 이상 그리운 사람이 없었다. 할아버지도, 어머니도 이미 돌아가셨고, 소근개마저 어느 날 훌쩍 떠나버리더니 소식이 없었다. 그리고 시화와 이수는…. 수리는 그만 화들짝 놀랐다. 혼인을 한 후에는 의식적으로 그 이름을 지우려 애썼다. 화려국과 가까워져서인지 그 이름이 다시 떠올랐다. 수리의 안색이 새파래졌다. 수돌네는 깜짝 놀라 과하마를 멈추게 했다. 호위무사들도 무슨 일인가 걱정스레 살폈다.

–후부인! 괜찮으십니까?

–괜찮네. 아무 일도 아니니 계속 가세.

–아닙니다. 안색이 안 좋으세요. 아무래도 여기서 쉬어다 가야겠습니다.

–괜찮다니까.

수돌네는 극구 수리를 과하마에서 내리게 했다. 임산부가 너무 오랫동안 말을 탄 게 여간 찜찜한 게 아니었다. 아무리 제일 순한 과하마를 골랐다고는 하나 무리가 따를 수밖에 없었다. 수리는 수돌네의 부축을 받으며 커다란 떡갈나무에 몸을 기대었다.

—후부인, 화려국은 어떤 곳입니까?

—아름다운 곳이지. 오랜만이라 많이 설레는구나.

—왜 그동안 가지 않으셨어요?

—어머니가 돌아가신 뒤 그 빈자리를 볼 용기가 안 생기더구나.

수리의 목소리에 슬픔이 배었다. 수돌네도 더 이상 말을 잇지 못하고 입을 다물었다. 봄날 오후의 나른함이 몰려왔다. 바람소리가 시원하게 퍼지며 열기를 식혔다.

말발자국 소리, 덜커덩 수레바퀴 소리가 요란했다. 수리는 눈을 떴고, 수돌네와 세 명의 호위무사들도 바짝 긴장했다. 보기 드문 대규모의 상단이었다. 그들은 수리 일행을 보더니 키득키득 웃으며 자기네들끼리 뭐라 숙덕대었다. 그중 상단의 우두머리로 보이는 자가 말에서 내려 떡갈나무 쪽으로 다가왔다.

우두머리가 가까이 다가오자 수리는 온몸이 경직되며 두려움이 몰려왔다. 다시는 마주치고 싶지 않았던 사람이었던 애꾸눈 사내, 염유장이었다. 그는 일곱 해의 세월 동안 머리카락은 더욱 하얗게 세고, 주름은 더 깊어졌지만 더욱 강렬한 증오를 내뿜으며 성큼 다가왔다. 증오는 그를 살아가게 하는 힘인 것만 같았다. 성한 한쪽 눈은 잿빛을 띠며 사람을 얼어붙게 했다. 그것은 더 이상 사람의 눈이 아니었다.

—널 여기서 보다니!

—염유장….

—하하하! 하늘은 내 편이야. 시화는 어디 있느냐?

—모른다.

—흐흐흐….

기분 나쁜 웃음 소리가 흘러나왔다. 분위기가 심상치 않자 호위무사들도 칼을 빼들어 염유장을 겨누었다. 염유장은 같잖고 어처구니없다는 듯 웃으며 혀로 입술을 핥으며 입맛을 다셨다. 아악! 날카로운 비명이 산을 울렸다. 수리의 얼굴에 핏방울이 튀었다. 수돌네가 두 눈을 뜬 채 고꾸라졌다.

세상의 모든 소리를 삼킨 듯 무서운 정적이 감돌았다. 불내예의 호위무사들이 칼을 높이 들었다. 날카로운 칼과 칼이 부딪쳤다. 하지만 이윽고 그들도 바닥에 쓰러졌다. 그들의 모습은 처참하다 못해 끔찍했다. 염유장의 부하들은 이미 쓰러져 죽었는데도 죽음을 확인하기 위해 시신을 수차례 찔러 본 후 만족스러운 듯 피를 닦고는 칼집에 집어넣었다. 그들은 승냥이떼들마냥 으르렁거렸다. 시체를 뒤적이며 혹 쓸만 한 물건이 없나 뒤적거렸다. 별다른 것이 없자 무기를 서로 갖겠다며 저희들끼리 다투며 싸웠다.

처참한 광경에 수리는 반쯤 정신이 나갔다. 보고도 믿을 수 없어서 눈물조차 나오지 않았다. 아니, 믿고 싶지 않았다. 차라리 지독한 악몽이기를 빌고 또 빌었다. 산 하나만 넘으면 화려국이었다. 바로 눈앞에 두고 이런 끔찍한 일을 겪는다는 것을 도저히 믿을 수가 없었다. 그래, 이건 악몽이었다.

염유장은 징그럽게 웃으며 수리에게 점점 다가왔다. 진한 피냄새가 훅 코를 덮쳤다. 구토가 올라왔다. 고개를 숙이고 거칠게 숨을 내쉬며 두 손으로 입을 막았다. 목구멍까지 올라온 구토를 참고 똑바로 섰다. 핏발선 두 눈으로 염유장을 노려보았다. 그의 눈에서 한 톨의 양심의 가책도 찾아볼 수가 없었다. 아니, 더욱 잔인한 무언가를 원하고 있었다.

–난 말이야…. 매일 생각했다. 매일 저주의 기도를 했다. 그리고 죽을 때까지 복수를 다짐했다. 날 이 꼴로 만든 그년을 반드시 잡을 것이라고, 그리고 너도.

–그건 당신이… 자초한 일이야.

–당당함은 여전하네. 그런데 어쩌나. 여기서는 아무도 널 구해 줄 사람이 없는데. 널 지켜준다는 녀석들도 모두 죽어버렸으니 어쩌나.

–네가… 무사할 듯싶으냐!

–뭐? 너의 남편이 당장이라도 달려와 줄 듯싶었냐? 아니면 화려국의 삼로가? 아니면 그놈이? 그놈이 이름이 뭐였더라. 이…수? 그래, 맞다. 이수구나. 그놈이 시화를 데려간 걸 아는데 아무리 찾아도 찾을 수가 없단 말이지.

배가 불룩 튀어나온 부하 한 명이 뒤뚱거리며 염유장에게 다가왔다. 그리고 탐욕스러운 눈으로 수리를 훑어보며 실실거렸다.

–형님! 이거 너무 무모한 짓 아닙니까? 불내에에서 우리가 한 걸 알면 가만히 안 있을 텐데.

–쓸데없는 걱정하지 말고 뒤처리나 잘해!

–그래도….

–어차피 고구려로 갈 것인데 그딴 게 무슨 걱정이야. 화려국으로 가

다가 갑자기 사라진 아내라…. 불내예에서도, 화려국에서도 서로에게 책임을 묻겠지. 예족의 화합은 깨지는 거야. 하하하! 재미있겠구나.

서너 명의 장정들이 수레에서 곡괭이를 내려다가 땅을 파기 시작했다. 순식간에 깊은 구덩이가 만들어졌다. 네 구의 시체가 구덩이 속으로 던져졌다. 수리는 두 눈을 부릅뜬 채 구덩이에 파묻히는 수돌네와 호위무사들을 바라보았다. 방금 전까지 자신을 살펴주던 이들이었다. 과하마가 조금만 비틀거려도 걱정스러워 호들갑을 떨던 수돌네, 묵묵히 앞뒤를 호위해 주던 무사들이었다. 그런데 모두 순식간에 피범벅이 된 시체가 되고 말았다.

아랫배가 묵직하더니 고통스러웠다. 식은땀이 흘러내렸다. 수리의 눈앞이 점점 아득해졌다.

물소뿔

한낮의 뙤약볕이 무시무시하게 내리쬐었다. 살 속까지 타고 들어갈 듯한 기세로 뜨거운 열기를 토해냈다. 대로 양 가장자리로 사람들의 무리가 늘어져 끝도 없이 길게 뻗었다. 머리 위로 쏟아지는 뙤약볕과 사람들 몸이 뒤섞인 체온은 더운 열기를 배로 증가시켰다. 땀과 살이 섞여 고약한 냄새를 내뿜지만 사람들은 묵묵히 고역을 참아냈다.

성문이 열렸다. 우와아! 함성 소리가 하늘을 울렸다. 고구려가 자랑하는 철기군이 위엄찬 모습을 드러냈다. 오랜 행군 탓에 피로해 보였다. 하지만 환영하기 위해 죽 늘어선 인파를 보고 병사들의 얼굴은 금세 환해졌다. 가슴이 더욱 펴지고 힘이 불끈 솟았다.

고구려 왕은 처음에는 오나라와 친교를 다졌다. 하지만 그보다 더 강한 위나라와 화친을 맺는 것이 유리하다고 판단해서 가차 없이 오나라와 단절했다. 오나라로서는 분통이 터질 만한 일이지만 그것은 어쩔 수 없는 냉혹한 현실이었다. 고구려로서는 오나라에게서 얻을 것은 다 얻었다고 판단했던 것이다.

위나라는 고구려와의 화친을 열렬히 환영했다. 요동지역을 관할하고 있던 공손연이 반란을 일으켜 골치를 썩고 있었는데, 위나라와 고구려가 양쪽에서 공격한다면 쉽사리 이길 수 있었기 때문이다. 고구려는 이에 협조하여 군사를 보내주었다. 결국 고구려의 도움으로 위나라는 전쟁에서 승리할 수 있었다.

고구려는 공손연을 토벌하기 전에 요동지역 일부를 약속받았다. 그러나 전쟁이 끝나자 위나라는 안면을 싹 바꾸고 고구려 몰래 요동지역을 점령했다. 고구려 왕은 화를 참을 수 없었다. 오나라와의 친교마저 단절하고 위나라로 돌아섰더니 결국 배신을 당했다. 이대로 당하고 있을 수만은 없었다. 왕은 곧 반격했다. 급습으로 서안평을 점령한 것이었다.

철갑기병부터 경기병, 보병 그리고 궁수까지 늠름한 모습에 왕, 귀족, 평민에 이르기까지 나라 전체가 흥분했다. 특히 아이들의 병사들에 대한 동경과 부러움은 거의 절대적이었다. 그중 철갑기병에 대한 찬탄은 끊임없이 흘러나왔다. 철갑기병은 갑옷으로 중무장을 했다. 머리에는 투구를 그리고 목가리개부터 손목과 발목까지 철갑으로 덮였다. 얼굴과 손만이 드러날 뿐이었다. 게다가 말의 얼굴에는 철판으로 만든 안면갑을 씌웠고 말갑옷은 거의 발목까지 내려왔다. 어른의 키를 훨씬 웃도는 긴 창은 그들을 더욱 위엄 있어 보이게 했다.

–쳇! 고생은 우리가 더 많이 했는데 사람들은 시선은 다 철갑기병에게 다 가 있군.

어깨에 도끼를 들고 걸어가고 있던 병사 한 명이 투덜거렸다.

–어쩔 수 없지 않은가. 우리가 보기에도 멋있어 보이는데.

–나도 재산만 좀 있으면 철갑기병 해 볼 텐데….

–그게 어디 쉬운가. 저 비싼 갑옷에 최고급 무기를 어찌 감당하누. 게다가 저 무게를 감당하려면 보통 말 가지고는 안 돼. 신분이 미천한 우리 같은 사람은 하늘의 별따기지.

–그러니 속 터지지. 신분 낮고 재력도 없으니 갑옷 없이 목숨 걸고 싸워야 되고, 궂은 일은 일대로 다 하니 말이야. 차라리 나도 궁수나 될 걸.

–궁수는 쉬운 일인 줄 아냐? 저게 얼마나 비싼 활인데.

–어구, 이러나 저러나 가진 게 없으면 서러워.

–어쩌겠나. 그리 살아야지.

서안평에서 돌아온 병사들은 줄기차게 이어진 대대적인 환영을 만끽했다. 왕은 환희로 가득 찬 상기된 목소리로 그들을 반갑게 맞이했다.

–장하다. 고구려의 병사들이여. 위군과 맞서서 참으로 위대한 업적을 이루었다. 오늘만큼은 짐을 내려놓고 마음껏 즐겨라.

–와! 폐하 만세!

술과 고기가 끊임없이 나왔다. 병사들은 무기를 내려놓고 걸신들린 듯 먹기 시작했다. 오랜만에 맛보는 기름진 고기도 좋았지만 술맛은 일품이었다. 약간은 시큼하면서 묘한 냄새에 목구멍으로 넘어갈 때 알싸함이 기분 좋았다.

병사들의 흥에 겨운 노랫소리, 웃음소리가 궁궐 안을 가득 메웠다. 왕의 침전에도 불이 환히 켜져 있었다.

—역시 대단해.

—과찬이십니다.

—아니야. 네가 아니었다면 이렇게 손쉽게 서안평을 거머쥘 수 없었을 게야.

—하지만 아직은 경계를 늦출 때가 아닙니다. 조상이 사마의를 쳐 여러 모로 혼란스러웠던 상황이 유리하게 작용했던 것입니다.

—그래, 허수아비 어린 왕을 앉혀놓고 이리저리 주물럭거리고 있으니, 쯧쯧쯧…. 게다가 사마의가 당하다니 기가 막히군.

—하지만 그들은 반드시 침입해 옵니다. 사마의는 결코 만만한 자가 아닙니다. 공손연을 토벌할 때 사마의를 똑똑히 보았습니다. 그는 교활하고 꾀가 많은 자입니다. 지금은 자신의 발톱을 숨기고 있을 뿐입니다.

—그래. 나도 네 생각에 동감한다.

밀우는 득래에 관한 것을 물어보려다 말을 삼켰다. 전투 중에도 궁궐에서 일어나는 일은 간간히 들려왔다. 특히 왕과 득래에 관한 불화 소식은 마음을 무겁게 했다. 득래는 신하이기 전에 벗이기도 했다. 하지만 서안평을 먼저 치자는 견해가 나오기 시작하면서부터 왕과 득래는 삐꺽거리기 시작했다. 밀우가 돌아왔는데도 득래가 나타나지 않았다. 그것은 감정의 골이 이미 깊어졌다는 것을 의미했다.

왕은 마음이 어지러워서인지 말이 많아졌고 목소리가 높아졌다.

—어서 마시거라. 술맛 정말 좋지 않으냐? 요즘은 가비가 술을 만드는데 맛이 더욱 깊어지고 좋아진 것 같아.

—네, 정말 맛이 좋습니다.

—네가 가비를 마음에 두고 있는 줄 알았어. 그래서 그 아이를 옆에 두고 싶어도 참았다.

—네?

—뭘 그리 놀라는가? 난 소후를 들이면 안 되느냐?

—그것이 아니라 가비는 어린애이옵니다.

—어린애라고? 가비가 올해 몇 살인 줄은 아느냐? 열아홉 살이다. 혼인을 해서 벌써 자식을 둘 나이야. 그런데 어린애라고? 하하하!

—하긴 그렇습니다.

밀우는 기가 막혀 헛웃음이 나왔다. 그랬다. 가비는 이제 어린아이가 아닌 열아홉의 어엿한 처녀였다. 물금에게 맡겨놓고 한 번도 제대로 챙겨주지도 못했다. 전쟁터로 떠도는 바람에 그동안 어떻게 자랐는지 살필 틈도 없었다.

무더운 한낮, 장사꾼들의 이마에서 목덜미로 그리고 등줄기까지 끊임없이 땀이 흘러내렸다. 하지만 더위 따위는 아랑곳없이 시장은 활기로 가득했다. 시장은 언제나 수많은 사람들로 북적거렸다.

상점들이 양쪽으로 빼곡히 들어서 있고, 물건 값을 흥정하는 사람들로 붐볐다. 이따금 짐을 잔뜩 실은 수레가 길 한가운데를 통과했다. 길을 가던 사람들은 옆으로 비켜나거나 혹은 수레에 부딪혀 마부와 언쟁이 붙기도 했다.

비단, 진귀한 장신구, 그릇 등 갖가지 물건에서 소금이나 곡물 등을 팔기도 했다. 대상인들은 수레를 몇 대씩이나 끌고 와서는 상점의 주인과 거래를 했다. 여러 상점에 물건을 대기도 하고 혹은 한 상점에서 한꺼번에 넘기기도 했다.

시장 한복판을 한 노인이 달음박질하듯 사람들을 밀치며 뛰어갔다. 백발이 무성했지만 한 올의 빈틈도 없이 상투를 틀었고, 흰 콧수염은 날렵하고 깔끔하게 잘 손질되어 마치 붓으로 그린 듯했다. 겨울의 마른 나무마냥 깡마른 몸이 얼마나 성미가 까탈스럽고 급할지 짐작이 되었다. 노인 뒤를 한 젊은이가 졸졸 따라붙었다.

그들은 복잡하고 붐비는 시장거리를 벗어났다. 그러자 끝이 어디인지 보이지 않을 정도로 수백 마리의 말과 소들이 저마다의 우리에 갇혀 있었다. 파는 사람들과 사는 사람들이 뒤섞여 장대한 광경을 만들었다.

노인이 한달음에 달려온 것은 시장의 끝이었다. 한 상인이 그를 보더니 반색을 하면서 수레 안으로 데리고 들어갔다.

—구해 왔는가?

—그럼요. 제가 누굽니까.

—아주 마음에 드실 겁니다.

상인은 물건을 내놓았다.

—물건은 확실하군. 나머지는 어디에 있는가?

—내일이면 도착합니다. 워낙 감시가 심해서 한꺼번에 빼오기가 힘듭니다. 도착하면 바로 가져가겠습니다.

—좋네. 내일 값을 치름세.

—근데….

—왜 그러냐?

—…가격을 더 올려 주셔야 합니다.

—음….

—아시잖습니까. 저희는 목숨을 걸고 빼내오는 것입니다. 위나라와의 단교 이후 물건을 구하기가 더욱 어려워졌습니다. 구하고 싶어도 더 이상 구할 수가 없을 것입니다.

—얼마를 더 바라나?

—한 장당 세 배를 더 쳐주셔야 합니다.

—자네!

—저도 어쩔 수 없습니다. 어르신이 아니어도 팔 곳은 많습니다.

—으음… 알았네.

노인은 윗니와 아랫니를 꽉 물고는 화를 누르고 문을 박차고 나갔다. 수레 밖에서 기다리던 제자는 어리둥절한 표정으로 스승을 따랐다.

—스승님, 물건을 구하지 못하셨습니까?

—고얀 놈!

—네에?

—정말 성질 같아서는 그놈의 목을 확 비틀어 버렸을 것이다. 고얀 놈 같으니라고! 퉤! 퉤! 퉤! 장쇠야, 가자!

분이 안 풀리는지 노인은 여전히 얼굴이 벌겋게 상기되어 바닥에 침을 뱉었다. 제자는 스승의 눈치를 살피며 말없이 졸졸 뒤따랐다.

둔탁한 쇠울림이 사방을 요동쳤다. 형체가 갖추어진 쇳덩어리가

'쉬이익' 물에 잠기는 소리가 어우러졌다. 말발굽을 갈기 위해서 혹은 편자를 사기 위해서 대장간에 수시로 사람들이 드나들었다. 대장간에서 풍기는 열기와 햇볕이 어울려 뜨거움이 더해졌다. 시골의 작은 마을에도 대장간은 있었다. 특히 철광산이 잇달아 발견되면서 갑자기 늘어났다. 실력 있는 대장장이들이 고구려로 몰려오기 시작했다. 이제 어디서나 뜨거운 화로 옆에서 망치질을 하는 대장장이들을 볼 수가 있었다.

보습이나 낫 같은 농기구에서부터 말의 편자까지 쇠로 된 것은 무엇이든지 만들었다. 끊이지 않는 전쟁으로 가장 중요한 일은 무기 생산에 있었다. 풍부하고 질 좋은 철이 뛰어난 제철기술과 만나 강력한 위력을 가진 무기를 탄생시켰다. 창, 칼, 도끼 등 우수한 무기들이 쏟아졌다. 고구려가 자랑하는 철갑부대는 이러한 원천으로 가능한 것이었다.

두 사람이 대장간을 막 지나치려 할 때 웃통을 다 벗어던지고 벽에 기대어 있던 대장장이가 노인을 보았다. 그의 얼굴과 맨 몸통이 발갛게 달아올라 있었다. 아무렇게 헤쳐진 머리카락과 덥수룩한 수염은 땀이 엉겨 축축했다. 단단하고 굵은 팔뚝에는 핏줄이 튀어나올 듯 울근불근했다. 수십만 번의 망치질로 다져진 것이었다.

대장장이는 육중한 몸을 천천히 일으켜 노인에게 다가왔다. 제자는 그의 덩치에 기가 질려 뒷걸음질 쳤다. 걸음을 옮길 때마다 육중한 울림이 전해졌다. 대장장이는 공손히 노인에게 읍했다. 노인은 꼿꼿이 서서 인사를 받았다.

—박달님, 무슨 일이 있으십니까? 많이 언짢아 뵙니다.

—자네는 좋겠구먼!

거대한 덩치에도 전혀 주눅 들지 않은 박달은 대장장이에게 다짜고짜 쏘아붙였다. 박달이 갑자기 쏘아붙이자 그는 험상궂은 얼굴과 달리 순박한 표정으로 어리둥절했다.

—고구려에는 철광이 얼마든지 있으니 나처럼 고생할 필요가 없지 않은가! 이번에 연나부가 광산을 발견했다지. 아무튼 대단해. 어떻게 왕실이나 계루부보다 더 많은 철광광산을 소유할 수 있을까.

—또 물건을 구하지 못하셨습니까?

—아니, 구했어!

—그런데 왜 골이 나셨습니까?

—그놈들이 저번보다 세 배나 높은 값을 불렀어.

—어이쿠, 저런.

—이럴 때는 차라리 대장장이나 하는 게 낫지 하는 생각이 들어. 철은 얼마든지 널려 있으니 망치만 두드리면 되잖아. 나처럼 물건을 구하러 다니지 않아도 되고….

—하하.

—자네 날 비웃고 있나? 나 같은 비리비리한 노인네는 망치도 들 힘이 없다고 보는 건가?

—그럴 리가요. 저야말로 박달님의 일은 죽어도 못합니다. 사람마다 자기 일이 있으니까요. 대장간일이 망치만 두들겨서 되는 건 아닙니다. 화로의 불길도 맞춰야 하고 또 담금질하는 물의 온도도 맞춰야

하고, 그건 저만의 직감으로 만들어내야 합니다.

대장장이는 느릿하게 자신의 말을 다했다. 쇠를 내리치면서 스스로를 담금질해서일까. 성격이 점잖고 무거웠다. 파르르 성질이 끓어오르던 박달이 잠잠해졌다.

–그래. 그건 자네 말이 맞네. 물건을 구하려 이리 뛰고 저리 뛰다 보니 그런 걱정 없는 자네가 부러워서 그러했네. 내가 경솔했네.

젊은 제자는 아주 짧게 안도의 한숨을 내쉬었다. 불같은 성미의 박달이 대장장이에게 맞서서 커다란 싸움이라도 벌일까 봐 무서웠기 때문이다. 누구 하나라도 자신의 말에 토를 달면 앞뒤 보지 않는 다혈질 성질머리에 잘 알기에 내내 조마조마했는데 생각 외로 쉽게 수긍하는 모습에 다행이라 여기면서도 놀라웠다.

그리고 우둔하고 미련해 보이는 대장장이가 느릿느릿 자신의 할 말을 다하는 것도 인상적이었다. 대장장이는 박달에게 읍을 한 후 대장간 안으로 들어갔다. 화로에 거센 불길이 올라왔다. 불길 속에 쇠를 집어넣었다.

박달은 뜨거운 화로 옆에서 불과 싸우며 쇠를 다루는 대장장이를 물끄러미 쳐다보았다.

–오늘은 내가 실수했군. 저놈도 장이인데 내가 그걸 생각지 못했어.

–스승님…

고구려 최고의 활장이인 박달은 괴팍스러운 성미만큼 활에 대한 자부심도 엄청났다. 최고라는 생각이 지나쳐 어떤 장이도 인정하려 들지 않았다. 하지만 대장장이의 무거운 말들에 오만한 자존심을 내려놓았다.

고구려 왕실 소속의 궁방은 국내성에서도 사람들이 잘 드나들지 않는 외딴 곳에 자리 잡고 있었다. 궁방 안 한가운데 뽕나무, 참나무, 떡갈나무, 싸리나무 등을 쌓아 놓았다. 궁인들은 때때로 결을 만져보면서 나무를 열심히 다듬었다.

장쇠는 한숨을 푹 쉬었다. 어제 보았던 대장장이가 눈에 아른거렸다. 뜨거운 불 옆에서 무거운 망치로 쇠를 내리칠 때마다 대장장이의 굵은 팔뚝에서 힘줄이 꿈틀거렸다. 거대한 힘이 요동쳤다. 그에 비하면 궁방일은 얼마나 지루하고 재미없는가.

봄부터 여름까지 박달을 따라 온 산의 나무를 살피고 다녔다. 워낙 별스럽고 까탈이 많다 보니 다녀보지 않은 산이 없을 정도였다. 작년 가을부터 그저 나무의 곁가지를 쳐내는 일만 줄기차게 했다. 언제쯤에나 제대로 된 일을 할 수 있을지 미지수였다. 차라리 대장간을 찾아갈까 하는 생각도 들었다.

–아얏!

–궁방으로 온 지 이 년이나 되는 녀석이 이것도 못해!

박달의 목소리가 궁방이 흔들릴 정도로 쩌렁 울려댔다.

–스승님….

–어구, 멍청한 녀석!

타박을 들은 장쇠는 눈물이 다 날 지경이었다. 밤새도록 다시 만들어 왔는데 뭐가 잘못되었는지 말도 해 주지 않고 야단만 치는 박달이 야속했다. 얼굴이 벌겋게 상기된 채 입안에 맴도는 불만을 삼키고 나무를 집어 들었다.

박달이 궁방 문을 박차고 나가버리자 장쇠의 입에서는 저도 모르게 불만이 튀어나왔다.

—도대체 뭐가 문제라는 거야! 흑흑흑….

—이 녀석아. 고깐 일에 질질 짜냐?

—전 추로형님과 달라요. 뭐가 문젠진 가르쳐주지도 않고 나보고 어떡하란 말이에요. 나도 손재주 좋다는 이야기는 많이 들었어요. 어딜 가나 밀리지는 않았는데 이깟 나무 하나 때문에 제가 몇 번을 퇴짜 맞아야 하는 건지.

—어디 좀 보자.

추로는 손재주와 눈썰미가 유난히 좋아서 보통 사람들이 몇 년이 걸리는 기술도 일 년 만에 익혔다. 아무도 그만큼 따라오는 자가 없었다. 날렵한 손놀림은 그의 외모와 잘 어울렸다. 사내치고 가는 얼굴형에 약간 마른 몸매는 박달을 닮아 보이기도 했다. 성격이 급하고 일도 후딱 해치우는 것조차도 닮았다. 추로는 불같은 성미인 박달의 비위를 맞춰주는 유일한 제자였다.

—여길 좀 더 깎아라.

—그러면 스승님이 흡족하실까요?

—그래, 인석아. 근데 너 물소뿔 직접 봤냐?

—아니오. 보지 못했습니다. 전 밖에 서 있었고, 스승님만 안에 들어가서서 보고 오셨습니다.

—그래, 알았다.

실망한 표정으로 추로는 다시 나무를 집어 들었다. 그 순간 무섭게 노려보는 주달과 눈이 마주쳤다. 육중한 어깨는 마치 바위처럼 크고 단단했다. 각진 얼굴에 수염이 덥수룩했고 술에 취한 듯 언제나 얼굴빛이 붉었다. 두툼한 입술과 짙은 눈썹에 튀어나올 것 같은 큰 눈은 무서웠다. 굵고 넓적한 손은 연약한 나무를 다듬기에는 너무 지나치게 크고 힘이 셌다. 살짝만 건드려도 나뭇가지가 뚝 부러질 듯 위태했다.

주달은 박달의 제자 중 나이가 가장 많았고 가장 오래되었지만 솜씨는 우둔했다. 아무리 열심히 일해도 박달에게 칭찬을 받아본 적이 없었다. 아니 박달은 오히려 주달을 죽일 듯이 미워하고 죽일 듯이 욕을 퍼부었다.

사실 장쇠나 다른 제자들이 박달에게 욕 먹는 것은 주달에 비하면 아무것도 아니었다. 겨울나무마냥 마르고 여린 몸집의 박달이 두세 배는 됨직한 거구의 주달에게 소리를 지르며 작대기를 내리치는 꼴이 어이없어 보일 때도 있었다. 하지만 주달은 묵묵히 일만 할 뿐 말이 없었다.

추로는 등골이 오싹했다. 주달의 눈을 피해 고개를 푹 숙이고는 바삐 손을 놀렸다. 얼마 지나지 않아 박달이 문을 박차고 궁방으로 들어왔다. 그 뒤를 상인과 상자를 든 일꾼 다섯 명이 뒤따랐다. 제자들은 모두 긴장을 하며 눈치를 살폈다.

—신경 쓰지 말고 어서 일이나 해!

박달은 상인을 데리고 집안 깊숙이 들어갔다. 집안 곳곳에 휘어놓은 나무활대와 쇠심줄, 소뿔이나 노루뿔이 즐비해 있었다. 그리고 이상야릇한 비릿한 냄새가 집안을 감쌌다.

상인은 탁상 위에 커다란 상자를 내려놓고 물건을 꺼냈다. 노인이 그토록 미친 듯이 구하러 다니던 것이었다. 고구려에서는 나지 않는 것, 하지만 검은 활을 만들기 위해서 반드시 필요한 재료인 물소뿔이었다.

물소뿔이 당당한 위용을 자랑했다. 윤기가 흐르는 검은 표면에 인(人)자 무늬는 뚜렷했고, 크기도 알맞았다. 노인은 아주 흡족한 표정으로 하나씩 살펴보았다. 고구려의 활은 나무로만 만들기도 했고, 소뿔이나 동물의 뿔이나 뼈로 덧대기도 했다. 그중 가장 최고로 치는 활은 물소뿔로 만든 검은 활이었다. 하지만 물소는 따뜻한 나라에서만 자랐다. 고구려 같은 추운 나라에서는 물소를 기를 수 없었다.

중원의 옛 나라인 한나라와도 교역품에서도 중요한 부분을 차지했던 것은 물소였다. 오나라와도 위나라와도 그러했다. 그런데 위나라와의 관계가 틀어지면서 모든 교역이 단절되었다. 장사꾼들은 돈이 되는 곳이라면 전쟁터라도 갈 수 있는 사람들이라 암암리에 밀무역은 계속되었다. 서적이나 비단이나 장신구 등은 지속적으로 거래되었다. 하지만 유독 물소뿔만은 철저하게 통제되었다.

고구려는 언제나 주변의 강대국들과 수적 열세의 상황에서 싸워야 했다. 대군이 몰려다니는 한족이나 주변의 국가들에 비해 군사의 수는 언제나 적었다. 그러다 보니 철갑옷, 기마술 등이 발달했다. 온몸과 말까지 철갑옷을 입히는 고구려의 유명한 철갑기병대는 수적 열세에도 전장에서 수많은 승리를 이끌었다.

하지만 고구려의 가장 무서운 무기는 검은 활이었다. 검은 활은 어느 나라의 것보다 작았다. 주변의 다른 나라들은 활의 보잘것없는 크기를 보고 비웃으며 그런 어린애 장난감 같은 무기로 무엇을 하겠냐며 코웃음을 치기도 했다.

작고 약해 보이지만 설명할 수 없는 무서운 파괴력은 결국 그들의 무릎을 꿇게 했다. 수많은 전투에서 검은 활의 위용은 주변국들에게 공포의 대상이었고 아무도 고구려 활을 작다고 놀리지 못했다. 그들은 고구려의 활을 원하기 시작했다. 교역품으로 요구했고 첩자를 보내서 활을 만드는 비법과 활장이를 빼내려고 했지만 단 한 번도 고구려의 검은 활과 똑같이 만들어낸 적이 없었다.

고구려 활장이는 그 기술을 철저히 비밀리에 부쳤다. 어떠한 기록도 남기지 않았고 오로지 머리와 손끝으로만 기억하게 했다. 그리고 후계자에게 조금씩 전수해 나갔다. 활장이를 따르는 수많은 제자들이 있었지만 누가 후계자가 될지는 마지막까지 알 수가 없었다. 활장이의 자부심은 수백 년을 이어왔다. 일단 활장이가 되면 어떠한 일이 있어도 자신의 비법을 쉽사리 내어놓지 않았다.

박달은 물소뿔을 조심스레 쓰다듬었다. 값을 너무 높이 쳤다고 투덜대었던 것은 어느새 모두 잊혀졌다.

–물건은 틀림없군.

–그렇죠. 제가 장사를 한두 번 합니까. 최상품이 아니면 절대 내놓지 않습니다. 그런데 박달 어르신, 이것 좀 보십시오.

–아니, 이것은!

박달은 얼굴이 하얗게 질렸다.

—이건 내가 만든 것이네. 만든 지 벌써 십 년도 훨씬 넘은 것인데….

—그렇습니까? 역시, 이런 보통 활이 아닌 것 같기는 했는데 어르신이 만든 것인 줄은 생각지도 못했습니다.

—내가 만든 활은 모두 기억한다네. 이 활 어디서 났는가?

아궁이에 불을 지폈다. 시루에서 하얀 연기가 피어올랐다. 왕이 병사들에까지 술을 하사하는 바람에 술도가의 독이 거의 비워졌다. 장정들이 밤새 마시니 감당하기가 버거웠다. 오늘부터 부지런히 술독을 다시 채워야 했다.

—아구, 허리야….

—많이 힘드시죠. 이제 쉬세요. 이건 제가 할게요.

—너 혼자서 이 많은 것을 어찌 다하누? 잠깐만 쉬었다가 다시 일어날 것이다.

가비는 걱정스레 물금을 쳐다보았다. 하루하루 늙어가는 물금의 모습에 슬프면서 또한 무서웠다. 물금이 어느 순간 사라져 버릴 것 같아서였다.

물금은 이제 너무 늙었다. 올봄부터인가. 손목의 힘이 쭉 빠졌다. 더 이상 술맛도 느끼지 못하고 냄새조차 제대로 맡지 못했다. 게다가 한 번씩 시야가 아득히 멀어졌다. 스스로 살 날이 얼마 남지 않았음을 자각했다.

오늘따라 몸이 이상했다. 물금은 자신이 먼저 일어나는 것이 좋을 듯싶었다. 괜히 일한다고 설쳤다가 술을 망칠 수는 없었다. 헛웃음이 나왔다. 술냄새만 맡아도 한 번에 술이 잘 익었는지 알아내던 예민한 감각들은 모두 다 어디로 사라진 것일까. 몸 안에 있던 신경이 모두 죽어가는 것 같았다. 그렇지 않다면 이렇게 둔감해질 수가 없었다. 갑자기 설움이 북받쳤다.

물금이 나가자 가비는 더욱 열심히 술을 빚었다. 오늘 독을 채우고 내일도 채워야 했다. 술을 빚는 일은 언제나 즐거우면서 힘든 일이었다. 정작 가비는 술을 입에 대지도 못했지만 그 냄새만으로 모든 맛을 추측했다. 그것은 물금조차 신기하게 여겼다. 물금도 냄새로 술이 제대로 익었는지 알아냈지만 마지막으로 맛을 확인하곤 했다. 하지만 가비는 미세한 향기를 맡아냈다.

술도 못 마시면서 냄새는 잘 맡는다며 가끔 놀림을 받기도 했다. 그럴 때마다 가비는 그저 웃었다. 마시지도 못하는 술이지만 술 빚는 일이 너무 좋았다. 술은 정직했다. 조금만 신경을 덜 써도 맛이 변했고, 더욱 정성을 다하면 술향은 더욱 깊어지고 그윽해졌다.

날은 금방 어둑해졌다. 가비는 재빠른 손놀림으로 뒷정리를 했다. 일이 막 끝날 참에 낯선 목소리가 들려왔다.

—음, 냄새가 좋구나.

—누…구십니까?

—궁궐에서 날 모르는 궁녀도 있다니…. 놀랍구나.

—전 궁녀가 아닙니다.

–궁에서 살면서 궁녀가 아니라고? 재밌구나. 난 예물왕자다.

고구려의 둘째 왕자인 예물이었다. 예물이라는 말에 가비는 얼굴이 하얗게 질렸다. 망나니라 소문난 예물을 모르지 않았다. 그는 왜 꼭 장남이 태자가 되어야 하냐며 공공연히 불만을 드러내고 돌발행동을 일삼았다. 그의 경솔한 행동은 왕후의 책임도 컸다. 세 왕자들 모두 왕후의 아들임에도 장남인 연불보다 예물이나 사구를 더 살가워했다. 이는 연불이 연나부를 적대시하기 때문이기도 했다. 연나부 출신으로서 자부심이 뼛속까지 새겨져 있는 왕후로서는 연불의 그런 모습이 탐탁히 여길 리 없었다.

왕은 연불을, 왕후는 예물을 태자로 지지했다. 태자자리를 둔 왕과 왕후 사이에는 신경전은, 곧 왕과 연나부의 대립이었다. 그 사실을 잘 알고 있는 예물은 왕에게 인정받느니 왕후를 잘 모셨고 연나부와도 친밀히 지냈다.

왕후와 연나부의 뒷배를 믿어서인지 예물의 언행은 점점 더 오만해졌다. 벌써 태자라도 된 것처럼 행동하고 나섰다. 그러나 예물은 한 살 차이밖에 나지 않는 형인 연불에게 무예도, 학문도 언제나 밀렸다. 어떻게든 기를 쓰고 이기려고 했지만 연불은 도대체 약점이라고 찾아볼 수 없는 완벽함 그 자체였다.

형에 대한 열등감이 점점 커져가면서 성격도 광폭해졌다. 얼굴이 반반한 궁녀 중에 예물에게 희롱을 당하지 않은 여인이 없었다. 왕은 예물에게 수차례 경고했으나 왕후는 그때마다 감싸기 바빴다.

예물은 눈을 굴리며 머리부터 발끝까지 가비의 몸을 훑었다. 궁궐 깊숙한 이곳에 이렇게 아름다운 여인이 있다는 사실을 왜 이제야 알았는지 안타까웠다.

–아까워. 여기에 처박혀 있기에는 너무 아까워.

–….

–아바마마는 어찌 너같은 여인을 이곳에 처박아 두셨는지 모르겠구나. 네 이름이 무엇이냐?

–….

–왜 말이 없느냐?

예물이 성큼 다가서자 가비는 뒤로 물러났다. 하지만 예물은 더욱 가까이 다가가 가비의 손을 덥석 잡았다. 째질 듯한 날카로운 비명소리가 사방으로 퍼졌다. 너무 격한 반응이 예물은 당황했지만 오히려 재미있어했다. 다른 한 손으로 가비의 머릿결을 쓰다듬었다.

–겁먹지 마라. 내가 널 어떻게 하는 것도 아닌데 뭘 그리 놀라느냐? 난 이 나라의 왕자다. 네가 원하는 것은 무엇이든 들어줄 수 있다.

–싫습니다. 제발 놔주세요. 전 궁녀가 아닙니다. 술 빚는 일을 하는 사람입니다.

–그런 일을 하기에는 너무 아깝… 앗! 아얏!

예물이 얼굴을 감싸 쥐며 바닥으로 쓰러졌다. 눈앞에는 자신을 금방이라도 죽일 듯이 노려보는 연불이 서 있었다. 형보다 훨씬 덩치도 크고 키도 큰 예물이었지만 너무나 갑작스럽게 일어나서 방어할 틈도 없이 그대로 나가떨어졌다.

얼음장같이 차갑기만 했던 형이었다. 어떤 일에도 속내를 드러내지 않은 채 침묵으로 일관했다. 언제나 예물이 먼저 시비를 걸었지만 연불은 단 한 번도 대꾸를 한 적이 없었다. 궁녀들에게 더한 추파를 던지고 심한 짓을 해도 아무런 상관도 하지 않았다. 하지만 이번에는 달랐다. 불덩어리도 뚝뚝 떨어질 것 같은 벌겋게 충혈된 눈은 살기가 가득했다. 까딱 잘못하면 형이 자신을 죽일 수도 있겠다는 생각이 들었다. 예물은 무조건 싹싹 빌며 용서를 구했다.

–용서해 줘! 나 정말 아무 짓도 안 했어. 그냥 몇 마디 말 주고받은 게 전부라고…!

–시끄러! 당장 꺼져. 다시는 가비 옆에 나타나지 마라. 만약 또 내 눈에 보이면 동생이고 뭐고 다 없을 줄 알아!

예물은 미친 듯이 술도가를 빠져나갔다.

연불은 가비에게 다가갔다. 가비는 온몸을 떨었다. 연불은 조심스럽게 가비를 안으며 등을 토닥거렸다.

–괜찮다. 아무 일도 없을 게야.

–왕자님….

궁궐에서 가장 깊숙한 곳, 술도가에 연불이 첫발을 디딘 것은 칠 년 전이었다. 아들인 자신에게도 금지령이 내려졌던 그곳에 갑자기 한 낯선 사내가 무시로 출입했다. 왕은 사내와 함께 술도가에서 밤새도록 술을 마시며 긴 이야기를 나누었다. 다음날도, 그다음날도 마찬가지였다. 연불과 함께 사냥을 가기로 한 날조차 왕은 사내와 함께했다. 밤늦게까지 연불은 기다리고 기다렸다. 하지만 왕은 약속을 까맣게 잊어버린 듯했다.

아버지에 대한 배신감과 사내에 대한 질투로 분노한 연불은 술도가로 달려갔다. 아무도 들어가서는 안 된다는 왕명 따위는 잊어버렸다. 여러 개의 문을 통과하고 무성한 자작나무 길을 지났다. 자작나무는 바람결에 서로의 몸을 부딪치며 어둠 속에서 기괴한 울음을 토해냈다.

바람에 풀내음과 함께 알싸한 술내음이 코끝에 전해왔다. 술도가의 문을 활짝 열고 들어서는 순간 연불은 세상의 모든 것이 멈춘 듯했다. 그 안에 한 어린 소녀가 겁에 잔뜩 질려 연불을 바라보고 있었다.

밀우는 환도성에 들어온 지 열흘이 지나서야 겨우 집으로 들어왔다. 무슨 일이 있어서가 아니었다. 왕이 걸핏하면 술도가에서 술을 마시자고 하니 쉽게 벗어나지 못했다. 마치 그동안 술동무가 없어서 못 마신 사람마냥 열흘 동안 끊이지 않고 술을 마셨다. 술도가의 술이 거의 바닥을 드러나자 그때서야 풀려날 수 있었다.

새벽의 찬 기운이 스멀스멀 올라올 때 밀우는 비틀거리며 궁궐 밖으로 나왔다. 머리는 깨질 듯이 아팠고 온몸에서 찌든 술냄새가 코를 찔렀다. 열흘 동안 씻지도 않은 탓에 그 냄새는 더욱 고약했다.

아직 날이 밝지 않아 대로에는 사람들이 그리 많지 않았다. 하지만 이따금 부딪치는 행인은 고약한 냄새에 코를 잡고는 눈살을 찌푸렸다. 아무도 그가 고구려 장군 밀우라는 것을 알아보지 못했다. 새벽녘까지 술을 퍼 마신 대책 없는 취객 정도로 여겼다.

밀우는 비틀거리며 길을 따라 걷고 걸었다. 분명히 목적을 달성했다. 하지만 왜 그렇게 불안한지 이유를 알 수 없었다. 아니, 왕의 불안한 감정을 읽은 탓에 더했다. 서로 불안감에 대해서 말하지 않고 외면해 버렸다. 그래서 더욱 미친 듯이 술을 마셨던 것일지도 몰랐다. 승리에 대한 축하주가 아니었다. 마음속에 커져가는 불안감을 씻어내기 위한 술이었다. 열흘동안 진탕하게 마셨다. 하지만 불안감은 점점 더 커져갈 뿐이었다. 머리는 점점 더 복잡해졌다.

대문을 두드리자 막돌이가 달려왔다. 주인 없는 집을 어리석을 정도로 충직하게 지켜주는 노비였다. 우물가에서 물을 긷던 막돌의 처 분이도 쪼르르 달려와 반갑게 맞이했다. 이들이 없었다면 밀우는 이 작은 집도 유지하기 벅찼을 것이다.

–이제야 오셨습니까?

–잘 있었는가?

–주인님. 어서 안으로 들어가십시오.

–그래, 그동안 수고가 많았다.

–어휴, 술냄새! 목욕을 언제 하신 겁니까?

–글쎄, 기억이 안 나는구나.

–목욕물부터 받아놓겠습니다.

–고맙구나.

환도성에 도착하는 날 철갑옷을 벗어던졌지만 아직 그 가벼움이 어색했다. 평생 철갑옷을 입는 날이 그렇지 않은 날보다 훨씬 많았다. 한여름의 햇볕 아래에서 달아오른 철갑은 몸을 태울 듯이 뜨거웠다. 며칠씩 전투가 이어지는 날은 벗지도 못하고 땀에 절인 갑옷을 그대로 입고 있어야 했다. 갑옷을 오래 입고 있다보면 온몸이 발진하듯 가려웠다. 습진 때문에 생긴 피부병이었다.

간혹 경보병들이 갑옷을 부러워하며 푸념할 때면 웃음이 나왔다. 갑옷을 입은 병사들의 실체를 안다면 입고 싶어할까 궁금했다. 종자를 데리고 다닐 수 있는 여력을 가진 귀족이 아닌 이상 철갑옷은 벗었을 때 거추장스럽기 짝이 없었다.

한 번 입은 갑옷은 세세하게 닦아서 잘 말려야 했다. 그렇다고 하더라도 며칠씩 입고 다니다 보면 피부병에 걸리기 십상이었다. 그런데 제대로 관리하지 않은 갑옷은 그 정도가 더 심했다. 그러다 보니 전투가 끝나면 쉬지도 못하고 밤새도록 갑옷을 닦아야 하는 수고로움이 더했다.

분이가 받아 놓은 뜨거운 목욕물에 온몸을 푹 담갔다. 무거운 갑옷으로 깊숙이 눌려있던 근육들이 하나씩 꿈틀거리며 밖으로 뻗어나가려는 듯 활개를 폈다.

일 년 만의 목욕으로 온몸의 묵은 때를 벗기고 나니 개운했지만 갑자기 졸음이 몰려왔다. 밀우는 서안평에서 묵은 피로와 열흘 동안의 계속된 술자리의 숙취가 한꺼번에 겹쳐 깊고 깊은 잠에 빠져들었다.

밀우는 오싹한 한기에 잠이 깼다. 물 속에서 일어난 그는 주섬주섬 옷을 챙겨 입었다. 집안이 너무 어둡고 고요했다. 막돌이와 분이를 불렀다. 대답이 없었다. 이상한 기분에 사로잡힌 밀우는 밖으로 나갔다. 주위가 어슴푸레하고 뚜렷하지 않아 새벽인지 저녁인지 구분이 되지 않았다. 뿌연 안개 속으로 누군가가 다가왔다.

―막돌이냐?

—….

—누구냐?

—흐흐흐….

소름 끼칠 정도로 기분 나쁜 웃음소리가 새어나올 뿐 안개 때문에 얼굴을 제대로 볼 수가 없었다. 앞으로 나아가려 했지만 마치 발이 땅에 붙은 듯 움직이지 않았다.

형체가 없는 웃음소리가 끊겼다. 지독하고 섬뜩한 고요가 이어지더니 안개 사이에서 한 사내가 모습을 드러냈다. 밀우는 놀라움으로 눈이 커졌다. 사내는 밀우를 향해 활을 쏘았다. 한 발의 화살이 밀우의 오른쪽 눈으로 거침으로 날아왔다.

—주인님! 정신 차리세요!

밀우는 눈을 떴다. 그는 아직도 물 속에 있었다. 머리뿌리까지 소름이 돋았다. 막돌이가 걱정스레 쳐다보았다.

—악몽이라도 꾸셨어요?

—어, 그래. 내가 꿈을 꾸었구나.

—무슨 꿈이길래 얼굴까지 새하얗게 질리셨습니다.

—아무것도 아니다.

—손님이 찾아오셨어요.

—손님?

밀우는 몸을 닦고 옷을 입었다. 아직도 섬뜩한 기분이 가시지 않았다. 너무나 생생해서 꿈이라는 것이 믿기지가 않았다. 그자를 본 지 칠 년이 지났다. 오랫동안 잊고 있었는데 왜 꿈에 나타난 것인지 알 수가 없었다. 긴장이 너무 풀린 탓에 정신이 흐트러졌던 탓일까. 아무튼 기분이 좋지 않았다.

백발의 한 노인이 꼿꼿하게 허리를 곧추 세운 채 앉아 있었다. 어디선가 본 듯한 얼굴이었지만 바로 생각이 나지 않았다.

―활장이 박달입니다.

―박달?

―네. 계루부의 궁방에서 일을 하고 있습니다.

―저희 집에 어인 일입니까?

―제가 기억이 나지 않으십니까?

―죄송합니다. 떠오르지 않는군요.

―제가 얼마 전에 활 하나를 샀습니다.

―계루부의 활장이시면 고구려 최고이신데 다른 이에게 활을 사셨다구요?

―네. 밀우장군님도 아시는 활입니다.

박달은 탁상 위에 보자기를 풀고 활을 꺼냈다.

―저는 제가 만든 활은 모두 기억합니다. 활은 제게 자식과 같은 존재입니다. 자식 같은 활이니 아무나 만들어 주지 않습니다. 이것은 제가 십 년도 훨씬 전에 만든 것입니다. 그리고 누구에게 주었는지 확실히 기억합니다. 십오 년 전인가, 아직 소년티도 벗지 못했던 한 젊은이가 감히 우태후에게 맞섰습니다. 그 벌로 고구려에서 추방당했고…. 전 그 젊은이에게 무한한 감동을 받았습니다. 그래서 그해 제가 만든 최고의 활을 건네주었습니다. 어쩌다가 활을 잃어버린지는 모

르지만 주인에게 돌려주려고 왔습니다.

–이게 어디서 났습니까?

밀우의 가슴이 뛰기 시작했다. 잊고 있었던, 아니 잊기 위해 애썼던 기억의 봉인이 풀렸다.

묵은 먼지 냄새가 밴 서늘한 공기, 아무런 소리가 들리지 않고, 한 치 앞을 볼 수 없는 완전한 어둠 속에 잠긴 곳. 이곳이 어디인지 조금도 알 수가 없었다. 왜 이런 깊은 곳에 잡혀 왔는지 이유도 모른 채 차가운 바닥에서 기억을 더듬었다. 가비와 한가롭게 야시장으로 돌아다니고 있었다. 갑자기 누군가 뒤통수를 후려쳤을 때 가비의 비명소리가 언뜻 들린 듯했지만 이내 무의식으로 깊이 빠져들었다.

고구려 왕자를 납치할 만한 자들은 과연 누구인지 곰곰이 생각했다. 연나부의 우돌문이나 예물도 떠올랐다. 하지만 고개를 세차게 저었다. 아니었다. 우돌문이 이런 짓을 해서 얻을 수 있는 게 없었고, 예물은 겁도 없이 일을 벌일 인물이 못 되었다.

수많은 의문이 꼬리를 물고 이어졌다. 하지만 아무런 답을 내릴 수가 없었다. 납치한 자들이 연불의 신분을 아는지도 알 수 없었고, 만약 모른다면 신분을 밝히는 것이 해가 될 수도 있었다. 다만 냉정을 유지하면서 생각을 가다듬었다.

저벅저벅…. 묵직한 발소리가 점점 가까워졌다. 문이 열렸다. 갑작스런 빛줄기에 눈이 부셨다. 빛을 등진 채 한 사내가 천천히 다가오더니 연불에게 얼굴을 쑥 들이밀었다. 숨을 내쉬자 역겨운 짠내가 풍겼다.

조금씩 빛에 적응되자 연불은 살며시 눈을 떴다. 사내의 눈과 마주치자 연불은 진저리를 쳤다. 애꾸눈이었다. 멀어버린 한쪽 눈은 눈알이 파헤쳐져 극도로 보기 끔찍한 흉터가 남아 있었다. 멀쩡한 다른 한쪽 눈은 더 끔찍했다. 증오와 복수만이 가득한 잔인하고도 섬뜩한 잿빛 눈은 쳐다보고만 있어도 질식당할 것만 같았다.

–지체 높은 귀족 도련님이신 것 같은데, 어인 일로 남의 아내를 가로챘을까?

연불은 소름끼치는 낮고 탁한 목소리에 등골이 오싹했다.

–무슨 말이냐?

–네가 끼고 다닌 그 계집이 내 아내다!

–말도 안 돼! 난 가비를 열두 살 때부터 알아왔다. 그런데 언제 혼인을 했단 말이냐?

–열 살 때 내게 시집을 왔다. 그년의 아비에게 값으로 소금 두 자루나 치렀지. 그런데 배은망덕하게도 도망치면서 내 눈을 이렇게 만들었어!

–짐승 같은 놈! 네가 사람이더냐? 어린아이에게 어떻게 그런 짓을 할 수 있느냐?

–너희 고구려 놈들은 그런 말을 할 자격이 없다. 옥저에서 얼굴이 예쁘장하다 싶으면 모두다 고구려인들의 비첩으로 데려 가는 게 너희 놈들이다. 그러니 어쩔 수 없지 않는가. 일찍 점해 놓지 않으면 평생

혼인도 못하고 노총각으로 사는 이들이 얼마나 많은지 아느냐?

연불은 늙고 추악한 사내를 바라보았다. 아비뻘쯤 되어 보이는 늙은 사내가 가비의 남편이라니 믿기 힘들었다. 주통촌 출신의 부모 없는 불쌍한 아이라고 생각했다. 일곱 해의 세월이 지나는 동안 속속들이 가비에 대해 모든 것을 알고 있다고 믿었다. 그런데 정작 아무것도 아는 것이 없었다.

자신이 알고 있던 가비는 누구인가. 고구려인도 아니고 남편도 있었다. 머릿속이 혼란스러웠다. 현실이 아니라 꿈이라고 믿고 싶었지만 아무리 해도 깨어나지 않는 현실이었다.

–충격이 꽤나 큰가 보군. 쯧쯧쯧….

–가비는 어디 있느냐?

–네 앞날이나 걱정해라.

애꾸눈 사내는 잔인하게 비웃으며 돌아섰다. 또다시 지독한 어둠이 내렸다.

염유장은 좁은 회랑을 통과해서 가장 끝에 있는 방 안으로 들어갔다. 방안에는 칠기로 만든 장롱, 옥구슬, 비녀, 값비싼 비단까지 방안에 수많은 진기한 물품이 가득했다. 소금으로 시작한 장사는 나날이 번창했다. 이제는 연나부의 우돌문에게까지 연이 닿아 옥저인이라는 신분에서 벗어나 고구려의 나부인으로 살 수 있는 날이 머지않았다.

방구석에 웅크린 채 떨고 있던 가비는 천천히 고개를 들었다. 평생 피하고 싶었던 눈이 가비를 향했다. 온갖 증오와 조롱을 가득 담은 채 이글거렸다. 염유장은 더욱 추악하고 무서운 괴물이 되어 있었다. 지독한 집착에 온몸에 소름이 돋았다. 수년 동안 몸을 낮추고 숨어 지낸 세월이 한순간에 흩어지고 말았다.

―흐흐흐…. 많이 변했구나. 갈색빛이 도는 네 눈을 보는 순간 한눈에 알아봤지. 내 눈을 이렇게 만들고 도망친 네년을 한시도 잊은 적이 없었어!

―그분은 어디에 계십니까?

―십여 년 만에 만난 남편에게 하는 처음으로 하는 말이 고작 그것이냐?

―당신이 어찌할 수 있는 분이 아닙니다. 어서 내보내주세요.

―그건 내가 결정할 일이다. 네가 걱정해야 할 사람은 따로 있을 텐데.

―무슨 말입니까?

―지금은 불내예후의 부인이지만 화려국 삼로의 손녀였던 그 계집 말이다.

―수리언니?

―그래, 맞다. 그 계집이 여기에 있다.

―뭐라 했습니까?

―날 물 먹인 년이니 마땅히 벌을 받아야지. 고구려의 노예시장에 팔려고 했는데 다 죽어가는 터라 버려야 할 것 같구나.

―언니에게 무슨 짓을 한 거예요?

염유장은 가비의 머리채를 잡고 질질 끌고 나갔다. 좁고 긴 회랑을 지나 뜰로 나가서 몇 개의 문을 통과하니 무장한 호위병이 지키고 있는 부경 앞에 이르렀다. 부경의 문을 열자 열 명 남짓한 젊은 여인들이 좁고 더러운 공간에서 섞여 있었다. 모두들 겁을 잔뜩 집어먹은 채 눈만 멀뚱멀뚱 뜨고 있었다. 이제 갓 열 살이나 넘겼을까 할 정도로 어린 여자아이도 있었다.

가난이나 강압에 의해 팔려온 여인들이었다. 그중에서 더러는 귀족의 비첩으로 들어가거나 아니면 노비가 될 것이다. 고구려로 팔려가지 않고 옥저에 남아 있다고 해도 나을 것은 없었다. 열 살 남짓 나이에 시집가서 온갖 일을 도맡아 해야 했고, 자라지도 않은 몸에 밀고 들어오는 남편에게 학대받는 일을 피할 수 없었다.

가비는 어린 소녀에게서 어릴 때 자신의 모습을 보았다. 아직도 그 날의 두려움과 공포가 머리부터 손끝, 발끝까지 새겨 있었다. 저 밑바닥에서부터 분노가 치밀어 올랐다. 염유장의 남은 눈마저 짓이겨 버리고 싶은 강한 충동을 느꼈다. 그렇게 할 수만 있으면 그 자리에서 죽어도 좋을 것 같았다.

염유장은 벽을 향해 돌아누운 한 여인을 발로 툭툭 쳤다. 미세한 신음소리가 새어나왔다.

–아직 죽지 않았군. 네가 그토록 애타게 부르던 그 계집이다.

–말도 안 돼….

여인은 등을 돌린 채 죽은 듯 움직임이 없었다. 아닐 것이다, 아닐 것이다. 몇 번이고 되뇌었다. 염유장이 수리를 어떻게 만난단 말인가. 거짓이라고 스스로에게 되뇌었지만 막상 가까이 갈 용기가 나지 않았다. 정말로 수리라면 참을 수 없을 것 같았다.

땀에 흠뻑 젖은 헝클어진 머리카락, 찢기고 더러워진 옷, 상처투성이의 발. 너무나 처참한 모습이었다. 가비는 여인에게 다가가 몸을 구부려 어깨를 돌렸다. 얼굴을 확인한 순간 눈이 뜨거워졌다. 눈으로 보고 있어도 믿을 수가 없었다. 생기발랄하고 밝았던 얼굴은 조금도 찾아볼 수 없었다. 자세히 들여다보지 않았다면 못 알아봤을 뻔했다.

가비는 수리의 몸이 심상치 않음을 바로 알아차렸다. 무언가 이상했다. 가비는 얼른 수리를 안았다. 숨소리가 아주 약하게 새어나왔다. 코끝을 스치는 악취에 피비린내가 풍겨났다. 깜짝 놀란 가비는 수리의 온몸을 살폈다. 몸은 지나치게 말랐지만 배가 불러 있었다.

구석에 웅크리고 있던 한 젊은 여인이 조그만 목소리로 속삭였다.

—그 언니 애기 가졌는데….

—뭐라고요? 언니! 수리언니! 정신 좀 차려봐! 나 시화야! 제발 눈 좀 떠봐…. 의원을 불러줘요!

—의원? 흥! 애 낳다가 죽는 여인은 부지기수야. 쓸데없는 소리 집어치워!

—시키는 대로 다할 테니까 의원을 불러줘요!

—시끄러! 저년 때문에 내가 얼마나 생고생을 했는지 알아? 그때 화려국에서 널 잡았다면 이렇게 되지도 않았어. 칠 년이나 날 물 먹인 죄값을 당연히 받아야지.

—말도 안 돼. 그래서 홑몸도 아닌 언니를 여기까지 끌고 왔단 말이에요? 죽어가고 있다구! 제발 살려줘요! 의원을 불러줘요!

—이미 늦었어. 아무리 뛰어난 의원이라도 살려내지 못해!

잔인하게 비웃으며 염유장은 가비의 머리채를 휘어잡았다. 하지만 가비는 수리를 꼭 끌어안은 채 가지 않으려고 발버둥이쳤다. 이대로 끌려가버리면 수리가 정말 죽어버릴 것 같았다. 자신 때문에 이런 고통까지 겪게 하다니 너무 기가 차고 스스로 이렇게 살아 있다는 것자체가 저주스러웠다. 죽을 힘을 다해 수리를 꼭 끌어안았다.

머리카락이 다 뽑힐 정도로 머리채를 휘어잡던 염유장도 질렸는지 손을 놓아버렸다. 그리고는 매몰차게 돌아서며 악담만을 늘어놓았다.

어둠이 다시 몰려왔다. 발걸음 소리가 점점 멀어졌다.

밀우는 유유와 함께 환도성의 시장을 가로질렀다. 그는 갑자기 왕의 서신을 받았다. 연불왕자가 가비와 사라졌으니 은밀히 찾으라는 명이었다. 전혀 예상치 못한 사건으로 밀우는 당황했다. 둘 사이가 심상치 않음을 이미 알고 있었지만 함께 사라질 것이라고 생각지도 못했다.

태자 책봉을 거의 앞둔 시점에서 이 사실이 알려진다면 연불에게도, 가비에게도 이로울 게 없었다. 연불은 어떻게든 꼬투리를 잡으려는 연나부에게 빌미를 제공할 것이고, 가비도 위태해질 수 있었다.

바깥으로 사실이 알려지기 전에 두 사람을 찾아야 했다. 흔적을 찾아서 추적을 하는 도중 밀우는 한 여각에 섰다. 장사치들의 말에 따르면 소금으로 갑자기 재력을 쌓기 시작한 옥저인이 운영하는 곳이라 했다. 밀우는 옥저인이라는 말에 불길한 예감이 엄습했다. 여각의 대문을 힘차게 두드렸다. 한참 지나서 노비가 얼굴을 비쭉 내밀었다.

–무슨 일이십니까?

–방이 있는가?

–저희 집은 방이 다 찼습니다. 다른 데로 가 보십시오.

–야! 이놈아! 우리가 누군 줄 아느냐?! 고구려 최고 장군인 밀우와 유유이니라. 썩 문을 열지 못할까!

유유가 커다란 창으로 땅을 쾅쾅 내리치며 눈을 부라리자 노비는 질겁을 하며 잠시만 기다리라는 말을 남긴 채 안으로 쏘옥 들어갔다. 잠시 뒤 농염한 자태를 풍기는 한 중년의 여인이 두 사람을 안으로 안내했다. 방이 없다는 노비의 말과 달리 여각은 한산하기만 했다.

–이 봐! 방이 없다면서 왜 이렇게 한산해!

–아, 그것이 귀한 손님이 오셨는지라….

–흥! 웃기는 군. 얼마나 귀한 손님인데 장사도 안 해!

–자네가 여각의 주인인가?

–아닙니다.

–이곳 주인이 옥저인이라고 하던데 맞는가?

–네. 주인님은 옥저와 고구려를 오가면서 장사를 하시고 저는 이곳을 운영을 맡고 있는 주부라고 합니다.

–주인을 볼 수 있겠는가?

–주인님은 아무나 만나지 않으십니다.

–네 눈에는 우리가 아무나로 보이느냐?!

유유가 화를 내며 버럭 소리를 지르자 밀우가 말리며 다시 청했다.

–부탁이네. 주인과 자리를 마련해 주게.

–그러시다면 말씀드려 보겠습니다. 잠시만 기다립시오.

여인은 밀우와 유유를 두고 어디론가 홀연히 사라졌다.

–부하들을 데리고 와서 왕창 뒤져 보자구.

–안 되네. 되도록 조용히 찾아야 하네. 왕자님이나 가비를 위해서….

한참을 지나서야 주부가 돌아왔다. 주인의 허락이 떨어졌다면서 밀우와 유유를 안내했다. 긴 회랑을 지나서 가장 깊숙한 방으로 들어갔다. 방문이 열리고 여각의 주인이 모습을 드러냈다. 주인은 최대한 자세를 낮추어 다가가 공손히 읍을 했다.

–밀우장군께서 어찌 이리 누추한 곳을 찾으셨습니까?

–날 아는가?

–고구려에서 어찌 밀우장군을 모르겠습니까?

비굴한 웃음을 띠며 여각 주인은 고개를 들었다. 눈과 눈이 부딪쳤다. 밀우의 두 눈에 놀라움과 분노가 뒤섞였다.

–시화는 어디 있느냐?!

–…무슨 소리이십니…까?

연나부의 고추가는 침상에서 일어나자마자 휘장을 걷더니 침상 옆에 둔 찬물을 벌컥벌컥 마셨다. 어젯밤부터 새벽까지 마시지도 못한 술을 마신 탓에 속이 좋지 않았다.

왕은 술을 너무 좋아했다. 왕의 주량을 당해낼 수 있는 신하가 몇 되지 않았다. 고추가는 술을 그리 즐기지도 않았고 잘 마시지도 못했다. 궁궐에서 술판이 벌어질 때마다 진땀을 빼곤 했다. 어제도 그러했다. 갑자기 신하들을 불러 모아 술을 마시자고 하더니 억지로 끌려가서 밤늦게까지 마시다가 새벽이 다 되어서야 끝났다.

속은 여전히 좋지 않았다. 찬물 한 잔을 다시 들이킨 뒤 손끝으로 툭툭 물기를 털어내고 콧수염을 가다듬었다. 둥글넓적한 얼굴은 살이 쪄서 탱탱했다. 두꺼운 눈두덩이는 처졌지만 나이에 비해 주름이 없었다. 땅딸막한 키에 배는 불룩하고 전체적으로 둥글둥글해서 볼품없는 몸이지만 콧수염만큼은 멋들어지게 길렀다.

고구려에서 멋을 좀 아는 사내들이라면 모두 콧수염을 길렀다. 멋있게 기르기 위해서는 여간 까다로운 게 아니었다. 아침마다 손질해서 기름도 바르고 모양도 신경 써서 가다듬어야 했다. 수염을 각도 있게 꺾어 끝이 뾰쪽하게 솟을수록 멋쟁이에 속했다. 고추가는 이 모든 조건에 맞게 아주 멋지게 콧수염을 길렀다.

부인은 여인이 머리손질 하는 것보다 시간이 더 많이 걸린다며 바가지를 쏟아내기도 했다. 평소에는 부인의 말에 움찔하면서 눈치를 보지만 콧수염을 다듬는 것만큼은 절대로 양보하지 않았다. 콧수염은 그의 자부심 중에 하나이기 때문이다.

그는 수염을 가다듬다 말고 긴 한숨을 내쉬었다. 다시 머리가 지끈했다. 서안평을 결국 점령하다니 기가 막힐 노릇이었다. 위나라를 상대로 무모한 모험이라고 주장했는데 결국 해내고 만 것이다. 그렇다면 이제 왕은 분명히 연불의 태자 책봉에 대한 논의를 꺼낼 것이다. 이제는 머리를 아무리 굴려 봐도 피할 방도가 없었다.

연불이 장자이면서 별다른 하자가 없는데도 태자즉위가 자꾸만 늦

춰지고 있던 것은 연나부의 입김이 크게 작용했다. 사실은 연나부가 왕과 보이지 않는 기 싸움을 하고 있다는 것이 맞았다. 연나부가 왕자의 혼례를 서두르는 반면 왕은 자꾸만 회피했다. 그것은 더 이상 연나부에서 왕후를 맞이하고 싶지 않다는 왕의 의도였다.

우태후가 죽은 후 연나부는 대대적인 숙청을 예감했다. 하지만 다행히 별 탈 없이 넘어갔고 대대로 쌓아온 권력은 그리 쉽게 무너지지 않았다. 지금의 왕과 적절한 거래를 하며 서로 간의 균형을 유지하고 있었다. 하지만 한시도 마음을 놓을 수 없었다.

왕은 과단성 있는 정치운영을 성공적으로 해내었다. 오나라 사신들이 고구려로 난파했을 때 지나치게 환대하면서 환심을 사더니 막대한 양의 물소뿔을 확보했다. 얼마 후 냉정하게 오나라를 내치더니 위나라와 손을 잡는 과감한 외교를 펼쳤다. 오나라는 황당하고 괘씸해했지만 더 강한 위나라와 화친을 맺은 고구려에게 항변 한 번 하지 못하고 돌아서야 했다.

국익이 될 만한 일은 철저하게 취했다. 위나라를 도와준다는 명목으로 인사치레식으로 군사를 보냈다. 그러고도 약속을 어겼다면서 서안평을 점령하기까지 했다. 사실 서안평을 차지할 구실은 없었다. 그런데 이번에 위나라가 약속을 어기자 기다렸다는 듯이 군사를 보내어 쳤다. 점점 왕의 입지는 높아지고 백성들에 대한 신망이 두터워졌다. 흠집을 낼 만한 것이 좀처럼 보이지 않았다.

이번에 태자 책봉에 관련된 이야기가 나왔을 때 아무리 연나부의 고추가라도 어찌할 도리가 없었다. 그렇다고 왕후자리를 다른 나부에게 넘겨줄 수도 없었다. 이런 상황에서 누가 태자가 되고 태자비가 누가 될 것인가는 연나부의 권력을 다지는 데 중대한 일이었기 때문에 쉽사리 포기할 수 없었다.

인영, 귀하게 키운 딸이다. 고구려 전체에 왕후자리를 두고 인영과 견줄 수 있는 여인이 없다고 자부했다. 미모, 지혜를 갖춘데다 배포까지 두둑했다. 아름답고 오만하기까지 한 인영에게 고구려의 젊은 귀족들의 구애가 끊이질 않았다. 한 번은 계루부의 한 젊은이가 스스로 서옥을 짓고 일 년을 매달렸으나 소용 없는 짓이었다. 결국 몸과 마음을 모두 상한 젊은이는 병만 얻고 집으로 돌아갔다. 그 후 인영에 대한 이야기는 두고두고 사람들의 입에 오르내렸다.

고추가가 콧수염을 만지작거리며 생각에 잠겨 있는 사이 문이 벌컥 열렸다. 거대한 덩치의 한 여인이 고추가 앞에 섰다. 그녀의 살집 좋은 얼굴은 하얗게 번들거렸지만 무겁게 내린 턱살이 아래로 축 처졌다. 눈은 살에 파묻혀 더욱 작게 보였지만 무섭게 빛났다. 얼굴에 비해 너무 작은 입술은 부조화를 이루었다.

–아직도 이러고 있으면 어떡해요!

–어… 저기… 어제 술을 너무 마셔서….

–마시지도 못하는 술을 왜 그리 마시고 다니십니까?

–폐하께서 내리시는데 어찌 거절한다 말이오?

–흥! 핑계도 좋구려. 폐하 덕분에 이제 집에 매일 늦게 오겠네요.

서슬이 시퍼런 아내의 말에 고추가는 눈치를 살피느라 진땀을 뺐다. 밖에서는 최고 귀족의 권력가이지만 안에서는 공처가 신세일 뿐이었다. 그는 명림씨 출신인 아내를 호랑이보다 더 무서워했다.

고추가의 아내는 성격이 불같았고 기질이 강했다. 큰 키에 비대한 몸집으로 실룩거리며 화를 내기라도 하면 그 위압감에 눌린 적이 한두 번이 아니었다. 한때는 환도성에서 소문난 미인 중 한 사람이었다. 옛이야기를 꺼내면 아들인 연두지는 좀처럼 믿으려고 하지 않았다. 고추가도 아내가 이렇게 변할 줄은 몰랐다.

갑자기 변한 자신의 몸에 아내는 신경이 극도로 날카로워졌다. 아무런 잘못도 없는 시비를 닦달하는 것은 예사이고 고추가가 조금이라도 늦게 들어오는 날이면 추궁하는 일이 많아졌다. 사실 고추가가 딴살림을 차린 것도 아니고 바로 퇴궐하는 것을 너무도 잘 알면서도 이유 없이 그러는 것이었다.

이런 아내의 성격을 잘 알기에 작년에 옥저의 상인이 미인을 바쳤지만 그 자리에서 거절했다. 미색을 그리 탐하지 않는 고추가의 가슴을 요동치게 할 정도로 대단한 미인이었다. 얼마 후 우돌문의 집에서 그 미인을 보고 놓친 것이 아까워서 속으로 한참 끙끙 앓았지만 아내가 무서워서 어쩔 도리가 없었다. 왕조차 어쩌지 못하는 가장 강력한 나부의 수장인 고추가지만 집에서는 공처가 신세이니 참으로 역설적이다.

아침부터 부인의 잔소리에 오금을 저릴 때쯤 갑자기 우돌문이 찾아왔다. 부인에게서 빠져나갈 좋은 기회라 얼른 바깥채로 향했다.

–우돌문. 아침부터 웬일이오?

–고추가! 염유장이 사라졌소.

–염유장? 옥저의 소금장수에게 무슨 일이 생겼단 말이오?

–그것이 이상하오. 오늘 아침에 염유장의 여각을 갔소. 여각은 엉망진창인데다 염유장까지 사라졌다오.

–아무리 그렇다해도 일개 소금장수가 사라졌다고 그 난리를 떠시오?

–고추가. 염유장이 그냥 상인이 아니잖소?

–글쎄. 난 모르겠소. 그깟 소금장수는 나와 아무 상관이 없소.

–고추가!

염유장은 소금장사꾼으로 세상을 누볐다. 위력을 행사할 때도 누구보다도 강하게 굴었고, 비굴하게 굴어야 할 때는 누구보다도 비굴했다. 어디든 이익이 될 만한 것은 무엇이든 찾아냈다. 옥저의 미인들을 잡아다 고구려 귀족들의 비첩으로 바쳤다. 그것은 어떤 무엇보다 강력한 효과를 발휘했고 연나부라는 강력한 뒷배를 두게 만들었다.

뒷배의 힘은 그를 점점 더 부유하게 해 주었다. 옥저의 소금밭 중 염유장의 힘이 미치지 않은 곳이 없었다. 그 힘으로 고구려인이 되고자 했다. 비루하고 천대받는 옥저인이라는 출신을 떼어 버리고 고구려인이 되고 싶었다.

처음에는 오직 복수심으로 시화를 찾아다녔다. 그러면서 엄청난 재물과 힘을 얻게 되었다. 부하들은 이제 그만 도망간 아내 따위는 잊으라고 했다. 하지만 그러면 자신의 삶이 모두 무너지는 것만 같아 더욱 악착같이 찾아다녔다.

화려국에서 고구려로 도망간 흔적을 마지막으로 시화가 갑자기 땅으로 꺼진 듯 사라졌다. 옥저인을 비첩이나 노비로 둔 귀족이 있다고 하면 어디든지 찾아갔고, 노예시장이나 유곽까지 샅샅이 뒤졌지만 허탕이었다. 오랜 세월 동안 아무리 애를 써도 찾을 수 없었던 시화가 거짓말처럼 갑자기 눈앞에 걸어 들어왔다.

어린 시절의 모습은 찾아보기 힘들 정도로 성숙한 여인의 모습이었지만 염유장은 한눈에 알아보았다. 묘하게 빛나는 갈색 눈은 어릴 때와 별로 달라지지 않았다. 오랜 염원이 드디어 이루어졌다. 시화도 찾고 고구려인이 될 순간이었다. 그런데 마치 한바탕 꿈이라도 꾼 듯 모든 것이 사라졌다.

염유장은 짐승우리에 갇혀서 동굴 안 깊숙이 감금되었다. 동굴 안은 음침하고 축축했다. 피와 고름내가 뒤섞여 기묘한 악취를 풍겼다. 여기저기서 거친 숨소리, 탁한 가래 끓는 기침소리가 이어졌다. 고구려 가장 깊숙한 곳, 세상에 나와서는 안 되는 죄수들이 갇혀있는 곳이었다.

작은 발자국 소리, 동굴감옥과 어울리지 않는 맑고 향기로운 냄새가 흘렀다. 염유장은 벌떡 일어났다.

–시화냐?

두 눈이 멀어버린 염유장은 소리 나는 쪽으로 몸을 돌렸다. 쇠창살 사이로 두 팔을 뻗어 마지막 힘을 쏟아내며 움켜잡으려 했다. 쇠사슬에 손발이 묶인 늙어빠지고 힘없는 짐승의 발악이었다. 보이지 않는 두 눈은 끔찍할 정도로 짓이겨서 고름이 줄줄 새어 나왔다.

—시화야! 네가 올 줄 알았다. 흐흐흐….

—….

—대단한 년…. 고구려의 왕자를 잡았느냐? 어릴 때부터 미모가 남달랐지만 이렇게 아름답게 자랄 줄이야…. 그 왕자는 네게 완전히 빠진 듯싶구나. 그럴 테지. 세상에 이보다 더 아름다운 꽃이 있을까. 나도 그 허망한 꽃 때문에 일생을 허비하고 다녔으니…. 처음에는 단순한 복수심으로 널 찾아다녔다. 하지만 세월이 흐르자 나도 무엇 때문에 널 찾으러 다녔는지 모르게 되었지. 뭐랄까. 널 찾아다닌 것은 내가 살아야 했던 이유였는지 모른다. 결국 찾자마자 살 이유가 사라지고 결국 죽는구나. 흐흐흐…. 널 갖고 싶은 욕망으로 인생을 송두리째 갖다 바쳤는데…. 흐흐흐…. 내가 죽으면 모든 게 끝날 것 같지? 이제는 도망치지 않아도 되고 더 이상 불안에 떨 필요가 없을 것 같지? 흐흐흐…. 아무리 부인해도 네 남편은 나다. 천지신께 고하고 혼인을 올린 것은 나다. 죽어서도 네 머리 끝에 붙어서 따라다닐 거야. 뒷머리가 서늘할 때면 내가 붙어서 지켜보고 있다는 것을 명심해라. 흐흐흐…. 넌 절대로 내게서 벗어나지 못해…. 안 그러냐, 시화야!

—아니, 그렇지 않아!

—왕자의 마음이 언제까지나 네게 가 있을 듯싶으냐? 아니, 절대 그렇지 않아. 모든 것을 가진 사람에게는 너 같은 존재는 아무 의미가 없어. 몸뚱어리밖에 가진 게 없는 넌 언젠가는 버려질 거다. 시화야.

—아니야! 난 이제 시화가 아니야. 그 이름은 이제 완전히 사라질 거야.

시화는 몸서리쳤다. 이제 시화는 없다. 더 이상 염유장이 무섭지 않았다. 이제 더 이상 두려움에 떨지도 숨어 살지도 않을 것이다. 하지만 염유장의 마지막 저주가 시화의 귓전에 맴돌며 떨쳐지지 않았다.

해후

부서질 듯 두드려대는 소리에 막돌은 화들짝 놀라며 일어났다. 옷도 제대로 걸치지 못하고 대문을 열었다. 밀우가 한 여인을 안고 들어왔다. 갑작스런 일에 놀랐지만 그보다 심상치 않은 밀우의 눈빛에 무슨 일인지 물어볼 엄두도 내지 못했다. 그의 눈은 자제력을 모두 상실한 채 절망으로 가득 찼다. 어떠한 일에 처해도 놀라거나 흥분하는 법이 없던 밀우가 온몸을 부들부들 떨며 막돌에게 소리쳤다.

–막돌아! 최대한 빨리 의원을 데려 오거라!

–네!

급박한 상황을 눈치 챈 막돌은 즉시 뛰어나갔다. 얼마의 시간이 지났을까. 수리는 온몸을 타고 도는 고열에 숨을 쉬는 것조차 힘겨워했다. 하지만 밀우는 아무것도 해 줄 수가 없었다. 그것이 더 미칠 노릇이었다.

얼마 후 의원이 도착했다. 의원은 황급히 수리의 얼굴색부터 살피더니 진맥을 짚어보았다. 태아는 이미 오래 전에 죽었다. 죽은 태아가 자궁에 남은 채 썩어 들어갔고 수리 또한 위태로운 상황이었다.

의원은 살릴 자신이 없어 포기하고 돌아서려다가 문 앞에서 죽일 듯이 노려보고 있는 밀우를 본 순간 온몸이 오싹해졌다. 말없이 서 있는 것만으로도 살벌한 살기를 뿜어냈다. 수리를 살리지 않으면 저 문턱을 넘어설 수 없다는 듯 의원을 강하게 억눌렀다. 그는 하려던 말을 삼키며 죽어가는 여인에게 눈을 돌렸다. 여기서 살아서 나갈 방도는 한 가지밖에 없었다.

날이 밝았다. 새벽공기는 매섭고 차가웠다. 분이는 아궁이에 장작을 가득 넣었다. 장작 타는 맵고 싸한 연기에 잔기침이 나왔다. 물이 펄펄 끓어오르자 솥뚜껑을 열고 청동대야에 물을 퍼 담고는 방 안으로 들어갔다.

방 안 공기는 후끈한 열기와 피비린내가 섞여서 숨이 막혔다. 의원은 피범벅이 된 두 손을 무릎에 걸쳐 놓은 채 안도의 한숨을 내쉬고 있었다. 밤새 한숨도 못 잔 듯 야위고 파리했지만 조금은 편안해 보였다. 그에 비해 밀우는 새하얗게 질린 얼굴로 하얀 명주천으로 돌돌 싼 무언가를 커다란 두 손으로 안고 있었다.

의원은 분이를 보자 가까이 오라고 손짓했다.

—이제부터 네가 해야 할 일이 많다. 물은 끓여 왔느냐?

—네.

분이는 침상에 누워있는 수리 곁으로 가까이 다가갔다. 밤새 고열에 들떠 발갛던 얼굴은 열이 내려가면서 식은땀으로 축축했다. 거친 숨소리는 조금 편안해졌지만 아직 정신이 들지 못했다. 얼마나 많은 피를 흘렸는지 하얀 속치마가 검붉게 물들어 있었다. 분이는 치마를 벗기고 부드러운 수건으로 다리 사이에 흘러내린 피를 닦는 동안 자신도 모르게 훌쩍거렸다.

밀우는 명주천으로 싸맨 무언가를 소중히 안고 의원과 함께 밖으로 나갔다. 의원은 이제 살았다는 듯 숨을 크게 내쉬었다.

–장군님. 제가 할 일은 이제 다 끝났습니다. 위험한 고비는 넘겼으니 약을 지어서 잘 달여 먹이면 회복되실 겁니다. 헌데….

–무슨 문제가 있느냐?

–다시는 아이를 가질 수 없을 것입니다. 태아를 사산한 채 너무 오랫동안 방치해서 자궁이 상한지라…. 목숨을 건진 것만으로도 하늘이 도왔습니다.

–….

–제가 할 수 있는 것은 다해 보았지만 더 이상은….

–알고 있네. 자네가 얼마나 애를 썼는지…. 원망치 않으니 너무 걱정하지 말게. 밤새 수고했으니 오늘은 이만 가 보게.

–네. 조만간에 약초를 보내겠습니다.

–고맙네….

밀우는 굳은 표정으로 입을 꾹 다물었다. 밤새도록 수리를 지켜보며 속으로 제발 살아달라고 빌었다. 살아만 준다면 할 수 있는 것은 무엇이든 할 수 있을 것만 같았다.

하지만 막상 의원의 입에서 그런 말을 들으니 막막해졌다. 수리가 깨어나면 무엇이라고 해야 하나. 아이를 다시는 가질 수 없다는 말을 어떻게 해야 하나. 그리고 어떻게 이곳까지 오게 되었는지.

막돌이 머뭇거리며 밀우에게 다가왔다. 밀우는 막돌에게 명주천을 싸맨 무언가를 조심스럽게 내밀었다.

–관을 만들어 양지바른 곳에 잘 묻어주어라.

–네….

얼마의 시간이 지났을까. 수리는 조금씩 의식을 차리기 시작했다. 몸에 닿은 이불의 부드러움, 약간의 비린내가 나지만 깨끗하고 훈훈한 공기가 낯설게 다가왔다. 온몸을 파고드는 한기도 없어졌고 오히려 따뜻했다. 차고 습한 지하창고에 갇혀서 정신을 잃었던 것이 마지막 기억이었다.

갑자기 두려움이 엄습했다. 수리는 손으로 배를 어루만졌다. 묵직한 통증도 느껴지지 않았고, 허전하고 가벼웠다. 정신을 잃은 채로 아기를 낳았던 것일까. 그러면 아기는 어디에 있을까. 누가 데려 갔을까. 있는 힘껏 몸을 일으켜 주위를 돌아보았다. 아기는 어디에도 없었다. 그럴 리가 없었다. 불길한 생각을 하는 자신을 책했다.

낯선 여인이 들어왔다.

–부인, 이제 정신이 드십니까?

–당신은 누구십니까? 내 아기는 어디에 있지요?

–저는 분이라고 합니다. 우선 진정하십시오.

–아기는요!

–어쩔 수가 없었습니다. 아기님은 이미 오래전에….

–안 돼!

아기를 가졌을 때 기쁘기보다는 두려웠고 무거운 책임감만 더해졌다. 혼인을 했으면 의당 아이가 생기는 것일 뿐 그것이 자신의 삶과는 별로 상관없는 일처럼 느껴졌다. 솔직히 그다지 애정을 느끼지 못한 아기였다. 그래서 허망하게 놓아버린 것 같아 더욱 미안해서 견딜 수 없었다. 죽어야 할 것은 자신인데 왜 아기만 가 버렸는지 도저히 자신을 용서할 수가 없었다.

갑자기 숨을 쉬기도 힘들 만큼 압박이 가해졌다. 소리 내어 울고 싶어도 죄책감이 그 마저도 삼켜버렸다. 수리는 기절했다. 의식은 저 밑바닥으로 떨어져 갔다. 얼핏 낯익으면서 아린 목소리가 귓가에 스쳤다.

북쪽 대륙의 겨울은 가혹했다. 본격적으로 겨울로 접어들기 전에 겨울을 예고하듯 거센 바람이 불어 닥쳤다. 왕은 문을 활짝 열어젖힌 채 바람을 맞았다. 매서운 바람은 속속 들이 몸 안을 파고들어 살갗을 건드렸다. 수십 개의 바늘로 찌르는 듯한 통증이 휘감았다. 바람은 더욱 거세져 천정부터 바닥까지 길게 늘어뜨린 휘장이 바람결에 펄럭거렸다. 탁상 위에 높다랗게 쌓여있는 문서들이 어지럽게 휘날렸다.

교체는 꼼짝하지 않고 바람을 맞았다.

–아바마마!

연불은 황급히 창문을 닫았다. 흩어진 문서들을 하나씩 모아서 탁상 위에 올렸다.

–그냥 두어라.

연불은 멈추었다. 아버지의 목소리에서 공허함과 슬픔이 느껴졌다. 겨울이 다가오면서 왕은 침울해졌다. 말도 없어지고 술도가에 있는 일이 잦아졌다. 가장 높고 가장 큰 모습이 보이지 않고, 커다란 어깨가 자꾸만 위축되었다.

교체는 오나라와 위나라 사이에서 적절한 외교로 고구려의 이익을 극대화시켰고, 고국천왕대부터 시행해왔던 진대법 등의 법을 발전시켜 백성들을 살폈다. 잇단 전쟁의 승리로 사기가 점점 더 높아졌다. 진심으로 왕을 흠모하는 백성들이 줄을 이었다. 이전 그 어떤 왕도 이렇게 백성들의 존경을 받지 못했다. 사방이 안정되고 고구려로 사람들이 몰려들었다. 비록 완전하지는 않지만 일시에 서안평도 점령했다. 우태후를 믿고 방자했던 연나부로서도 잇따른 왕의 업적에 할 말을 잃었다.

하지만 주통촌의 비천한 여인의 아들이라는 출신은 벗어던지지 못했다. 왕의 위업이 높아질수록 어머니의 억울함을 풀지 못하는 죄스러움이 겹쳐졌다. 그것은 가장 큰 고통이고 슬픔이었다.

출신에 대한 열등감은 위업을 이루어야 한다는 강박감을 불러 일으켰다. 조금이라도 불만의 소리가 높아지면 그것을 해결하기 위해 잠을 자지 못했다. 술기운이라도 빌려서 자고 싶지만 오히려 정신만 또렷해질 뿐이었다. 낮이고 밤이고 오직 일에만 매달렸다. 나라의 이익이 되는 것은 무엇이든지 하려 했다. 외교로 혹은 무력으로도 반드시 이루고자 했다.

우태후의 죽음이후 교체는 더욱 밤낮을 가리지 않고 일에 매달렸다. 자신을 증명하고 싶었던 것일까. 나는 비천하지 않다. 비천하다고 보잘 것 없다고 말하는 사람들에게 무언가를 보여주고 싶었던 것일까. 죽을힘을 다해서 무엇을 보여주고 싶었던 것인가. 스스로에게 묻고 또 물었다.

—이제 겨울이 다가오는구나.

—네. 화로를 다시 들라고 이르겠습니다.

—됐다. 그냥 두어라. 술이 마시고 싶은데….

—술상을 들라고 이르겠습니다.

—아니다.

잠시 어색한 침묵이 흘렀다. 이윽고 왕은 낮은 목소리로 말을 이었다.

—연불아.

—네. 아바마마.

—가비를 좋아하느냐?

—….

—네 마음은 진작부터 알고 있었다. 가비를 어쩔 셈이냐?

—저의 사람으로 만들 것입니다.

—왕자비도 아직 맞이하지 않았는데 벌써 소후를 들일 생각이냐?

—소후가 아니라….

—그것은 말이 안 된다는 것을 네가 가장 잘 알고 있지 않느냐? 네가 가비를 연모할수록 가비가 위험해질 것이다. 나의 어머니처럼….

—아바마마! 저는 다릅니다. 그리고 지금의 연나부는 힘이 많이 약해졌습니다.

—너는 그리 보았느냐? 난 네가 영특한 줄 알았는데….

—가비를 진정한 제 사람으로 만들 것입니다.

—연불아! 열아홉의 네 마음은 진심일 것이다. 순수하고 아름다울 때지. 난 그런 마음조차도 한 번도 가져본 적이 없다. 그러니 네가 참으로 부럽구나. 연불아! 하지만 넌 아직 모르는 게 있다. 어떤 마음을 가지는 것보다 그것을 지켜내는 것이 더욱 어렵단다. 지키기 위해서 희생도 따르는 법이지. 내가 어머니의 희생으로 이 자리에 있는 것처럼…. 가비는 고운 아이다. 네가 가비를 가까이 할수록 너도 힘들어진다. 혹시 가비를 버려야 한다면 넌 평생을 죄책감의 짐을 짊어지고 살게 될 것이다.

—아닙니다, 아바마마. 그럴 일은 없을 것입니다. 전 가비를 평생 지킬 것입니다.

—허허허….

허탈한 웃음이 허공을 떠돌았다. 더 이상 아들의 순수한 마음에 토를 달고 싶지 않았다. 아무리 영민하다 하나 이제 스물을 앞둔 젊은이에게 보이지 않는 법이었다. 그 순수한 마음을 더 오래 가질 수 있게 내버려 두고 싶지만 현실은 녹록지 않다. 고구려 왕 교체는 어머니의 희생으로 왕의 자리에까지 올랐다. 하지만 어머니의 넋을 풀어주지도 못하고 여전히 가슴에 응어리진 덩어리를 품고 있었다. 여기서 조그만 더 이루자. 누구도 토를 달 수 없을 만큼 위업을 이룬 후에 모두에게 어머니에 대해 말하고 싶었다. 그렇게 된다면 우태후에 대한 두려움을 떨쳐버릴 수 있을 것 같았다. 죽어서도 머리꼭대기에 붙어 있는 것 같은 그 무시무시한 늙은이에게 벗어날 수 있을 것 같았다.

교체는 아들을 바라보았다. 연불은 어머니에 대한 자책과 우태후에 대한 공포가 뒤섞인 못난 자신과는 달랐다. 출신에 대한 열등감도 없었고, 누구에게도 매여 있지 않아 새로운 세상에 대한 기대와 패기로 충만했다. 하지만 아버지는 아들의 그 기대를 꺾어야 했다.

–연불아.

–네, 아바마마.

–염유장에 대한 이야기는 다시는 나오지 않을 것이다.

–네?

–하지만 넌 연나부 고추가의 딸과 혼인해야 한다.

–아바마마!

–그것이 현실이다.

교체는 더 이상 아무 말도 하고 싶지 않다는 듯 눈을 감았다.

작고 아담한 수레가 궁궐 밖으로 나왔다. 가비는 수레의 휘장을 걷고 슬픈 눈으로 궁궐을 응시했다. 복잡하고 미안한 마음이 교차했다.

그날 이후 수리에 대한 생각이 머릿속을 가득 채웠다. 간간히 밀우를 통해서 의식을 차렸다는 말을 들었으나 직접 보지 않으면 마음이 놓이지 않았다. 화려국에서의 삶이 길지 않았지만 처음으로 따뜻한 마음을 나누었던 자매였다. 사람에 대한 두려움만이 가득했을 때 손을 잡아주며 밖으로 나갈 수 있게 도와주었던 은인이었다.

당장 수리에게 가고 싶었지만 연불을 두고 나갈 수도 없었다. 그는 배신감에 치를 떨며 가비를 원망했다. 온 마음을 다했는데 왜 모든 것을 말하지 않았냐고 독설을 내뱉었다. 가비는 아무런 변명도 하지 않았고, 용서를 빌지도 않았다. 그런데 갑자기 궁궐을 나가라는 왕의 명령이 떨어졌다. 왕의 옆에서 가비를 쳐다보는 연불의 눈이 지워지지 않았다. 아무 말도 하지 않고 있었지만 그는 가비에게 가지 말라고 하고 있었다. 하지만 가비는 가야 했다.

어느새 밀우의 집 앞에 도착했다. 무거운 마음으로 문을 열자 빗질하고 있던 막돌은 가비를 알아보고 얼른 봇짐을 받아들었다.

–장군님은 어디에 계신가요?

–집에 안 계십니다. 사실 낮에는 안 계시고 밤늦게야 돌아오십니다. 부인을 집으로 데리고 오신 이후로 쭉 밤에만 오셨다가 가십니다.

–그랬군요.

벌써 해가 지기 시작했다. 노을이 퍼지면서 대청 한가운데를 붉게 비추었다. 수리는 노을빛을 안은 채 초점 없는 눈으로 하늘을 바라보고 있었다. 가비가 다가가는데도 인기척을 못 느꼈는지 무심한 듯한 눈은 허공을 맴돌았다.

화려국에서 수리는 거침없고 무서움을 모르던 배포와 뜨거운 호기심으로 때때로 사람들을 난처하게 했다. 무엇이든지 좋았다. 어찌 되든지 좋았다. 하고 싶은 일이 있다면 꼭 해야 직성이 풀렸다. 사람들의 눈을 의식하지 않았다. 그렇기 때문에 모두들 꺼리는 가비를 친자매 이상으로 아끼고 돌봐주었다.

넘치던 생명력과 깔깔대던 활기는 어디론가 사라졌다. 자식을 잃은 무거운 자책 속에 나약하고 상처받은 어미가 있을 뿐이다. 가비는 울컥 눈물이 쏟아질 것만 같았다. 간신히 눈물을 참고 천천히 수리 곁으로 다가갔다. 수리는 천천히 고개를 들어 가비를 쳐다보았다. 하지만 이내 무심한 듯 고개를 돌렸다.

가비는 속으로 외쳤다. 언니의 동생 시화라고 마구 소리쳤다. 가슴에서부터 솟구치는 소리들은 밖으로 내뱉지 못하고 사라졌다. 밀우의 어두운 얼굴이 떠올라서 말할 수 없었다. 전쟁의 신이라고 불리는 밀우가 두려움에 가득 차서 부탁했다. 아직은 존재를 밝히지 말라고, 용기가 없으니 제발 기다려 달라고 했다.

–저는 가비라고 합니다. 부인을 돌봐드리려고 왔습니다. 바람이 찹니다. 안으로 들어가시지요.

–….

수리의 눈이 잠시 가비를 향하는가 싶더니 또다시 깊고 깊은 수렁으로 빠져들었다. 가비는 아픔을 삼키고 수리의 두 손을 잡았다. 핏기라고 없는 두 손은 마른 나뭇가지마냥 거칠고 딱딱했다.

가비의 따뜻한 보살핌 속에서도 수리는 마음의 문을 열지 않았다. 말하는 법을 잃어 버린 사람 같았다. 매일 아기의 무덤으로 가서 한참을 일어나지 못했고 가비가 겨우 달래서 데려왔다. 수리는 자신을 안에 꽁꽁 묶어두고 풀기를 거부했다. 가비는 속이 점점 타들어갔다. 아무리 애써도 수리를 밖으로 꺼낼 수가 없었다. 눈의 초점은 점점 갈피를 잡지 못했다. 며칠 동안 죽도 제대로 넘기지 못할 때도 많아졌다.

어떻게든 돕고 싶지만 도울 방법을 알 수 없었다. 어쩔 때는 붙잡고 소리 내며 눈물을 쏟은 적도 있었다. 하지만 수리는 아무런 반응이 없었다. 그저 멍하니 바라보기만 했다. 수리의 그런 모습에 가비는 가슴이 터질 것 같았다. 수리는 아기를 잃은 충격과 죄책감이 너무 강해서 스스로를 심연 속에 가두어 버렸다.

짙은 주홍빛 노을이 방 안 전체를 물들었다. 가비는 노을이 검게 변할 때까지 방 안에서 꼼짝을 하지 않았다. 저녁을 먹는 것도 잊은 채 생각에 잠겼다.

달빛마저 숨어버린 밤, 세상은 어둠으로 물들었다. 정령마저 잠이 들었을 것 같은 시각에 어둠이 일렁거렸다. 방 안에서 꼼짝하지 않았던 가비가 얼굴을 들었다. 아무런 소리가 들리지 않았지만 누군가가 집안으로 들어온 것을 느꼈다. 커다란 그림자가 가비의 방을 지나갔다. 가비는 벽에 등을 기댄 채 깊은 한숨을 내쉬었다.

구름이 검은 하늘을 가렸다. 완벽한 어둠이었다. 바람소리, 부엉이 소리만이 어둠을 일깨웠다. 한 치도 보이지 않는 어둠 속에서도 발걸음은 익숙하지만 조심스러웠다. 서두르는 마음이면서 머뭇거리며 주춤거렸다. 밤이슬을 먹은 낙엽 위로 발자국이 지나가다 문 앞에서 멈추었다. 한참을 움직이지 않았다. 깊은 한숨을 내뱉었다. 천천히 문을 열고 안으로 들어갔다.

방 안에는 숨소리가 불규칙적으로 들려왔다. 수리는 나쁜 꿈이라도 꾸는 듯 이마를 찡그리며 괴로워했다. 커다란 손이 수리의 이마를 감쌌다. 잠시 후 어둠이 잠시 일렁거리더니 다시 잠잠해졌다. 다만 채 닫히지 않은 문이 바람에 삐걱댔다.

바람소리에 수리는 잠이 깼다. 아직 찬 기운이 가시지 않은 이마를 만져보았다. 잘못 느꼈던 걸까. 떨리던 손길의 느낌이 이마에 생생하게 남아 있었다. 낯설지 않은, 차갑지만 따뜻함을 품은 손길이었다. 수리는 고개를 흔들었다. 도대체 무슨 생각을 하는 것인가. 쓸데없는 생각이 미치자 부르르 몸을 떨었다.

수리는 문을 활짝 열어젖혔다. 늦가을의 차가운 바람이 옷 속으로 파고 들었다. 검은 어둠 사이로 바람소리만이 사방을 에워쌌다. 지금 무엇을 찾고 있는지도, 어디로 향할지도 몰랐다. 하지만 마음속의 동요는 점점 거세졌다. 궁금해졌다. 자신의 마음을 움직이는 것이 무엇인지 궁금해졌다.

의식을 차렸을 때 낯선 곳, 낯선 사람들 사이에서 있는 자신을 발견했다. 무슨 일이 있었는지, 어떻게 여기에 왔는지 아무런 기억이 나지 않았다. 함께 있던 옥저의 여인들도 어디로 갔는지, 염유장은 어떻게 되었는지, 그리고 무엇보다 왜 자신을 돌봐주는지에 대해서도 아무런 답을 구하지 못했다. 막돌, 분이 그리고 가비에게 너무도 따뜻하고 분에 넘칠 정도로 자상한 보살핌을 받았다.

이해할 수 없는 일들이 계속 일어났지만 의문을 품을 조그만 힘조차 없었다. 모든 것을 차단한 채 자신만의 세상에 빠져 나올 줄 모르고 허우적거릴 때 무언가가 움직였다. 이마와 볼에 닿은 차갑고 거칠지만 익숙한 감촉이 몇 번이고 수리를 흔들었다. 편안하고 익숙한 느낌이 수리를 당혹스럽게 하고, 숨어 있는 의식을 깨웠다.

수리는 밖으로 나갔다. 무거운 밤공기는 매서울 정도로 차가웠다.

하지만 아무것도 느끼지 못하는 사람처럼 맨발로 차가운 땅을 밟고 걸어갔다. 안채를 지나, 우물을 지나, 마구간을 지나, 빗장을 풀고 대문을 열었다. 끼익 하는 문소리에 말들이 잠시 주춤하더니 이내 잠이 들었다.

빽빽하게 늘어선 자작나무들은 저마다 큰 키를 자랑하는 듯 하늘 높이 솟았다. 하지만 늘씬한 몸매는 큰바람이 불어 닥치자 서로 휘청거리며 무서운 소리를 냈다. 매서운 바람은 수리의 옷 속으로 파고 들었다. 차가운 바람에 숨 쉴 때마다 뿜어져 나오는 하얀 입김은 흩어졌고, 머리카락이 나부꼈다. 두 손은 얼어붙은 듯 굳었고, 차가운 땅을 밟고 있는 두 발은 발갛다 못해 거무죽죽했다.

바람은 검은 구름을 몰고 와 달을 가렸다. 어둠위에 어둠이 포개졌다. 완벽한 어둠 속에서 수리는 걸음을 멈추었다. 거센 울음소리를 토해내며 바람이 온몸을 휘감았다. 달빛이 다시 모습을 드러내며 자작나무숲을 비추었다.

한 사내가 서 있었다. 사내는 슬픔과 놀라움을 뒤섞인 복잡한 얼굴로 수리를 마주했다. 심연 속에 빠져있던 수리의 마음속이 소리쳤다. 놀라움과, 두려움, 슬픔 그리고 말할 수 없는 무언가가 내밀한 마음속에서 감정을 끄집어냈다. 싸매 두었던 봉인이 풀리고 스스로 믿기 힘든 말이 나왔다.

—이수….

동맹

날카로운 소리를 내뿜으며 화살은 맹렬히 과녁을 향했다. 매섭게 몰아붙이는 바람은 어떠한 장애도 되지 못했다. 과녁에 화살이 박힐 때마다 가슴이 뚫리듯 통쾌했다. 연불은 마음이 어지러울 때면 활을 잡았다. 매서운 바람과 싸우며 활쏘기라도 실컷 하면 복잡한 마음이 정리가 되었다.

멀찍이 서서 연불을 따뜻하게 지켜보는 눈이 있었다. 고구려 왕 교체였다. 교체는 첫아들을 가슴에 처음 품었을 때 무한한 애정이 되살아났다. 아들을 품에 안고 자신의 열등감과 자괴감은 물려주지 않을 것이라고 수십 번, 수백 번 결심했다. 스스로에게 가혹할 만큼 더욱 채찍질하고 분발했다.

–폐하. 왕자님이 더욱 강건해지셨습니다.

–유옥구. 자네 눈에 그리 보이나? 내 눈엔 아직 어린아이 같구나.

–아주 훌륭하게 장성하셨습니다. 마치 젊을 때 폐하의 모습을 보는 것 같습니다.

–나를 닮아서는 안 되지.

—폐하.

—아니 그런가? 내가 얼마나 겁쟁이였는데 그걸 닮으면 큰일이지.

—무슨 말씀이십니까? 얼마나 용맹하셨는지 제가 다 기억합니다.

—하하하!

시원한 웃음소리가 허공에 퍼지자 연불은 당기던 시위를 멈추고 뒤돌아섰다. 교체를 보더니 환한 웃음을 머금고 달려왔다.

달려오는 연불을 보며 교체는 수많은 일들이 머릿속에 스쳐갔다. 그동안 무엇 하나 쉽게 이룬 것이 없었다. 즉위만 하면 모든 것이 뜻대로 되어 어미의 억울한 죽음을 밝히고 연나부에 칼끝을 겨누게 될 줄 알았다. 하지만 아니었다. 우태후는 여전히 무시무시한 존재였고 일시에 반격을 당하고 난 뒤 결국 가장 아끼던 사람들만 희생되었다.

우태후가 죽었다. 하지만 교체는 아무것도 하지 못했다. 연나부는 여전히 강성했고 그들은 마음만 먹으면 왕을 쫓아낼 수도 있었다. 즉위하자마자 대책 없이 연나부를 공격했다가 당한 치욕과 좌절감을 아직도 생생하게 기억하고 있었다. 다시 누군가 잃게 될까 봐 두려웠다. 교체는 신중해졌고, 힘을 기르기 시작했다.

수많은 전투를 승리로 이끌었고, 중원의 최강자인 위나라와 맞붙어 일시적으로나마 서안평까지 점령하자 교체에 대한 백성들의 신망은 점점 두터워졌고, 연나부의 기세마저도 꺾이는 듯했다. 아들을 품에 안고 한 결심을 이룰 날이 얼마 남지 않았음을 직감하자 가슴이 뜨거워졌다.

연불이 한달음에 달려와 교체앞에 섰다.

—어서 가자꾸나. 동맹제에 너와 내가 늦으면 안되잖느냐?

—네. 아바마마.

동맹제를 지내는 수혈 앞에서 왕과 왕후 그리고 왕자들이 나란히 섰다. 그 뒤를 계루부의 왕족들이, 그 다음으로 연나부를 위시해서 다른 나부들의 귀족들이 줄을 이었다. 조금 거리를 두어 각지에서 몰려든 무사들이 저마다의 자리에 자리 잡고 있었다.

제의는 엄숙하게 진행되었다. 육중한 몸뚱어리의 돼지가 아직 숨이 끊어지지 않았는지 실룩거렸다. 세찬 바람소리가 귀를 어지럽혔다. 갑자기 몰아닥친 강풍으로 절풍에 꽂은 새의 깃털이 심하게 흔들렸다. 어떤 귀족은 머리에서 절풍이 벗겨질까 봐 두 손으로 꽉 잡았다.

교체는 술을 따르고 제의를 올리는 데 온 신경을 쏟았다. 왕후는 새초롬하게 입을 다문 채 땅만 쳐다보았고 연불의 아우인 예물과 사구는 지루한 듯 하품을 간신히 참고 있었다. 그에 비해 연불은 제의를 올리는 왕의 작은 몸짓 하나도 눈에 익히기 위해 애썼다.

신성한 의식이 끝나고 교체는 밖으로 나왔다. 수혈밖에는 귀족들과 일반 평민에 이르는 수많은 사람들이 빽빽이 모여 있었다. 그 앞에서 왕은 약간은 흥분한 목소리로 입을 열었다.

—고구려의 백성들이여! 오늘은 참으로 뜻 깊은 날이다. 천지신과 추모왕의 보살핌으로 우리는 수많은 전쟁에서 승리할 수 있었다. 추모는 하늘의 아들이었다. 우리는 하늘의 피를 이어받은 자손들이다. 우리에겐 불가능도 두려움도 없다.

—우아! 폐하 만세!

왕을 환호하는 소리가 커졌다.

–제의를 마치면 의례 활쏘기 대회를 연다. 하지만 오늘은 대회에 앞서 공포할 것이 있다. 여기 내 장자인 연불을 태자로 삼을 것이다. 나의 뒤를 이을 태자에게도 깊은 충성을 다해 주기 바란다.

–폐하 만세! 태자마마 만세!

밀려터지는 환호성 소리에 천지가 진동하는 듯했다. 왕은 연불의 손을 잡고 군중들에 향해 손을 흔들었다. 연불은 갑작스런 왕의 발표에 놀랐지만 당당히 앞에 섰다.

뒤에 물러나 있던 왕후와 두 왕자는 얼이 빠진 사람마냥 우두커니 서 있기만 했다. 여러 나부의 귀족들도 놀라기는 마찬가지였다. 연나부 고추가만이 담담하게 지켜볼 뿐이었다.

–아니, 이게 무슨 소리입니까? 고추가는 알고 계셨습니까?

–저도 처음 듣는 일입니다.

–말도 안 돼요. 어떻게 제가회의도 거치지 않고 태자를 마음대로 정한답니까. 이것은 있을 수 없는 일이에요.

날렵하게 각 잡아 놓은 우돌문의 수염이 분노로 흔들렸다. 충격이 꽤나 컸던 모양이었다. 겨울의 앙상한 나무마냥 덜덜 떨었다. 그는 왕자들 중에서 연불과 가장 사이가 좋지 않았다. 외숙인 자신을 대놓고 무시하는 것이 영 못마땅했다. 그래서 장자를 제쳐두고 예물을 태자로 밀고 있었다.

연나부의 귀족들은 혼란스러워했다. 한 젊은 귀족이 연나부 고추가 옆으로 천천히 다가오더니 은밀히 귓속말로 속삭였다.

—아버지는 알고 계셨죠?

—뭔 말이냐?

—연불왕자를 태자로 공언하신 것은 필시 아버지와 폐하와 무슨 거래가 있기에 가능한 거 아닙니까?

—실없는 소리 하지 마라. 나도 오늘 처음 듣는 일이다.

—에잇! 거짓말하지 마세요. 아무리 폐하라고 하셔도 연나부 고추가의 동의 없이 이런 일을 하실 분은 아니실 텐데….

—이 녀석아! 시끄럽다. 본가에는 가지도 않고 첩년만 끼고 돌아다니는 녀석이 무슨 잔말이 그리 많으냐.

고추가는 아들을 나무라다 귀족부인들이 모여 있는 쪽으로 눈을 흘겼다. 온갖 꽃단장을 하고 미모를 뽐내고 있는 수십 명의 귀족부인들이 큰 나무 아래에서 햇빛을 피하고 있었다. 그중 단연 숨이 막힐 정도로 아름다운 여인이 있었다. 갸름한 얼굴에 하얗다 못해 빛나는 피부, 짙은 속눈썹으로 눈매가 선명했다.

—연두지, 이놈! 애비도 하지 않은 첩질을 하느냐?

—그리 부러우시면 이참에 첩 하나 들이세요.

—뭐라고? 그게 애비에게 할 말이더냐!

—아참! 어머니가 아시면 큰일 나시겠죠?

고추가는 얼굴이 벌겋게 상기된 채 고개를 돌렸다. 아들과 더 입씨름을 해봤자 자기만 손해였다. 연나부의 대가들이 몰려들 것인데 벌써 힘을 뺄 수는 없었다.

—폐하께서 인영을 태자비로 맞아들인다고 하셨어요?

—….

—아들에게 숨길 것까지 없잖아요? 말씀 좀 해 보세요.

—시끄럽다! 헛소리는 그만하고 가서 밀우나 살펴라.

—왜 제가 그 녀석을 따라다녀야 합니까?

연두지는 심사가 뒤틀렸다. 하나같이 모두 밀우라면 하늘같이 떠받들었다. 한미한 가문 출신에다 선인도 지냈는지 불분명한 자가 갑자기 하늘에서 뚝 떨어지듯 왕의 최측근이 되었다. 왕은 그렇다 치더라도 하급 병졸부터 대장군까지 죄다 밀우밖에 모르는 듯했다.

왕의 지나친 편애로 밀우를 향한 질시의 눈이 더해졌지만 어느 순간부터인가 모두 그를 영웅시했다. 참전하는 전투마다 승리로 이끌었고, 영웅담은 점점 크게 부풀려졌다. 인정하기 싫은 열등의식이 연두지 가슴속 깊숙이 파고들었다. 게다가 아버지까지 밀우를 살피라고 하니 더욱 부아가 치밀어 올랐다.

동맹은 일 년 중 고구려 사람들이 가장 기다리는 날로 제의가 끝나면 활쏘기 대회가 열릴 참이었다. 활쏘기 대회에서 일등을 하면 큰 상이 주어졌다. 귀족들도 평민들도 모두 그 상을 바랐다. 귀족은 각자의 나부와 가문의 영광을 위해, 평민들에게는 급격한 신분상승의 기회를 노려볼 수 있었다. 하지만 평민이 우승하는 경우는 아주 드물었다. 그럼에도 평민들은 혹시나 하는 마음에 저마다 조잡한 활 하나씩 들고 모여들었다.

고구려인들처럼 활쏘기를 즐기는 종족은 아마도 없을 것이다. 그들은 삶 자체를 활과 함께했다. 어릴 때부터 나무활을 가지고 시작해서 장정이 되면 누구나 뛰어난 궁수가 되었다. 모두들 활을 잘 쏘는지라 특출나지 않으면 그 우열을 가리기도 힘들었다.

비등한 솜씨라면 질 좋은 활을 가진 자가 훨씬 유리했다. 고구려 활은 다른 나라보다 뛰어났다. 뿔을 덧대어 만든 활은 어느 나라에서도 흉내낼 수 없었다. 그중에서도 물소뿔로 만든 검은 활은 최상품이었다. 물소뿔은 고구려에서 나지 않는데다 가격도 만만치가 않아 곡식 몇 가마와도 맞먹을 정도로 비쌌다. 대부분은 황소나 노루의 뿔을 덧대어 만든 활이었고 그마저 여의치 않으면 나무활을 사용해야 했다.

부유하다고 모두 검은 활을 살 수 있는 것은 아니었다. 실력 있는 활장이들은 국가나 영향력 있는 나부에 소속되어 있어 아무나 함부로 활을 만들어주지 않았다. 각 나부의 활장이는 귀한 대접을 받았다. 뛰어난 활장이를 서로 데려가려다가 칼부림 나는 일까지도 벌어졌다. 나부의 궁방 소속이 아니면 대부분 활장이들은 시답잖은 솜씨를 가진 자들이었다. 간혹 뛰어난 기술을 가지고도 어디에도 소속되기 싫어서 떠도는 자들도 있었지만 아주 드물었다.

뛰어난 활장이들이 만든 활은 전시상황에서는 일반 궁수들에게 지급되지만 전투가 끝나면 환수해야 했다. 귀족들이나 뛰어난 무장이 아니고서는 검은 활을 소유하는 일은 거의 희박했다. 활쏘기 대회에서 우승한 자에게는 검은 활이 상으로 주어졌다.

뿔나팔 소리가 길게 울려 퍼졌다. 저마다 활을 점검하느라 분주했다. 평민의 한 젊은이가 귀족들이 검은 활에 시위를 거는 모습을 정신없이 쳐다보았다. 그의 소원은 검은 활을 가지는 것이었다. 고향에서는 활쏘기로 그를 따를 자가 없었지만 어디까지나 나무활이나 조잡한 각궁에 한해서였다.

–깍구야! 뭘 그리 정신없이 쳐다봐.

–아무것도 아니야.

–귀족들 활 보고 있었냐? 야, 꿈도 꾸지 마.

–아니라니까!

깍구는 날카롭게 소리를 질렀다.

–아니면 되었지, 왜 화를 내?

동무는 말꼬리를 내빼며 슬금슬금 자리를 떴다.

전쟁영웅이 대접받는 나라가 고구려였다. 재력도 없고 신분이 한미한 깍구 같은 평민들은 전쟁터에서 갑옷이나 무기를 지급받지 못했다. 짐꾼이 되거나 도끼나 낫 같은 무기로 싸워야 했다. 몸을 보호해 줄 만한 투구나 갑옷도 없고, 뛰어난 무기도 없으니 가장 먼저 적군에게 목숨을 내줘야 했다. 가장 많은 수지만 가장 많이 희생되는 것은 병사들이었다. 간혹 평민이 도끼로 적장의 목을 베었다는 전설 같은 이야기가 퍼지기도 했지만 아주 희귀한 일이었다.

활쏘기 대회에서 우승하면 검은 활을 거머쥐게 될 뿐 아니라 정식 궁수로서 왕실 소속 부대에 들어갈 수도 있으니 꿈의 기회였다. 깍구는 매번 활쏘기 대회에 출전했지만 성능 좋은 검은 활을 든 귀족들에게 밀릴 수밖에 없었다.

그래서 삼 년을 꼬박 머슴살이 하면서 모은 재물로 뿔로 만든 활을 샀다. 비록 물소뿔로 만든 검은 활은 아니었지만 깍구에게는 분에 넘쳤다.

—자! 이제 활쏘기를 실시하겠소. 모두 모이시오.

일렬로 죽 늘어선 장정들이 저마다 힘껏 활시위를 당겼다. 어떤 자는 세찬 바람이 불자 과녁에도 닿지도 못하고 화살이 떨어지기도 했다. 안타까움에 탄식이 새어나왔지만 기회는 단 한 번뿐이었다.

다섯 명이 남았다. 놀랍게도 깍구가 그 사이에 있었다. 마지막 대결이 남았다. 다섯 명은 각각 세 발씩을 쏘아 두 사람을 뽑기로 했다. 한 사람씩 차례로 시위를 당겼다. 깍구도 힘껏 시위를 당겼다. 한발의 화살이 약간 휘청거리기는 했으나 두 발 모두 과녁에 꽂혔다. 마지막 한 발이 남았다. 구경꾼들 사이에서 땅을 뒤흔드는 함성소리가 쏟아져 나왔다.

깍구는 한껏 흥분된 나머지 힘 조절을 해야 한다는 사실을 잊어버렸다. 너무 세게 당긴 시위에 아차 싶었지만 이미 늦었다. 활대가 부러져 허공을 헤치다가 깍구의 얼굴에 떨어졌다. 아악, 하는 소리와 함께 손으로 얼굴을 감쌌다. 부러진 활은 바닥에 내팽개쳐졌다.

세상의 모든 소리를 삼킨 듯 아무것도 들리지 않았다. 이제 모든 것이 끝났다는 절망감만이 그의 어깨를 짓눌렀다.

그때였다. 갑자기 밀우가 일어나서 대회를 멈추었다.

모든 시선이 밀우에게로 향했다.

—무슨 일이냐?

—송구스럽습니다. 폐하! 공정하지 못한 대회라고 여겨져서 결례를

무릅썼습니다.

–공정하지 못한 대회라니?

–여기 네 분은 모두 검은 활을 가지고 경기에 임했지만 저 젊은이만은 다릅니다. 애초에 불가능한 경기임에도 여기까지 올라왔습니다. 폐하께서 허락하신다면 저 젊은이에게 제 활을 빌려주어 똑같은 조건에서 서게 해 주고 싶습니다.

–음… 그래, 좋다.

얼떨결에 검은 활을 받은 깍구는 한참을 멍하니 있었다. 가슴이 뛰었다. 그렇게 바라던 활이었지만 처음에는 믿기지 않아서 밀우의 얼굴만을 바라보았다.

–이 활로 쏘아보게.

–고…맙…습니다.

깍구는 무서운 집중력으로 활을 당겼다. 어깨까지 극도로 팽팽하게 당겨진 시위는 '퉁' 소리를 내며 곡선을 그렸다. 사방에서 '우아' 하는 함성이 터졌다.

–잘했다. 놀라운 솜씨구나!

–어, 어찌 된 것입니까?

–과녁이 넘어졌다. 거센 역풍을 뚫고 화살을 날리는 것도 힘든 일인데 과녁을 넘어뜨리기까지 하다니 네 솜씨가 정말 대단하구나.

–검은 활이… 이…토록 강…한 줄 몰랐…습니다.

–이건 말도 안 돼!

벌겋게 얼굴이 달아오른 연두지가 그들에게 다가왔다.

—이미 승자는 정해져 있소. 이제 와서 바꿀 수 없소!

—연 장군도 이 자의 솜씨를 보지 않았소?

—아무리 그렇다 해도 소용없소!

연두지는 조금도 물러나지 않고 밀우와 대치했다. 깍구가 마지막 결승전까지 올라가면 연나부 출신의 궁수는 떨어진다. 활쏘기 대회의 우승은 나부의 자존심이 걸려있는 문제였다. 작년에 계루부에게 뺏긴 자존심을 찾아야 했다. 그런데 관나부의 평민에게 자리를 내준다는 것은 더욱이 있을 수 없었다.

수많은 눈들이 그들을 향해 있었다. 왕이 입을 열었다.

—그래. 밀우장군. 연두지장군의 말도 맞다. 승패를 바꿀 수는 없다. 대신 평민으로서 이 자리까지 온 것을 기특하게 여겨 따로 특별상을 내리겠다. 두 사람은 이제 그만하라.

—황공하옵니다. 폐하.

밀우와 연두지는 뒤로 한 발자국씩 물러났다. 하지만 연두지는 내내 속을 끓였다. 밀우는 언제나 꼴 보기 싫은 존재였다. 괜히 나서는 바람에 자기만 우스운 꼴이 된 것 같아 더욱 화가 치밀었다. 몇 번의 전투에서 승리했다고 영웅시되는 것도 싫었고 갑자기 평민의 대변자인 양 나서는 것은 더욱 싫었다.

뜨거웠던 활쏘기 대회가 끝나자 한편에서 씨름대회가 한참이었다.

—아무도 없어? 에이, 시시하군.

장정 두 명은 합쳐놓은 듯 한 거인이 두 손을 허리에 차고 목을 이리저리 돌리면서 거만을 떨었다. 구경꾼들은 부르르 떨면서 쉽사리 앞으로 나가지 못했다. 혼자서 연달아 상대하고도 전혀 지치는 기색이 없는 것이 놀라웠다.

살갗을 스치는 바람이 날이 선 듯 차가웠지만 추위 따위는 아랑곳없다는 듯 상의를 벗은 채 거대한 몸을 과시했다. 불끈 용기를 내어 나서는 자가 있었지만 어느새 모래밭에 처박힐 뿐이었다. 모두 머리와 어깨에서 모래를 털어내며 슬며시 꽁무니를 빼기 바빴다.

한쪽에서는 가면극을 구경하는 사람들로 북적였다. 앞자리를 차지하려고 크고 작은 다툼이 일었다. 어른들 싸움을 틈타 아이들이 얼른 앞자리를 차지했다. 여러 가지 얼굴이 그려진 익살스런 가면을 쓰고 나온 배우들의 연기에 혼이 빠졌다.

제의가 끝나고 난 후 돼지는 대체로 왕과 귀족들 사이에 안줏거리가 되었다. 살을 잘 발라내어 적당히 양념을 곁들여 맥적을 만들었다. 커다란 불판 위에 듬성듬성 잘려진 고깃덩어리가 올려졌다. 불을 잘 조절하지 못하면 자칫 타버릴 수도 있었다. 고기가 익자 기름이 떨어지며 불이 화르르 피어 올랐다. 절로 군침이 가득 고였다.

알맞게 구워진 고기가 왕 앞에 놓였다. 왕은 잘 익은 고기 한 점을 집어들었다. 누린내를 맡으며 고기를 씹자 입안에 육즙이 가득 고였다. 시장하던 터에 고기를 아주 맛나게 먹은 뒤 차가운 술을 넘겼다.

깍구는 병사들을 제치고 밀우에게 달려와 무릎을 꿇었다. 곁에 섰던 유유는 본능적으로 칼을 뽑아들고 막아섰다.

-무슨 일이냐?

-밀우장군님을 뵈러 왔습니다.

밀우는 유유의 칼을 거두게 한 후 깍구를 일으켰다.

–깍구라고 합니다. 장군님 곁에 있게 해 주십시오.

–그 정도의 솜씨면 궁수가 될 자격이 충분하다. 곧 부대 배치를 받을 것이다.

–전 장군님의 부하가 되고 싶습니다. 무엇이든 좋습니다. 시키시는 일은 모두 다할 테니 저를 받아주십시오.

보다 못한 유유가 끼어들었다.

–이 녀석아. 밀우장군 밑에 네가 있고 싶다고 있을 수 있는 게 아니야! 썩 비켜!

–몸종이라도 좋습니다. 부탁드립니다.

–어떡할 건가? 밀우.

밀우는 잠시 생각에 잠긴 뒤 이윽고 입을 열었다.

–음… 그래, 알겠다. 내 밑에서 일해 보거라.

–감사합니다. 정말 감사합니다.

깍구는 거듭 절을 하면서 감격했다. 그를 보면서 유유는 혀를 끌끌 찼다.

–거참, 또 한 명 생겼군.

–뭐가 말인가?

–밀우교의 추종자 말일세.

–추종자?

–밀우교의 가장 골수 추종자는 바로 나일세.

–그게 무슨 말인가?

밀우는 어이없다는 듯 유유를 바라보았다. 칠년 전만 해도 난데없이 왕의 위세를 업고 나타난 밀우에 대한 시선은 곱지 않았다. 유유도 마찬가지였다. 그는 한미한 가문 출신이지만 왕의 최측근이라는 자부심이 있었는데 갑자기 밀우에게 그 자리를 빼앗겨 상실감이 컸다. 상실감은 곧 질투와 증오로 변했고 유유는 누구보다 앞장서서 밀우를 끌어내리려고 했던 사람 중에 하나였다.

유유는 엄청난 텃세를 부리며 밀우를 압박했다. 수년 동안 쌓아왔던 자신의 명성이 무너지는 것이 모두 밀우의 탓이라고 돌렸다. 한 번 꼬이기 시작한 마음은 걷잡을 수가 없었다. 오랜 동무였던 유옥구마저 밀우의 편을 드는 것이 더욱더 싫었다.

큰 사냥대회가 열리는 날이었다. 유유는 왕 앞에서 누구보다 돋보이고 싶었다. 누구보다 앞서 달려 나갔다. 자신감은 하늘을 찔렀다. 혼자서만 너무 앞서 가지 말라는 유옥구의 충고는 벌써 잊은 지 오래였다.

빽빽이 들어선 나무들이 하늘을 가려 숲 속은 어두웠다. 나무들 사이로 간간이 비치는 빛이 아니면 밤인지 낮인지 구분하기도 힘들었다. 오만은 사람의 눈과 귀를 멀게 하고 판단을 흐리게 했다. 무리에서 한참을 떨어진 유유는 철저히 혼자라는 사실을 깨달았다.

–괜찮아. 나에게는 고구려 최고 활장이가 만든 검은 활이 있어. 무엇이라도 뚫어주마.

두려움을 떨쳐내기 위해 더욱 호기를 부렸다. 하지만 순간 끝 모를 두려움이 엄습했다. 아무런 소리도 들리지 않고 아무런 움직임도 없지만 전쟁터를 누비면서 숙련된 육감으로 무언가 있다는 것을 감지했다. 바짝 긴장을 곤두세우며 주변을 살폈다.

수풀이 미세하게 움직였다. 시위에 화살을 천천히 거는 순간 거대한 호랑이가 달려들어 유유를 덮쳤다. 질척하고 뜨거운 액체가 유유의 얼굴을, 목을, 어깨를 타고 내려갔다. 모든 것이 끝났다고 생각했다. 힘을 믿고 앞서 나간 오만을 책할 뿐 어쩔 도리가 없었다. 눈을 감았다. 이미 죽은 몸이라서 그런지 아무런 고통도 느껴지지 않았다.

쿵! 땅이 울렸다.

—이제 그만 눈을 뜨지.

귀에 익은 목소리가 유유를 깨웠다. 놀랍게도 밀우가 피식 웃으며 손을 내밀었다. 옆에는 거대한 호랑이가 쓰러져 있었다. 어깨에 한 발을 그리고 목을 관통한 또 한 발의 화살이 꽂혀 있었다. 그날 이후 유유는 마치 어미를 따르는 새끼오리마냥 밀우를 따르기 시작했다.

시녀는 조심스럽게 청동대야를 들고 방 안으로 들어왔다. 움직일 때마다 맑은 물이 흔들거리며 물방울이 튀었다. 왕후는 침상에 앉은 채 녹두가루를 물에 개어 얼굴에 톡톡 두드리며 발랐다. 따뜻한 물에 세수를 하고 물기를 살짝 닦아냈다. 청동거울을 들고 얼굴을 한참 뜯어보다가 마음에 들었는지 만족한 미소를 띠었다.

어젯밤 멧돼지 발톱에 장을 풀어 푹 끓여 만든 것을 바르고 잤더니 효과를 톡톡히 보았다. 동맹제날 차고 건조한 바람에 피부가 상해 속상했는데, 기름을 바른 듯 윤기가 흐르고 한층 매끈해졌다. 왕후는 자

그마한 분합의 뚜껑을 아주 조심스럽게 열어 물에 개었다. 혹여 조금이라도 가루가 날릴까 봐 조바심을 내었다. 백분은 쌀가루와 조개껍질을 곱게 갈아 고운 체에 걸러 만든 것이다.

누에고치 껍질에 백분을 묻혀 얼굴에 고루 펴 바르고, 백합의 붉은 꽃술가루를 볼에 발랐다. 눈썹은 버드나무를 까맣게 태워 그 위에 기름을 발라 초승달마냥 곱게 그렸다. 기름을 바르면 잘 지워지지도 않고 더욱 선명하게 오래갔다. 홍화잎으로 만든 빨간 연지를 입술에 바르고 나서야 왕후의 길고 긴 화장이 끝났다.

화장은 끝났지만 단장은 아직 끝나지 않았다. 머리를 올리는 데만 해도 여간 시간이 걸리는 것이 아니었다. 정수리까지 머리카락을 둥글게 말아올린 후 머리끈으로 단단히 묶고 뒷머리에 다리를 붙였다. 머리모양이 화려하고 높을수록 왕후의 자존심이 드높아지는 듯했다. 할 수 있는 한 더 화려하게 크게 다리를 올리거나 붙였다. 어떨 때는 고개를 들고 있는 것조차 힘에 겨워 목뼈가 부러질 뻔하기도 했다.

왕후는 목숨을 걸 만큼 아름다움에 집착했다. 과도한 집착은 보고 있는 사람들의 눈살을 찌푸리게 하고 왕의 마음을 멀어지게 하는 원인이 되었다. 하지만 그녀의 지칠 줄 모르는 아름다움에 대한 열망은 아무도 말릴 수 없었다.

–왕후마마, 납실 시간이 다 되었습니다.

–알았다.

청동거울 속에 자신의 모습에 한참 취해 있던 왕후는 날카롭게 말을 내뱉었다. 그리고는 불쑥 일어나서 구름이 수놓아진 다홍색의 치마를 두르고 손끝까지 훌쩍 덮이는 긴 소매의 치자색 저고리를 입었다. 그 위로 어지러울 정도로 선명한 붉은 색의 조끼를 덧입었다. 허리에 황금색의 허리띠를 매고서야 단장이 끝났다.

문이 벌컥 열리더니 왕자들이 들어왔다. 예물과 사구였다. 왕후는 환한 미소로 왕자들을 맞았다.

–어마마마를 모시러 왔습니다.

–고맙기도 하지.

예물은 간들간들한 목소리로 왕후의 아름다움을 추켜세웠다. 과한 몸짓과 지나친 아부가 한눈에 보아도 느껴졌지만 왕후는 즐겁기만 했다. 자신의 마음을 달래주는 것은 오직 예물과 사구밖에 없다고 생각했다. 남편인 왕이나 첫아들의 기쁨을 안겨주었던 연불은 한 번도 칭찬을 해 준 적이 없었다. 왕은 눈살을 찌푸리며 사치를 일삼지 말라고 오히려 질책만을 늘어놓았다. 덩달아 연불도 왕후를 위로하기는커녕 왕의 말에 동조하기까지 했다.

남편보다 연불에게 받은 상처가 엄청나게 컸다. 첫아들이라는 기쁨에 너무도 사랑하고 귀하게 여겼는데 어미의 마음도 제대로 헤아려 주지 않았던 것이다. 어미의 품에서 일찍 떠나서 왕의 편에만 서는 것이 너무도 섭섭하고 서글펐다. 따뜻한 말 한마디만 해 주면 모든 섭섭함이 없어진다는 것을 연불은 몰랐다. 시간이 지날수록 어미와 아들 간에 서먹한 기운만이 더해졌다.

늦가을의 추위가 온몸을 휘감았지만 찬란한 햇빛이 눈이 부실정도로 아름다운 날이었다. 동맹이 끝나면 왕후는 귀족부인들을 모아놓고 연회를 베풀었다. 표면적으로는 귀족부인들 간의 친목 도모를 꾀하는 것이라고 하지만 속내는 누가 더 화려하고 멋진 의상을 차려입고 누가 더 아름다우며 누가 더 부유한지를 뽐내는 속물을 드러내는 자리였다. 이날 왕후는 치장에 더욱 신경을 써 한때는 동무들이었던 부인들에게 자신의 우월함을 과시하고 싶은 욕구를 한껏 뿜어냈다.

연회장 안은 각 나부 귀족들의 부인과 딸들이 한껏 자태를 뽐내며 자리를 차지하고 있었다. 왕후가 모습을 드러내자 모두들 고개를 숙이며 정중하게 맞았다. 왕후는 두 왕자들을 나란히 세우고 위풍당당하게 그 앞을 지나갔다. 왕후가 자리에 앉자 여인들도 차례로 자리에 앉았다. 시녀들은 찻상을 차례대로 놓았다.

왕후는 우아하게 차를 음미하며 눈을 내리깔고 주위를 살폈다. 계루부의 왕족부터 연나부의 대귀족들 그리고 맨 끝에 자리하고 있는 신흥귀족의 부인들까지 탐색하듯 훑었다. 이윽고 제일 끝자락에 앉아 있는 부인과 눈이 마주쳤다. 왕후는 이겼다는 우월감을 과시하며 한껏 멸시의 눈길을 보냈다.

가장 끝에 가장 낮은 자리는 보잘 것 없는 나부 출신을 뜻했다. 맨 끝에 앉은 부인은 조롱의 눈빛을 견디며 천천히 차를 마셨다. 꼿꼿이 머리를 세우고 어깨를 편 채 우아한 자태를 흩트리지 않았다. 수수한 옷차림이지만 어떤 대귀족의 부인들보다 아름다웠다. 백분을 바르지도 않았고 머리도 단순히 동그랗게 말아올린 채 다리도 붙이지 않았다. 눈 밑의 살짝 생긴 잔주름과 목덜미가 처졌지만 그마저도 농익은 아름다움을 뿜어내고 있었다.

나부의 부인들은 줄을 지어 왕후에게 인사를 건넸다. 왕족인 계루부의 부인들이 인사를 끝내자 연나부의 여인들이 줄지어 일어섰다.

—오랜만일세. 저번에 고뿔이 심했다고 했지. 이제는 괜찮은가?

—염려해 주신 덕분에 다 나았습니다.

—딸인가?

—인영이라고 합니다.

—소문대로 대단한 미인일세.

—과찬의 말씀이십니다.

아름답고 젊은 여인을 보면 왕후는 괜히 심술이 났다. 왕후의 옆에 꼭 붙어 있던 예물은 인영에게 노골적으로 은근한 눈빛을 보냈다. 이전에 멀찍이서 몇 번 보았던 인영을 눈앞에서 보자 무한한 욕심이 솟구쳐 올랐다.

인영도 드러내놓고 자신에게 관심을 보이는 왕자의 눈길을 모르지 않았다. 부끄러워하거나 당혹스런 표정 없이 당당하게 눈길을 받으며 깍듯이 예의를 갖추었다. 법도에 맞춰 한 치의 어긋남도 없는 몸짓과 표정은 오히려 사람을 질리게 했다. 어색하고 무안한 것은 오히려 예물이었다.

인사를 끝낸 인영은 어미와 함께 자리에서 물러나 왕후 곁에서 멀리 떨어졌다.

—예물왕자가 너에게 관심이 많구나.

—푸훗, 저런 자가 왕자라니 어이가 없어요.

—얘가! 누가 들으면 어쩌려고 그러느냐?

–제가 틀린 말을 한 것도 아니잖아요. 달라도 너무 다른 형제에요.

–누구? 연불왕자를 말하는 게냐?

인영이 얼굴에 살짝 붉은 빛을 비치며 침묵했다.

–차갑고 냉정하기만 한 연불왕자 어디가 좋더냐? 참으로 알다가도 모를 일이다.

–어머니, 저 부인은 누구입니까?

인영은 얼른 화제를 돌렸다.

–누구 말이냐?

–저기 문 바로 옆에 있는 부인이요.

–설리? 동부 대가의 부인이지.

–그런데 왕후께서 왜 그렇게 신경을 쓰십니까?

–네 눈에도 왕후가 설리를 신경을 쓰는 것으로 보이느냐? 예리하기는 독수리가 따로 없구나. 무심한 척하면서 언제 다 파악했느냐?

–단지 왕후의 눈길을 따라갔을 뿐이에요. 그런데 저 부인에게 눈길을 한참 주시고 얼굴빛이 묘하게 움직이시더군요.

–동부 대가의 부인이지만 연나부 낙공의 딸이었다. 한때 왕후와 나 그리고 설리는 친한 동무였다.

–낙공의 따님이 어떻게 동부의 대가와 혼인을 한단 말입니까? 엄청난 연애사건이 숨어 있나 보죠?

–인영아. 네가 아무리 잘났다고 한들, 아비가 연나부 고추가라 한들, 여인은 남편을 잘못 만나면 인생을 돌이킬 수 없는 게야. 설리는 환도성 최고의 미인이었다. 사내들이 설리를 한 번 보려고 목을 매었

지. 전 재산을 털어서 서옥을 짓기를 청하는 이가 한둘이 아니었다. 태후만 아니었다면….

인영의 어미는 주위를 한 번 살피더니 목소리를 낮추었다. 목소리는 낮추었지만 옛일에 젖어 감정이 고조되고 흥분된 기분을 느낄 수 있었다. 중년의 여인이 젊고 아름다운 시절을 회상하는 것은 아무튼 기분 좋은 일이다.

–지금의 왕후는 설리의 발끝도 못 따라왔어. 아니 이 에미가 왕후보다 나았다. 애야, 비웃지 마라. 어미도 아름다운 시절이 있었다. 왕후는 태후의 힘이 아니었다면 지금의 자리에 오르지도 못했어. 가문을 잘 타고난 것 외에는 왕후가 가진 것이 없었다. 외모나 성품이 왕후감은 아니라는 것은 공공연하게 떠도는 사실이었다. 왕후감으로 나와 설리가 훨씬 나았어. 하지만 난 네 애비와 정혼한 사이였고, 낙공은 돈이 아무리 많아도 함부로 자신의 딸을 세울 만한 힘이 없었지. 설리는 정말 아름다웠다. 미모뿐 아니라 여러 재능도 탁월했지. 지금도 봐라. 얼마나 아름다운지. 난 이렇게 살이 찌고 축축 늘어져서 볼썽사나운 꼴이 되었지만 설리는 아직도 아름답구나.

–그런데 왜 동부 대가의 부인이 되었나요? 왕족의 부인 정도는 되실 수 있었을 텐데….

–그게 말이다. 그 아름다움은 치명적인 독이었지.

–독이라고요?

–그래. 설리는 계루부 고추가의 아들과 혼인을 했다. 왕후는 아니더라도 최고의 혼인식이었지. 환도성 전체가 들썩거렸어. 그날 설리

는 숨막힐 정도로 아름다웠다. 설리의 신랑도 정말 잘난 사내라 처녀들 중 부러워하지 않은 사람이 없을 정도였지. 세상의 모든 행복은 설리에게 쏟아지는 듯했고 앞날에 어떤 고통도 없을 것 같았다. 그런데 하루아침에 모든 것이 끝났다. 일 년도 못 되어서 사냥을 나간 신랑이 절벽에 떨어져 죽었어. 처음에는 그저 사고사인 줄로만 알았는데….

—그런데요?

—사고가 아니라 살인이었다.

—범인이 누군데요?

—아우가 저지른 짓이었어.

—네? 뭣 때문에?

—아우가 설리를 연모하고 있었어. 형과 아우가 한 여인을 두고 팽팽하게 맞섰는데 결국 형이 설리를 차지한 거지. 그걸 내내 앙심으로 품고 있었던 거야. 그러다 형을 죽이고 형수인 설리를 차지하려고 했던 거지. 환도성이 발칵 뒤집혀졌다. 결국 형수와 혼인할 수 있는 제도를 금지시켰지. 설리는 형제를 동시에 잡아먹은 여인이라 손가락질 받았지. 엄연히 따지면 잘못한 것이 없지만 아름다움이 지나쳐 독이 된 거다.

—그래서 지금 동부 대가와 재혼을 했군요.

—계루부든, 연나부든 설리는 갈 곳이 없었다. 그러니 어쩌겠니. 낙공에게 유일한 자식이니 누군가 돌봐줄 사람을 찾아야 했고 그 적임자가 동부의 밀을이었지. 그것도 말이 많았다. 밀을은 부인이 죽기도 전에 설리하고 살림을 차려서 손가락질을 많이 받았지. 전 부인의 아

들과는 의절하다시피 했지. 밀우가 밀을의 아들인 건 알지?

–그럼 밀우장군이 저 부인의 아드님이군요.

–그렇지.

인영의 어미와 은밀하게 대화를 나누는 동안 설리는 어느새 왕후 앞에 섰다. 왕후는 피곤하고 지루한 듯 하품을 하며 인사를 건성으로 받았다. 드러내놓고 멸시하는 기세가 역력했다. 하지만 인영의 눈에는 왕후의 그런 행동이 더 부자연스럽고 불안해 보였다.

인영은 그 모습을 조금도 빠지지 않고 지켜보았다.

–왕후마마께서 설리라는 분에게 열등감이 강하시군요.

–인영아! 함부로 말하지 마라. 궁궐에는 벽에도 귀가 있다.

–네, 어머니. 하지만 너무 우습지 않아요. 모든 것을 다 가진 왕후께서 가지지 못하는 것 한 가지 때문에 저리 추한 모습을 보이시는 것은 너무 우스워요. 마음만 먹으면 바로 내칠 수 있는 힘없는 부인을 저토록 의식하는 것은 무슨 까닭인지 정말 알 수가 없네요.

설리의 모습은 인상 깊었다. 겉모습은 아무것도 아닌 것처럼 보였지만 한 치의 흐트럼 없는 우아한 자태로 원숙한 아름다움을 뽐내는 모습이 당당해 보였다. 오히려 초라해 보이는 쪽은 왕후였다. 모든 것을 다 가진 듯 으스대고 있지만 사실 아무것도 없어 보였다.

자작나무

빽빽이 들어선 하얀 자작나무 숲길을 수리는 바스락거리는 낙엽을 밟으며 걸었다. 가비는 그 뒤를 말없이 따르며 한참을 걷고 또 걸었다. 침묵을 깨고 수리가 먼저 입을 열었다.

―네가 시화라고 생각도 하지 못했다.

―미안해.

―왜 말하지 않았니?

―선뜻 말하기가 두려웠어. 그리고 그분께서 부탁하신 것도 있고….

―그랬구나.

―언니는 돌아서 이제 제자리로 온 거야.

―제자리? 여기가 내 자리라고?

―난 그렇게 믿어. 하늘님이 여기로 인도해 주신거라고.

―아니다. 여기는 내가 있을 곳이 아니다.

―언니….

수리는 그날 밤의 일이 아득했다. 처음에는 꿈을 꾸는 거라 생각했다. 그렇게 떠나고 난 후 단 한 번도 이름을 올린 적이 없었다. 의식적으로 머릿속에서 지우려고 했다. 눈앞에 나타났을 때 너무 당혹스러웠다.

무슨 말을 어떻게 시작해야 할까, 고민했지만 그날 밤 이후 다시 밀우를 만나지 못했다. 아니 만나는 것 자체가 두려운 것이 사실이었다. 잊기 위해 그토록 애를 쓰지 않았던가.

말로 표현할 수 없고 정의되지 않는 그 감정은 수리를 내내 괴롭혔다. 칠 년 만에 그 감정이 무엇인지 깨달자 두려움부터 몰려왔다. 동해와의 혼인생활이 불행했던 것은 아기를 가지지 못해서가 아니었다. 그것은 온전히 수리 자신의 문제였다. 체념하고 현실에 적응하지 못한 자신 때문이었다.

수리는 끊임없이 꿈을 꾸고 다른 삶을 원했다. 그것이 칠 년간의 삶이 불행했던 이유였다. 보고 싶지 않은, 보려고 하지 않은 현실과 마주했다. 이제는 부정하려 하지는 않았다. 부정할수록 더 분명해질 뿐이었다.

세찬 바람에 자작나무는 하얀 몸뚱어리를 드러낸 채 바람에 이리저리 휘청거렸다. 하늘을 뚫어버리기라도 할 듯 길게 뻗은 자작나무들은 타닥타닥 소리를 내며 서로의 몸을 부딪쳤다. 밀우는 차가운 자작나무 숲길로 말을 달렸다. 말은 숨을 헐떡거리며 차가운 공기 사이로 뜨거운 입김을 뿜어내며 숨을 헐떡거렸다.

끝도 없이 이어질 것 같은 길 끝에 집 한 채가 모습을 드러냈다. 집 앞에서 밀우는 발걸음을 떼지 못하고 멈추어 섰다. 문 앞에 이르러 몸이 굳어버린 사람처럼 움직일 줄 몰랐다. 수많은 전쟁을 치르며 목숨을 위협하는 온갖 위험한 일을 겪었다. 하지만 어떤 전투에서도 느껴보지 못한 강한 두려움이 엄습했다.

가비에게 모든 것을 떠맡기고 구경꾼 노릇만 해왔다. 수리가 처음으로 의식이 회복했을 때도 그 앞에 서지 못하고 도망치듯 집을 나왔다. 비겁하고 무책임한 행동으로 일관했다. 밤마다 자신의 집을 도둑처럼 몰래 들어왔다가 다시 도망쳤다.

문 앞에서 수백 번, 수천 번을 결심했지만 열 수가 없었다. 밀우는 자신의 집안으로 한 발자국 들여놓는 것이 천금만금 무거웠다. 두렵고 온갖 불길한 생각이 들었다. 수리가 신기루처럼 사라질 것 같았다. 아니면 자신을 원망하며 보지 않을 것도 같았다.

화려국을 떠나던 날, 자신이 얼마나 비겁했는지 비로소 깨달았다. 마음속에 일렁거리는 낯선 감정을 받아들이지 못하고 스스로를 속이고 외면했다. 가비를, 아니 시화를 핑계로 서둘러 떠났던 것도 사실은 알 수 없는 복잡한 마음에서 도망치고 싶었던 욕구가 강했던 탓이었다. 자신의 진짜 마음을 대면할 용기가 없었다.

고구려로 돌아온 후 가슴에 뭉친 응어리는 점점 뭉쳐져 더 커지고 딱딱해졌다. 응어리가 커질수록 마음의 헛헛함은 걷잡을 수가 없었다. 미친 듯이 전쟁터로 나갔다. 왕이 부르지 않아도 쉴 틈 없이 스스로를 가장 위험하고 치열한 전투로 내몰았다.

귀청이 찢어질 듯한 날카로운 쇠울음이 울려 퍼지면 병사들은 살기 위해 혹은 죽기 위해 악다구니를 썼다. 밀우는 전쟁의 신으로 불렸다. 아군의 수를 훨씬 능가하는 적군 앞에서도 결국은 승리를 이끌어 냈다. 밀우는 현란한 말솜씨로 병사들의 마음을 사지도 않고, 뛰어난 전술을 내놓는 것도 아니었다. 하지만 냉철하게 상대할 적을 파악하고 지형을 잘 이용할 뿐이었다. 그리고 온 힘을 다해 병사들과 함께 전투에 뛰어들었다.

가슴에 새겨진 응어리는 이미 너무 굳어져 버렸지만 칠년이라는 세월에 아무런 감각도 느껴지지 않게 되었다. 전쟁터에서 아끼는 수많은 동무와 부하의 죽음을 지켜봤다. 가슴에는 슬픔과 아픔이 덧칠되었다. 격렬한 고통이 많아질수록 감정은 점점 더 무디어져 갔다. 스스로 살기 위한 방법이었다. 차라리 느끼지 못하게 둔감하게 만들어야 했다.

매일 똑같이 돌아가는 삶이었다. 밀우에게 집은 따뜻하고 편안하게 머물면서 사는 곳이 아니었다. 하나의 전투를 마치고 또 다른 전투로 가기 위해 쉬는 곳, 길을 떠나는 사람들의 여각 같은 곳이었다.

모든 것을 잊었다고 생각했다. 변하지 않은, 변할 것 같지 않은 반복적인 삶에 파란이 일어났다. 다시는 보지 못할 것이라 여겼던, 다시는 볼 수 없을 것이라 여겼던 검은 활이 믿을 수 없이 자신에게 돌아온 그 순간부터 모든 것이 변했다. 가슴이 다시 뛰었다. 잊었다고 생각했던 기억과 감정이 되살아났다. 그 끝에 수리가 있었다.

문 앞에서 한참을 서성거리고 있을 때 가비의 목소리가 들려왔다.

–밀우님.

밀우는 천천히 뒤돌아섰다.

수리의 눈이 밀우의 두 눈으로 들어왔다.

–이제 오셨어요? 들어가지 않고 뭐하세요?

–어디 갔다 오는 거냐?

–언니랑 산책 다녀왔어요.

가비는 애써 명랑한 목소리로 밀우에게 성큼 다가섰지만 수리는 멈추어 섰다. 견디기 힘든 긴 침묵이 흘렀다. 밀우는 문 앞에서 비껴났다. 가비는 수리의 팔짱을 끼고 집안으로 들어가고 난 후 밀우가 뒤따랐다.

밀우는 수리의 뒤를 따라 걸었다. 천천히 발걸음을 내딛을 때마다 바짝 마른 나뭇잎이 가루가 되어 부서졌다. 한 발자국 내딛을 때마다 고통을 안으로 꾹꾹 삼키고 있는 것만 같았다. 수리의 어깨가 가늘게 떨렸다.

무한한 호기심으로 대책 없이 일을 저지르던 철없는 처녀는 어디에도 없었다. 말이 막히면 볼부터 발갛게 달아오르고 땋은 머리카락을 흔들며 생기 넘치게 뛰어다니던 모습도 사라졌다. 오랜 세월 동안 눈은 깊어지고 성숙해졌지만 슬픔이 어렸다. 세상과 소통하기를 거부하기라도 하는 듯 입술은 고집스레 꼭 다물고 있었다.

밀우는 어떤 말을 해야 할지를 하루에도 수백, 수천 번을 생각했다. 수많은 말들이 머릿속을 헤적거렸다. 묻고 싶은 말도, 하고 싶은 말도 무수히 많았다. 그 많은 말들은 어디로 사라졌는지 아무것도 떠오르지 않았다. 말을 잃은 사람처럼 입술을 굳게 다물었다. 성큼 성큼 몇 걸음이면 닿을 수 있는 그 거리가 깊은 강을 사이에 둔 것처럼 멀고 아득했다.

수리가 갑자기 걸음을 멈추더니, 팔짱을 풀고 뒤돌아섰다. 밀우도 멈추어 섰다.

-이수….

수리는 무심한 듯 이름을 나직이 불렀다. 이름은 바람에 부서져서 사라졌다. 밀우는 다시 이수가 되었다. 속이기에 급급했던 마음은 벌거벗겨져 드러나 버렸다. 꽁꽁 묶여 봉인되었던 응어리진 마음의 덩어리가 한순간에 벗겨졌다.

-정말 당신이군요. 꿈이라고 생각했는데…. 꿈속에서 헤매고 있다고 생각했는데….

-그렇소. 나요. 이수….

-다시 만나게 될 것이라고 생각도 해 본 적이 없었는데….

-당신을 속인 것이 많소. 당신이 알고 있던 거의 대부분은 거짓이었소. 미안하오. 그때는….

-괜찮아요. 그런 것은 아무래도 좋아요.

마른 나뭇잎들은 차갑고 건조한 바람에 휘청거리다 차갑고 메마른 땅 위에 떨어졌다. 땅을 뒤덮은 나뭇잎들은 서로 엉켜서 뒹굴며 바스락 소리를 내며 부서졌다.

두 사람은 그 자리에서 멈추었다. 더 이상 멀어지지도 가까이 다가가지도 못한 채 그렇게 머물러 있었다. 시간이 지날수록 수리는 점차 감각이 없는 사람처럼 무뎌졌다. 안으로만 치달아 내면에서 빠져나오지 못하는 모습은 보고 있는 사람들의 가슴을 내리쳤다. 차라리 소리 내어 울기라도 하면 차라리 나을 것 같았다. 웃음도, 울음도 잃어버린 채 무표정하게 스스로를 죽이고 또 죽였다. 마치 어찌 되어도 좋을 듯이, 살아갈 아무런 의미도 없는 사람처럼 그렇게 스스로를 가둬두었다.

용서할 수가 없었다. 시간이 지나도 잊고 치유될 수 없는 일이었다. 너무 허망하게 보내버린 아기에 대한 죄책감으로 자신을 무장했다. 아니 무서웠다. 벌을 내리고 마땅히 고통 속에서 사로잡혀 있어야 했다. 눈앞에 나타난 밀우를 더욱 밀어내고 거부할 수밖에 없었다. 밀우가 다가올수록 점점 안으로 숨어버렸다.

밀우도 수리에게 성큼 다가서지 못하고 멈춰 있었다. 그날 이후 서로의 거리를 좁히지 못하고 서성거리고 있었다. 일이 끝나는 대로 집으로 향하지만 달라지는 것은 아무것도 없었다. 어떻게 해야 할지 방법을 찾지 못했다. 마음은 너무나 간절히 달려갔지만 막상 앞에 서면 아무것도 할 수가 없었다. 정말 아무것도 할 수가 없었다. 두 사람의 거리는 점점 아득해져만 갔다. 눈앞에 있어도 다가설 수 없음에 매일 극심한 통증이 가슴바닥을 치고 올라왔다. 수리도, 밀우도 모두 하루를 힘겹게 버티고 버텼다.

오랜만에 햇살이 쏟아지는 날이었다. 거센 바람도 잠잠해지고 따뜻한 기운이 집안을 감돌았다. 가비와 분이는 우물가에서 누런 콩을 깨끗이 씻은 뒤 커다란 솥에 들이부었다. 타닥타닥, 장작 타는 소리와 함께 불꽃이 타들어갔다. 한참을 삶자 구수한 콩 삶는 냄새가 부엌을 지나 마당에 그리고 집안 전체에 널리 퍼졌다.

가비 곁으로 수리가 다가왔다.

—어릴 때가 생각나는구나.

—그치?

—온 마을 아이들이 삶은 콩 먹으려고 몰려들었지.

—난 먹고 싶었지만 다가설 수 없었어. 먹고 싶지 않은 척하고 있었지만 사실은 정말 먹고 싶었어. 언니가 주지 않았다면 밤새도록 울었을 거야.

—그랬니? 일을 도와야 하는데, 난 내빼기만 했는데…. 참 말썽쟁이였지.

—얼마나 많이 웃고, 생기가 있었는지 몰라. 난 언니처럼 되고 싶었는데.

—나 같은 사람?

그들 사이로 분이가 끼어들었다.

—어구 오늘같이 날씨 좋은 날에는 시장에도 나가보고 그래요.

—일 좀 도와 드리고요.

—아니에요. 이건 제가 할 일이에요. 가비님은 부인을 모시고 나가보세요. 어서요.

분이는 가비와 수리를 억지로 잡아 끌었다. 막돌은 벌써 수레를 준비하고 있었다. 수레를 타고 하얀 자작나무 숲을 한참 지나자 커다란 길이 나왔다. 말과 수레와 사람이 섞여서 장관을 이루었다. 한두 명이 탈만 한 작은 수레에서 서너 명은 거뜬히 탈만 한 큰 수레도 있었다. 휘장을 달아서 한껏 멋을 부린 수레에 탄 화려한 옷차림의 귀족들은 꼿꼿이 고개를 들어 올리며 우월감을 과시했다.

화려하고 커다란 수레 앞을 봇짐을 잔뜩 짊은 진 장사꾼들은 겁 없이 넘나들면서 귀족을 놀리는 듯했다. 그럴 때면 수레의 주인은 욕지거리를 내뱉으며 고래고래 고함을 질렀다. 봇짐장수는 벌써 어디로 달아나고 벌겋게 상기된 귀족만 우스운 꼴이 되었다. 평민들은 속이 시원하다는 듯 킥킥거리며 빠른 걸음으로 마치 뛰듯이 수레를 앞질러 걸어갔다. 귀족은 애꿎은 수레꾼에게 화풀이를 하며 씩씩거렸다. 휘장을 열고 밖을 보다 가비는 우스운지 작은 미소를 띠었다.

고구려 사람들은 혹독한 날씨를 이겨 보려고 하듯 더욱 힘찬 기세로 젊은이건, 늙은이건, 사내도, 여인도 마치 뛰듯이 걸어갔다. 사람들마다 강한 기운이 한데 어우러져 길 안을 가득 메웠다. 수레 안으로도 활기가 전해졌다. 수리는 상인들이나 사신들의 입소문으로 전해 들었던 것보다 훨씬 거대한 고구려의 모습에 머리가 어질했다. 고구려에 비하면 예는 작은 지방에 불과했다.

수리는 이전에 할아버지가 하신 말씀이 떠올랐다. 고구려도 예나 옥저처럼 소국에 불과했는데 어느 순간 갑자기 성장하기 시작했다고 하셨다. 다른 소국들보다 척박하고 불리한 환경은 고구려 사람들을 항상 배고프게 만들었다. 농사를 지어도 배불리 먹을 수 없게 되자 배고픔을 채우기 위해서 숲 속으로 뛰어들며 사냥을 했다. 끊이지 않는 계속된 사냥은 곧 싸움을 잘할 수 있게 만들어주었고 한 사람, 한 사람 전사가 되었다.

전사들은 곧 부유하고 풍족한 나라를 침략하기 시작했고 수많은 식량들을 빼앗아갔다. 거듭된 약탈은 그들을 점점 강하게 만들었고 동쪽 대륙의 최고의 강자가 되었다. 할아버지는 비옥한 영토와 풍부한 해산물 등을 얻어 먹고사는 데 힘들지 않았던 옥저나 예는 풍족함 때문에 나태해지고 힘을 기르지 않았다고 한탄하셨다. 그리고 이제 아무리 발버둥을 쳐도 고구려를 넘을 수 없으며 예도, 옥저도 어느 순간 사라질 것이라며 한숨을 쉬곤 했다.

수리는 눈앞에서 활기차게 거리를 활보하는 고구려 사람들을 보는 순간 할아버지의 말씀이 옳았다는 것을 확인할 수 있었다. 그녀는 머릿속이 복잡해졌다. 스스로에게 묻고 또 물었다. 자신은 이곳에 무슨 존재인가. 왜 이곳에 머물며 떠나지도 못하고 주춤해 있는 것인가. 쓸데없는 열망을 아직도 품고 있는 것인가. 이곳에서 수리는 완전한 이방인이었다.

수리는 물끄러미 가비를 바라보았다. 희고 갸름한 얼굴에 반듯한 이마, 그려놓은 듯 날렵한 눈썹에 신비한 갈색 눈빛은 사람을 빨아들일 것 같은 묘한 매력을 발산했고, 다홍 빛깔의 입술에 미소가 번지자 눈부신 아름다움에 어찔했다. 무엇보다 매끄럽고 윤이 나는 머리카락은 누구나 탐낼 만큼 풍성했다. 열아홉, 여인으로서 가장 빛나고 아름다울 나이였다.

일곱해 전 수리도 열아홉이었다. 세상에 대한 호기심으로 가득 차 모든 것이 즐겁고 아름다웠던 철부지 처녀였다. 왠지 모르게 다른 여인들보다 자신이 우월하다는 자만심으로 뭉쳐 있던 자신만만하고 거칠 것이 없던 시절이었다. 우연히 한 소녀를 발견했다. 어리지만 신비한 눈을 가진 소녀는 공포와 두려움으로 가득 차 있었다. 무슨 일을 당했는지 세상과 소통하기를 거부하고 스스로를 가두고 있었다.

하지만 이제 그 소녀에게서는 옛 모습을 찾아볼 수 없다. 빛나는 아름다움과 꿈꾸고 있는 듯 신비롭고 풍부한 눈으로 세상을 바라보고 있었다. 두 눈에는 더 이상 두려움과 공포가 서려있지 않았다. 두려움을 떨쳐내고 세상에 대한 강한 의지를 보이고 있었다.

수리와 가비는 수레에서 내려 시장 한복판으로 들어갔다. 화려한 고급 비단, 장신구부터 털가죽, 진기한 악기 등 수많은 물건들이 끝날 줄 모르는 길을 만들었다. 한쪽에서는 말과 소를 흥정하느라 목소리가 드높았고, 소금장수와 소금을 좀 더 가져가려는 아낙네는 한참 동안 실랑이를 벌이기도 했다.

고구려에서 흔히 볼 수 있는 것이 대장간이었다. 추운 날씨에도 대장간 안은 열기로 후끈거렸다. 뜨거운 불덩어리를 토해내는 화덕 속으로 제아무리 강한 쇠도 부드러워졌다. 대장장이는 원하는 모양대로 더욱 강한 쇠를 만들기 위해서 수백 번의, 수천 번의 담금질을 하며 두드리고 두드렸다. 쇠를 두드리는 소리는 사람들의 시끌벅적한 소리와 아울려져 기묘한 조화를 이루었다.

어디서나 들리는 쇠울음은 고구려인의 마음속으로 파고들어가 그들의 질기고 강한 본성을 이끌어내었다. 연이은 전쟁을 치르는 고구려는 다행스럽게도 철이 풍부했고, 어느 나부에서나 탁월한 솜씨의 대장장이를 필요로 했다. 힘과 기술이 모두 필요한 대장장이는 무사 다음으로 사내들이 선망하는 일이었다.

여러 대장간을 지나 점점 시장 안으로 깊이 들어갔다. 너무 많은 사람들과 바삐 돌아가는 모습에 수리는 어지러움이 더해졌다. 잠시 휘청거리자 가비가 걱정스레 붙잡았다.

–언니, 안색이 안 좋아 보여.

–조금 어지러워.

–큰길을 벗어나 샛길로 들어가면 좀 나을 거야.

가비는 수리를 부축하며 샛길로 들어섰다. 큰길에 비해서 사람들이 거의 다니지 않았다. 샛길로 봇짐을 어깨에 멘 사내가 사방을 살피면서 맞은편에서 걸어왔다. 수리와 가비를 향해 흘깃거리면서 경계를 세웠다.

순식간이었다. 갑자기 땅이 울리더니 봇짐을 멘 사내가 하늘로 솟아올랐다가 땅바닥으로 내동댕이쳐졌다. 두 발을 발버둥 치며 금방 숨이 넘어갈 듯했지만 너무 두려운 나머지 한마디 말조차 입 밖으로 제대로 뱉어내지 못하고 있었다.

봇짐을 멘 사내 앞에 거대한 사내가 서 있었다. 위력적인 거대한 몸집의 사내는 튀어나올 듯 돌출되어 있는 커다란 두 눈으로 무시무시하게 내려다보더니 커다란 손으로 봇짐을 멘 사내의 멱살을 잡았다. 조금만 더 힘을 주면 그대로 숨이 끊어질 것만 같았다.

–어디 있어!

–봇짐… 안에… 있어. 살려줘….

–내놔!

거구의 사내는 봇짐을 채갔다. 커다란 손으로 봇짐을 푸니 검은 활

두 장이 나왔다. 거인은 마치 아기를 다루듯이 조심스럽게 이리저리 살피더니 안도의 한숨을 내쉬었다. 봇짐을 메었던 사내는 얼마나 겁에 질렸는지 수염이 바르르 떨렸다.

—…사, 살려…줘….

거구의 사내는 잠시 수리와 가비를 슬쩍 쳐다보더니 사내의 뒷목을 잡고는 질질 끌고 가기 시작했다. 사내는 붙잡혀 가지 않기 위해 발버둥 쳐보지만 소용없는 짓이었다.

검은 활을 본 수리의 두 눈이 빛났다. 본능적으로 활을 쫓아서 사내의 뒤를 따랐지만 이미 흔적도 없이 사라져버렸다. 뒤따라온 가비는 수리의 어깨를 붙잡았다.

—무슨 일이야?

—활이다. 검은 활이다.

혹독한 추위가 사정없이 몰려다녔다. 바람이 강해질수록 사람들은 옷깃을 더욱 바짝 여미며 발걸음을 더욱 재촉했다. 추위를 떨치고자 달음질치는 사람들과 달리 화려한 수레는 천천히 움직였다. 두툼한 담비털가죽옷을 멋스럽게 차려입은 인영은 수레의 휘장을 걷어 바깥을 내다보았다.

고추가의 부인은 인영을 지그시 바라보며 흡족한 미소를 지었다. 인영은 환도성 최고의 미인이라 칭할 만큼 아름다웠다. 반듯하고 하얀 이마, 시원스러운 눈매, 코끝은 둥글고 콧망울이 뚜렷했다. 입술은 약간 얇으나 짙은 분홍빛이 감돌아 생기가 있어 보였다.

—얘야! 뭘 그리 내다보니?

—사람들이 어떻게 사는지 궁금해서요.

—왜? 벌써 왕후로서 백성을 걱정하는 게냐?

—어머니!

—왕후가 널 그리 탐탁해 하진 않을 게다. 혹시라도 너에게 무슨 꼬투리라도 잡으면 이 에미에게 바로 말해라.

—어머니. 전 태후마마도 두려워하지 않았던 아이입니다. 걱정하지 마세요.

—그래, 그렇지. 우리 인영이가 누군데. 왕후에게 이제 연나부의 실세가 누구인지 보여줘라!

왕후와 고추가의 부인은 서로가 못 잡아먹어서 안달이었다. 겉으로는 왕후라는, 고추가의 부인이라는 여인으로서 최고의 지위를 누리면서도 서로를 미워하고 가지지 못한 것에 쓸데없는 집착을 떨었다. 가끔씩 왕후와 어머니의 유치한 질투와 경쟁심에 지칠 때면 우태후가 떠오르곤 했다. 어릴 때 보았던 우태후는 인영에게 선망의 대상 그 자체였다.

유치한 감정 따위는 일절 보이지 않았던, 완벽하게 권력의 정점에서 계루부든 연나부든 귀족들이나 왕조차도 좌지우지했던 여걸이었다. 모두들 덜덜 떨면서 무서워했고 고구려 최고의 지위를 누렸다. 연나부의 고추가인 인영의 아버지도 그 앞에서 어쩌지 못했다. 뿜어 나오는 위엄에 고개가 절로 숙여졌다. 자신의 인생을 스스로 개척했던 우태후는 인영이 가장 닮고 싶고 염원하던 이상형이었다.

아버지에게서 그리고 연나부의 여러 어른들에게서 전해 들었던 태후의 이야기는 머릿속에, 가슴속에 깊이 새겨졌다. 고추가는 인영에게 우태후에 대한 이야기를 수십 번도 더 들려주었다. 딸의 탁월한 미모와 영민함을 알아보고는 어릴 때부터 왕후의 재목으로 키우며 온갖 정성을 다했다. 연두지는 제쳐두고 인영은 궁궐로 데려가 우태후에게 인사를 시킨 것도 그런 의도와 무관하지 않았다.

다행히 인영은 우태후를 무서워하고 피하기는커녕 더욱 가까이 하고 싶어했다. 우태후도 당돌한 인영을 귀여워하며 애정을 쏟았다. 오만하다고 생각할 정도로 강한 그녀의 자부심은 타고난 면도 있었지만 모두들 두려워하는 우태후에게 인정을 받자 한껏 더 높아졌다.

인영은 어머니와 함께 높다란 궁궐담을 한참 지나 왕후전으로 들어갔다. 왕후와 예물 그리고 사구가 두 사람을 맞이했다. 정작 연불은 보이지 않았다. 해가 질 때까지 연불은 결국 오지 않았다. 왕후는 고추가의 부인과 인영의 눈치를 보며 쩔쩔맸다. 말도 되지 않은 변명을 늘어놓았지만 그럴수록 분위기는 이상하게 흘러갔다.

왕후도 연씨 집안을 가벼이 볼 수 없었다. 우태후가 죽은 후 우씨 집안에는 제대로 된 인물이 나오지 않았고 왕에게 휘둘리기까지 했다. 그때 고추가가 연나부의 가문들의 힘을 모아 난관을 잘 헤쳐나왔다. 지금의 연나부의 힘은 우씨가 아닌 연씨에게 모여져 있었다.

연씨가의 모녀는 막강한 힘을 지닌 연나부 수장 고추가의 부인과 딸이었다. 설사 왕이라고 하더라도 함부로 할 수 없었다. 왕후가 주관한 조촐한 다과회였지만 사실은 연불과 인영을 선보게 하는 자리였다. 왕후가 비록 예물을 태자로 삼고 싶어했지만 연불도 자신의 뱃속에서 나온 아들이었다. 그 아들에게 연씨 집안을 적으로 돌리게 하고 싶지 않았다.

왕후의 속타는 마음과 달리 예물은 속으로 쾌재를 부르며 인영을 몰래 훔쳐 보았다. 연불에게 당한 일전의 수모를 갚을 수 있을 지 모른다는 생각에 인영에게서 눈을 떼지 않았다. 친형제지만 두 사람은 달라도 너무 달랐다. 아버지는 연불을 처음부터 다음 후계자로 점찍었다는 듯이 데리고 다녔다. 동맹제를 지낼 때도 큰 사냥대회에도 언제나 연불만을 데리고 다녔다. 그럴수록 왕후는 예물을 감싸 안았지만 그럴수록 교체의 눈에서 멀어져 갔다. 잘 보이려고 온갖 노력을 해도 연불에게 향한 아버지의 시선을 돌릴 수 없었다.

처음부터 아무 기회를 갖지 못한 예물로서는 불만이 쌓여갈 수밖에 없었다. 게다가 뭐가 그리 잘났는지 언제나 당당하고 굽힐 줄 모르는 연불의 성정은 더욱 보기 싫었다. 왕인 교체조차 무서워 벌벌 떠는 우태후 앞에서도 당당한 모습에 질투가 나고 미웠다.

형인 연불은 도대체 빈틈이 없는 사람이었다. 학문과 무예도 뛰어났고 아랫사람을 다루는 데 능숙하고 힘이 있었다. 허투루 무엇을 하는 일이 없었고 예의마저 너무 밝아서 귀족들 사이에서도 칭찬이 자자했다. 궁녀들에게 농지거리 하는 것을 본 적이 없었다. 오죽하면 막내인 사구가 연불은 세상을 무슨 재미로 사는지 모르겠다며 혀를 내두르기도 했다.

결국 연불은 왕후전에 오지 않았고, 연씨가의 모녀는 결국 자리에서 일어나야 했다. 고추가 부인은 형식적인 인사를 하고는 차갑게 돌아섰다. 무시당한 기분을 떨쳐낼 수가 없었기에 인영이 인사를 채 끝나기도 전에 왕후전을 나섰다.

—죄송합니다. 왕후마마. 저의 어머니의 경솔한 행동을 너그럽게 이해해 주십시오.

—아니다, 인영아. 충분히 이해한다. 오늘은 태자의 잘못이 크다.

—어마마마. 사과의 뜻으로 제가 이분들을 모셔다 드리고 오겠습니다.

—오, 그래 주겠느냐?

—그러시지 않으셔도 됩니다.

—아닙니다. 가시지요.

능글맞은 웃음을 띠며 예물은 앞장섰다. 인영은 내키지 않았지만 더 이상 거절할 수 없어 뒤를 따랐다. 인영이 왕후전을 나섰을 때 어머니는 어디에도 보이지 않았다. 인영은 예물과 둘이서 궁궐 밖까지 가야 한다는 사실이 연불이 나타나지 않은 것보다 더 불쾌하고 싫었다.

—언제 보아도 낭자께서는 아름다우십니다.

—감사합니다.

—참으로 형님은 알다가도 모를 사람입니다. 이토록 아름다운 분을 두고 엉뚱한 데 눈을 돌리고 있으니 말입니다.

—그게 무슨 말씀입니까?

—그게… 태자비가 되실 분에게 이런 말을 해도 될지 모르겠으나 너무 안타까워서 말씀드리겠습니다. 형님은 술도가에서 일하는 천한

계집에게 빠져서 오늘도 왕후전에 나타나지 않았던 것입니다.

믿을 수 없는 말이었다. 인영은 순간 모멸감에 휩싸였지만 정신을 차렸다. 예물의 사람됨이 어떤지 이미 들어서 아는지라 대수롭지 않게 여겼다. 하지만 기분은 썩 좋지 않았다. 무엇이 되었든 연불이 나타나지 않았던 사실만으로 자신에게 모욕을 준 것은 사실이었다.

사방이 어두웠다. 아니 마음이 더 어두웠다. 교체는 깊은 한숨을 내쉬었다. 득래를 내친 후 내내 마음이 무겁게 가라앉기만 하였다. 서안평을 점령한 일에 대해 결코 의견을 굽히지 않고 반대하는 사람이 득래이기 때문에 더욱 힘이 들었다. 자신의 포부를 알아줄 것이라 여겼는데 믿었던 벗에게 배신을 당한 듯이 충격이 너무 컸다.

위나라가 약조를 어겼는데도 마냥 참으라는 득래의 말을 견딜 수 없었다. 결국 서안평을 쳐서 낙랑군과의 연결을 끊었다. 이제는 위나라와 전쟁이 불가피해졌다. 전쟁을 앞둔 지금 득래의 예언대로 고구려가 쑥대밭이 되지 않을까라는 불안한 생각이 머릿속에 가득했다.

그렇게 된다면 우태후가 자신을 비웃으며 다시 눈앞에 나타날 것만 같았다. 우태후가 죽은 지 칠 년이 넘었지만 아직도 눈에 선했다. 아비가 자신을 두고 태조왕을 닮았다며 좋아할 때 옆에서 말없이 교체를 바라보며 차갑게 비웃곤 했다. 너 따위가 대체 무슨 일을 하겠냐는 조롱소리가 귓가에 맴돌았다.

태자로 있을 때나 즉위한 후에도 우태후는 교체를 지배했다. 언제나 교묘히 옴짝달싹 못하게 하며 모든 일에 간섭했다. 왕이 되어서도 스스로 결정하고 실행할 수 있는 일은 아무것도 없었다. 정해 준 여인과 혼인하고 정해진 대로 국정을 운영하는 나약한 이름뿐인 왕이었다. 아니 처음으로 반항이라는 것을 해 본 적이 있었다. 친형제 이상의 정을 나누었던 벗들과 함께 새로운 고구려를 만들어보겠다는 포부로 힘껏 일어났던 적이 있었다. 하지만 결국은 따르던 사람들이 처참하게 희생되기만 했을 뿐이었다. 그 다음부터 태후 그늘 밑에서 납작 엎드렸다.

연나부는 아직도 왕을 짓누르며 권력을 행사하였다. 계루부라고 교체에게 호의적인 것은 아니었다. 그들도 어떻게 하면 왕의 자리를 차지할까 싶어 눈을 부라렸다. 이제껏 왕위계승은 아버지에서 아들로 이어지기보다 형제간의 계승이 더욱 빈번했다. 교체의 아버지도 그런 형식으로 왕위를 이어받았다.

이 지루하고 힘든 싸움은 아마도 그가 죽어야만 놓을 수 있을 것 같았다. 크고 넓은 어깨가 축 처졌다. 고구려의 왕이 안으로, 자꾸만 안으로 들어갔다. 가끔 이 힘겨운 싸움을 그만두고 싶어 모든 것을 놓아주고 싶었다. 하지만 두 어깨에 짊어진 책임을 내려놓을 수 없었다.

갑자기 머리부터 발끝까지 한기가 돌며 오들오들 떨렸다. 두려웠다. 좁쌀만 한 벌레들이 살갗을 기어 다니며 온몸에 공포를 몰고 다녔다. 목이 타올랐다. 술도가로 뛰어갔다. 술내음을 맡자 마음이 평온해지면서 공포가 물러가기 시작했다. 한 바가지 가득 술을 떠서 벌컥벌컥 마셨다. 몇 번을 그렇게 마신 뒤 바닥에 털썩 주저앉았다.

물금에게서 소식을 전해 들은 밀우도 곧 술도가로 달려왔다. 밀우가 왔을 때 교체는 이미 술독 하나를 다 비운 채였다.

–밀우야. 오, 나의 벗이여!

–폐하!

–득래는 왜 날 이해하지 못하는 것일까? 왜 내 뜻을 따르지 못하는 것일까?

–득래는 폐하의 충직한 신하이옵니다.

–그래. 득래의 말처럼 고구려가 쑥대밭이 되면 어찌하겠느냐? 서안평 공격이 정말 잘못된 것일까?

–폐하! 마음을 굳건히 하십시오. 고구려는 강합니다.

–그래. 네 말이 맞다. 그런데 왜 태후가 또다시 나타났을까? 오늘 내 등 뒤에서 느껴지는 그 서늘함은 태후가 살아 있을 때 느꼈던 것과 똑같았다.

–폐하! 태후마마는 돌아가셨습니다. 이 세상에 존재하지 않는 분에게 왜 그리 집착하십니까?

–난 언제쯤에나 태후의 그늘을 벗어날 수 있겠는가? 정말로 믿었다. 비로소 떨쳐내고 왕으로서 일어설 수 있었다고 믿었다. 그런데 태후의 기운이 느껴지는구나. 태후에게서 느껴지던 그 서늘한 공포 말이다. 모르겠다. 정말 모르겠다. 지금 이 선택도 맞는 일인지 알 수가 없구나. 득래가 퍼부었던 저주처럼 내가 잘못을 하고 있는 건지도 모르지.

–폐하….

왕에게 짊어진 무게가 너무나 커서 밀우는 더이상 말할 수 없었다.

왕이 태자 시절부터 절친했던 벗이자 신하였던 득래였다. 워낙 대쪽 같고 깔끔한 성격이라 왕에게 직언을 서슴지 않았다. 누구의 시선 따위는 겁내지 않았고 그 모습에 더욱 호감이 갔던 것도 사실이었다. 교체는 태후가 죽고 난 후 정사에 관한 일은 하나같이 득래와 함께 했다. 밀우가 추방되고 난 후 왕에게 득래의 존재는 큰 힘이 되었다. 득래는 뛰어난 지혜와 빠른 판단력으로 나부들과 이해관계를 잘 해결해 나갔고 특히 중원의 여러 나라들과의 외교에서도 탁월한 능력을 발휘했다.

그런데 서안평 전투 계획에서부터 왕과 득래 사이가 삐걱대었다. 왕이 약조를 지키지 않는 위나라에 대한 응징을 결심하자 득래가 온몸으로 반대하기 시작하면서 걷잡을 수 없게 되었다. 결국 왕은 득래를 내쳤다. 가장 신뢰한 신하이자 벗을 내치자 마음의 헛헛함은 견딜 수 없을 만큼 커져갔다.

서안평 공격은 결국 위나라와 전면전을 하겠다는 의미였다. 득래는 위나라의 침공을 염려하고 그로 인해 겪을 수 있는 최악의 상황을 경고했다. 교체는 서안평을 차지하고 싶었다. 서안평만 손에 넣으면 우태후의 그림자에서 벗어날 수 있을 것만 같았고 나부의 귀족들 앞에서 더욱 위엄을 세울 수 있을 것만 같았다.

우태후는 죽은 지 칠 년이 넘었다. 하지만 왕은 아직 우태후에게서 벗어나지 못하고 허우적거렸다. 등줄기가 섬뜩할 때마다 우태후가 등 뒤에서 차가운 비웃음을 흘리고 있을 것 같은 느낌을 떨쳐낼 수 없었다. 그럴 때면 술도가로 도망치듯 달려와 문을 걸어 잠그고 미친 듯이 술을 마셔대었다. 유일하게 마음의 안정을 찾을 수 있는 곳이 그리운 냄새가 가득한 술도가였다.

요즘 부쩍 등줄기로 차가운 기운이 타고 내려왔다. 추운 날씨 때문이 아니었다. 교체는 한겨울에도 냉수욕을 즐길 정도로 몸에 열이 많아서 추위를 잘 타지 않았다. 기분 나쁜 기운이 머리를 타고 등줄기를 내려갈 때의 그 섬뜩함은 무엇으로도 지울 수 없었다.

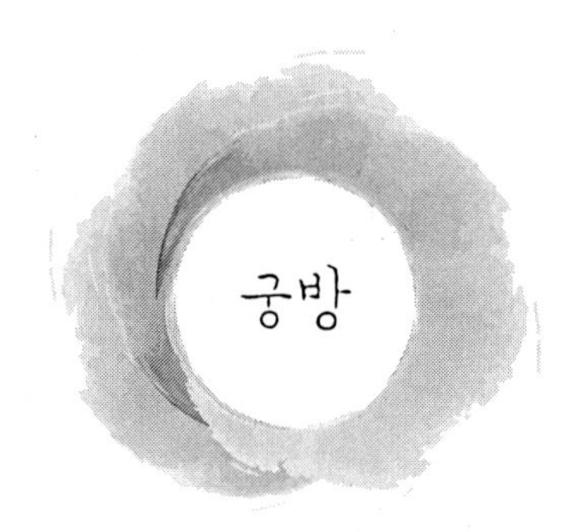

공방

정령도 잠이 드는 시각, 완벽한 어둠이 세상을 뒤덮었다. 쏴악, 물 붓는 소리가 조심스러웠다. 조물조물 빨더니 여러 번 물로 깨끗이 헹구었다. 하지만 아직도 미덥지 않은 듯 몇 번을 더 씻어냈다. 무쇠솥에 물을 채우고 정성스레 헹구어 낸 것을 넣었다.

타닥타닥, 불꽃이 일렁거렸다. 물이 끓자 나무주걱으로 열심히 저었다. 김이 올라오면서 비린내가 확 올라왔지만 얼굴 한 번 찡그리지 않은 채 표정에 변화가 없다. 다만 묵묵히 나무 주걱을 저을 뿐이었다.

물이 줄어들자 솥을 내려놓았다. 건더기를 건져 베보자기에서 짜내자 누런 물이 쏴악 내렸다. 나무국자로 풀을 떠올렸다. 끈적이는 누런 액체방울이 떨어졌다. 낮고 조용한 목소리로 떨어지는 방울을 세기 시작했다.

–하나, 둘, 셋… 열다섯.

새벽부터 내리기 시작했던 눈이 어른 무릎만큼이나 쌓였다. 하얀 자작나무 위로도 눈이 살포시 내려앉았다. 백색 길을 박달과 주달은 성큼성큼 걸어갔다. 박달은 마른 나무가지마냥 온몸을 부들부들 떨며 앞서가고, 주달은 봇짐을 메고 묵묵히 뒤를 따랐다. 박달이 눈길위에서 휘청거릴 때마다 뒤따르던 주달이 몇 번이나 붙잡아 주었지만 그때마다 못마땅한 듯 손을 뿌리쳤다.

–제 등에 업히십시오.

–시끄럽다. 내가 왜 네 등에 타. 잔말 말고 따라오기나 해라.

박달은 차갑게 뿌리치고 눈길을 걸어갔다. 하지만 얼마 가지도 못하고 눈 속으로 고꾸라졌다. 주달은 봇짐을 앞으로 메고 박달을 어린아이처럼 번쩍 들어 올려서 들쳐 업었다.

–주달, 이놈아! 내려놔라! 내 발로 걸어갈 수 있다. 네놈의 도움 따윈 필요 없다!

–언덕만 넘으면 내려 드리겠습니다.

–얼른 안 내려놔! 감히 스승의 말을 무시하다니! 당장 쫓겨나고 싶으냐!

–….

박달은 고마워하기커녕 오히려 차갑게 소리쳤다.

–아무리 애를 써도 절대 부레풀을 얻을 수 없을 게다.

–저도 제대로 된 검은 활을 만들고 싶습니다.

–활장이라면 누구든지 그러겠지. 하지만 넌 안 된다. 넌 안 될 놈이야!

주달은 아무런 대꾸도 없이 묵묵히 걷기만 했다. 몇십 년을 한결같이 박달 밑에서 일을 배웠다. 끊임없이 기술을 익혔지만 커다란 무딘 손으로는 제자리걸음이었다. 오직 인내심 하나만으로 그 시간을 버텨왔다. 무슨 생각을 하는지 도통 알 수 없는 얼굴로 무시와 구박을 꿋꿋이 견디고 있었다. 박달의 제자들 중 그가 어디서 무엇을 하다 왔는지 아는 사람이 없었다. 사람들과 어울리는 것을 싫어하는데다 커다란 몸집에 튀어나올 듯 커다란 눈과 마주치기라도 하면 온몸이 굳어져 말을 걸 수도 없었다.

제자들에게 두려운 대상이지만 스승인 박달에 대한 충성은 지나칠 정도였다. 지극한 정성으로 섬기고 시키는 무슨 일이든 해냈다. 손이 더뎌 기술을 익히는 데 시간이 걸리기는 했지만 언제나 똑같이 박달을 모셨다. 하지만 무슨 연유에서인지 박달은 차갑기만 했다.

큰길로 들어서자 박달은 주달의 등 위에서 내려왔다. 눈이 녹은 땅은 질척거려 흙탕물이 바지에 자꾸만 튀었다. 박달은 고개를 빳빳이 들고 거드름을 피우며 앞서 걸어갔고 주달은 그 뒤를 묵묵히 따랐다. 햇볕이 쬐는 쪽은 눈이 어느 정도 녹았지만 그늘진 쪽에 쌓인 눈은 밟히고 단단해져 길이 미끄러웠다. 지나가던 행인이 엉덩방아를 찧거나 앞으로 넘어지기를 반복했다.

—비켜! 비키란 말이야!

발악을 하듯 소리를 지르는 소리와 함께 수레가 달려왔다. 한 젊은이가 두 마리의 말을 앞세워 수레를 몰고 미친 듯이 질주했다. 도로 위는 순식간에 겁에 질린 사람들로 소란스러워졌고, 아이들은 쪼르르 도망가고 노인들은 황급히 길 안쪽으로 비켜났다. 모퉁이를 돌면서 수레바퀴는 제 갈 길을 찾지 못하고 빙판 위에서 미끄러졌다. 수레를 피해서 도망치는 사람들의 고함소리와 주인의 비명에 흥분한 말은 더욱 맹렬한 속도로 달렸고, 바퀴가 미끄러지자 수레는 중심을 잃고 성벽으로 내동댕이쳐졌다.

휘청거리는 수레에서 고삐를 놓친 젊은이는 진창으로 떨어졌다. 고삐가 풀린 말은 방향을 잃은 공포로 더욱 길길이 날뛰며 사람들 사이를 휘젓다가 박달을 표적삼아 돌진했다. 순식간이었다. 주달은 굵고 단단한 두 손으로 두 마리의 말고삐를 단단히 쥐고는 말의 질주를 막았다. 잡히지 않으려는 말과 잡으려는 주달 사이에 팽팽한 긴장이 계속되었다. 주달은 사람의 힘이라고 보기 힘들 정도로 괴력을 뿜어내며 말고삐를 더욱 힘껏 잡아끌면서 그 자리에서 움직이지 않았다. 좀처럼 흥분을 가라앉지 못하고 격하게 반항하던 말들도 점차 안정을 찾아가기 시작했다.

주달을 숨죽여 지켜보던 사람들은 하나같이 우러러 탄복하며 주위에 몰려들었다. 말을 진정시킨 후 주달은 사람들을 헤치고 달려가서 진창에 빠진 젊은이의 멱살을 잡았다. 괴력에 놀란 젊은이는 발버둥을 치며 벗어나려고 해 봤지만 그럴수록 압박은 점점 더 심해졌다. 무시무시한 힘에 놀란 사람들은 누구 하나 말릴 생각을 하지 않았다. 오히려 빙판길에서 수레를 과하게 몰았던 젊은이만 나무랐다.

–켁켁켁! 놔라. 내가 누군지 알고 이러느냐?

–네놈 때문에 사람이 죽을 뻔했다.

–아구… 나 좀 살려줘!

젊은이는 숨이 막힌 듯 켁켁거리며 안간힘을 썼다. 주달이 손아귀

힘을 풀자 젊은이는 다시 진흙탕 속으로 나자빠졌다. 거친 숨을 토해내며 젊은이는 악다구니를 쓰며 발버둥쳤다. 비틀거리는 엉성한 폼이며 말하는 어투에서 취기가 느껴졌다. .

주달은 젊은이가 뭐라 욕설을 지껄이든지 전혀 개의치 않고 박달과 함께 길을 재촉했다.

—네 이놈! 내가 누군지 아느냐! 연나부의 우문소다. 너 따위가 감히 어쩔 수 없는 대귀족이다!

젊은이가 악을 쓰며 휘청거리자 구경꾼들은 슬슬 피하며 모른 척했다. 박달은 짧게 한숨을 쉬며 나지막한 소리로 내뱉었다.

—골치 아프게 생겼군. 우씨들이 가만 있지는 않을 게다.

—….

다음날 아침 궁방으로 우문소가 찾아왔다. 갑작스런 소란에 궁방의 제자들은 긴장을 하며 눈치를 살폈지만, 정작 주달은 아무런 일도 없다는 듯 일에 집중을 했다. 우문소는 주달을 한눈에 알아보고 소리쳤다.

—저놈이다! 끌어내!

주달은 하던 일을 멈추고 천천히 일어났다. 천정을 닿을 듯한 거구의 몸을 일으키자 호위무사들은 흠칫 겁을 먹었다. 덩치도 위압적이지만 커다란 두 눈이 금방이라도 튀어나올 듯 노려보자 선뜻 나서지 못하고 주춤했다. 전날과 달리 우문소도 겁에 질린 듯 무사들 뒤에서 소리만 질렀다.

—어서 끌어내지 않고 뭐하고 있는 게냐?

―뭐하시는 겁니까?

박달이 우문소 앞을 막아섰다.

―계루부 최고의 활장이라도 살아남을 듯 싶었냐? 너의 죄는 내가 따로 물을 것이야. 우선 저 녀석을 가만히 두지 않겠어.

―여기는 왕실 소속의 궁방입니다. 저희는 국가에 소속된 활장이들입니다. 연나부 귀족들도 어찌 할 수 없는 곳임을 모르십니까?

―흥! 저놈은 내 멱살을 잡고 흔든 놈이야. 내가 어찌 가만히 있을 수 있나! 내가 누군지 아느냐? 나의 누이가 누군지 아느냐?

―네, 잘 압니다. 어찌 모르겠습니까? 하지만 우문소님도 잘못 하지 않으셨습니까? 폐하께서 술을 마시고 수레를 끄는 것을 엄히 금하셨는데 그것을 어기셨습니다. 불이 났거나 사람이 죽어가는 등 화급을 다투는 일이 아니면 속도를 과하게 내지 말라고 하셨습니다.

―영감탱이! 네 따위가 무언데 참견이야!

우문소는 약이 올라 얼굴이 발갛게 달아오른 채 몸을 부들부들 떨었다. 무엇이든 제멋대로이고 포악하기로 소문난 왕후의 막내 동생이었다. 부모가 늘그막에 생긴 아들을 너무 귀여워한 것도 문제지만, 동생의 부탁이라면 무엇이든 들어주었던 왕후의 탓도 컸다. 게다가 나이 터울이 그리 많지 않은 조카인 예물과 사구와 어울려 다니며 마치 자신이 왕자인 양 행세를 하고 다녔다. 우문소에 대한 원성이 자자했지만 왕후의 동생인데다가 또한 주변에는 언제나 예물과 사구가 관련되어 있어서 벌을 주기가 여의치 않았다.

한낮의 도로에서 술이 취한 채 수레를 몬 것은 이번만이 아니었다.

몇 달 전에도 수레에 치여 어린아이가 죽는 사고까지 발생한 터였지만 질책 한 번 받지 않고 넘어갔다. 죽은 아이만 불쌍하게 되었다 할 뿐 이렇다 할 조처도 취하지 못했다.

박달도 막을 힘이 없다는 사실을 잘 알았다. 우문소에게 끌려가면 살아남기 힘들었다. 포악하고 잔인하기 이를 데 없는 그가 도로 한가운데에서 망신살을 당한 일을 그냥 넘어갈 리 없었다. 박달은 한숨을 깊이 내쉬었다.

우문소는 호위무사들이 주달을 잡아 끌어내지 못하자 호통을 치며 발악을 떨었다. 가지런히 쌓아놓은 활대를 와르르 무너뜨렸다. 갑자기 주달의 눈이 튀어나올 듯 부릅뜨며 우문소의 멱살을 잡아끌고 궁방 밖으로 내쳤다. 너무나 순식간에 일어난 일이라서 누가 말릴 틈도 없었다.

–네놈이 날 이렇게 대하고 살아남을 줄 아느냐! 난 우문소다. 왕후마마의 동생이며, 왕자들의 외숙이다. 네놈이 감히!

–당신이 뭐가 됐든 궁방에 있는 물건은 조금이라도 상하게 하면 모가지를 비틀어 버릴 테다!

–뭐라?

신분을 밝혔는데 전혀 동요치 않는 주달에게 우문소는 잠시 당황했다. 그때 뒤에서 낯익은 목소리가 들려왔다.

–우문소님이 여긴 웬일이십니까?

우문소가 고개를 돌리자 밀우가 무서운 눈으로 내려다 보았다. 고구려는 수많은 전쟁 속에서 성장해 왔다. 전쟁에서 공을 쌓아 영웅이 된다면 그보다 더 큰 영예는 없었다. 계루부든 연나부의 대귀족이라도 전쟁에서 큰 공을 세우는 데 열을 올렸다. 우문소가 아무리 막강한 권세가의 자식이라도 전쟁영웅 앞에서만은 초라해질 수밖에 없었다.

–밀우장군이 어쩐 일이오?

–활을 고치러 왔습니다.

–그런 일은 노비를 시키지 않으시구요?

–제 활을 누구에게 맡겨본 적이 없습니다.

–역시 고구려 최고 궁사답습니다.

–우문소님은 왕실 궁방에 어쩐 일이십니까?

–날 욕보인 놈을 잡으러 왔소.

밀우는 커다란 눈을 끔뻑거리며 바위처럼 서 있는 주달을 바라보았다. 자칫 목숨을 잃을 수도 있는데도 정작 본인은 상관없다는 듯 무심했고 옆에 선 박달이 하얗게 질린 얼굴로 서 있었다.

–이자가 무슨 잘못을 했습니까?

–무엄하게도 내 멱살을 잡아끌었소. 게다가 어제에 길거리에서 날 진창으로 패대기친 놈이요. 절대로 가만히 둘 수 없소.

–그러시다면 제가 친히 잡아들어 폐하께 끌고 가겠습니다

–아, 아니오. 그럴 필요는 없소.

–아닙니다. 왕후의 동생이신 우문소님께 그런 짓을 했으니 가만히 두어서는 안 될 자이군요. 이런 큰 죄를 지은 자는 폐하께서 직접 심문하셔야 합니다. 어제 성문 앞에서 큰 사고가 발생했다고 하던데 그것도 이자의 소행입니까? 폐하께 소상히 전해 드려야 되겠습니다.

우문소는 당황해하며 얼굴이 벌개졌다. 도로는 한정되어 있는데 수레는 점점 더 많아졌고 거기에 따라 사고도 끊이지 않았다. 수레에 사람이 치어 죽는 일이 점점 많아졌다. 화가 단단히 난 왕은 수레 단속을 철저히 하라고 명을 내렸다. 특히 도로에서 과하게 속력을 낸다든지, 술을 먹고 수레를 몬다든지 하는 일에 대해서 왕족이건 귀족이건 모조리 잡아들이게 했다.

어제의 일이 왕에게 알려진다면 왕후의 동생이라도 그냥 넘어갈 리가 없었다. 왕의 귀에도 우문소의 행패가 귀에 들어갔고, 몇 달 전 어린아이가 우문소에 수레에 치여 죽자 왕후조차도 처신을 바로 하라고 했다.

우문소는 괜히 헛기침만 몇 번 하더니 비굴한 웃음을 지으며 밀우에게 바짝 다가왔다.

–뭐 그럴 필요는 없소. 폐하를 번거로이 해 드릴 필요는 없소이다.

–아닙니다. 저는 꼭 폐하께 이 사건을 말씀드려야 할 것 같습니다.

–이보시오! 굳이 그럴 필요가 없다 하지 않았소!

–우문소님이 이자에게 손을 떼시면 저도 아무 일이 아닌 것으로 생각하겠습니다.

–밀우… 난 왕후의 동생이고 왕자님들의 외숙이오!

–그러니 더욱 몸가짐을 바로 하셔야지요!

밀우는 위협적이거나 분노에 차 있지도 않았다. 하지만 뭐라 말하기 힘든 거대한 힘에 우문소는 움찔했다. 애써 고개를 쳐들어서 무어라 반격이라도 하고 싶지만 밀우의 눈을 보자 떨리는 목소리로 간신히 말할 수밖에 없었다.

–알았…소. 이…번…만은 그…대 뜻대로 하…겠소.

우문소가 궁방에서 사라지자 박달은 고마움에 연거푸 고개를 숙였다.

–고맙습니다. 정말 고맙습니다. 밀우님.

–아니오. 저자는 원래 벌을 받아야 하는 자인데….

–밀우님이 아니셨다면 정말 큰일 날 뻔했습니다. 야! 이놈아. 어서 감사인사를 드리지 않고 뭐 그리 멀뚱하게 선 게냐!

주달은 마지못해 고개를 숙이더니 바닥에 흩어져 있는 활대를 챙겼다.

–죄송합니다. 저놈이 좀 모자랍니다.

–괜찮소. 사실 박달에게 부탁할 일이 있소.

–제게요?

박달은 놀란 듯 눈을 크게 뜨고 밀우를 쳐다보았다.

한밤중 부엌 옆 조그만 창고 안에는 아직 불이 켜져 있었다. 밀우는 활을 만들고 싶다는 수리를 위해서 조그마한 궁방을 만들어 주었다. 그 후 수리는 무언가 굳은 결심을 한 듯 오직 활에만 집중했다. 마치 고구려에 온 것이 활을 만들기 위해서인 것만 같았다.

수리는 활에서 손을 놓으면 모든 것이 끝날 것 같은 듯 끊임없이 나무를 다듬고 다듬었다. 어지러이 흩어져 있는 수많은 나무껍질이 바닥을 가득 메웠다. 수천 번의 손질이 더해졌다. 마음에 들지 않으면 다시 집어 들고 반복되는 지루한 작업을 끝없이 이어갔다. 가비가 보기에는 그만하면 되었다 싶은데 무엇이 마음이 들지 않는지 버리고 다시 처음부터 시작했다. 하루 종일 거친 나무를 붙잡고 있다 보니 손은 점점 나무를 닮아 거칠어졌다. 나무에 찔리고 긁혀서 하루라도 상처가 나지 않은 적이 없었다.

가비가 청동대야를 들고 안으로 들어왔다.

—이제 온 거니? 그래, 만나야 할 사람은 잘 만나고 온 거야?

—응. 밤늦게까지 이게 뭐야? 손 좀 줘봐.

가비는 청동대야 안으로 수리의 손을 집어넣었다. 코끝을 스치는 낯설지 않은 냄새였다. 화려국에서 어머니가 여자아이의 손이 너무 거칠다며 타박을 맞으며 담그곤 했던 어성초 우려낸 물이었다. 생선 비린내 같은 이상한 냄새가 난다며 싫다고 도망치곤 했던 철없던 그 시절이 떠올라 괜히 코가 시큰했다.

—냄새가 비려도 조그만 참아. 거칠어진 피부에 이만한 것이 없어.

—고맙다. 손이 너무 말라서 통증이 심했는데 네 덕분에 금방 좋아지겠다.

—화려국 어머니가 손이 틀 때만 이렇게 해 주시곤 했는데….

—그런 것도 기억하고 있었어?

—화려국에서 보냈던 그 시간들이 나에게 너무 소중했어. 하루하루 생생하게 내 마음속에 담겨져 있어. 언니도, 어머니도 너무 보고 싶었어. 어머니는 평안하시지?

—…삼 년 전에 돌아가셨어.

—어떻게….

—돌아가시기 전까지 시화 네 이야기를 계속 하셨지.

수리는 젖은 손을 마른 수건에 닦으면서 담담히 말했다.

—불내예에 사는 처음 몇 년 동안 난 활을 만지지 않았어. 그곳에서 내가 해야 할 일들이 정해져 있었거든…. 검은 활을 꽁꽁 싸매어서 깊숙이 묻어두고 내게 주어진 일들을 해야 했어. 하지만 제대로 하는 것은 없었지. 나에 대한 실망은 늘어가고 시선은 따가워졌어. 몇 년이 흐른 후 어머니가 돌아가셨어. 난 참아낼 수 있는 무언가가 필요했다. 날 향하는 모두의 시선을 견디기 위해서 활을 다시 만들기 시작했어. 그런데 활에 빠져들수록 사람들의 시선은 냉혹해졌어. 하지만 그만둘 수는 없었지. 내가 숨 쉴 수 있는 유일한 시간이었어. 그 순간만큼은 무거운 책임도 의무도 내려놓을 수 있었어. 언제나 나 자신에게 물어. 왜 그렇게 활에 집착하는 거냐고. 그럼 이렇게 대답해. 내가 살기 위해서, 내가 견디기 위해서…. 예후의 부인으로서 힘쓸수록 가슴에는 공허함만이 가득 찼어. 내가 할 수 있는 일은 그저 골방에 처박혀 있는 일이었다. 날 살려준 것은 활이었어.

—그럼 지금은? 왜 미친 듯이 활을 만드는 거야? 아직 몸도 성치 않은 사람이 밤낮으로 매달리고 있잖아. 마치 내일 떠날 사람처럼…. 여기 있을 거지? 밀우님과….

—난 그 사람 곁에 있을 수 없어. 돌아가야 돼.

—왜? 언니가 돌아오기 바라는 사람이 있어?

—아니.

–그런데 왜 가려고 해. 그냥 이곳에 있어! 그토록 그리워했잖아. 이렇게 만났는데 왜 다시 돌아가려 하는 거야!

–난 불내예후 동해의 아내야. 천지신께 평생을 함께 하겠다고 맹세했어. 내 마음대로 맹세를 깰 수는 없어. 동해는 나에게 잘못한 것이 없어. 서로의 마음이 닿지 못하는 것은 어쩔 수 없지만 최선을 다했어. 난 돌아가야 해.

–밀우님은 어떡하고? 그분은….

–네가 잘 돌봐드려. 부탁이다.

–그러지 마! 왜 외면해. 왜 자신의 감정을 숨겨! 나에게 매번 토해내라고 가르쳐 주면서 언니는 왜 자신을 속이고 있어!

가비는 바락바락 소리를 질렀다. 누구에게 소리를 지르고 있는 것인지 잘 알지 못했다. 수리에게 화를 내고 있었지만 사실은 자기 자신에게 더욱 화가 났을지도 몰랐다. 자기 마음대로 하지 못하는 수리에게서 가비는 자신의 모습을 보았다.

박달은 물소뿔을 조심스레 작업대 위에 올려놓았다. 다른 일은 제자들에게 시킬 수 있어도 뿔 켜는 일은 손수 했다. 실수로 잘못 켜는 날이면 아까운 물소뿔만 못 쓰게 되는 터라 누구에게도 맡기지 않았다. 하지만 혼자서는 하기 힘든 작업이라 솜씨가 뛰어난 제자 중에 한 명인 추로를 불렀다.

자신의 이름이 호명되자 추로는 함박웃음을 지으며 앞으로 나갔다. 박달과 추로는 마주보고 앉았다. 약간의 긴장감이 도는 가운데 두 사람은 뿔 끝을 위로 향하게 세웠다. 박달은 발로 뿔 밑을 누르고 눈대중으로 톱질할 위치를 잡았다. 바깥쪽과 안쪽 뿔을 나누어야 하는데 자를 면은 오직 감으로 정했다.

박달이 왼손으로 뿔 끝을 잡고 오른손으로 톱을 잡으면 추로는 마주보고 앉아 양손으로 톱을 단단히 잡았다. 박달이 톱의 방향에 따라 자를 면을 정하고 힘을 조절하면 추로는 강약에 따라 톱에 힘을 실어 주었다. 뿔의 끝 부분을 약간 남겨둔 채 박달은 두 손으로 마주 당겨 마지막 부분을 두 쪽으로 나누었다.

—아주 잘했다. 추로 너 제법이구나.

추로는 어깨가 으쓱해졌지만 박달에게 칭찬을 받아서 기쁜 것만은 아니었다. 가슴속에서 뭐라 말할 수 없는 자부심이 솟아올랐다. 구경하고 있던 제자들은 부러운 눈길을 거두지 못했다. 추로는 동료들의 부러움과 시샘 가득한 눈길을 받으며 뿔을 켰다.

뿔 한 장을 남겨놓고 박달은 추로에게 자리로 돌아가라고 했다.

—부인, 앞으로 나오시오.

제자들은 일제히 수리 쪽으로 눈을 돌렸다. 놀라고, 기가 막히고, 화난 시선들을 받으며 수리는 앞으로 나갔다. 박달은 조금 전 추로에게 한 것처럼 똑같이 수리에게 뿔을 잡게 하고는 톱질을 했다. 마지막 뿔도 두 쪽으로 나누어졌다. 박달의 얼굴에 놀라움이 퍼졌다.

—잘하셨소.

—고맙습니다.

—날 따라오시오.

박달은 천천히 일어나더니 궁방 안쪽으로 들어가자 수리는 물소뿔을 안고 두근거리는 마음으로 따라갔다. 수리를 향해 날 선 시선들이 쏟아졌다. 배타적이고 이질적인 시선들은 날카로운 바늘이 되어 수리의 머리부터 발끝까지 빽빽이 꽂혔다. 그 중에 유난히 매서운 눈이 있었다. 주달은 핏줄이 선 벌건 눈으로 수리를 노려보았다. 시장에서 보았던 그 거구의 사내였다.

갑자기 뚝 떨어지듯 궁방으로 들어온 한 여인을 좋게 봐줄 리가 없었다. 주달 뿐 아니라 제자들의 분노은 극에 달했다. 짧게는 삼 년, 길게는 십수 년을 박달 밑에서 배우고 있던 제자들이 느꼈을 분노, 좌절감, 배신감이 박달을 향해서 그리고 수리를 향해서 치닫고 있었다. 박달과 수리가 시야에서 사라지자 참다못한 장쇠가 벌떡 일어났다.

–형님들! 이건 정말 너무 하는 게 아닙니까? 가만히 있지만 마시고 뭐라 말 좀 해 보세요.

–그래, 맞다. 장쇠 말이 맞아. 이건 정말 해도 너무해.

–그래도 어쩌겠어? 스승님이 허락하신 일인데….

–추로! 넌 이제 뿔도 켜고 하니 전수받을 건 다 받았다는 거냐?

장쇠에게 제일 먼저 맞장구쳐 준 부들이 벌떡 일어나 한 대 칠 기세였다. 부들은 키는 작지만 단단한 체구에 힘도 엄청났다. 씨름대회에서 곧잘 이겨서 나름 힘자랑을 하는 자였지만 무딘 손끝 때문에 박달에게 매번 욕을 먹었다. 그동안 궁방을 뛰쳐나가지 않고 참고 견딘 것은 자신보다 못한 주달을 위안 삼아서였다.

이제는 정말 참을 수가 없었다. 아무리 스승이라고 하지만 아무 설명도 없이 젊은 여인을 궁방에 데려오더니 며칠도 되지 않아서 뿔 켜는 일까지 시키다니 기가 찰 노릇이었다. 자신은 십 년이 다 되어 가는데 물소뿔을 만져보지도 못했다. 지난 십 년의 노력이 의미가 없는 일이 되어 허탈하고 분노가 끓어 올랐다.

–시끄러워!

순간 고요해졌다. 주달이 자리에서 일어나더니 성큼성큼 걸어 나왔다. 커다란 두 눈으로 장쇠, 부들, 추로 등을 궁방의 궁인들을 한 명씩 노려보더니 차가운 목소리로 위협했다.

–누구든 스승님이 하신 일에 허투루 말하는 놈은 내가 가만히 두지 않을 거다. 각자 자기 맡은 일이나 똑바로 해!

–하지만 주달! 억울하지 않은가?!

–뭐가 억울해?! 부들, 저번에 네가 무슨 짓을 했는지 잊었어?

–어… 난 그냥 자네가 가장 억울할 것 같아서….

–억울할 것 없어. 하기 싫으면 궁방을 나가면 돼.

주달의 위압감에 주눅이 든 제자들은 슬슬 눈치를 보면서 자기 자리로 돌아갔다. 제자들의 불만을 잠재운 뒤 주달은 궁방 안쪽을 무섭게 노려보더니 천천히 몸을 돌렸다.

궁방 안쪽에서 박달이 아궁이에 불을 떼고는 무언가를 끓였다. 뭉글하게 끓어오르면서 비릿한 냄새가 퍼졌다. 나무주걱으로 열심히 저으며 농도를 맞추어나갔다. 온몸의 모든 신경을 손끝에 모아 물소뿔 켤 때보다 더한 고도의 집중력으로 나무주걱을 저었다.

어느 정도 다 완성되자 뜨거운 김을 날려버린 후 끈적끈적한 액체를 베보자기를 깐 커다란 독 위에 쏟아 부었다. 박달의 얼굴이 땀으로 뒤범벅되었다. 남아 있는 액체를 한 방울이라도 더 짜내려는 듯 베보자기를 비틀고 또 비틀었다. 가늘고 약한 손목의 핏줄이 징그럽게 두드러졌고, 힘에 부친 듯 얼굴까지 벌개졌다. 수리가 가까이 다가서며 자신이 하겠다고 하자 박달이 버럭 화를 냈다.

마지막 방울이 떨어지자 그제야 베보자기를 치우고 한 국자 떠올렸다. 끈적끈적한 액체방울이 하나, 둘, 셋… 떨어졌다.

–보았소? 이게 내가 당신에게 보여줄 수 있는 모든 것이오. 가장 어려운 작업이 이것이오. 부레풀 쑤는 방법은 그 누구에게도 가르쳐준 적이 없소. 가장 어렵고 가장 중요한 것이 부레풀이오. 물소뿔, 산뽕나무, 참나무, 심줄 이 모든 것을 단단히 붙일 수 있어야 하니까….

–제게 이것을 보여주는 연유가 무엇입니까? 밀우님 때문입니까?

–아니오. 그대가 예족이기 때문이오.

–제가 예족이라서요?

–고구려는 주변의 나라들을 복속시키면서 활장이, 대장장이들을 잡아들였소. 북쪽에서 대장장이들을 남쪽에서 활장이들을….

–박달님도 예족이십니까?

–아니오. 난 아니오. 대신 활 만드는 법을 예족에게 배웠소. 그는 뛰어난 활장이었소….

박달이 마지막 말을 흘렸다.

–난 예족에게 빚이 있소. 언젠가는 예족에게 보답을 해야겠다고 생각했소…. 진 빚을 갚기 위해 예족인 그대에게 이 부레풀을 보여주

는 것이오. 농도가 너무 진해도, 너무 묽어도 안 되오. 그 농도를 맞추는 것이 활의 생명을 지키는 일이오.

–고맙습니다. 박달님….

몰아치는 거센 바람소리가 계곡과 부딪치며 요란스러우며 공포스러웠다. 고구려의 겨울은 지독할 만큼 가혹했고, 일찍 시작되고 봄은 늦었다. 배불리 먹을 수 있을 만큼 곡식을 내놓지 못한 이 척박한 땅의 사람들은 사냥으로 부족한 배를 채워야 했다.

수십 명에서 수천 명까지 동원되는 큰 사냥은 크고 작은 부상들이 끊이지 않았고, 죽는 사람도 허다했다. 큰 사냥대회라도 열리는 날이면 사망자는 더욱 많아졌다. 사냥은 단순히 짐승을 잡기 위해서만 행해지지 않았다. 모자라는 식량을 채우기 위한 목적도 컸지만 짐승몰이를 통해서 군사훈련을 할 수 있는 효과도 가져왔다.

몇몇의 날쌘 병사들이 수일 동안 잠복하면서 사슴, 늑대 등 무리 생활을 하는 동물들을 관찰했다. 주기적인 행동변화를 파악한 뒤 상관에게 보고하면 숲 전체를 병사들로 포진시켜 진을 치며 사슴들을 공격해 나갔다. 여기저기서 튀어나온 병사들에게 놀란 짐승 떼는 갈피를 잡지 못하고 절벽으로 무수히 떨어지거나 수많은 화살에 죽음을 맞이해야 했다. 병사들의 부상과 사상도 만만치 않았다. 살아남으려고 몸부림치는 짐승의 반격에 깔려 숨지거나 치명적인 부상을 당하기도 했다. 그러나 뛰어난 활솜씨를 뽐내며 많은 짐승을 잡아 특진을 하거나 상을 받는 경우도 있었기 때문에 병사들은 사냥에 열광했다.

왕과 나부의 귀족들은 높은 언덕 위에서 내려다보며 피비린내에 눈살을 찌푸렸다가 거칠고 위험한 싸움에 쾌감을 느끼며 흥분했다. 자신의 나부 소속 병사들이 열세에 놓이거나 뒤처지면 화가 잔뜩 난 얼굴로 욕설을 내뱉다가 전세가 역전이라도 되면 환호성을 지르며 응원했다. 평소에는 드러나지 않던 나부의 경쟁의식이 터뜨려지는 날이었다. 강한 나부는 한껏 자신의 힘을 뽐내고 싶어 했고, 비교적 약한 나부는 그 나름대로 이기고 싶은 욕망이 강했다.

관나부의 대가 장유는 사냥에 더욱 열중했다. 이번 사냥대회에서 승리하기 위해서 얼마나 애를 썼는지 모른다. 밤낮으로 병사들을 훈련시키며 사기를 돈독히 하기 위해 있는 재력을 총동원했다. 사냥터를 미리 탐색하고 예비훈련까지 시키며 미친 듯이 매달렸다. 장유는 연나부라고 하면 이가 갈렸다. 약한 나부라는 서러움도 북받치지만 억울하게 빼앗긴 철광산만 생각하며 화증이 올라와 숨이 막힐 지경이었다.

무기를 만들기 위해 질 좋은 철을 캐낼 수 있는 철광산은 나부에게 커다란 힘을 보태주었다. 계루부나 연나부는 광산을 여러 개 소유하고 있고 그 규모도 막대했다. 그런데 연나부는 그것도 모자라 말도 안 되는 이유로 관나부가 찾아낸 광산을 멋대로 점령하고 위협했다. 왕에게 억울함을 호소했지만 소용없는 짓이었다. 왕은 하찮은 일이라 치부하며 장유의 말을 귀담아 들어주지도 않았다. 연나부에 대한 원망과 힘을 가지지 못한 데에 서러움은 커져 갔다.

수많은 짐승의 피로 물든 듯 하늘은 짙은 붉은색으로 뒤덮였다. 사냥이 끝났다는 뿔나팔 소리가 길게 울렸다. 서너 명의 장정이 들어야 할 만큼 커다란 사슴, 멧돼지, 늑대, 토끼 등 셀 수 없이 많은 짐승들이 포획되었다. 왕은 그중 가장 큰 멧돼지를 골라서 제단에 올렸다. 왕과 태자 연불이 섰고 그 뒤로 각 나부의 고추가와 대가들이 섰다. 천지신명께 먼저 고한 후 절을 했다. 절을 한 후 제단을 내려와서 각 나부별로 포획한 짐승의 수를 세기 시작했다. 물론 월등히 많은 것은 계루부와 연나부였다.

자신의 나부에서 잡은 짐승이 많으면 귀족들은 우월감을 한껏 뽐냈다. 장유는 속이 타들어갈 것만 같았지만 비류나부보다 더 많은 것으로 만족할 참이었다. 쓰린 속을 삼키며 참고 있는데 그의 앞을 누군가 막아섰다.

–오랜만일세.

굵고 나지막한 목소리에 장유는 정신을 퍼뜩 차렸다. 눈앞에 한 사내가 반갑게 미소 지었다. 살집 좋은 얼굴은 허옇게 번들거리며 매끈하게 다듬은 날이 선 가는 콧수염과 대조를 이루었다. 이마부터 타고 내려오는 땀방울이 날렵한 콧수염에 달랑거렸다. 그가 가까이 다가오자 땀내음이 확 풍겨왔다.

고구려 최고 가문 중 하나인 연씨 집안의 장자인 연두지였다. 사냥터의 흥분이 아직 가시지 않았는지 거친 숨소리를 내뱉었다. 장유는 속이 뒤틀리는 것을 애써 참으며 깍듯이 예의를 차리며 읍했다. 장유가 보기에 연두지는 부모 덕에 마음껏 즐기고 놀아도 높은 직위에 앉아 있는 그저 그런 장수라고만 생각했다. 몸소 위험한 사냥터를 누비며 부하들의 사기를 돋우는 것조차 사치처럼 보였다. 우수한 말에 질 좋은 갑옷이며 무기 등을 갖추고 앞에 나설 때부터 비꼬았다.

하지만 속으로 부러운 마음이 드는 것이 어쩔 수 없었다. 꼬이고 엉켜서 인정하기 싫어서 억지를 부릴 뿐이었다. 연두지는 장유를 스스럼없이 대하고 있지만 장유 자신의 마음이 그랬다. 호탕하게 웃으며 너그럽게 구는 연두지에게 지기 싫어서 억지 미소를 지으며 거짓을 연기했다.

—그렇습니다, 연공.

—오늘 정말 제대로 달렸소. 선인 시절로 돌아간 것 같아 기분이 무척이나 좋았다오.

—대단하십니다. 어쩌면 기운이 그리 넘치는지 정말 깜짝 놀랐습니다.

—허허허! 뭐 그 정도 가지고 그러시오. 이번에는 눈에 띄는 선인들이 꽤 있더군.

십대에 연두지와 장유는 같은 선인에 있었다. 고구려의 소년들은 귀족이건 평민이건 선인이 되었다. 미천한 자가 신분의 벽을 뛰어넘기 위한 유일한 통로도 선인을 통해서였다. 수도인 환도성부터 지방의 촌락까지 선인들은 글을 공부하고 무예나 활쏘기 등을 익혔다. 뛰어난 자가 있으면 그 밑에 자연스럽게 무리가 이루어졌으며 그들 사이에 흐르는 끈끈한 우애는 목숨을 걸어도 좋을 만큼 중히 여겼다.

신분의 고하에 관계없이 모여들었다고 하나 소년들의 귀하고 천한 차이는 분명히 존재했다. 옷차림이나 어떤 나부 출신인가에 따라 귀족인지 평민인지에 따라 자연스레 무리가 형성되기도 했다. 보통은 귀족이 우두머리를 맡으며 무리를 만들었다. 그 무리는 성인이 되어서도 계속되어 하나의 전투집단이 만들어졌다.

연두지와 장유는 선인 시절 맺어진 인연이었다. 철없고 세상 물정을 모를 때 만나서 어울리며 함께 했지만 시간이 지나면서 장유는 격차를 느끼기 시작했다. 만약 연두지가 모든 선인들이 인정할 만큼 실력이 뛰어난 자라면 그 밑에 숙일 수 있었다. 하지만 연두지가 털털하고 사람이 좋기는 하지만 우두머리로 추앙받기에는 그릇이 작다고 여겼다. 그런데 어느 날 갑자기 수많은 선인들을 거느리자 뭔가 허탈감이 느껴졌다.

어느 귀족 밑에 붙어야 뭐가 떨어질 것이라 여기는 사람의 본성을 탓할 수만 없었다. 부유하고 강한 연두지 밑으로 수많은 선인들이 모여들었으나 장유는 그렇지 못했다. 장유도 모자람이 없는 실력을 갖추고 있었으나 연나부나 비류나부 출신의 귀족들을 압도할 만큼 출중한 것은 아니었다.

–이보게. 오늘은 술이나 진탕 마시며 밤새도록 놀아보세.

장유는 말없이 빙그레 웃으면 승낙했다. 싫다는 말을 할 수도 없을 뿐더러 싫다고 해도 억지로라도 끌고 갈 위인이었다.

쩌렁쩌렁 함성소리가 울려 퍼지고 끝날 것 같지 않은 잔치가 시작되었다. 병사들은 허리춤에 찬 오자도를 꺼내어 잡아온 짐승의 배를 갈라 살과 뼈로 분리해 냈다. 누구나 하나쯤은 가지고 다니는 작은 칼이 여러 개 모여서 바쁜 손을 놀리자 짐승의 형체는 사라지고 고깃덩어리와 앙상한 뼈만 남았다. 손바닥만 한 크기로 고기를 조금씩 잘라내서 된장 등의 양념을 위아래로 잘 바른 다음 커다란 불판 위에 올렸다. 불을 조절하지 못하면 자칫 타버릴 수 있어 나름 기술이 필요했다.

입맛을 다시며 불 앞을 떠나지 않았던 얌체 없는 병사가 갑자기 놀라서 팔딱팔딱 뛰었다. 동료들은 고소하다며 손가락질하며 놀려대었다. 먼저 먹으려는 욕심에 불 옆에 가까이 다가갔다가 불길이 갑자기 화르르 올라서 가늘게 뻗은 병사의 콧수염을 태워 먹은 것이다. 매일 손가락으로 끝을 세우며 공을 들였던 수염이 한순간에 타버려 우스운 꼴이 되어 버렸다. 그는 속상해서 이러지도 저러지도 못하고 발만 동동 굴렀다.

고기 익어가는 냄새가 온 세상에 진동했다. 고기 한 점을 씹자 입안 가득히 육즙이 고이면서 누린내가 올라왔다. 이에 차가운 술을 한 잔 마시자 이 세상이 그대로 멈추었으면 좋겠다는 듯 황홀해졌다.

장유와 연두지도 시종이 구워 내온 고기와 술을 즐겼다. 알싸한 술 내음이 입안에 가득 퍼지다가 적당히 독한 기운이 목구멍으로 넘어갔다. 작년보다 더 깊어진 맛이었다. 술잔을 내려놓으며 연두지가 감탄했다.

–올해는 술맛이 더 좋아.

–그렇소이다.

–왕실 주조장이 원래는 관나부 사람이었다고 하던데.

–맞습니다. 주통촌의 물금입니다. 아버지께서도 물금의 술이 아니면 드시지 않으실 정도로 좋아하셨죠.

–나도 일 년 내내 동맹이 열리기만을 기다린다네. 폐하께서 술도가의 모든 술을 여시는 날이 아닌가. 참 물금이 자네에겐 가끔씩 술을 가져다 주지 않는가?

–네. 가끔씩 집에 오곤 합니다. 아버지가 살아계실 때는 더욱 자주 왔었죠.

–어허, 그런 자네 집에 가면 이 술을 마실 수 있겠군.

–네….

아차 싶었다. 볼썽 사나운 연두지를 집에서 대접해야 하게 되었다. 괜한 말을 한 듯하여 후회스러웠다.

–참, 물금에게 딸이 하나 있지.

–네, 친딸은 아니고 수양딸입니다. 저도 그 아이를 본 적은 없으나 물금이 무척 아끼는 듯했습니다.

–친부모는 누구인가?

–그건 잘 모르겠습니다. 다만, 주통촌에서 함께 일했던 사람이라고 들었습니다. 갑자기 왜 그 이야기를?

–물금의 딸을 좀 볼 수 있겠는가?

–네? 뭐 그다지 어려운 일은 아니지만 무슨 이유로?

–대단한 미인이라는 이야기를 들었네. 한 번 보고 싶어서…. 하하하!

사냥을 마치고 집으로 돌아가는 길에 장유는 연두지의 말이 내내 걸렸다. 아무리 연두지가 미인이라면 정신을 못 차린다고 하나 한 번도 보지 않은 물금의 딸에게까지 신경을 쓴다는 것이 영 이상했다.

혹독했던 겨울은 어느새 봄에게 쫓겨 자리를 내놓았다. 겨울은 언 땅에 기를 쓰고 올라온 꽃들을 마지막 남은 힘으로 위협해 보았지만 결국은 떠날 수밖에 없었다. 겨울이 물러난 봄날은 새로운 생명들이 넘쳐나 활기를 띠었다.

따뜻한 햇볕이 다채로운 봄꽃 냄새가 어울려져 집안을 가득 채웠다. 분이는 우물에서 물을 긷다 꽃잎이 떨어지자 들뜬 마음을 주체하지 못하고 노래를 흥얼거렸다. 옆에서 장작을 패던 막돌은 아내의 그런 모습이 못마땅한 듯 퉁명스럽게 소리를 빽 지르지만 정말 화가 난 것은 아니었다.

막돌과 분이가 아니라면 이 집의 살림을 꾸리는 일은 거의 불가능했다. 막돌은 혼자 쭉 지내다가 몇 년 전에 분이와 혼례를 치렀다. 혼인 전에는 전쟁터를 따라다니며 밀우의 뒤치닥거리를 다했다. 오랫동안 고생하는 막돌이 안 되었던 밀우는 부랴부랴 혼례를 치러주었다. 처음에는 펄쩍 뛰며 난리를 떨었다. 주인이 아직 혼자인데 노비가 먼저 혼인을 할 수 없다는 것이 이유였다. 혼인을 치를 때도 좋아하기보다는 죄라도 지은 듯 잔뜩 움츠렸다. 분이에게도 쉽사리 다가서지 못했고 서먹서먹했다.

새벽녘에야 집으로 들어왔지만 벌써 이른 아침에 잠을 깬 밀우는 바깥에서 들려오는 소리에 가만히 귀 기울였다. 아직도 따뜻하고 나른한 아침이 낯설었다. 이전에는 무엇을 바라거나 기대하는 일 따위는 없이 그저 하루하루 살았다. 하지만 이제는 간절히 바라는 무언가가 생겼다. 살아서 처음으로 느끼는 평화로움과 행복에 설레었다.

방문을 활짝 열어젖히자 방 안으로 따뜻한 햇볕이 한없이 밀려 들어왔다. 막돌과 분이는 여전히 티격태격하면서 싸우고 있었다. 밀우는 두 사람을 가만히 지켜보다 우물로 가서 물 한 바가지를 떠서 벌컥벌컥 마셨다. 얼어붙을 만큼 차가운 물이 가슴을 쓸어내렸다. 어젯밤 마셨던 술이 좀 과한 탓에 머리도 지끈거리고 속이 쓰렸다. 왕은 술을 너무 좋아했다. 좋아하는 것이 심해서 마셨다고 하면 끝장을 보려고 들었다. 술 마시기라면 자신 있다는 자들도 결국은 항복을 하고 말았다. 혹여 왕이 연회라도 여는 날이면 귀족들은 어떻게 하면 빠져나갈 수 있을까 궁리부터 했다.

평소에는 발톱을 드러내며 왕에게 발톱을 곤두세웠던 귀족들도 술자리 앞에서는 꼬리를 내렸다. 왕은 싸울 기세로 술을 마셨다. 왕이 건네는 술잔을 거절할 수 없던 귀족들은 밤새도록 마시고 다음날 몸을 추스르지 못했다. 술을 마시다 죽을 사람처럼 마셔대는 것을 도저히 당할 수가 없었다.

고개를 숙이고 머리 위에 차가운 물을 쏴아 부었다. 얼음조각들이 두피를 사정없이 찌르며 머리를 조각낼 듯한 통증이 이어졌다. 봄이 불쑥 다가왔지만 겨울의 냉기는 아직 가시지 않아 긴 여운을 남겼다. 수건 한 장이 건네졌다. 밀우는 얼굴과 머리카락의 물기를 닦으며 몸을 일으켰다.

–고맙다. 분….

눈앞에 서 있는 사람은 분이가 아니었다.

–어서 닦으세요. 아직 바람이 찹니다.

–고맙소.

얼굴과 머리를 닦는 밀우의 손이 약하게 떨렸다.

찻잔 속에 김이 가늘게 피어올랐다. 찻물은 오묘한 붉은 빛을 띠며 묘한 냄새를 풍겼다. 밀우는 마른 기침을 한 번 한 뒤 한 모금 꿀꺽 삼켰다. 달기도 하고, 떫기도 하고, 쓰기도 하는 등 여러 가지의 맛이 하나씩 혀끝을 감돌다 사라졌다.

–어제 술을 드신 듯하여 오미자를 우려 보았어요.

–맛이 좋군요.

–술은 조금만 드세요. 얼굴빛이 좋지 않아요.

–폐하의 앞에서는 어쩔 수가 없소. 워낙 술이 강한 분이시라서 당해낼 재간이 없구려.

–폐하는 술을 무척이나 좋아하시는 분이군요.

–그렇다오. 물금이 빚은 술만 마신다오.

또다시 긴 침묵이 이어졌다. 한 지붕 아래서 지낸 것이 벌써 여러 달이 지났다. 하지만 서로가 마주했던 것은 몇 번 되지 않았다. 가비나 분이를 통해서 소식을 전하고 받기를 반복할 뿐 선불리 다가서지도 못하고 먼 발치에서 지켜만 보며 시간을 흘러보냈다. 밀우는 심장이 요동치는 소리가 밖으로 새어나올까 조바심이 났다. 칠 년 만에 만나서도 마음껏 감정을 드러내지도 못하고 숨죽여 기다리며 시간을 보냈다.

수리는 밀우 앞으로 검은 활을 내놓았다. 한눈에 봐도 뛰어났다. 밀우는 활을 손에 들고 만져보았다. 손끝에서 닿은 매끈한 촉감은 얼마나 많은 손길이 갔는지 짐작할 수 있었다. 엄지와 검지로 시위를 잡고 힘껏 당겼다가 놓았다. '퉁' 하는 소리가 방 안에 울려 퍼졌다.

—단 하나도 흠잡을 데 없이 훌륭하오.

—받아주시겠습니까?

—내가 이것을 받아도 되는 것인지….

—받아주세요. 당신의 활을 탐내고 훔친 빚을 갚고 싶었어요.

—빚이라고 생각하다니. 섭섭하오.

—당신께 최고의 활을 만들어드리고 싶었어요.

—고맙소. 정말 소중히 사용하겠소.

—고마워요. 당신께 도움이 될 수 있다니 조금은 가벼운 마음으로 떠날 수 있을 것 같아요.

—…그게 무슨 말이오?

—전 불내예로 돌아가야 해요.

—왜! 대체 거길 왜 간단 말이오?

—그곳이 저의 집이고 제 남편이 있는 곳이에요.

밀우는 갑자기 자리를 박차고 일어나며 탁자를 내리쳤다. 찻잔이 바닥으로 떨어졌다. 날카로운 소리와 함께 바닥으로 내동댕이쳐져 파편들이 어지럽게 흩어졌다. 밀우는 두 주먹을 부들부들 떨었다.

—왜? 남편이 그토록 그립소? 꼭 다시 돌아가야만 하오?

—난 불내예후의 부인이에요. 천지신명께 정식으로 고한 내 남편은 불내예후, 동해인 것은 엄연한 사실이에요.

—절대로 그럴 순 없소. 당신을 절대로 보낼 순 없소!

밀우는 방문을 밀치고 밖으로 나갔다. 목구멍까지 차오른 울분을 토해내지 못해 속이 메스꺼웠다. 미칠 것만 같았다. 꾹꾹 눌러왔던 심장이 터질 것만 같아 정말로 그대로 고꾸라져 숨이 끊어질 것만 같았다.

큰소리에 놀라 달려온 막돌은 걱정스런 눈빛으로 밀우를 바라보았다. 주인으로 섬기면서 집안에서 화를 내는 모습을 본 적이 없었다. 막돌이 집안일을 빈틈없이 해내어서 야단치는 일도 없었지만 무슨 일이건 흥분하는 일이 없었다. 그런데 수리의 침소에서 큰소리가 나자 막돌은 바짝 긴장했다. 아무리 천하의 아름다운 여인이라도 거들떠보지도 않았던 밀우에게 특별한 사람이 생겼다. 그것만으로 너무나 감사하고 반가웠는데, 막돌은 심상치 않은 분위기에 밀우의 눈치를 살폈다.

막돌과 분이는 어쩔 줄 몰라 하는 사이에 가비가 달려와 밀우를 막아섰다. 가비는 밀우의 눈에서 분노와 배신감으로 응어리진 불덩어리를 보았다. 참고 견디며 꼭꼭 싸매어 둔 응어리가 폭발하여 불덩어리를 만들어낸 것이었다.

—넌 알고 있었구나!

—밀우님! 언니라면 그런 선택을 하고도 남아요.

—시끄러워. 아무것도 듣고 싶지 않다.

밀우는 빠른 걸음으로 집밖으로 사라졌다. 조금 전만 해도 훈훈한 기운이 돌았던 집안이 냉랭한 적막감만이 가득했다. 가비는 수리의 침소로 황급히 들어갔다. 수리는 그 자리에서 꼼짝하지 않고 있었다. 눈물이 맺힌 눈은 벌겋게 충혈되었고, 몸 속에 터져 나올 소리를 차단하듯 피가 날 정도로 입술을 굳게 다물고 있었다. 차라리 엉엉 소리라도 지르며 우는 게 나을 것 같았다.

—차라리 울어! 소리라도 질러!

—….

—왜 그래! 언니도 밀우님을 마음에 두고 있잖아! 불내예에선 언니가 죽었는지 살았는지 관심도 없을 거야. 어쩌면 차라리 잘 되었다고 여길지도 몰라. 나도 남편을 버렸어. 도망쳤단 말이야. 난 염유장이 죽을 때도 전혀 상관도 하지 않았어! 그냥 모른 척하면 되잖아. 여기서 그냥 살아!

—그럴 수가 없구나. 내가 선택했다. 내가 그 길을 가기로 선택했다. 그러면 그 일에 대해서 마땅히 책임을 져야 한다. 난 너와 다르다. 너는 네가 원하는 선택이 아니었지만 난 선택했다. 그렇게 살기로….

—언니….

시녀가 차를 따랐다. 찻잔 안으로 고운 연둣빛 물이 채워졌다. 은은하고 그윽한 향기가 차가운 방 안으로 퍼졌다. 찻물 위로 하얀 김이 가늘게 춤을 췄다. 햇살이 방 안으로 쏟아져 환히 비추었다. 따뜻하고 나른한 오후였다. 찻주전자를 내려놓자 '탁' 하고 둔탁한 소리가 울렸다. 시녀의 등골이 오싹했다. 아니 온몸이 부들부들 떨리며 추웠다. 따뜻한 햇살과 차는 분명 방 안의 공기를 덥혀주었다. 하지만 방 안은 얼어붙을 듯 냉기가 흘렀다.

–물러가 있어라.

차갑고 낮은 목소리가 울렸다.

머리를 조아린 채 잔뜩 움츠린 시녀는 소리 없이 물러났다.

연불은 코끝으로 차향을 음미한 후 한 모금 꿀꺽 삼켰다. 천천히 고개를 들어 앞을 응시했다.

–드시지요. 향이 깊고 그윽하오. 어마마마께서 아끼는 차인데 귀한 분과 함께 하고 싶어서 제가 졸랐지요.

–황송합니다. 태자마마.

혀끝으로 쌉싸름한 맛이 감돌았다. 익숙지 않은 맛이 조금은 거북했다.

–저 같은 무인에게는 어울리지 않는 차입니다.

–이런, 입에 맞지 않으시다니 다른 차로 들라고 하겠소.

–차맛을 모르는 제가 마시기에는 아깝다는 뜻입니다.

–사실 나도 차를 그리 좋아하지 않소. 어마마마가 술이라면 아주 질색을 하시는지라 어쩔 수 없이 마십니다.

—왕후마마께서 그러실 만합니다. 폐하께서 워낙 술을 많이 드시니 걱정이 많으신 것입니다.

—요즘 밀우장군의 얼굴이 무척이나 어둡습니다. 혹시 무슨 일이라도 있습니까?

—아닙니다. 아무 일도 없습니다.

목이 타는지 밀우는 차를 벌컥 마셨다. 연불은 다시 잔에 찻물을 채웠다.

—사실 오늘 장군을 보자고 한 것은 불내예에 대한 일 때문입니다.

—불내예라니요?

—예족 중에 가장 큰 읍락이 불내예가 아니오. 그들은 다른 예족보다 낙랑군과 가까워 그 영향을 많이 받았고, 우리 고구려의 지배지임에도 낙랑군과 친밀하다고 들었소. 아마도 위나라가 불내예를 장악한 뒤 남쪽에서 우리를 칠 수도 있소. 그러니 그들을 가만히 놔둬서는 안 된다는 생각이 드오. 그렇다고 아무런 명분 없이 연나부의 관할하에 있는 불내예를 칠 수도 없으니 난감하지 않소. 그러니 나와 밀우장군이 합심해서 일을 벌여 볼까 싶소.

연불의 눈이 차갑게 빛나며 미소 지었다. 갓 스물을 넘겼을 뿐인데 노련한 장수를 상대해서도 조금도 밀리는 구석이 없었다.

—무슨 생각을 하시는 겁니까?

—불내예후에게 죄를 뒤집어씌워 처형하고 그 자리에 고구려 사람을 앉히면 되오.

—태자마마! 그것이 가당키는 하다고 생각하십니까? 그들이 보잘

것 없는 소국에 불과하지만 그 땅을 오랫동안 지키며 살았던 사람들입니다. 절대로 받아들이지 않을 것입니다.

−진정하시오. 난 밀우장군이 더 바라고 있다고 여겼는데…. 그렇지 않으시오?

−무슨 말씀이십니까?

−잘 생각해 보시오. 고구려를 위해서 밀우장군을 위해서도 꼭 필요한 일이니 해 보지 않겠소?

−태자마마….

밀우는 더 이상 말을 잇지 못했다. 거절할 용기도, 받아들일 용기도, 그 무엇도 그에게 없었다. 아무 말을 할 수가 없었다.

귓가에서 연불의 말들이 어지럽게 신경을 건드렸다. 너무나 강렬한 유혹은 밀우를 삼킬 듯이 사정없이 달려들었다. 지금까지 전쟁터를 돌고 왕의 명령을 충실히 이행하는 장수였을 뿐이었다. 왕의 의견을 반대하며 맞서기도 하는 득래와 달리 밀우는 어떠한 주장을 내세우거나 앞에 나서는 법이 없었다. 묵묵히 명령만을 받들 뿐이었다.

전쟁터에서 밀우는 감정이 없는 사람처럼 보였다. 꾹 닫은 입술과 미간의 굵은 주름, 가늘고 길게 뻗은 눈에서는 무엇도 읽어낼 수 없었다. 그 점은 전투에서 유리하게 작용했다. 아무리 위급한 상황이 닥치고 불리한 전투가 전개되어도 당황하는 법이 없었고, 동요되지 않았다. 수많은 승리를 이끌어도 한 번도 감정에 도취되어 일을 그르치는 법이 없었다.

밀우는 이름만으로 두려움의 대상이 되어버렸다. 이러한 명성과 왕의 전적인 신뢰라면 더 많은 힘을 가질 수도 있었다. 하지만 원하는 것이 없었다. 그동안 그에게 수많은 하사품이 내려졌지만 재물 따위에는 관심이 없어서 전장에서 같이 싸웠던 동료들이나 부하들에게 모두 나눠 주기 일쑤였다. 그나마 지금의 집과 몇몇의 식읍만을 남겨뒀을 뿐이었다.

불내예 공격. 겉은 위나라가 복속하기 전에 손을 써놓자는 이야기지만 밀우에게 다르게 들렸다. 마음 내밀한 곳에서 들어본 적이 없었던 절대 거부할 수 없는 유혹의 소리가 온몸을 감쌌다. 그 소리는 점점 크게 울렸다.

이제껏 그곳을 공격할 생각 따위는 하지 못했다. 원하면 자신의 식읍으로 삼을 수도 있는 예의 부족 중에 하나였다. 가장 큰 읍락이라고 하나 고구려의 작은 나부와도 견줄 수 없을 만큼 작았다. 매번 일정한 공물을 갖다 바치면서 근근히 그 이름을 유지하고 있을 뿐 언젠가는 소멸되고 말 소국이었다.

지금 당장 왕에게 달려가 요청한다면 의아해하면서도 허락할 수도 있었다. 왕은 그에게 하나의 빚이 있고 어떠한 소원도 들어줄 수 있다고 했다. 왕의 자리를 내놓는 것만 빼고 후궁도 내어줄 수 있다고 했던 약조였다. 검은 유혹은 그를 자꾸 괴롭히며 따라붙었다. 아무리 떨쳐내려고 애를 써도 끈덕지게 붙어서 속삭였다.

모든 소리를 삼켜먹은 듯 적막했다. 이따금 빗질하는 소리, 그릇 딸각거리는 소리, 우물에서 물 긷는 소리만이 간간히 들릴 뿐이었다. 막돌은 안절부절못했다. 누가 일러주지 않았지만 집안에 흐르는 이상한 기류를 감지했다. 분명 무슨 일이 있음이 틀림없지만 감을 잡을 수가 없었다. 봄이 오면 혼례를 치를 준비를 할 꿈에 부풀어 있었는데 갑자기 모든 것이 잘못되어가고 있다는 느낌을 지울 수가 없었다. 가비마저 입을 다물자 속이 답답해서 미칠 지경이었다.

밀우에게 여러 번 혼담이 건네왔다. 동부는 물론이고 계루부나 연나부에서도 적극적으로 사위로 맞이하고 싶은 귀족들이 많았다. 왕이 직접 주선을 한 자리도 있었지만 요지부동이었다. 아버지에게서 받은 상처가 컸던 것인지, 어머니의 죽음 앞에서 무엇을 보았는지, 무엇 때문인지는 확실치 않았다.

병들어 시퍼렇게 죽음을 맞이하던 어머니와 숨 막힐 정도로 아름다웠던 설리, 너무나 대조되는 그 모습은 밀우에게 무언가 충격으로 각인되었다. 그것이 정확하게 무엇인지 모르는 그날 이후 여인, 특히 젊고 아름다운 여인에게 반감을 가지게 되었던 것은 분명했다. 젊고 아름다운 여인일수록 혐오의 정도가 심해서 사내로서 문제가 있다는 해괴한 소문까지 돌았다.

무슨 말을 들어도 신경을 쓰지 않는 무심한 밀우와 달리 속 끓이는 사람은 막돌이었다. 주인도 아직 하지 않았는데 먼저 덜컥 혼례를 치러 죄송스러운데 이상한 소문이 돌 때마다 더욱 속을 썩었다. 송장이 다 된 수리를 집으로 데리고 왔을 때 놀라움에 정신을 차릴 수 없었다. 오며 가며 극진히 신경을 쓰고 아내가 조금이라도 소홀히 하는 것 같으면 매섭게 닦달하면서 몰아세웠다. 혹여 쪽구들이 식을까 봐 밤을 새워가며 군불을 때고 조금이라도 이상한 기미가 보이면 의원에게 달려갔다.

밀우가 처음으로 여인을 쳐다보았다. 막돌은 너무나 기뻐 펄펄 날아다니며 춤이라도 추고 싶었다. 이제야 겨우 안정을 찾나 싶어서 좋았다. 이전에 정 많고, 밝았던 모습을 다시 볼 수 있을까 염원했다. 며칠 전까지만 해도 혼례준비로 꿈에 부풀어 있었는데 냉랭한 집안 분위기에 어떡해야 할지 방도를 찾지 못했다.

연신 마당에서 빗질하는 손을 놓지 않는 남편이 답답한지 분이는 달려와서 빗자루를 빼들었다.

–뭐하는 거여?

–도대체 몇 번을 쓸고 있는지 아시오?

–상관 마!

–그렇게 답답하면 밀우님께 물어보면 될 것 아니에요?

–묻는다고 대답해 줄 분 같으면 내가 이렇게 답답하겠어? 원래 말이 없으시니 그렇지. 속으로만 담고 있지, 밖으로 내뱉지 못하시니 더 답답한 거지.

목소리가 너무 컸다고 생각했는지 막돌은 조심스레 안채를 살폈다. 그리고 아무도 없는 것을 확인하고는 한숨을 내쉬며 힘차게 다시 빗질을 하기 시작했다.

막돌과 분이의 대화를 엿듣다 수리는 조용히 안채로 되돌아갔다. 발을 내딛을 때마다 소리 없는 울음을 삼켰다. 안채로 들어와서 살며시 문을 닫았다. 탁자 위에는 시위를 푼 활이 덩그러니 놓여 있었다.

마르고 거친 손으로 조심스럽게 끝에서 끝까지 쓰다듬었다.

밤낮으로 나무와 물소뿔을 깎고 다듬어서 만든 활이었다. 활을 만드면서 수리의 손은 핏기라고는 찾아볼 수 없을 만큼 앙상궂어졌고, 손가락 마디마다 하얗게 거스러미가 일어나 거친 나무결처럼 까슬까슬해졌다. 손끝부터 팔, 어깨까지 뻐근한 통증은 쉽게 풀리지 않고 온몸을 압박하고 있었다. 하지만 몸에서 느껴지는 통증보다 속에서 터져버린 마음의 응어리가 더 아팠다.

그날 이후 밀우를 볼 수 없었다. 불내예로 돌아가겠다는 말을 한 순간 그의 얼굴에 비친 배신감과 절망감이 오롯이 가슴에 전해왔다. 그의 심정은 충분히 이해했다. 미안하고 그를 다시 볼 용기조차 없었다.

수리는 잘 웃고 떠들고 발랄하면서 다혈질이었던 그 본유의 천연덕스런 성격이 어디론가 사라지고 감정을 숨긴 채 스스로를 가두고 안으로 숨기만 했다. 모두들 수리에게 보이지 않는 손가락질을 하는 것처럼 보였고 말 한마디, 작은 행동거지도 조심스러워졌다.

억지로 견디며 발산하지 못하고 억눌린 채 안으로 들어간 응어리들은 똘똘 뭉쳐지기 시작하더니, 더 이상 차 있을 공간이 없어서 안에서 터져 곪아들기 시작했다. 썩고 있는 응어리들을 밖으로 끄집어내지 못한 채 안을 돌아볼 조금의 여유도 없이 하루하루를 그런 대로 살아왔다. 그나마 견딜 수 있었던 것은 활을 만들 때뿐이었다. 수리가 궁방에 틀어박히는 날이 길어질수록 동해와의 사이는 벌어져만 갔고 다른 사람들의 시선도 차가워졌다. 걷잡을 수 없는 간극은 좁혀지지 않고 수리는 점점 더 활에 매달렸다. 거친 나무를 깎고 다듬기를 수백 번을 하다가 원하는 모양이 나오지 않으면 다시 처음부터 시작했다. 나무를 깎고, 뒤집고, 휘고 끝날 것 같지 않은 지루한 작업은 반복되었다.

어느 순간에는 모든 것을 버리고 도망치고 싶다는 생각이 들었다. 왜 이렇게 묶여서 갇힌 삶을 살아야 하는가 싶다가도 다른 여인들처럼 받아들이지 못하는 자신이 원망스러웠다. 그럴 때면 어머니의 완강한 눈이 떠올랐다. 젊고 아름다울 때 혼자가 되어 수리를 낳고 화려국 그 땅에서 묵묵히 세월을 견뎠다. 어머니는 언제나 자애롭고 따뜻한 미소와 지혜롭고 현명한 처세로 텃세 심한 사람들의 존경을 한 몸에 우러러 받으며 일생을 보냈다.

그런 어머니의 딸로서, 화려국 삼로의 손녀로서, 지켜야 할 것도 책임져야 할 것도 너무 많았다. 그들을 외면하고 족쇄를 풀고서 완전히 자유로울 자신이 없었다. 태어날 때부터 채워진 족쇄들이 수리에게는 너무 많았다. 머릿속으로 온갖 생각들이 번잡하게 돌아다니며 수리를 괴롭혔다.

족쇄를 풀고 싶은 바램과 책임과 의무를 다하지 못하는 죄책감 속에서 수천 번, 수만 번 흔들렸다. 가시가 되어 수리의 가슴을 찔렀다. 왜 다시 돌아가야 하냐고 스스로에게 물으면 가고 싶지 않다고 말하기 조차 두려웠다. 수리를 옭아매는 무거운 책임과 의무를 어떻게 설명할 수가 없었다. 서로에게 마음이 잇닿아 있으면서 한 번도 제대로 말하지 못했다. 두려웠다. 말을 내뱉는 순간 건잡을 수 없게 돼서 결국 여기에 남고 싶어질 것 같았다.

가야 했다. 아니 버려지기를 원했다. 차라리 버려져서 이 무거운 책임과 의무를 벗어날 수 있다면 가벼워질 수 있을 것 같았다. 가지 않고 남아서 책임과 의무를 무시하고 뻔뻔하게 살 자신이 없었다. 차라리 아무것도 기억을 하지 못하게 되었다면 좋겠다고 생각했다. 그렇다면 이런 고민조차도 필요 없을 수도 있을 것 같았다. 단 하나도 잊혀지지 않는 수많은 기억들, 자신의 어깨에 부과된 책임들, 그 책임을 묻는 눈들이 지워지지가 않고 자신을 옭아매었다.

수많은 생각들은 물밀듯이 밀려왔고, 수많은 얼굴들이 떠올랐다. 모든 것을 버리고 안주하고 싶었다. 터져 썩어버린 응어리들을 마음껏 토해버리고 열망에 따라서 그렇게 살고 싶었다. 하지만 지나온 시간 속에서 족쇄는 더욱 단단해지고 견고해졌다. 결국 끊어버릴 용기를 내지 못하고 굴복하고 말았다. 책임과 의무를 다하려 돌아간다 해도 그곳에서 수리를 환영하지 않을 것이다. 그토록 원하던 아이마저 잃은 마당에 동해에게 수리가 어떤 의미를 가질 수 있을지 의문이었다. 아마도 더한 고통과 고독의 삶이 이어질 수도 있었다. 그럼에도 돌아가야 했다.

이곳에서는 절대로 족쇄를 벗어날 수가 없었다. 안일한 생각으로 안주하려 든다면 수리는 평생을 이방인이 되어 겉도는 생활을 해야 했다. 어디에서도 떳떳하지 못하고 어디에도 결코 속할 수 없는 존재가 되고 마는 것이었다. 다시 밀우 곁으로 올 수 없다고 해도 족쇄를 채워준 그곳으로 돌아가 정면으로 받아들여야 했다. 책임과 의무를 다하지 못한 죗값을 치르든, 버림을 받든 돌아가야 했다.

낙랑군

숨이 탁탁 막힐 듯한 더위였다. 움직이지 않고 가만히만 있어도 땀이 줄줄 흘러내렸다. 숲 속을 헤치면서 나무를 찾아다녔다. 쓸만 해 보이면 낫으로 가지를 쳐내어 상태를 보았다. 한참을 헤매고 다니다 보면 어느새 한 짐 가득히 메고 와서는 궁방 마당에 내려놓았다. 지나가는 아낙들이나 사내들은 물론이고 어린아이들까지 수리를 보며 수군거리기 일쑤였다. 하지만 이제는 입방아에는 이력이 났다는 듯 전혀 개의치 않고 흐르는 땀을 쓱쓱 닦으며 손을 바삐 놀렸다.

봄꽃의 향기가 스러질 때쯤 수리는 불내예로 돌아왔다. 모두들 처음에는 귀신이라도 돌아온 듯 화들짝 놀라기만 할 뿐, 마로와 더미 외에는 누구도 반기지 않았다. 또다시 숨막힐 듯한 삶은 계속되었다. 사람들은 두서넛만 모이면 수리에 대해 수군거리거나 대놓고 곱지 않은 시선을 던졌다.

불내예에서 수리의 입지는 점점 더 좁아졌다. 아이를 잃었다는 말에 동해는 더 이상 묻지 않았지만 얼굴에 비친 실망감은 어쩔 수 없었다. 수리는 무거운 책임과 의무를 저버릴 수 없어서 불내예로 돌아왔지만 이제는 이것이 과연 옳은 선택인지 확신도 없었다. 불내예에서 수리의 존재는 참 애매했다. 동해의 두 번째 부인인 당이의 위상은 드높아져 있었다. 사야와 사도, 두 아들의 어미이기도 한 당이가 당당히 불내예후의 부인이라 할 만했다.

사야가 밝게 웃으며 달려와서는 수리의 품에 깊게 안겼다. 사도와 달리 사야는 이상하게도 수리를 잘 따랐다. 안 보는 사이에 불쑥 자란 사야는 수리를 온몸으로 반겼다. 활을 만지작거리며 작고 말랑말랑한 손으로 자신도 일을 거들겠다면 이리저리 분주함을 떨었다. 그나마 집에서 수리에게 웃음을 주는 이가 사야였다.

하지만 당이는 사야가 궁방으로 가는 것을 병적으로 싫어했다. 아직 어리기만 한 아이에게 모진 꾸지람과 회초리를 든 것이 한두 번이 아니었다. 아무리 말려도 말을 듣지 않자 한동안 방 안에 가두는 일까지 서슴지 않았다.

궁방에 한 귀퉁이에서 사야는 이리저리 만지작거리며 무엇이 그리 궁금한 것이 많은지 내내 재잘재잘 질문을 했다.

–큰어머님은 이 일을 왜 하서요?

–글쎄다. 나도 이유를 잘 모르겠다. 하도 오래되어서 무엇 때문인지 나도 잊어버렸다.

–저희 어머니는 활 만드는 일이 쓸데없는 일이라고 하셨지만 전 달라요. 활이 있으면 사냥도 갈 수 있고 적들로부터 우리를 보호할 수도 있잖아요.

–어린 네가 그런 생각까지 한다니 대단하구나.

—사야야!

찢어질 듯한 앙칼진 목소리가 울려 퍼지자 사야는 움찔 하며 고개를 푹 숙였다. 당이는 마치 잡아먹기라도 할 듯한 기세로 득달같이 달려와 사야의 손목을 움켜잡았다.

—아파요, 어머니.

—너 이곳에는 얼씬도 하지 말랬지! 왜 말을 안 들어!

—당이야. 그럴 것 까지 없지 않느냐?

—이곳은 아이들이 들어올 만한 곳이 못 됩니다.

—그래. 하지만 위험한 것은 내가 다 치웠다. 그러니….

—전 싫습니다. 사야가 활을 만지는 것이 너무도 싫습니다.

—어머니. 전 활이 좋아요. 저도 큰어머님처럼 활을 만드는 일을 하고 싶어요.

—시끄럽다! 넌 불내예후의 장자다. 그런 소리는 하지 말거라. 어서 썩 나가거라.

어미의 닦달에 놀란 사야는 흐느끼며 궁방 밖으로 달려 나갔다.

—굳이 그렇게까지 할 필요가 없지 않는가?

—이러쿵저러쿵 남들 말에 오르내리는 것이 싫습니다.

—그게 무슨 상관인가? 아직 어린아이에 불과하고 불내예후의 장자가 아닌가?

—하지만 적자가 아니지요.

—적자가 아니면 어떤가?

—부인은 그런 거 모르시죠? 출신이 이렇고 저렇고 하는 말을 들은

적이 없으니까요. 화려국 삼로 집안의 딸이시니 더욱 그러시죠. 가만히 있어도, 아무런 노력을 하지 않아도 든든한 집안 덕분에 내쳐질까 두려움에 휩싸일 필요가 없지요. 언제나 도도하게 뭐가 그리 잘나셨는지 무엇 하나 후부인으로서 애쓴 적이 한 번도 없으면서 그런 말 하지 마십시오. 전 다릅니다. 나서서 절 도와줄 사람도, 집안 같은 것도 없습니다. 여기가 아니면 전 돌아갈 곳이 어디에도 없습니다. 난 이곳이, 예후님이, 사야가, 사도가 전부입니다. 솔직히 사야가 부인에게 가까이 다가갈 때마다 두렵습니다. 혹시나 내 아들을 훔쳐가지나 않을까, 그런 생각이 머릿속에서 지워지지 않습니다.

—당이! 왜 그런 생각을 하는가? 내가 왜 사야를 훔쳐가?

—예후께서 부인의 몸에서 얼마나 자식을 보고 싶어 하는지 아십니까?

—그건…

당이는 더 이상 말을 잇지 못하고 냉랭하게 돌아섰다. 하지만 마음은 너무도 복잡하고 괴로웠다. 그동안 안주인 노릇을 톡톡히 해내면서 살림을 잘 꾸려와 어느 정도 신망이 두터워진 상태에서 갑자기 수리가 돌아오자 당혹스러웠다. 아직도 자신이 출신에서 대해서 이렇다, 저렇다 하는 사람들이 있었고, 화려국의 명망가 집안의 딸인 수리에 대한 느끼는 열등감은 두 사람의 혼인이 어떤 의미인지 알고 있었기에 더욱 컸다.

혹시나 동해가 사야를 수리의 아들로 삼을까 봐 두려웠다. 자신은 죽을힘을 다해 노력해도 안 되는 것을, 아무것도 하지 않아도 모든 것을 가지게 되는 수리가 미웠다. 가지지 못하는 것에 대한 열망은 점점 더 강해졌다. 욕심에 스스로를 책망하다가도 세상의 불공평에 억울해하며 증오는 더욱 깊어가는 마음을 잡을 수가 없었다.

추수가 끝날 무렵, 낙랑군의 새 태수가 들이닥쳤다. 무장한 군사를 대동한 그의 방문은 상당히 위협적이었다. 불내예는 오래전 낙랑군의 복속지였다가 다시 고구려의 복속지로, 그들의 싸움에서 이리저리 휘둘려 왔다. 지금은 고구려에 복속되어 있으나 낙랑군과 완전히 단절한 것은 아니었다. 고구려에는 공물을 바치면서도 낙랑군에 선물을 보내며 사이좋은 관계를 유지했다.

그런데 낙랑군 태수가 무장한 군사들을 대동하고 은근히 위협하면서 불내예에 깊숙이 들어온 것은 처음이었다. 분명히 단순한 방문은 아니었다. 낙랑군 태수가 새로 부임하면서 위나라로부터 상당수의 군사와 함께 왔다는 것은 이미 전해 들었다. 그때부터 심상치 않은 기운을 감지했지만 갑작스럽게 불내예에 밀고 들어올 것은 생각도 하지 못한 일이었다.

동해는 있는 힘껏 낙랑군 태수 유무를 극진히 대접했다. 그가 대동한 군사들에게 술이며, 고기 등 극진하게 대접하며 최대한 자세를 낮추었다. 강대국의 태수에게 약한 소국의 우두머리가 할 수 있는 일이라곤 고개를 숙이는 것밖에 할 일은 없었다.

며칠 동안 유무를 위한 연회는 계속되었고, 낙랑군 병사들은 방자하고 교만해져서 민간의 집을 함부로 들쑤셔놓기 일쑤였다. 불내예인들은 두려움에 떨며 몸을 최대한 낮추고는 어서 그들이 떠나기만을 바랐다.

새벽에 눈을 뜬 유무는 심한 갈증을 느꼈다. 탁자 위에 놓아둔 물은 어느새 다 마셨는지 한 방울도 남아 있지 않았다. 벌컥 문을 열어젖힌 채 밖으로 나섰다. 아슴푸레 새벽 짙은 안개가 시야를 가렸다. 유무는 주춤거리며 우물이 있는 쪽으로 향했다. 이른 새벽이라서 거리에도 우물가에도 사람을 찾아볼 수가 없었다. 혼자서 새벽을 만끽하고 싶어서였는지 무엇인지 모르겠지만 그는 부하도 시비도 깨우지 않았다.

그 끝이 보이지 않는 우물 안으로 두레박을 던졌다. 철퍼덕, 물과 부딪치는 소리가 찰졌다. 힘차게 줄을 당기자 찰랑찰랑 넘칠 정도로 가득 물을 담은 두레박이 그의 손아귀에 들어왔다. 단숨에 들이켰다. 절로 감탄이 쏟아졌다. 이 세상에 무엇도 이처럼 상쾌하고 맛있을 수가 없을 것 같았다. 찻잎을 넣지 않아도 물 그 자체로 이렇게 맛이 좋을 수 있다는 것이 신기했다. 위나라로 돌아간다 하더라도 이곳의 물맛은 절대 잊지 못할 것이다.

갈증을 해소하고 나자 기분이 한껏 좋아진 유무는 경쾌한 발걸음을 옮겼다. 예족의 땅은 중원과 달랐다. 산, 들, 흙, 물 모두 다르니 사람들, 짐승들도 모두 다르고 생소했다. 이 땅의 기운은 뭔가 질기면서 생동감이 넘쳤다. 보잘 것 없이 작은 나라이지만 조금도 비굴하지 않고 당당하게 기를 펴는 모습이 객기로 보이다가도 그 기백에 감탄이 나왔다.

어찌되었든 유무는 어느 정도 소기의 목적을 달성했다고 보았다. 불내예후만 잘 구슬린다면 다른 예족들은 자연히 따라올 것이었다. 위나라는 고구려를 침공할 작정이었다. 하지만 너무 먼 거리 때문에 식량공급에 큰 차질이 있었다. 낙랑군과 예족이 남쪽에서 식량을 공급해 주기만 한다면 위나라의 승리를 확신했다. 그 이유가 아니어도 고구려를 최대한 고립시키기 위해 예족을 묶어둘 필요가 있었다.

가을 새벽의 검푸른 공기는 서늘하기보다 시원했다. 새벽공기를 가르며 이따금씩 마주치는 사람들은 잔뜩 겁먹은 얼굴로 고개를 푹 숙이며 주춤거렸다. 사람들의 두려움을 즐기며 유무는 고개를 높이 쳐들고 거들먹거리며 불내예 곳곳을 살폈다. 산과 들에 경계가 있어서 낯선 자가 넘어오는 것을 엄격히 막는 책화가 있지만 유무에게는 아무런 소용이 없었다. 발길 가는 대로 가면 그뿐이었다.

겹겹이 쌓인 골짜기를 따라서 숲속으로 깊숙이 들어갔다. 매일 전쟁이 벌어지는 중원과는 완전히 동떨어진 세상이었다. 불내예는 시간이 멈춘 듯 고요하고 아름다웠다. 몸에 익숙하게 새겼던 경계심을 벗어던진 채 유무는 마음껏 돌아다녔다.

고요한 숲의 정취를 마음껏 느끼며 점점 안으로 들어갔다. 그런데 숲 속 한가운데에서 듣기 거북한 거친 숨소리가 나왔다. 유무는 뒷골이 서늘하면서 바짝 긴장이 되었다. 무기라고는 허리춤에 차고 다니는 단도밖에 없었다. 신경을 곤두세우며 소리 나는 쪽을 돌아볼 때였다. 한 마리의 멧돼지가 사람의 냄새를 맡고 흥분해서 유무를 향해 미친 듯이 돌진하기 시작했다. 너무나 갑작스런 일이라서 유무는 미처 피할 틈도 없었다. 허리춤에 차고 있던 단도를 들어서 멧돼지를 향해 던졌다. 멧돼지의 한쪽 눈에 단도가 깊숙이 박혔다. 고통과 피냄새에 흥분한 멧돼지는 육중한 몸을 유무에게 날렸다.

짧은 순간 유무는 공기를 뚫고 지나가는 매서운 소리를 들리는 듯했다. 이내 그는 멧돼지와 한 덩어리가 되어서 바닥에 쓰러졌다. 세상이 고요해졌다. 오직 꾸룩꾸룩 뿜어내는 멧돼지의 역한 입냄새와 비릿한 피냄새가 뒤섞여 참기 힘든 악취를 뿜어냈다. 끈적하고 따뜻한 액체가 얼굴에 흘러내렸다. 육중한 무게에 눌려 그것이 자신의 피인지 멧돼지의 피인지 구분도 가지 않았다.

얼마의 시간이 흘렀을까. 여인의 목소리가 귓전에 맴돌았다. 자신의 영혼을 거두기 위해 온 귀신일지도 모른다는 생각이 불현듯 스쳐갔다. 등줄기에 식은땀이 흘렀다. 이제는 역겨운 냄새에 대한 생각마저 잊어버렸다.

쿵! 몸을 누르던 육중한 덩어리가 떨어져 나갔다. 유무는 천천히 눈을 떴다. 눈꺼풀을 뒤덮고 있는 피 때문에 처음에는 제대로 보이지 않았다. 소매로 얼굴을 닦고 비로소 눈을 커다랗게 뜨고 위를 쳐다보았다.

낯선 여인이 불안한 눈으로 내려다보고 있었다. 유무는 벌떡 일어났다. 벌써 해가 산위에 높이 떠 세상은 환했다. 유무는 고꾸라져 있는 거대한 멧돼지를 보았다. 멧돼지의 목덜미에 세 발의 화살이 단단히 꽂혀 있었다. 멧돼지가 죽은 원인은 목덜미 급소에 정확하게 박힌 그 화살들 때문이었다.

여인의 손에는 활과 화살이 들려 있었다. 보잘것없어 보이는 여인이었다. 죽음의 문턱까지 다녀온 그 순간에도 유무는 여인을 향한 억제할 수 없는 무한한 호기심이 솟구쳐 올랐다. 자신의 목숨을 구해 줬기 때문만은 아니었다. 무엇인지 알 수는 없지만 엄청난 이끌림을 거부할 수 없었다.

—그대는 누구요?

—수리라고 합니다.

—수리?

멀리서 웅성거리는 소리가 들리더니 부하들이 우르르 몰려들었고, 동해도 달려왔다. 피를 뒤집어 쓴 유무를 보고 기겁을 하며 달려왔다.

—조용히 해라. 난 괜찮다!

유무의 말 한마디에 일단 소요가 진정되자 동해는 비로소 수리를 발견했다. 활과 화살을 들고 우두커니 서 있는 수리와 피를 흘리고 죽어 있는 멧돼지를 번갈아 바라보았다.

—이 여인이 날 구했소. 불내예후! 큰 상을 내리고 싶은데.

—제 아내입니다.

—뭐라 했소? 불내예후의 부인이라고?

유무의 두 눈은 놀라움과 호기심으로 얽혔다. 수리는 아무런 두려움도, 희망도 없는 체념의 눈으로 동해를 바라보았다. 그 눈은 아무것도 없지만 아무것도 없는 눈이 아니었다. 뭐라 말하기 어렵지만 질긴 고집이나 자부심 등이 복잡하게 얽혀서 빛나고 있었다.

—고맙소. 그대에게 목숨을 빚졌구려.

—….

—활솜씨가 보통이 아니던데 누구에게 배웠소?

—한가할 때마다 연습한 것일 뿐입니다.

—내가 활을 잘 쏘지는 못해도 보는 눈이 좀 있지. 그대의 솜씨는 평범한 수준이 아니오. 사법이 예사롭지 않고 오랫동안 연마한 솜씨였소. 그리고 당신의 활은 고구려의 검은 활과 비슷한 것 같구려. 어디서 난 것이오?

—제가 만든 것입니다.

—뭐라 했소?

유무는 위나라 사람이면서 촉나라의 관우를 숭상해서 창술에 능한 자였다. 지금까지 유무에게 활은 비겁하고 약한 자들의 무기였다. 창이나 칼처럼 정면으로 대결하지 않고 먼 거리에서 혹은 몸을 숨겨 화살을 날리는 것은 장수다운 모습이 아니라고 생각했다.

중원에도 쇠뇌라는 활이 있었다. 하지만 그것은 숙련된 군인들을 위한 것이 아니었다. 평시에는 농민으로 있다가 전쟁이 발생하면 징집되어 온 무기훈련에 숙련되지 않은 평민들을 위한 것이었다. 창이나 칼을 다룰 줄도 모르고 제대로 앞서 싸울 줄 모르는 그들에게 쥐어주었다. 몇 번을 연습한 후에는 곧바로 전투에 투입될 수 있었던 편리함 때문에 중원에서의 활은 쇠뇌였다.

다루기가 쉬운 쇠뇌는 연속사격이 되지 않는 약점이 있었다. 만약 아까 같은 상황이 벌어졌다면 쇠뇌를 쏜 자는 멧돼지를 한 발로 즉사시키지 못한다면 다음 화살을 쏘기 전에 죽을 것이다. 쇠뇌가 한 발을 쏘고 다음 발사를 하기 전에 능숙한 궁수라도 시간이 걸렸다.

유무의 뒷골이 서늘해졌다. 보잘 것 없는 불내예의 한 여인이 만든 가느다란 활이 중원 대륙의 큰 장수를 살린 것이었다.

얼음장같이 살벌했던 불내예가 다시 활기가 띠기 시작했다. 낙랑군 병사들은 예족들에게 겁을 주거나 위력을 가하는 일을 없었고 사소한 물건이라도 강제로 취하는 병졸은 엄벌에 처했다. 집을 나서기 꺼려하던 아낙들이나 아이들도 다시 밖을 자유롭게 다녔다. 겁 없는 아이들은 병사들과 장난을 치거나 창이나 칼을 만져보기도 했다.

그렇게 시간이 점차 흘러갔다. 그날 이후 유무는 한 번도 빠지지 않고 궁방을 출입했다. 먹는 것도 잊은 채 수리가 활을 만드는 것을 지켜보았다. 궁방은 마른 나무냄새, 짐승의 비린내 그리고 알 수 없는 독특한 냄새들이 한껏 채우고 있었다. 그곳에서 수리는 아무런 말을 하지 않고 오직 활에만 전념했다. 어쩔 때는 유무에게 말을 건네기는 커녕 눈길 한 번 주지 않았다. 세상과 완전히 단절된 사람처럼 빠른 손놀림으로 오직 일에만 집중하고 있었다.

유무는 수리에 대한 호기심이 점점 강해졌다. 중원에도 수많은 여인들을 보아왔다. 무예를 연마하고 칼을 차고 말을 달리는 여인들을 본 적도 있었다. 하지만 그때도 이 정도의 호기심은 아니었다. 활에 매달려서 온몸을 바치는 여인은 처음이었다. 아무리 소국이라 하나 수리는 명문가의 딸로서 불내예후의 부인이었다. 그런데 무엇 때문에 아무도 원하지도 않는데 온몸을 불태우며 손이 만신창이가 되어가면서 끈덕지게 활을 붙잡고 있는지 알 수가 없었다. 그 이유가 무엇인지 궁금하기까지 했다.

수리는 먼 곳을 그리며 무언지 모르는 깊은 아픔을 활을 만들어냄으로써 풀어내고 있었다. 그랬다. 유무가 보기에는 그런 것 같았다. 그녀에 대해 더욱 알고 싶은 욕구가 생길수록 스스로에게도 묻고 또 물었다. 지금 내가 여기서 무엇을 하고 있는 것인가. 이상한 여인 앞에서 왜 정신을 못 차리는가 하는 답이 없는 질문을 스스로에게 던졌다. 스스로 허탈한 웃음을 지으면서 누가 급히 부르는 사람처럼 미친 듯이 궁방으로 나가 있는 자신을 발견할 뿐이었다.

몇 날 며칠이 그렇게 흘러가자 불내예 안에는 이상한 소문이 돌았다. 소문은 당사자인 두 사람만 모르고 모든 사람들의 입으로, 귀로 전달되었다. 뜬소문이라도 남의 일에 대해 말하기 좋아하는 공조는 벌써 입이 간질거려서 참을 수가 없었다. 불내예후를 보자 공조는 득달같이 달려갔다.

–아침부터 무슨 일이오?

–예후님! 소문을 들으셨습니까?

–무슨 소문…?

–제가 이런 말씀을 드려도 될지는 모르겠으나 아무리 그래도 아셔야 될 것 같아서요.

–공조.

–네, 예후님.

–쓸데없는 소리를 할 것이면 낙랑태수에게 보낼 공물이나 잘 챙겨

두시게.

–예후님, 제가 드릴 말씀은.

–그대가 무슨 말을 하던 지금은 듣고 싶지 않소.

동해의 냉랭한 어조에 공조는 입을 다물었다. 공조의 아부 섞인 말을 듣기도 전에 동해는 그가 무엇을 말하고 싶은지 알고 있었다. 소문이 돌 수밖에 없었다. 불내예는 작은 나라였다. 각자의 집안에 숟가락이 몇 개인지까지 훤히 알고 있는 곳인데 밤늦게까지 낙랑태수가 궁방에 머물고 있는 것을 모르는 사람은 아무도 없었다. 그리고 그들이 도대체 무엇을 할까 숙덕거릴 만도 했다.

동해는 긴 한숨을 내쉬었다. 수리와 혼인한 지도 벌써 수년이 흘렀다. 부족 간의 정략결혼이었지만 별 불만은 없었다. 부족장들 간에 결속을 다지기 위해서 서로가 혼인으로 동맹을 맺는 것은 관례였으니 당연한 일이었다. 모든 예족들의 기대를 한 몸에 받으며 자랐다. 한때는 고구려보다 더 강성했던 적이 있었다는 옛이야기를 흠모하면서 언젠가는 강한 예를 만들고 싶다는 포부를 품기도 했다.

하지만 어느 하나 호락호락한 것은 없었다. 젊은 나이에 불내예후에 올라 어리다고 무시하는 부족장들의 위세를 이겨내야 했다. 불내예 다음으로 가장 큰 세력을 자랑하는 화려국과의 혼인동맹은 동해에게 힘을 실어주기 위해서 성사된 것이었다. 덕망이 두터운 삼로가 다른 부족들을 잘 막아줄 것이라 기대했다.

혼인 첫날 맞이한 신부는 대단한 미인은 아니었으나 마음에 들었다. 다른 여인과는 다른 무언가가 있는 듯해서 그 점이 더 좋았다. 처음에는 불만이 없었고, 수리를 존중하면서 부부생활을 이어갔다. 하지만 먼 곳을 향한 수리의 눈이 너무나 거슬리고 자꾸만 삐끗거렸다. 아이까지 늦어지자 더욱 골은 깊어만 갔다. 두 사람 사이에 가로막힌 높다란 벽이 점차 더 견고해져서 절대로 무너뜨릴 수 없을 지경에까지 이르자 동해는 홧김에 당이를 첩으로 맞이했다.

당이가 두 번째 아이를 낳을 때까지 동해는 수리의 방에 들어간 적이 한 번도 없었다. 동해가 두 번째 부인을 맞이하고 두 아들이 생기는 동안에도 수리는 아무런 변화가 없었다. 오히려 짐을 벗어난 듯 홀가분해 보이기까지 했다. 아무도 자신에게 신경을 쓰지 않자 궁방으로 들어가 버렸다. 그리고 그곳에서 언제까지나 활을 만들었다.

동해는 아무런 감정이 변화가 없는 수리에게 자꾸만 화가 났다. 몇 년 동안 자신은 아마도 수리에게 시위라도 하고 있는 것인지도 몰랐다. 첩을 들이고 아이도 낳았다. 당신의 기분이 어떠느냐고 말이다. 하지만 어찌 되어도 좋다는 듯한 그 태도가 더욱 화가나게 만들었다. 몸을 가누지도 못할 만큼 술을 많이 마신 어느 날 동해는 수리의 방으로 향했다.

그 후 수리가 아이를 가졌다는 말에 처음에는 믿어지지 않았다. 두 아들이 있음에도 놀라움과 흥분은 감출 수 없었다. 당이가 그날 얼마나 섭섭하고 힘들었을지 가늠하지도 못하고 즐거움에 들떠 있었다. 화려국에서도 축하인사가 전해왔다. 몇 년 동안 냉담하기만 했던 부솔 또한 기쁨을 감추지 못했다.

그런데 그 기쁨은 잠시일 뿐 엄청난 불행은 또다시 벽을 만들고 말았다. 이제는 무엇으로도 절대로 부술 수 없는 그 벽 사이에서 두 사람은 마음은 점점 굳어갔다.

달마저 숨어버린 밤이었다. 사방은 고요하다 못해 숨이 막힐 정도였다. 어지러운 생각이 마음을 괴롭힐 때 유무가 불쑥 동해를 찾아왔다. 그는 묘한 미소를 띠며 친근하게 대했다. 술상이 차려지고 술을 따르려는 동해를 제지하더니 유무가 술잔에 술을 따랐다. 맑은 소리를 내며 노오란 빛을 띤 차조술이 얌전하게 출렁거렸다.

두 사람은 별 뜻 없는 말을 주고받으면서 서로 눈치를 살폈다. 유무의 태도는 조금은 수상쩍었다. 무언가가 망설이며 엄청난 것을 요구하려 하는 의도가 보이지만 그 실체가 무엇인지 전혀 감을 잡을 수가 없었다. 유무의 지나친 친절이 동해를 더욱 불안하게 했다. 차라리 무섭게 겁박하는 것이 더 편할 것 같은데 얼굴에 만연한 미소가 끔찍하게 느껴졌다.

유무는 출신성분도 비루하고 중앙관리들 중에 단단한 끈 하나 없이 태수의 지위에 올랐다. 그것은 앞뒤를 가늠하는 신중함이 컸다. 좀처럼 속을 드러내지 않고 수많은 경우의 수를 생각하고 여러 가지로 계산을 했다. 원하는 것을 가지기 전까지는 신중함이 가장 중요했다. 아무리 낮은 상대라고 해도 방심해서는 안 되었다. 언제든지 판은 뒤집어질 수 있다는 것을 밑바닥부터 치고 올라오면서 배운 경험이었다.

–내가 왜 이곳 불내예에 온 지 아시오?

–그것은….

–위나라는 지금 고구려와 큰 전쟁을 앞두고 있소. 고구려는 절대

로 위나라를 이길 수가 없소. 그런데 예족들은 언제까지 고구려에 충성하고 있을 참이오? 위나라의 황제께서 얼마나 진노하신지 아시오? 특히 불내예는 이전부터 낙랑군을 섬기다가 고구려로 돌아섰소. 그 책임을 어떻게 할 것이오!

–태수님. 고구려의 위력은 너무나 강한 것이라서 저희 같은 작은 나라는 어쩔 수 없는 선택입니다.

–황제께서 그런 점까지 봐주지 않소. 어떻게 고구려를 섬길 수 있소?

유무는 단 한순간도 동해에게서 눈을 떼지 않고 미묘한 변화를 살폈다. 바깥으로 돌던 말들이 점점 핵심으로 파고들어갔다.

–예족은 위나라에 충성을 바칠 것입니다.

–말만으로 그것을 어찌 믿는단 말이오. 언제든지 번복할 수 있는 것이 당신들 아니오.

–어떻게 하면 저의 충성을 믿으시겠습니까?

–난 말이오. 이곳이 정말 마음에 드오. 풍광도 너무나 아름답고, 물맛은 얼마나 기가 막힌지 모른다오. 찻잎을 띄우지 않아도 물 그 자체가 너무 맑고 맛있어서 반했소. 물맛이 좋으니 술맛도 최고요.

–감사합니다.

–폐하께서는 고구려의 활에 대해 무척이나 관심이 많다오. 고구려왕이 보낸 활에 매료되어 우리도 똑같은 것을 만들어 보려고 몇 번이나 시도했었소. 헌데 아무리 활을 뜯어서 연구해도 안 된단 말일지. 오죽하면 고구려에 활장이를 보내달라고 몇 번이나 요청했지만 결국

이루지 못했소.

동해는 유무가 고구려 활 이야기를 왜 꺼냈는지 알 수가 없었지만 자꾸만 불안했다. 유무는 술 한 잔을 단숨에 들이키더니 목소리를 착 가라앉혔다. 미소를 살짝 띄우며 동해의 눈을 파고드는 눈빛은 너무나 잔인하고 섬뜩했다. 바짝 다가와 가까이에서 속삭이듯 말하는 낮은 음성은 오히려 온몸에 소름이 돋게 만들었다.

–고구려인들이 가진 기술 대부분이 실은 예에서 전해진 것이 많다고 들었소.

–네. 말도 같고 풍습도 비슷한 것이 많다 보니 교류가 활발했습니다. 특히 지금의 활이나 창 등 무기 기술은 우리가 더 월등했는데 어느 순간부터인가 그들에게 모든 것을 빼앗기게 되었습니다.

–저런 억울한 일이 어디 있을까? 사실 고구려 왕도 처음에는 부족장일 뿐이었잖소. 계루부가 힘이 커지면서 다른 부족들을 통합해 나간 것이 아니오?

–그렇지요.

–불내예후도 그리 못할 게 뭐가 있소?

–무슨 말씀이신지?

–그대도 예에서 가장 큰 부족인 불내예후가 아니오. 다른 부족들을 아울러 우리 위나라에 힘을 실어준다면 그대가 왕도 될 수 있지 않겠소?

–제가 어찌….

–고구려의 주몽도 처음에는 계루부의 우두머리일 뿐이었소. 그 후

점차 자신의 세력을 넓혀 간 것이오. 불내예의 영토는 초기 고구려보다 더 기름지고 넓소. 그대라고 못할 것이 무엇이오.

동해는 몸속의 혈관들이 터져나갈 듯이 빠르게 휘돌며 손끝부터 발끝까지 바르르 떨리는 바람에 술잔을 자칫 놓칠 뻔했다. 불내예는 예족들 중에서 가장 크지만 강한 힘을 행사할 수 없었다. 예족들은 한데 마음을 합하지 못했다. 일 년 중 무천제만은 영역을 넘어서 어울리지만 축제가 끝나면 다시 흩어지고 경계를 엄격히 지어 배타적이 되었다. 동해의 아버지가 화려국과의 혼인을 주관하던 이유도 혼인동맹을 맺어서라도 부족끼리 통합시키기 위해 애썼다. 아버지는 그 사이에 아이가 태어나 두 부족의 상징이 되기를 무척이나 바랐다. 아버지가 자신에게 걸었던 많은 기대들이 하나씩 꺾일 때마다 작은 나라의 설움과 자괴감만이 더해갔다.

불내예후 자리도 벅차하며 만족하며 예족이 사라지지 않게 하기 위해 온 힘을 다했다. 고구려 앞에서 한없이 비굴하게 낮추며 공물과 때로는 사람들을 바쳤다. 아버지는 고구려와 예족은 같은 족속이라고 했지만 그런 것들은 아무런 의미가 없었다. 고구려든 위나라든 예족을 업신여기고 무엇 하나라도 빼앗아 가기 위해 안달이 난 것들 뿐이었다.

왕. 두려운 이름이었다. 예족들의 왕이 된다는 것이 과연 가능한 일일까.

—어찌 그런 무서운 말씀을 하십니까?

—무서운 말이라니! 그렇지 않소. 내가 보기에는 불내예후는 마땅

히 왕이 될 재목이오. 그대 뒤에는 낙랑군, 아니 위나라가 있소. 폐하께서 그대에게 책봉서를 내리기만 한다면 어느 누가 듣지 않겠소?

동해는 정신을 차릴 수가 없었다. 갑작스레 자신을 왕으로 만들어 준다고 하니 도통 그 속내를 알 수가 없었다. 유무가 무언가를 원하고 있다는 것을 알겠지만 그것이 무엇인지 감을 잡을 수가 없다. 원하는 것을 내어준다면 무엇이든 다 들어주겠다는 것이고 그렇지 않다면 불내예를 가만히 두지 않겠다는 협박이 강하게 드러났다.

두사람은 밤새도록 술을 마셨다. 동해는 아무리 술을 마셔도 취하지 않았다. 머릿속에 맴도는 불길한 생각은 떨쳐지지 않고 술을 마실수록 정신은 더욱 극점으로 치달았다.

진한 먹장구름이 하늘을 뒤덮었다. 검게 변한 하늘은 금방이라도 비를 뿜어낼 듯하고 거센 바람이 일렁거렸다. 으스스하고 차가운 기온이 등줄기가 서늘해졌다. 수리는 담비가죽조끼를 더욱 단단히 조여매었다. 하늘을 올려다보며 생각에 잠겼다.

불내예를 떠나기 전날 동해는 수리의 방을 찾아왔다. 동해는 얼굴을 제대로 들지도 못한 채 죄책감에 싸여 있었다.

–날 원망하오?

–아닙니다. 제가 선택한 일입니다. 어떻게 말해야 할지 모르겠습니다. 저는 당신께 항상 죄를 짓는 마음이었습니다. 온전히 마음을 져본 적도 없고 책임을 다한 적도 없습니다. 부족의 명예를 위해서 어쩔 수 없는 정략결혼이라 할지라도 내가 짊어진 의무는 다해야 했습니

다. 하지만 저는 그러지 못했습니다. 그리고 도망치고 싶었습니다. 당신의 잘못은 없습니다. 제가 돌아온 이유도 책임을 위해서였습니다. 마음의 죄를 안고 살고 싶지 않은 나의 이기심이지요. 그러니 죄책감을 가지지 마세요. 저는 이 일로써 제 마음에 담은 책임과 의무를 놓아버리려고 합니다.

—당신은 끝까지 잘났구려. 처음부터 당신은 내 사람이 되지 못할 거라고 생각했소. 어딘지 모르는 곳을 향해 있는 당신의 눈은 나로서는 견디기 힘들었소. 그래, 당신은 편하겠지만 내가 그 마음의 죄를 안고 살아야 할지 모르겠군.

—예후!

—불내예를 위한 선택이라고 말하고 싶지만 사실 유혹을 떨칠 수가 없소. 난 당신을 보내는 대가로 엄청난 것을 받게 될 것이오.

아직도 동해의 마지막 말이 수리의 귓전에 맴돌았다. 그리고 깊숙한 마음 한 켠이 아리고 쓰렸다. 무언가를 원하면 그 대가는 반드시 치러야 했다. 수리는 족쇄에서 풀려났지만, 동해는 아마도 평생 부인을 팔아야 한다는 마음의 짐을 안고 살아가야 할지 몰랐다.

—무슨 생각을 하는 게요?

어느새 유무가 불쑥 다가섰다.

—바람이 찹니다. 안으로 들어가지요.

—속이 좋지 않아서 바람을 쐬러 나왔습니다.

—어디가 불편하오?

—신경 쓰지 않으셔도 됩니다. 걱정하지 마십시오.

–내일부터 음식에 좀 더 신경을 쓰겠습니다.

–태수님은 저에게서 무엇을 원하는 겁니까?

–글쎄. 그 이야기는 좀 천천히 하도록 하십시다.

수리는 낙랑군 태수 유무를 바라보았다. 태수의 눈에 예는 얼마나 작고 보잘 것 없이 느껴질까. 불내예 사람들은 누구나 그를 두려워했다. 멀리서 그 모습이 보이기라도 하면 움츠리며 숨기 바빴다.

예는 모든 부족을 합한다고 해도 위나라에 비해서 보잘것없는 나라다. 유무의 눈에 동해는 어떻게 비쳐졌을까. 유무의 요구를 들어줄 수밖에 없는 약한 나라의 후이다. 부인을 조공품으로 바쳐야 한다는 것이 얼마나 끔찍한 일인가.

수리는 조공품이다. 불내예가 살아남기 위해서 낙랑군에 조공품으로 보내졌다. 예후의 선택에 수리는 아무런 토를 달지 않고 그대로 따랐다.

낙랑군은 고구려와는 또 다른 이질적인 모습이었다. 이곳은 전혀 다른 세상이었다. 유무는 수리에게 최대한 호의를 베풀었다. 화려하고 아름다운 집에 시중을 드는 노비들까지 보내주었다. 수리의 방은 태어나서 처음 보는 진기한 물건들로 가득 찼고, 자수가 곱게 놓인 고급 비단옷을 입었으며, 매일 기름지고 맛있는 음식들이 나왔다.

하지만 무엇도 수리에게 맞는 것은 없었다. 모든 것이 불편하고 어색했다. 화려한 옷은 편안하지 않았고, 음식은 너무 기름져서 입에 맞지 않았으며, 집안에 풍기는 향기는 머리만 아프게 했다.

보름이 지난 후 유무는 수리를 데리고 어디론가 향했다. 수레를 타고 달려온 지 얼마 지나지 않아서 도착한 곳은 낙랑군의 무기고였다. 긴 창을 들고 서 있는 보초병들은 흔들림 없는 눈으로 경계를 늦추지 않았다. 그들은 유무를 보자 깍듯이 인사를 하면서 굳게 닫힌 문을 열었다.

무기고 들어가는 입구 쪽에는 대장간이 있었다. 뜨거운 열기 속에서 대장장이들은 지칠 줄 모르는 힘으로 쇠붙이를 두드렸다. 쇠소리들은 한데 엉켜서 거대한 울림을 만들어냈다. 대장간에서는 수백, 수천 개의 칼과 창들이 쏟아졌다.

양날이 있는 검부터 날을 곧게 만든 직도, 날이 휜 곡도 등의 칼이 즐비해 있었다. 하지만 수리는 칼보다 창의 종류가 그토록 많은 것을 보고 놀랐다. 철제로 창날을 만들고 뿌리 부분을 뾰족하게 만든 일반적인 창인 모, 적의 목을 베는 데 유용하도록 창날을 직각으로 만든 과, 과와 모를 합쳐서 만든 극, 스무 자는 넘을 법한 삭, 창날이 두세 개인 삭 등 창의 종류만 해도 수십 가지가 넘었다.

유무는 창 한 자루를 들어서는 이리저리 휘둘렀다.

–창의 종류가 이렇게 많은지 처음 알았습니다.

–가장 많이 쓰이는 무기가 창이오. 내가 가장 선호하는 무기는 바로 극이오. 치고 찌르고 베는 것이 모두 가능한데다 전차병이나 기병의 목을 갈구리로 꺾어 넘어뜨릴 때 아주 유용하오. 말을 타고 있을 때는 이놈을 조심해야 한다오.

수리는 속이 메스껍고 토할 것만 같았다. 번뜩이는 창의 날에서 비릿한 피냄새가 났다. 사방에는 불 속에서 쇠가 달구어지고만 있을 뿐

핏방울도 찾아볼 수 없었다. 후끈거리는 열기 속에 대장장이들의 땀 내음만 가득할 뿐인데 수리는 마치 바로 옆에 사람이 피를 흘리고 죽어가고 있는 듯한 진한 피냄새를 맡았다.

–왜 그러시오? 얼굴빛이 안 좋구려.

–아닙니다.

유무는 수리를 데리고 더 깊숙이 들어갔다. 한참을 따라 들어가니 자작나무, 뽕나무 등이 쌓여 있는 곳에 다달았다. 수리의 두 눈이 동그래졌다. 유무는 잔잔한 미소를 띠며 그녀를 데리고 궁방으로 들어갔다.

그 안에는 활을 만들기 위한 궁창, 자귀, 끌, 톱 등의 도구들이 가지런히 놓여 있었다. 그리고 무엇보다 놀라운 것은 수백 장은 넘을 것 같은 물소뿔이었다. 일년에 한 장을 구하기도 어려웠다. 박달의 궁방에서도 이렇게 많은 물소뿔은 없었다.

–이렇게 많은 물소뿔을….

–내가 가장 좋은 물소뿔만 조달해달라고 태부님께 부탁드렸소. 원하는 재료는 무엇이든 다 가져다 주겠소. 당신은 이곳의 활장이가 되어 가장 좋은 활을 만들어 주면 되는 거요. 위나라에 특별한 선물이나 진상품으로 보내오는 고구려의 활은 귀족들 모두 손에 넣고 싶어 하는 귀한 물건이오. 이제 그대가 활을 만들어준다면 우리는 말할 수 없는 부와 권력을 가지게 되는 것이오!

–태수님이 내게 원한 것이 이것입니까? 미천하고 하잘것없는 저를 이곳에 데려온 이유가….

–그렇소. 그대는 이곳에서 아무 걱정 없이 활만 만들면 되는 것이오. 불내예에서 내가 당신을 쭉 지켜봐왔소. 그대는 뼛속 깊이 활밖에 모르는 활장이오. 여기서는 그대가 활을 만들어도 아무도 탓할 사람이 없소. 당신이 하고 싶은 대로 하면 그뿐이오. 새로운 세상이 열릴 것이오.

유무는 자신의 계획이 아주 만족스러운 듯 자아도취에 빠졌다. 그래서 하얗게 질려 두려움에 떠는 수리의 얼굴을 보지 못했다. 수리는 코끝에 피내음이 나는 것 같았다. 구역질이 올라왔다.

심연

먹장구름이 하늘을 가득 메웠다. 땅의 열기가 밖으로 빠져나가지 못하자 날씨는 더욱 후텁지근해지면서 숨이 탁탁 막혔다. 말똥의 구린내가 등천하는 마구간에서 야위고 윤기를 잃은 말들이 빈 여물통만 핥으며 배고픔을 이기지 못해 울음을 토해내지만 누구도 귀 기울이지 않았다.

마구간만이 아니라 모든 것이 엉망이었다. 수레 위에 먼지가 뽀얗게 쌓였고, 바퀴도 심하게 부서져 있었고, 마당 곳곳에는 술항아리가 여기저기 굴러 다니고 부딪쳐 깨진 조각들이 흩어져 어지러웠다. 서까래에 걸려 있는 고깃덩어리에서는 푸른 빛이 감돌면서 썩은 내가 진동하고 파리 떼가 즐거이 윙윙거리며 대들었다. 숨이 탁탁 막힐 듯한 날씨에 온갖 악취들이 집안을 잠식했다.

먹장구름이 심상치 않더니 이내 장대비가 퍼붓기 시작했다. 막돌은 쏟아지는 빗줄기만 멍하니 바라볼 뿐 행랑채에 걸터앉아서 한숨만 내리 푹푹 쉬었다. 예전 같으면 비설거지를 다 해 놓았겠지만 이제는 모든 일에 의욕을 상실했다. 아내를 친정에 보낸 후에는 더욱 힘이 빠져서 거의 매일 넋 놓고 있기 일쑤였다.

아담하고 말끔했던 집은 하루, 이틀, 사흘을 넘기면서 악취와 쓰레기로 뒤덮여 사람이 살고 있다는 생각조차 들지 않을 정도의 꼴이 되어갔다. 아무리 더러워도 막돌이 소매를 걷어부치고 청소를 한다면 다시 예전처럼 돌아갈 수도 있었지만 의욕을 잃어서 말먹이를 줄 생각조차 잊어버리기 일쑤였다.

혼인을 하기 전에도 혼자서 주인 없는 집을 빈틈없이 깨끗이 치우고 관리했다. 밀우가 전쟁터에서 오랫동안 돌아오지 않을 때에도 매일 쓸고 닦으며 본분을 다했다. 주인이 없는 집에서 꾀를 부릴 만도 한데 막돌은 어릴 때부터 지금까지 형처럼, 아비처럼 밀우를 돌보면서 온 마음으로 보살폈다.

삐걱거리며 대문이 열렸다. 멍하니 앉아 있던 막돌은 화들짝 놀라며 일어서 재빨리 일어섰다.

—가비아가씨!

막돌은 큰 덩치에 어울리지 않게 눈물부터 쏟아냈다. 수일째 집안에 틀어박혀 술만 마시는 밀우를 어떻게 해 볼 도리가 없었는데 가비가 찾아오니 마치 다시 희망의 빛을 보기라도 한 듯 흥분했다.

—밀우님은?

—방 안에서 꼼짝을 하지 않으십니다. 음식은 입에도 대지 않고 오직 술만 드십니다. 어쩌면 좋겠습니까?

—들어가 볼게요.

—아니다. 내가 가 보겠다.

싸늘한 목소리에 막돌은 움츠렸다. 가비에 대한 반가움으로 그림자처럼 서 있던 사내를 보지 못한 것이다. 사내는 집안을 뒤덮고 있는 악취에 이맛살을 잔뜩 찌푸리며 여기저기 굴러 다니는 술동이를 보며 혀를 내둘렀다. 그는 잠시 머뭇거리다 싶더니 마음을 다잡고 성큼 안으로 들어섰다.

–내가 긴히 그와 할 이야기가 있다.

–하지만 태자님….

–가비야, 너무 걱정하지 마라.

밀우가 홀연 모든 직을 내놓고 사라지듯 궁을 떠나 집안에만 칩거하고 있다는 소문은 환도성에서 엄청난 속도로 퍼졌다. 성 전체가 밀우의 일로 들썩거렸다. 그를 신처럼 추종하는 자들이나 시기 질투하는 자들도 모두 큰 충격에 빠졌다. 성내에 떠돌던 수백, 수천 가지의 소문은 또 다른 소문을 낳으며 밀우의 명예는 끝없이 떨어졌다. 맹목적으로 따르던 사람들까지 실망을 하며 그에게서 돌아섰다.

가장 충격을 받은 사람은 누구보다 고구려 왕, 교체였다. 그는 몇 차례나 직접 밀우의 집을 찾아왔지만 밀우는 마치 거대한 바위처럼 움직일 줄 몰랐다. 처음에는 교체도 얼마든지 밀우를 다시 제자리에 돌려놓을 수 있을 것이라 자신했다. 두 사람은 단순한 왕과 신하의 관계가 아니라 진실한 동무였고, 형제였다. 하지만 아무리 설득해도 소용이 없었다. 교체 역시 밀우에게 엄청난 충격을 받았다. 그 충격은 상실감으로 다시 분노로 변하면서 걷잡을 수 없는 감정으로 치달았다.

교체의 분노가 극도로 다다를수록 연불은 묘한 감정에 잇닿았다. 한없이 미워하던 존재였지만 끝없이 그의 명예가 추락하는 것은 기분이 좋지 않고 당황스러웠다. 그의 선택, 연불로서는 이해할 수 없는 선택을 한 이유가 궁금해졌다.

빗줄기는 더욱 세차지고 연불의 온몸을 적셨다. 방문을 열고 들어간 순간 방 안의 케케묵은 냄새와 술비린내가 합쳐져 얼굴을 확 덮쳤다. 방바닥에 쓰러져 있는 밀우에게서 고구려 최고의 장수였던 모습은 찾아볼 수 없었다. 거리의 무지렁이 주정뱅이보다 더한 모습에 연불은 할 말을 잃었다. 눈 앞에 쓰러져 있는 폐인이 밀우라고 보기 의심스러웠다.

머리칼과 수염은 아무렇게 헝클어져 얼굴을 뒤덮었고, 더러운 옷에서 이루 말할 수 없는 악취가 몰려왔다. 연불은 밀우를 흔들어 깨웠다. 밀우는 천천히 눈을 뜨면서 비틀거리며 몸을 일으키는 찰나 휘청거리며 바닥으로 쓰러졌다.

–밀우장군!

연불은 너무 놀라서 그를 부축하여 일으켜 세웠다.

–어허… 태자님이 어쩐 일이십니까?

숨을 가쁘게 몰아쉬며 내뱉는 말 속에 역겨운 술냄새가 확 올라왔다.

–밀우장군이 어떻게 이런 모습을 하고 있을 수 있단 말이오?

–저는 더 이상 장군이 아닙니다.

–왜 내 말대로 하지 않았소?

—….

—난 이해할 수 없소. 왜 그대의 힘을 쓰지 않은 거요?

—할 수가 없었습니다.

—불내예를 쓸어버리고 그 따위 작은 부족의 후 따위를 죽이는 것이 뭐가 그리 대수요? 그대가 너무 꽉 막힌 미련한 사람이오. 죄책감 때문에 그리했소? 수많은 전쟁터에서 셀 수 없이 많은 사람을 죽인 그대가 그깟 한 사람 더 죽인다고 탓할 사람도 없었소. 그대가 불내예후의 부인을 취한다고 해서 귀족들이 무어라 떠들어 댈 사람은 아무도 없소. 그들이 얼마나 많은 부족장들의 아내를 강제로 빼앗아 왔는지 아시오? 그건 권력을, 힘을 가진 자들은 누구나 쉽게 할 수 있는 일이오. 답답하오. 지금이라도 내가 은밀히 도와주겠소. 이런 못난 모습을 보이지 말고 내 군사를 내어줄 테니 불내예를 쓸어버리시오. 이 일은 그대와 나만 아는 비밀로 부쳐두겠소

—할 수가 없습니다.

—할 수가 없다니 그게 무슨 말이오. 어서 일어나시오!

—수리는 원하지 않을 겁니다. 그리 한다고 해서 저에게 올 사람도 아닙니다….

말 한마디마다 아픔이 새겨졌다. 밀우는 빠져나오기 힘든 구렁 속에 자신을 가두고 모든 것을 거부하는 듯 눈을 감은 채 더 이상 말을 하지 않았다. 숨막힐 듯한 긴 침묵만이 지나갔다. 연불도 하고 싶은 말을 다 하지 못한 채 밖으로 나왔다.

방문을 열고 나오자 가비의 커다란 눈과 마주쳤다. 근심이 가득한

눈빛은 깊은 슬픔을 품은 채 많은 것을 묻고 있었다. 그리고 이내 알겠다는 듯 낙심한 눈으로 변했다.

수레는 심하게 덜커덩 흔들리며 길 위를 달렸다. 장대비는 점점 더 거세지면서 바퀴가 진흙탕 속에 허우적거려 수레 안은 더욱 심하게 요동쳤다.

—밀우장군이 걱정되느냐?

—네.

—그런데 어째서 말릴 생각은 하지 않고 그렇게 술만 보내고 있느냐?

—지금 밀우님의 고통은 무엇으로도 덜어줄 수 없다는 것을 아니까요. 누구도 무엇도 할 수 없고 술을 드신다니 조금이라도 몸을 상하지 않는 술을 만들어 보내 드릴 수밖에 없습니다. 제가 할 수 있는 일은 술을 만들어 드리는 일뿐이니까요. 밀우님이 홀로 이겨내실 것이라고 저는 믿고 있습니다.

—흥, 밀우장군에 대한 너의 믿음은 대단하구나.

—의지가 강한 분이십니다.

—내가 돕겠다고 했는데 그는 거부했다. 내 말대로 했으면 그 여인과 헤어질 일도 없었을 텐데 참으로 어리석은 사람이다.

—어떤 도움입니까?

가비의 두 눈이 연불을 향하자 약간은 망설이더니 큰소리쳤다.

—내가 밀우에게 해를 끼칠 만한 일이라도 제안했을 것 같으냐?! 아니다! 도와주고 싶었다! 넌 내가 나쁜 짓이라도 저지른 것처럼 대하는구나.

—아마도 수리언니가 원하지 않았을 것입니다. 수리언니도 밀우님을 떠나고 싶지 않았지만…. 자신의 책임을 다하기 위해서 어쩔 수 없는 선택을 한 것입니다. 수리언니나 밀우님은 그런 분들이지요.

—이해가 되지 않는다. 그토록 원하면서, 가질 수 있는데 알 수가 없구나.

—저는 태자님이 가지신 것입니까?

—무슨 말이냐?

—아닙니다. 아무것도 아닙니다.

가비는 말을 삼키며 고개를 돌렸다. 연불은 무언가 말을 꺼내려다 입을 다물었다. 긴 침묵 속에서 수레는 굵고 거센 빗속을 헤치며 위태롭게 휘청거렸다.

세상을 삼킬 듯이 쏟아붓던 장대비 속에서 성내의 한 술집에서는 웃음소리가 끊이지 않았다. 나부들의 귀족 자제들이 함께 모여 술을 주거니 받거니 하며 이야기꽃을 피우느라 정신이 없었다. 모두들 기분이 한껏 고조되어 있었다. 선인으로서 활쏘기, 검술, 학문을 익히며 평생의 벗하기를 맹세했던 자들이었다. 서로 간에 안부를 묻거나 혹은 무용담을 과시하기도 했지만, 대부분 십대 시절 함께했던 추억을 이야기했다.

순수한 어린 시절을 함께했던 사이라서 각자 신분과 지위가 달라도 어느 모임보다 즐겁고 화기애애해 보였다. 하지만 속내를 뜯어보면 신분과 지위에 따라 시기와 질투심이 생겼고 그것은 어쩔 수 없는 일이었다. 왕족인 계루부냐 아니면 연나부나 비류나부 출신이냐 아니면 관나부냐, 환나부에 따라서 신분의 격차는 존재했다.

이들 다섯 나부 출신이 예부터 존재해 왔던 세력이라면 왕의 주도 아래 새로이 키워진 신흥나부 세력들이 생겨났다. 신흥나부들은 왕의 든든한 후원으로 세력을 넓히고 다소 힘이 약한 관나부나 환나부는 물론이고 연나부와 비류나부조차도 바짝 긴장하게 만들었다.

자리를 주관한 연두지가 굳이 관나부나 환나부까지 불러들였던 것은 어린 시절의 순수함에서 나온 마음은 아니었다. 신흥나부 세력을 경계하자는 의도가 없진 않았다. 연두지는 신흥나부 세력들이 탐탁치 않았다. 전통도 없고 그 무엇도 없어 보이는데 오직 왕의 후원만 믿고 나서는 듯해서 보기 좋지 않았다. 특히 밀우에 대해 왕이 가지는 무한한 신뢰는 지나쳐 보였다. 나이는 고작 몇 살 차이밖에 나지 않는데도 승진이 자신보다 훨씬 빠르고, 고구려 장수는 오직 밀우밖에 없다고 여기는 풍토도 마음에 들지 않았다.

연나부나 비류나부는 물론이고 관나부와 환나부조차도 모든 것이 밀우에게만 집중되는 데 점점 불만이 쌓여갔다. 그럴 즈음에 갑자기 생각지도 못했던 일이 일어났다. 밀우가 모든 직을 내려놓은 채 집 밖을 나오지 않았다.

밀우가 모든 직을 내려놓고 나간 후로도 왕은 신하들을 수차례 보내기도 하고, 직접 집까지 몇 번이나 찾아가서 설득하기를 반복했다. 하지만 무엇도 소용이 없었다. 결국 극심한 분노에 휩싸인 왕은 결국 밀우에게 내렸던 모든 직과 식읍까지 거두어 들었다.

직속부하들은 흩어져 다른 지휘관 밑으로 들어가고, 주어졌던 모든 권한들은 박탈되었으며, 그동안 쌓았던 공적마저 모두 삭제되었다. 밀우는 더 이상 장군도, 귀족도, 그 무엇도 아닌 사람이 되었다. 그를 시기하던 적들마저 과한 처사라는 말이 나올 정도였지만 왕의 분노는 무엇으로도 잠재워지지 않았다.

연두지는 거하게 취한 채 술잔을 부딪치느라 정신이 없었다. 술이 취한데다 옆에서 추켜세우는 통에 더욱 들떠서 목소리가 높아졌다. 그러다 소란스러운 중에서 밀우라는 말에 귀가 솔깃해졌다.

—밀우?

—그렇다네. 밀우장군 소문이 진짜인가?

—흠….

—자네는 들은 바가 없나? 모든 직을 내려놓고 집안에서 나오지 않는다고 하던데….

—자세한 내막은 잘 모르나 그렇다고 하더군.

—장군께서 무엇 때문에 그리 하시는 건가?

—자네도 밀우의 추종자군.

—아니 뭐 그렇다기보다는 그분이 워낙 명망이 높으셔서….

—여인 때문이라는 말이 있던데….

—맞아. 남의 부인을 취하려고 하다가 그리되었어.

—뭐라? 그게 말이 되오? 밀우장군은 그런 분이 아니시네.

—세상에 절대 안 되는 일이란 없고, 절대 안 그럴 것이라는 사람도 없네.

—자네도 유유처럼 덤벼들 텐가?

—허허허! 유유가 성질이 좀 급하지. 게다가 밀우라고 하면 아마 자신의 목숨이라도 내놓을 사람일 걸….

—그자는 그 성질머리부터 고쳐야 할 거야.

—그나저나 정말인가? 밀우가 직을 내놓은 게 여인 때문이라는 게….

—내가 없는 말이라도 지어낸 듯싶나. 사실이네.

—놀랍네. 어떤 여인이길래 밀우의 마음을 한 번에 잡았을까? 귀족부터 노비까지 그 이야기를 하지 않는 자가 없네. 모두들 충격이 커. 밀우장군 같은 분이 어찌 그리하셨는지 참으로 안타까운 일일세.

—그리 안타까우면 폐하께 주청이라도 드리게. 자네 앞으로 떨어진 식읍도 뱉어내고 말일세.

—그게 무슨 소린가?

—자네는 압곡의 식읍을, 또한 자네는 노비를, 밀우에게 내렸던 철광산은 누가 가져갔더라. 그 다음에 부대가 나눠져서 병사들이 각기 다른 부대로 편제되었다지. 토해내고 싶지 않으면서 그런 말을 뭐하러 하는가?

—음…. 그래도 밀우장군만 한 사람은 없어.

—동부의 나부랭이 주제에 장군직까지 올라갔다고 열변을 토했던 게 자네 아닌가? 우린 나부 소속은 달라도 한때는 같은 선인이었지 않은가? 관나부와 환나부도 마찬가지야. 왜 우리가 그들 신흥나부에게 뒤처져야 하는가? 밀우가 제아무리 뛰어나다고 해도 무책임한 행동으

로 폐하에게 등을 돌렸어. 그러고도 아직도 밀우, 밀우할 것인가?

여기저기서 신흥나부에 대해, 밀우에 대해 불만이 터져 나왔다. 연두지는 아주 흡족한 듯이 술잔을 기울였다.

살갗을 스치는 바람이 매서웠지만 가비의 이마에는 땀이 송글송글 맺혔다. 반죽을 치대는 손길이나 독에 물을 퍼부을 때도 어느 때보다 조심스럽고 정성이 깃들어 있었다. 마시지도 못하는 술이 뭐가 그리 좋으냐는 핀잔을 들으면서도 술독 안에 잘 익은 술냄새를 맡으면 답답하던 가슴도 뚫렸다. 술도가를 떠나 있는 동안 술 익어가는 냄새가 몹시도 그리웠다. 무서운 꿈이라도 꾼 날이면 술독에다 가만히 귀를 기울이곤 했다. 바람소리마저 고요한 깊은 밤이면 술은 맑고 경쾌한 음을 냈다. 술 익어가는 소리를 들으면 불안하고 어지러운 마음이 안정되고 편안해졌다.

술을 빚으면서 가비는 간절히 기도했다. 자신처럼 밀우도 조금이나마 마음의 위로를 받기 원했다. 어떤 음식도 입에 대지 않는 밀우에게 매일 술을 빚어 가져다 놓았다. 밀우는 마시고 쓰러졌다가 잠이 들고 다시 깨어나면 다시 마시기를 멈추지 않았다.

가비가 올 때마다 막돌은 어떻게 하면 좋겠냐며 통곡했다. 그럴 때마다 그녀도 어떤 답을 내놓을 수 없었다. 심연 속에 빠져서 허우적대는 밀우에게 어떤 말도, 무엇도 괴로움을 덜어 줄 수도 슬픔을 달래 줄 수도 없었다. 몸이 최대한 상하지 않는 술을 빚어줄 뿐이었다. 밀우는 누구에 의해, 무엇에 의해 움직이는 사람이 아니기에 심연 속에서 스스로 빠져나오기를 기다릴 수밖에 없었다.

이른 새벽부터 밤까지 가비는 술을 빚었다. 울음을 삼키며 간절한 마음으로 끊임없이 손을 멈추지 않았다. 우물에서 두레박을 끌어올리고 있을 때 낯선 발자국 소리를 내며 누군가가 가비에게 다가왔다. 놀라 뒤돌아봤을 때 젊고 아름다운 여인이 가비를 뚫어지게 쳐다보고 있었다.

—누구십니까?

—난 연나부 고추가의 딸 인영이다.

—인영아가씨께서 이런 곳에 어쩐 일이십니까?

—날 아는가?

—궁궐에서는 비밀이 없습니다. 태자비마마가 되실 분이라고 알고 있습니다.

—그래, 맞다. 내가 곧 연불태자님의 아내가 될 사람이다. 그런데 너는 누구냐?

—가비라고 합니다.

—궁녀냐?

—아닙니다. 술을 빚는 일을 하는 계집일 뿐입니다.

—그래. 아버지에게서 들어봤던 것 같다. 폐하께서 네 술이 아니면 마시지 않는다고 하시더구나.

—아닙니다. 제가 아니라 물금님입니다.

—그래?

두 여인의 눈이 부딪쳤다.

가비는 태자비로 거론되고 있는 인영에 대해 이미 알고 있었다. 고구려 최고 가문의 대단한 미인이라고 소문이 자자했다. 자신과는 도저히 비교도 되지 않았다. 그녀와 자신의 처지와 비교되자 가슴이 쓰렸다.

인영은 뭐가 마음에 들지 않는지 얇은 입술을 깨물며 미간을 찌푸렸다. 이상한 감정이 솟구쳤다. 이전에는 느껴보지 못한 낯선 감정에 당황스러웠다. 자신을 보고도 피하지 않는 저 당당한 두 눈, 초라한 행색을 하고 있어도 빛나는 미모에 인영은 무자비하게 참패를 당한 듯 좌절했다.

예물에게서 연불태자가 따로 마음에 두고 있다는 여인이 있다는 이야기를 들었을 때만 해도 기분은 나빴지만 대수롭지 않게 생각했다. 자신을 정식으로 보게 된다면 하잘것없는 여인 따위는 금방 잊어버릴 것이라고 여겼다. 하지만 정식으로 선보인 자리에서도 연불은 인영에게 시선조차 주지 않았다. 처음으로 당하는 외면에 적잖이 당황했고 그제야 그 여인이 궁금해졌다.

자존심을 억누르고 오라비에게 궁궐 술도가에서 일하는 여인을 알아보게 했다. 연두지는 의아했지만 동생이 처음으로 부탁하는 일이라서 흔쾌히 들어주었다. 왕의 친모인 관나부 주통촌 출신의 여인에게 갑자기 양딸이 생겼다는데 그녀가 바로 가비였다. 대단한 미인이라는 소문만 무성할 뿐 실제로 본 사람은 얼마 되지 않는다고 했다. 관나부 귀족 장유조차도 물금은 여러 번 보았지만 딸은 한 번도 본 적이 없다고 했다.

바깥 출입도 잘 하지 않고 궁궐 술도가에서 거의 나오지 않았는데 최근에는 연불태자와 사라지는 일까지 발생하여 궁궐이 발칵 뒤집어졌다. 다행히 왕의 선처에 여전히 술도가에서 술을 만들고 있지만 그 이후에 조금씩 가비의 존재가 바깥으로 드러나기 시작했다.

인영은 직접 보지 않고서는 견딜 수가 없어서 결국 직접 술도가까지 왔다. 하지만 오지 말아야 했다. 끝도 없이 바닥을 치는 이 비루한 감정은 무엇인지 그녀는 처참하게 무너졌다.

숨이 막힐 정도로 더운 날씨다. 얼굴부터 흘러내리는 땀으로 온몸이 흠뻑 젖었다. 무엇보다 머리부터 발끝까지 철갑옷을 입은 철기병의 느끼는 더위는 이루 말할 수가 없었다. 벌써 등과 허벅지 등에 습진으로 고생하는 병사들이 늘어갔다.

겹겹이 산으로 싸인 깊은 계곡은 어디가 끝인지 알 수가 없는 곳, 양맥이었다. 험준한 지형으로 길을 잘못 든다면 빠져나오기조차 힘들었다. 연두지는 들뜬 마음을 감출 수가 없었다. 드디어 선봉에 서서 왕 앞에 자신을 마음껏 드러낼 수 있는 자리에 서 있기 때문이었다. 언제나 밀우가 선봉에 서서 전투를 지휘하던 것이 부럽고 시기심이 앞섰다. 그러나 지금은 연두지가 선봉으로 나왔다.

–폐하, 고구려 병사들의 사기가 하늘을 찌르고 있습니다. 이번 전투에서의 승리는 확실하옵니다. 위나라의 병사들을 이 땅에서 완전히 몰아낸 다음 낙랑까지 복속시킨다면 동북의 강자는 고구려일 수밖에 없을 것입니다."

–그렇다. 우리 고구려는 이번 전투에서 새로이 태어날 것이다. 추

모왕대 이후 이백 년 넘게 이어오며 강성한 나라이다. 요동, 그곳을 우리가 점령할 것이다.

–그러하옵니다. 감회가 남다릅니다.

–하지만 방심은 금물이다. 우리가 험준한 지형을 잘만 이용한다면 저들을 물리치는 것은 어려운 일이 아니니다.

연두지는 왕이 이제야 자신을 인정해 주는 것 같아 더할 수 없는 자부심으로 충만했다. 찌는 듯한 더위에도 갑옷을 잠시도 벗지 않으며 전투준비에 열을 올렸다.

–쳇! 기가 막혀. 자기가 무슨?

–유유! 말조심해.

–연두지 하는 꼴이 우습지 않은가? 폐하 옆에서 아부 떠는 것 하며 얼마나 알짱거리고 돌아다니는지 아는가?

–하지만 지금의 지휘관은 연두지야.

–저자가 과연 지휘를 잘할 수 있을까?

–그런 생각 자체가 군법에 위반된다는 것을 모르는가?

–답답해서 그래. 밀우를 생각하면 답답해서 도저히 가만히 있을 수가 없네.

–그렇다고 연두지의 명령을 따르지 않을 수는 없네.

–우리끼리 이러한 대전투를 치러도 되는지에 대해서도 비관적이네.

–이보게, 누가 들으면 어찌 하려고 그러냐?

–에잇, 젠장! 말도 내 마음대로 못하나.

–말조심하게. 우리라도 단단히 정신을 차려야지. 그리고 난 밀우

를 믿네. 그렇게 무너질 사람이 아니네. 그가 얼마나 고구려와 폐하를 아끼는지 난 아네.

―그렇다면 다행이지만 언제쯤에나 돌아올 것이란 말인가. 하아….

긴 한숨을 내뱉는 유유도 그 말에 동감이었다. 다만 너무 오래 걸리지 않기만을 바랄 뿐이었다.

위나라 유주 자사인 관구검은 정찰병이 가져온 정보를 꼼꼼히 살폈다. 평생을 전쟁터에서 누비며 수많은 공적을 쌓은 노장이었다. 긴 원정길에도 지치는 기색 하나 없는 노장의 눈은 예리하고 매서웠다. 작은 정보도 하나같이 허투루 하는 법 없이 냉정하고 침착하게 정보를 분석했다. 고구려 군사가 절대 만만한 상대가 아님은 공손연 정벌 때 익히 경험했다.

불과 몇 년 전만 해도 고구려와 위나라는 함께 힘을 합쳐 공손연의 난을 토벌했다. 이제는 적이 되었다. 위나라 신하였던 공손연이 요동 태수로 만족하지 못하고 위나라에 반기를 들어 연왕이라 칭하기까지 했다. 그 일은 누구보다 빨리 위나라 조정에 고한 것도 관구검이었다. 그는 철저히 위나라를 위해서 태어난 사람이었다.

관구검은 위나라에서 공손연 토벌명령을 받았을 때 무한한 자부심으로 전투를 지휘했다. 그때 고구려에서도 위나라를 돕는다면 철기병 천 명을 보내왔다. 관구검은 기가 막혀 코웃음을 쳤다. 겨우 천여 명을 보내놓고 무엇을 바랄지 우스웠다. 그는 고구려에 대한 인상이 좋지 않았다. 비록 자신이 위나라 사람이지만 고구려가 자기 멋대로 오나라를 배신한 것을 알고 있었다. 오나라와 친교를 맺으며 잘 지내다가 갑자기 위나라에 붙자 고구려 왕은 신의도 모르는 간사한 자라고 여겼다.

그러니 천여 명의 철기군을 데리고 온 그 지휘관이 좋게 보일 리 없었다. 처음 젊은 장수가 인사할 때도 제대로 받아주지 않았다. 오히려 모욕에 가까운 행동을 보여주었다. 하지만 젊은 장수는 어떠한 감정의 동요도 없었다. 전투가 시작되자 관구검은 곧 그에게 매료되었다. 불리한 순간에도 조금도 당황하지 않고 부하들을 이끄는 모습에 감탄하지 않을 수 없었다. 게다가 달리는 말 위에서 화살을 쏘면서도 빗나가는 화살이 없었고, 한 발로 적군 둘을 꿰뚫었다.

젊은 장수와의 만남은 짧았지만 인상은 강렬했다. 그때 가졌던 놀라움의 감정은 긴 여운으로 남아 머릿속에서 사라지지 않았다. 이번 전투에서 그 장수와 제대로 붙어보고 싶었다. 겨루게 된다면 사로잡아서 자신의 부하로 만들 생각이었다.

비류수를 사이에 두고 교체와 관구검이 대치했다. 고구려군은 바짝 긴장을 한 채 위군을 노려보았다. 비류수를 건너면 환도성까지는 하룻길에 불과했다. 최후의 방어선이었다. 교체의 온몸에 피가 끓기 시작했다. 더 이상 물러설 수 있는 곳은 없었다.

연두지는 선봉에 서서 위나라 군사들을 향해 질주하기 시작했다. 갑작스런 공격에 관구검은 당황했다. 이렇게 갑자기 선제공격을 나설 것이라고는 생각지 못했기 때문이었다. 곧 대열을 바로 세우고 고구려의 공격을 막아내고자 했으나 힘이 부치기 시작했다. 삼천의 병사들을 하여금 그들을 우선 막고 퇴로를 확보하여 도망치기 시작했다. 간신히 고구려군을 따돌리고 전열을 가다듬었을 때 전방에서 서 있던 군사들은 거의 전멸되다시피 했다. 백전노장인 관구검은 쓰라린 패배를 맛보았다. 고구려군을 너무 얕잡아본 탓이었다. 일만의 병사라면 충분히 고구려를 정벌하고도 남는다고 큰소리를 쳤던 그였다.

침울한 위나라 군대와 달리 고구려는 승리에 도취하여 끝을 모르고 오만해졌다. 중원의 최고 강군인 위나라의 군대가 형편없이 당하자 교체는 자신감으로 가슴이 끓어올랐다. 양맥에서 위나라 군대를 몰아내고 서안평까지 차지할 수 있다는 확신이 들었다.

하지만 유옥구는 걱정스레 교체를 바라보았다. 아직 승리를 자신하기에는 일렀고, 완전히 전투가 끝나지 않았는데 벌써 들뜨기 시작했기 때문이다. 이것은 전투에 임하는 장수가 가장 경계해야 할 부분이었다.

교체가 병사들 사이로 모습을 드러냈다. 훤칠한 키와 무인다운 풍모는 보기만 해도 믿음직스러웠다. 밤하늘을 가르는 함성소리가 터져 나왔다. 이미 과도한 용맹이 목구멍까지 차올랐다.

-고구려의 용사들이여! 우리는 반드시 승리할 것이다. 위의 대군이 우리나라의 소군보다 못하구나. 관구검은 위의 명장인데 오늘 그의 목숨은 우리 손아귀에 있다. 이제 내가 갈 것이다. 관구검의 목을 친히 벨 것이니 나를 따르라!

—우아! 폐하 만세!

유옥구는 조심스레 교체에게 다가갔다.

—폐하! 관구검은 만만한 자가 아닙니다. 그는 평생을 크고 작은 전투 속에서 일생을 보낸 자입니다. 필시 함정이나 계략이 숨어 있을 수 있습니다.

—유옥구, 그러다가 일시에 막을 수 있는 기회를 놓치면 어쩔 것인가?

—하지만 폐하.

—저들은 벌써 육천의 군사가 죽었어. 철기병 오천을 끌고 가서 마저 전멸시킬 것이야.

—폐하! 그것은 안 됩니다. 보병의 엄호가 없는 기병의 단독 돌격은 무엇보다 위험한 일입니다.

유옥구는 필사적으로 교체를 막아섰다. 하지만 이미 교체는 유옥구의 말 따위는 귀에 들어오지 않았다. 교체는 말릴 틈도 없이 이미 오천의 철기병을 이끌고 위군을 쫓아갔다. 고구려의 철기군의 진면목을 보여주고 싶은 마음에 서둘러 돌진했다.

위군은 심각한 타격을 입은 데다 더 이상 도망칠 수도 없는 상황에 직면했다. 이대로 있다간 꼼짝없이 궤멸당하고 말 것이었다. 하지만 관구검은 명장 중의 명장이었다. 상황이 불리하게 돌아가자 오히려 더욱더 냉정하게 주변을 살피고 깃발 아래에 군사들을 모았다. 그리고 앞이 너르게 트인 땅에서 사각형의 방진을 치고 고구려군을 기다렸다.

역시나 교체는 철기군을 이끌고 방진 안으로 정면으로 돌격했다. 관구검은 걸려 들었구나 생각하며 회심의 미소를 지었다. 숨죽일 듯 위군은 납작 엎드렸다. 철기군이 방진의 중심부로 완전히 들어오자 날선 창이 일제히 말을 공격했다. 놀란 말은 자제를 하지 못하고 휘청거렸고, 무거운 철갑옷의 기병들은 휘청거리며 땅속으로 처박혔다.

관구검은 서두르지 않았다. 아주 천천히 신중하게 한걸음씩 교체의 숨통을 죄어갔다. 어차피 자신이 수중에 떨어졌으니 서두를 필요는 없었다. 사방을 둘러싼 위군은 서서히 공격을 감행하기 시작했다. 교체를 둘러싼 병사들은 한 겹씩 쓰러지기 시작한다. 에워싼 병사들의 막이 한 겹씩 벗겨질 때마다 교체는 차라리 불구덩이에 뛰어들고 싶은 심정이었다. 하늘을 한 번 우러러본 교체는 눈을 감았다. 짧은 순간에도 수많은 생각들이 그의 머릿속을 헤집었다. 흥분한 말은 더더욱 길길이 날뛰었고 기병들은 무기를 제대로 써보지도 못한 채 위군의 창에 찔려 죽었다. 사방에서 말울음소리와 비명소리가 섞였다.

사방진으로 퇴로가 끊긴 교체는 옴짝달싹하지 못하고 바짝 긴장해 있었다. 과한 욕심을 부리며 방심한 것을 뼈저리게 후회하고 있었지만 이미 때는 늦었다. 위나라 군대가 너무 쉽게 무너진 것부터 의심했어야 했다. 이렇게 함정에 빠뜨리기 위한 술수인 것을 왜 그렇게 몰랐을까. 밀우가 있었다면 당장에 말렸을 것이었다. 그의 빈자리가 이토록 클 수가 없었다. 한편으로 자신을 내버려둔 채 심연에 빠진 밀우가 너무나 원망스러웠다.

관구검은 서두르지 않고 고구려군을 바짝 마르게 했다. 어디서 공격해 올지 미쳐버릴 지경이었다. 이미 기병의 반 이상을 잃었다. 아니 그보다 더욱 많았다. 연두지가 방어선을 뚫고 본진에 도착했는지도 궁금했다.

골바람이 심하게 요동쳤다. 양맥의 골짜기에 빠져들면 헤어나길 힘들었다. 이대로 끝인가. 강한 고구려를 만들겠다고 태후 앞에서 그리 맹세하지 않았던가. 이대로 저승에서 태후를 본다면 아마도 큰 비웃음을 당하지 싶었다. 그래, 아무래도 좋았다. 죽는다는 것은 겁나지 않았다. 하지만 아무것도 이루지 못하고 자신을 믿고 따르던 이들을 허무하게 죽게 내버려둘 수밖에 없었다.

교체는 두려웠다. 두 발이 붙어버린 듯 서서 그렇게 한참 앞을 노려보았다. 보이는 것은 시체들뿐이었다. 철기병 오천은 왕실 최고의 직속부대였다. 그 철기병이 거의 전멸하다시피 했다. 보이는 것은 아무것도 없고, 바람소리만 무성했다. 교체는 정신을 차리지 못하고 공황상태에 빠졌다. 누군가 교체의 팔을 붙잡았다.

—폐하! 우선 피하셔야 합니다.

—유옥구….

—어서 피하셔야 합니다.

교체를 따라 철기군들은 간신히 사방진을 뚫고 나갔다. 겹겹이 산으로 싸인 깊은 계곡은 어디가 끝인지 알 수가 없었다. 험준한 지형에서 혹 잘못하면 빠져서 헤어 나오기 힘든 곳, 양맥이었다. 그나마 지리에 대한 해박한 지식을 가진 고구려군은 위군을 따돌리고 빠져나올 수 있었다.

환도성으로 돌아오는 순간 백성들의 불안감과 원망 어린 눈들은 모두 교체를 향하고 있었다. 차마 고개를 들 수가 없었다. 그들이 자신을 향해 돌을 던진다고 한들 무어라 변명할 거리가 없었다.

궁에서 기다리던 왕후와 왕자들은 교체를 맞이했다.

–폐하, 적들은 환도성까지 오지 않겠지요?

–….

–뭐라 말씀 좀 해 보세요!

–지금은 아무 말도 할 수가 없소. 짐을 챙기고 떠날 준비를 하시오.

–어디로 말입니까? 궁을 떠나다니요?

–환도성에 남아 있으면 관구검에게 치욕만 당할 것이오. 연불아! 너는 어머니를 모시고 가서 어서 떠날 채비를 해라.

–아바마마, 다른 방도는 없겠습니까?

–남아 있는 병사가 얼마 없다. 연두지가 아직은 곁에 있지만 연나부마저 우리를 떠날 수 있다.

–그들은 아바마마의 신하들입니다. 어찌…?

–그래, 하지만 언제든 고구려를 버릴 수 있는 자들이지. 어서 준비하거라.

–네.

살아남은 병사들조차 환도성으로 오는 길에서 흩어졌고, 성을 수비할 병사들마저도 대거 빠져나갔다. 일부 나부는 제 살길 찾아서 자신의 식솔과 병사들을 빼내어 어디론가 달아난 후였다. 아직도 연두지가 곁에 남아 있음을 기특하다고 해 주어야 할 판이었다. 계루부와 연나부 그리고 동부, 남부 정도가 성을 지키고 있지만 그들마저도 어떻게 마음이 변할지는 알 수 없는 일이었다.

환도성은 천혜의 요새였다. 성 앞에는 강이 흐르고 단단한 성곽 뒤로는 가파른 산이 성을 감싸 돌았다. 교체의 아버지인 산상왕은 환도성을 쌓았고, 교체는 그 성을 발판으로 요동으로 뻗어나가고자 했다. 하지만 그 꿈은 완전히 부서졌다. 아무리 천혜의 요새라고 하나 지킬 군사가 거의 남아 있지 않은 상황에서는 뾰족한 수가 없었다.

사람들로 가득 찼던 커다란 궁 안에서 교체는 철저히 혼자 버려진 어린아이가 된 기분이었다. 어머니를 본 마지막 밤, 그날 느꼈던 극심한 공포감과 고독이 찾아왔다. 온몸이 부들부들 떨리고 무서웠다. 더 이상 자신 곁에는 아무도 오지 않을 것이었다. 왕으로서 교체는 실패했다. 이제 환도성마저 함락되고 고구려가 이대로 끝날 수 있다는 생각에 미치자 부끄러움과 죄책감에 휩싸여 견딜 수가 없었다.

오로지 자신의 잘못이었다. 위군을 격퇴시킨 교만심으로 일을 그르쳤다. 유옥구 말대로 보병의 엄호 없이 기병만으로 단독으로 돌진하는 것은 가장 어리석은 병법 중에 하나였다. 좀 더 신중히 했다면 관구검을 물리치고도 남았다. 하지만 이제는 아무리 후회를 한들 소용없는 일이었다.

죽을 수도 없었다. 온몸을 타고 드는 죄책감에 죽고 싶었다. 하지만 그에게 죽을 수 있는 자유도 없었고 죽음은 사치였다. 고구려의 왕이 자결한다면 고구려는 끝이었다. 자신의 잘못으로 벌어진 일을 해결하지 못하고 죽는다면 연불에게는 더한 짐만을 남긴 꼴이 되었다. 아들에게 바닥으로 떨어진 현실을 맡기고 떠나게 할 수는 없었다. 지금의 추락은 자신이 책임져야 할 몫임을 교체는 알았다.

환도성을 떠나는 수백 개의 수레 행렬이 줄을 이었다. 식량이나 필요한 물건만을 싣고 집을 떠나면서 어디로 가야 할지 앞길이 캄캄했다. 기나긴 여정만이 앞에 놓여졌다.

막돌은 이제 아무것도 할 수가 없었다. 아니 거의 미쳐있는 밀우에게 다가가는 것이 두려웠다. 이전의 모습을 찾아볼 수가 없었다. 한때 최고의 장수였던 밀우가 일 년이 넘도록 집밖에 나오지 않고 두문분출한 채 점점 말을 잃어갔다. 모두들 밀우가 미쳤다고 손가락질했다. 전쟁의 신으로 추앙받던 밀우는 벌써 사람들의 뇌리 속에 사라진 듯했다.

말발굽 소리가 점점 가까워졌다. 얼마 전 밀우의 아버지인 밀을이 잠깐 다녀간 후 외부인은 처음이었다. 막돌은 무슨 일인가 싶어 놀라 일어나 손님을 맞이했다.

–유옥구님!

–밀우는 안에 있는가?

–네. 저희 주인님 좀 살려주세요.

유옥구는 방 안으로 박차고 들어갔다. 썩은 냄새가 진동을 했다. 뒤끝을 남긴 무더위 탓도 있었지만 일 년을 넘게 방치했으니 냄새가 고약해도 너무했다. 방 안은 너무 어두워 아무것도 보이지 않고 구리고 썩은 냄새에 얼른 코부터 쥐었다. 이윽고 따라온 막돌이 촛불을 들고 왔다. 유옥구는 비로소 환해진 방 안과 그리고 몰라보게 변한 밀우의 모습에 할 말을 잃었다. 얼마나 퍼마셨는지 커다란 술단지와 표주박이 어지러이 놓여있었다. 더럽고 거친 바닥에 고꾸라져 있는 밀우를 보자 화부터 치밀어 올랐다.

—자넨 밀우가 저 꼴이 되도록 왜 아무 말도 하지 않았나?

—송구스럽습니다.

괜한 화풀이를 막돌에게 해 놓고 자책감이 들었다. 막돌의 잘못이 아니라는 것을 너무 잘 알았다. 노비 혼자서 도대체 무엇을 할 수 있겠는가. 그래도 목숨이라도 붙어 있는 것이 막돌이 애쓴 덕분이라는 것을 그도 알았다. 하지만 순간 밀우를 보자 어디에도 하소연할 데가 없어 억지를 써보았다.

—밀우! 좀 일어나 보게.

어깨를 세차게 흔들며 밀우를 깨워보았다. 밀우는 게슴츠레 눈을 뜨더니 유옥구를 쳐다보았다. 그리고는 누런 물을 토해내었다. 마치 몇 년은 썩은 소젖의 냄새처럼 차마 맡기가 곤욕이었다. 하지만 유옥구는 피하지 않고 밀우의 구역질을 다 받아들였다. 한참을 그렇게 쏟아내더니 이제야 속이 편해졌는지 밀우는 벽에 기대었다.

—자네가 여긴 어쩐 일인가?

—지금 우리는 위군과 전쟁 중이네.

—난 장군이 아니네 어서 돌아가게.

—이제 그만하게. 이건 자네 모습이 아니야.

—나는 이미 장군도, 밀우라는 이름도 버렸네. 이제는 아무짝에도 쓸모없는 버러지일 뿐이네. 그러니 어서 돌아가게.

—폐하가 돌아가셔도 고구려가 망해도 상관이 없단 말인가? 기병 오천이 거의 전멸하다시피 했어. 곧 환도성도 점령될 걸세.

—뭐라 했나?

촛불에 어린 밀우의 두 눈이 심하게 흔들렸다.

활력과 생기로 넘치던 환도성 거리는 공허한 죽음의 기운만이 가득했다. 고구려군을 쫓아 환도성에 입성한 관구검은 승리에 도취한 기쁨보다 허탈함이 더했다. 이곳이 과연 한 나라의 수도라 할 만한 곳인지 싶을 정도로 황량했다.

—장군! 고구려의 왕이 벌써 백성들을 데리고 도망을 간 것 같습니다.

—그렇구나. 왕기야! 너를 추격대장으로 삼을테니 고구려 왕을 뒤쫓아라! 그리 멀리 가지 못했을 것이니 어서 서둘러라!

—네, 장군.

—낙랑태수는 언제쯤 도착한다고 하던가?

—내일이면 군수품을 싣고 도착한다고 했습니다.

—그래, 다행이군. 이곳은 도대체 뭐 약탈할 만한 물건도 없으니 병사들의 불만이 좀 쌓이겠군.

환도성의 약탈을 병사들에게 허락했다. 전공을 세우면 상급 장교들에게 관직이나 상이 주어지지만 하급 병사들에게 꿈도 꾸기 힘든 일이다. 설사 큰 공을 세운다고 해도 어디까지나 상급자에게 돌아가는 일이 허다했으니 별 소용이 없었다.

하급 병사들이 전투에서 이겨 살아남은 후 이득을 취할 수 있는 유일한 기회는 약탈뿐이었다. 전투에서 병사들의 사기는 무엇보다 중요했다. 특히 원정을 떠난 병사들은 더욱더 사기가 저하될 수 있었다. 그것을 막기 위해서는 그들의 내재된 욕망을 채워주어야 했으므로 어떤 전쟁에서도 약탈이 행해질 수밖에 없었다. 피비린내 나는 전투에서 살아남은 병사들은 굶주린 승냥이처럼 마을을 뒤지며 약탈하기 바빴다.

하지만 환도성에는 값어치가 될 만한 물건들이 거의 남아 있지 않았다. 전투에서 살아남은 자들의 욕망을 충족시키기에는 턱없이 부족했다. 고구려인들이 값이 될 만한 물건들은 거의 모조리 수레에 싣고 떠난 뒤였다. 귀중품은 그렇다 치더라도 곡물이나 개, 돼지, 닭 한 마리 보기 힘들 지경이었다. 나올 것이 더 이상 없자 화난 병사들은 닥치는 대로 마구 부수고 집에다 불을 질렀다. 목숨을 걸고 왔는데 아무런 이득을 취하지 못하는 것에 대한 화풀이는 더욱 포악해졌다.

이튿날 낙랑태수 유무가 도착했다. 한참 굶주려 있던 차에 병사들은 그가 가져온 식량과 무기에 환호성을 질렀다.

—유무! 온다고 고생 많았네.

—아닙니다. 좀 더 일찍 왔어야 했는데. 전투가 모두 끝난 뒤에 이렇게 와서 송구스럽습니다.

—아닐세. 자네가 식량을 가져오지 않았다면 우린 꼼짝없이 굶어죽을 판이네.

관구검은 유무에게서 한 걸음 물러서 있는 여인에게 눈길이 갔다. 여색을 그리 밝히지 않는 유무가 여인을 전쟁터에게까지 데리고 온

일이 이상했다.

—저 여인은 누구인가?

—아, 활장이입니다.

—활장이이라고? 그런데 왜 데리고 다니는가?

—고구려의 활을 보고 싶다고 하여 데려왔습니다.

—그래. 하지만 고구려의 궁방에는 아마 아무것도 남아 있지 않을 것이네. 우리가 여기에 왔을 때 대장장이나 활장이들 같은 기술자들은 먼저 빼돌리고 무기 또한 하나도 남기지 않고 쓸어갔어. 그런데 저 여인이 정말로 활을 만드는 건가?

—네. 아주 솜씨가 뛰어나죠.

—여자 활장이라…. 흥미롭군. 하하하!

한바탕 크게 웃은 뒤 관구검은 식량과 무기를 점검하러 갔다. 관구검의 질문에 진땀을 뺐던 유무는 한시름 돌렸다는 듯이 한숨을 내쉬며 수리를 쳐다보았다. 유무가 고구려에 간다는 말을 한 그날부터 수리는 자신을 데리고 가 달라고 부탁을 했다. 처음부터 안 된다고 잘라 말했지만 좀처럼 수그러들지 않고 더욱 간절해졌다.

전쟁터로 여인을 데리고 간다는 것은 쉬운 일이 아니었다. 한 번도 무엇을 해달라고 한 적이 없었던 수리의 부탁을 딱 거절하기도 힘들었다. 게다가 목숨빚을 갚으라는 말에 결국 승복할 수밖에 없었다.

—보시오. 환도성에 아무것도 남아 있질 않잖소. 그런데 무엇 때문에 그렇게 오겠다고 한 것이오? 활을 보겠다고? 고구려의 왕이 싹쓸이하듯 모든 것을 가지고 갔소. 환도성을 버릴 것인가 보오. 고구려는

다시 일어나기 힘들 것이오.

–좀 둘러보고 오겠습니다.

–그건 안 되오. 내 나라의 병사들이지만 그들은 지금 탐욕으로 가득 찼소. 당신 혼자 나갔다간 무슨 변을 당할지 모르오. 며칠 후 나와 함께 갑시다.

–그러시다면 호위병을 붙여 주십시오.

–참 고집도…. 알겠소.

유무가 내어준 호위병과 함께 수리는 거리를 나섰다. 너무나 변한 환도성의 모습에 놀랐다. 불과 얼마 전까지 거리에서 수레가 바삐 지나가고 사람들은 달음박질하며 활기차게 거니는 사람들로 가득 찼다. 고구려인들은 강한 기질로 억세고 무뚝뚝해 보이지만 속내는 정이 넘쳐 소박하면서 따뜻했다. 그 사람들이 모두 사라졌다.

거대하고 위엄찼던 궁궐은 부서져서 흉물스러웠고, 민가도 불타버려 형체가 남아 있는 게 드물었다. 집주인이 떠난 지금 아직도 분풀이를 덜 끝낸 듯한 병사는 아무 집이나 부수고 깨뜨리며 악다구니를 썼다. 그 병사도 고향으로 돌아가며 작은 집에서 부모와 아내, 자식이 있는 사람일 것이다. 하지만 지금은 아무것도 아닌 광기에 휩싸인 무법자로 변해 무의미한 짓을 벌이고 있었다.

광란의 잔치를 벌이는 병사들에게 빠져나와서 수리는 바삐 걸음을 옮겼다. 익숙한 길, 익숙한 풍경이 조금씩 모습을 드러내며 하얀 자작나무 숲길 끝에 집이 나왔다. 중심부를 벗어난 탓인지 아직은 공격 대상이 되지 않아서 다행스럽게 형체를 그나마 갖추고 있었다. 대문을 밀자 삐걱거리는 소리와 함께 열렸다. 이리저리 술독이 깨져 어지러운 마당을 지나 깊숙이 안으로 들어갔다.

방안의 문을 열고 들어가자 수리는 말할 수 없는 악취에 놀랐다. 부패가 심한 오물, 구토물 등이 섞여 참을 수 없는 악취를 뿜어내었다. 호위병은 안으로 들어오려다 냄새로 더 이상 다가서지 못하고 얼른 물러섰다. 술병만이 어지러이 흩어져 있는 방안에서 밀우가 무엇을 했는지 짐작하고도 남았다. 수리는 눈물이 쏟아졌다.

쫓는 자와 쫓기는 자와 간격은 점점 좁아져 갔다. 정예부대로 이루어진 위군이 환도성 백성들까지 데리고 가는 고구려군을 따라잡는 것은 훨씬 수월한 일이었다. 교체는 말할 수 없는 압박감과 공포감을 느꼈다.

–폐하. 저들이 바짝 추격해 왔습니다.

–이제 어쩌면 좋은가?

–음….

장군들과 나부의 몇몇 대가들이 함께 모여 이리저리 머리를 맞대어 보았다. 시간은 촉박했다. 이런 식으로는 며칠 만에 위군에게 따라잡히고 말 것이다. 싸울 수 있는 병사들의 수는 턱없이 부족했다. 여인과 아이들이 전부였고 장정을 몇몇 모아 보았지만 칼이나 활을 잡아 본 적도 없거나 나이가 너무 많은 노인이었다. 전투를 할 수 있는 장정들은 양맥전투에서 전사했거나 각 나부에서 빼돌린 뒤였다.

연두지가 아직 왕의 곁에 있었으나 연나부에서는 어찌 된 것인지 더 이상 병력을 보내지 않았다. 고추가에게 몇 번이나 서신을 보냈으나 답이 없었다.

—지금으로서는 유인책을 써서 폐하께서는 다른 곳으로 이동하시는 것 외에는 길이 없습니다.

—신이 그들을 유인하겠습니다.

막사 안으로 불쑥 들어온 밀우는 교체 앞에 무릎을 꿇었다. 밀우의 갑작스런 출현에 모두들 놀라서 한참을 말문이 막혔다. 난데없이 나타난 것도 놀랐지만 얼굴과 몸이 너무나 야위고 파리해서 더욱 놀랐다. 기골의 장대함은 사라지고 바짝 메마르고 금방이라도 쓰러질 듯한 모습이 기겁을 할 정도였다.

—네가 어떻게?

—제가 데려 왔습니다.

—유옥구 자네가?

—네, 폐하. 한번만 더 기회를 주십시오. 밀우가 지난 일을 모두 뉘우치고 폐하를 위해 목숨을 바치겠다고 합니다.

—다시 보지 않겠다고 했다!

—하지만….

—물러가라!

교체의 분노에 섞인 목소리가 파르르 떨렸다. 배신감에 얼마나 치를 떨었던가. 몸소 몇 번이고 찾아가 애원하고 달랬다. 뒤늦게 연유를 들었을 때는 배신감과 묘한 질투심이 뒤섞여서 원망과 분노가 쌓여 증오로 변했다. 밀우가 차디차게 교체를 외면하듯 교체도 밀우를 외면했다.

유옥구는 밀우를 데리고 막사 밖으로 나와 위로의 말을 건넸다.

–폐하께서 자네를 너무 아끼셔서 그러신 것이네.

–내가 폐하께 얼마나 무례한 짓을 했는지 자네는 모르네. 난 죽어 마땅해.

–밀우….

–지금은 우선 추격군을 따돌려야 하네.

–나도 같은 생각이네.

–위군의 총지휘관이 누구인가?

–유주자사 관구검이네. 추격대장은 누군지 모르겠네.

–관구검? 이전에 같이 전투를 치른 경험이 있지. 그는 결코 만만한 자가 아닐세. 관구검이라면 왕기를 데려왔을 텐데.

–왕기가 누구인가?

–아주 집요한 장수일세. 그자라면 세상 끝까지라도 따라붙을려고 할 걸세.

–아무튼 자네가 오니 든든해.

–미안하네, 유옥구.

–어이! 나만 빼놓을 텐가?

어느새 유유가 씩씩거리며 달려왔다.

–유옥구! 나에겐 한마디 말도 없이 언제 밀우에게 찾아갔나?

–미안하네.

–이번에도 자네들끼리 뭔가를 꾸미면 절대 가만히 놔두지 않을

걸세.

—알았네. 허허허….

교체는 멀찍이 떨어져 그들을 말없이 쳐다보았다. 연불이 다가와서 입을 열었다.

—정말 밀우를 버리실 것입니까?

—음….

—지금은 장수 한 명이 귀할 때이니 요긴하게 쓰셨다가 다음번에 벌하시는 것이 나을 듯싶습니다.

—알았다. 생각해 보마.

—네, 아바마마.

검은 어둠이 내렸다. 교체는 안도의 한숨을 깊게 내쉬었다.

여정

왕기의 추격은 끝없이 이어졌다. 세상 끝까지라도 따라가고 말겠다는 집요함은 무시무시할 정도였다. 왕기는 말단 관직으로만 떠돌다 공손연 토벌에서 비로소 관구검의 눈에 띄어 부장자리를 꿰찼다. 이번 고구려 토벌 전쟁은 왕기에게 떨어진 또 하나의 커다란 기회였다. 고구려 왕을 잡을 수만 있다면 단순한 돌격대장에서도 벗어날 수 있을지도 몰랐다. 비루한 출신이었던 유무도 태수까지 올랐는데 자신은 하지 말라는 법도 없었다.

한데 뒤섞여 있던 말발굽과 수레바퀴 자국이 여러 갈래로 나누어지기 시작했다. 왕기는 한참 망설였다. 왕이 어느 쪽으로 갔을지 갈피를 잡기가 어려웠다. 잠깐 고민하더니 왕기는 부대를 세 무리로 나누어서 각각 쫓게 했다. 그들의 추격은 거침없었다. 사냥을 나선 맹수무리처럼 미친 듯이 목표물을 향해 돌진했다.

어지럽게 흩어지던 말발굽 자국들이 일정한 행렬을 이동하고 있었다. 수레바퀴도 더 이상 보이지 않았다. 무성한 숲을 지나 계곡을 돌았다. 흔적들은 북쪽으로 가는 듯싶더니 흔적들은 남쪽으로 방향을 틀고 있었다. 추격군들을 혼란에 빠뜨리는 의도임을 직감했다.

수많은 흔적들 속에서 일정한 규칙이 보였다. 왕기는 그 흔적이 고구려 왕의 것이라는 이상하리만큼 확신이 들었다. 지금까지의 흔적과는 다르게 정렬한 군대행렬처럼 질서가 잡혀 있었고 말발굽이 땅속에 파인 정도가 깊었고 발걸음이 무척이나 더뎌 보였다. 말을 탄 사람의 무게가 무척이나 나간다는 것이고 그것은 철기군이 탔다는 것이었다. 철기군은 고구려군이 무적으로 자랑하는 병사들로 왕이 철기군 병사 오천 명을 거느리고 왔을 때의 모습을 똑똑히 기억했다.

왕기는 속으로 쾌재를 불렀다. 철기군은 전투에서 창이나 칼을 맞고도 끄떡없을 정도로 견고하다고 하나 기동성에는 단점이 많았다. 머리부터 발끝까지 감싼 철갑옷은 너무 무겁고 움직이는 데도 그다지 좋지는 못한데다 말에게 씌운 갑옷으로 그 무게가 더욱 나갔다.

선명한 말발굽 자국들은 이곳을 지난 지 얼마 되지 않은 것을 의미했다. 눈앞에 고구려 왕이 있다는 생각에 왕기는 부하들을 독려해서 더욱 맹렬히 말을 몰았다. 얼마 지나지 않아 뿌연 먼지를 날리며 달아나는 무리가 보였다. 고구려군이 아무리 철기군이라고 하나 병사의 수는 위군이 압도적으로 많았다.

닿을 듯 말 듯 왕기가 더욱 사납고 세차게 고구려군을 몰아붙여 골짜기를 돌아서 가려는 찰나 갑자기 위에서 화살이 쏟아지기 시작했다. 쉴 새 없이 쏟아지는 화살비에 말들이 더욱 놀라서 날뛰었고 위군들이 바닥으로 떨어졌지만 왕기는 당황하지 않고 대오를 정비하여 골짜기를 재빨리 벗어났다. 숲속을 벗어나자 숨을 곳이 없어진 벌판에 이르자 앞서 도망가는 고구려군이 더욱 한눈에 잡혔다.

눈앞에 고구려군을 보자 흥분한 왕기는 회심의 미소를 지으며 창을 높이 치켜 들었다. 그 순간 또다시 화살이 날아들기 시작했다.

—대장! 적들이 측면을 공격하고 있습니다.

—뭐라?

골짜기에서 화살을 쏘았던 궁사들이 어느새 달려와서 측면을 공격했다. 철갑옷을 입지 않은 그들은 위군들보다 더 날쌨다. 날쌘 기동력으로 어느새 위군을 따라잡아서 양쪽으로 화살을 쏘았다.

그들의 활솜씨는 놀라울 정도로 정확하고 매서웠다. 달리는 말 위에서 흔들림 없이 활시위를 당겨서 정확하게 쏘았다. 사람보다 말이 먼저 겁을 집어먹고 고꾸라졌고 어떤 궁사는 화살 하나로 사람과 말을 함께 관통시켰다. 궁사들 중 한명이 위군보다 앞서서 달려가기 시작했다. 왕기는 도망치려니 하고 생각했는데 갑자기 몸을 완전히 비틀어 돌리더니 활시위를 당겼다.

왕기는 활을 쏘는 자의 눈과 마주치자 순간 세상이 멈춘 듯 고요한 정적이 흘렀다. 찰나에 왕기는 어깨에 화살을 맞고 거꾸러졌다. 왕기가 쓰러지자 궁사들은 더욱더 힘을 내어 위군을 압박해 왔다.

측면뿐 아니라 앞뒤로 연이어 화살세례를 받은 위군들은 전열이 무너지며 흩어졌다. 하지만 왕기는 만만한 장수가 아니었다. 말에서 떨어진 후에도 곧바로 병사들에게 원을 그리며 밀집시키며 커다란 방패로 둘러싸게 했다. 방패로 화살을 막아내며 위군들은 고구려군에게 창끝으로 겨누었다. 고구려군도 창과 칼을 들고 위군을 공격하기 시작했다. 이제 그들은 삶과 죽음이라는 경계가 무너지며 이성이 통하지 않는 짐승의 무리일 뿐이었다.

왕기는 어깨의 출혈이 너무 심해서 얼굴이 하얗게 질렸다. 부장은 제발 후퇴의 명령을 달라고 했지만 왕기는 눈앞에서 놓친 고구려 왕에 대한 미련을 쉽게 버릴 수가 없었다. 부장의 만류를 밀치고 왕기는 창을 들었다. 자신에게 화살을 쏜 궁사와 맞닥뜨렸다. 쇠와 쇠가 부딪쳐 울음을 토해내며 뒤엉켜 싸웠다.

—너는 누구냐?

—고구려 장수 밀우다.

—밀우? 내 앞길을 막은 널 절대로 살려둘 수가 없다.

왕기는 한쪽 팔로 창을 휘두르며 밀우에게 위협을 가했다. 밀우는 있는 힘을 다해 공격을 막아냈지만 그도 힘든 것은 마찬가지였다. 오랫동안 쇠약해진 기력은 이미 떨어질 대로 다 떨어져 서 있는 것조차 힘에 부쳤다.

두 사람의 칼과 창이 마지막 쇠울음을 토해낼 때 밀우는 털썩 바닥에 쓰러졌다. 그리고 그대로 정신을 잃었다.

추격군을 따돌리고 한시름 놓은 교체는 불안한 마음을 감출 수가 없었다. 밀우와 유유가 아직 돌아오지 않았다. 게다가 밀우는 성치 않은 몸으로 방패막이가 되어 위군들을 마지막까지 막아내면서 추격군을 막아냈다. 아직도 활을 당길 때마다 일그러지던 초췌한 얼굴이 눈에 선했다.

적들을 따돌렸지만 언제까지 안심하며 이곳에다 진을 칠 수는 없었다. 이번에 놓쳤다고 그대로 물러가지 않을 것이다. 관구검은 다시 대오를 편성하여 더욱 집요하게 세상 끝까지라도 따라붙을 거머리 같은 위인이었다.

제법 서늘한 바람이 불어왔다. 가을이 끝나면 곧 혹독한 추위가 이어질 것이다. 고구려의 겨울은 어느 나라보다 매섭고 독하기로 유명했다. 어디로 가야 할지 방향도 정해지지 않았고 환도성으로 돌아갈 기약도 없는 현실에서 곧 닥쳐올 겨울은 또 하나의 악재였다. 수많은 눈들이 교체에게 향하며 살려달라고 애걸하고 길을 가르쳐 달라고 하지만 정작 자신도 어디로 가야 할지 알 수가 없었다. 수도까지 함락당한 왕을 받아줄 곳은 어디에도 없었다.

말발굽 소리가 요란하게 나더니 밀우와 유유를 찾으러 나갔던 유옥구가 부하들을 이끌고 돌았다. 유옥구는 정신을 잃은 밀우를 말에서 내려놓았다. 적군의 피인지 자신의 피인지 온몸이 피투성이었다. 교체는 질겁을 하며 자신의 막사에 들이고 의원을 급히 불렀다.

의원이 찬찬히 진맥을 짚고 몸을 살폈다. 다행히 치명적인 부상을 당하지 않았지만 문제는 기력이 너무 떨어졌고 열도 너무 높았다. 열만 내린다면 생명에는 지장이 없을 것이라 했다. 교체는 의원의 말에 수긍하고도 남았다. 거의 석 달 이상 자신의 몸을 혹사시키며 술만 들이킨 위인인데 살아 있다는 것만으로 기적이었다.

열에 들떠 정신을 잃은 밀우를 물끄러미 쳐다보자 새삼스레 옛 기억이 떠올랐다. 왕명으로 무엇이든 다했지만 수많은 공적에도 상이나 어떤 보상도 바라지도 않았던 충직한 신하이자 왕으로서의 고독, 책임, 두려움마저 이해하고 받아주었던 속 깊은 벗이었다. 마음을 나눌 수 있는 유일한 사람이었다.

너무 기대했던 사람이라서 그만큼 실망감이 컸고 그래서 더욱 미워했다. 더할 수 없는 상실감을 안겨주었던 밀우가 다시 돌아왔다. 교체는 모질지 못한 사람이었다. 겉모습은 큰 키에 건장한 체격에 화날 때면 벼락이 떨어지듯 매서워 강인해 보이지만 마음은 여린 사람이었다. 가슴속에서 어떤 뜨거움이 울컥 치밀어 올랐다. 커다란 사내의 눈물이 터져 뚝뚝 떨어졌다.

—폐하….

막사 밖에서 가녀린 목소리가 새어나왔다.

—누구냐?

교체는 눈물을 지우고 위엄 있게 다시 자세를 고쳤다.

—가비이옵니다.

—들어오너라.

—밀우님은 좀 어떠십니까?

—치명상을 입지 않아서 목숨에는 지장이 없을 것이라 했다. 보통 사람 같으면 이 정도의 기력으로는 서 있기도 힘들었을 것이다. 오늘 밤을 잘 넘기면 괜찮다고 했다. 여기는 내가 있을 테니 넌 그만 가 봐라.

—제가 돌봐드렸으면 합니다.

가비는 무릎을 꿇고 간절하게 사정했다. 밀우와 함께 환도성에 왔을 때 두려움에 가득 찼던 여자아이, 불쌍한 아이라고 거둬달라는 밀우의 부탁에 물금의 밑에 있게 했던 아이가 이제는 성숙한 여인이 되었다. 술도가를 오다가다 가끔씩 보기는 했으나 이렇게 마주하고 있기는 처음이었다.

너무나 아름답고 탐스럽게 자랐다. 아찔한 술내음이 풍겨왔다. 술을 빚은 지 오래지만 몸안에 배어 있는 체취는 여전히 남아 있었다. 순간 아름다운 냄새에 교체는 머리가 어질해졌다. 딸같은 어린 여인에게 잠깐 느꼈던 감정이 낯간지러운지 교체는 헛헛하게 웃으며 말했다.

–그래, 나보다 여인의 손길이 좀 더 섬세하겠지. 그렇게 하려무나.

–감사합니다, 폐하.

가비는 머리를 조아리며 거듭 감사인사를 드렸다. 밤새도록 밀우는 열이 오르면서 정신을 찾지 못했다. 추워서 온몸을 부들부들 떨기도 하고, 거친 숨소리를 토해내며 괴로워하다가 가끔 헛소리를 하며 손을 허공에다 휘젓기도 했다. 가비와 교체는 밤새 밀우의 상태를 보면서 간호를 했다. 신하가 왕의 막사에서 이처럼 간호를 받는 일은 이전에도, 이후에도 없을 일이었다.

추격을 피하는 중이라 별다른 약을 지을 수도 없어서 가비는 머리를 식혀주기 위해서 차가운 수건을 올려주고 손을 잡아주는 일밖에는 아무것도 할 수 없었다. 심장이 타들어갈 것 같은 시간이 흘러갔다. 열로 발갛게 들떴던 얼굴에 붉은 기운이 조금씩 빠지기 시작하더니 숨소리가 평안하게 잦아들었다.

동이 틀 무렵, 밀우는 눈을 떴고 정신을 차렸다.

—폐하.

—이제야 정신이 드는 게냐?

—제가 어찌!

—움직이고 말고 가만히 있어라. 아직 널 용서한 것은 아니다. 하지만 지금은 몸이 먼저다.

—죄송합니다, 폐하.

—여기 가비도 있다.

—가비야!

—밀우님!

—무사했구나.

—물금이와 가비는 내가 데리고 왔다.

—감사합니다, 폐하. 그런데 유유는 어찌 되었습니까?

—아직 돌아오지 않았다.

—유유가요?

—조금만 더 기다려 보다가 수색대를 보내마.

—제가 가겠습니다.

—넌 안 된다. 그런 몸으로는 아무런 도움이 되지 않는다. 우선 몸부터 추슬러라. 유유를 찾는 것은 내가 알아서 하마.

—밀우님, 그렇게 하셔요. 지금은 아무것도 생각하지 마세요. 잘 드시고 쉬셔서 몸을 회복하셔야 합니다.

—가비의 말대로 하거라.

—네, 알겠습니다…. 폐하.

—가비야, 넌 가서 좀 쉬어라.

—아닙니다. 좀 더 돌봐드리겠습니다.

—고비는 넘겼으니 시비를 부르면 된다.

—폐하의 말씀대로 하거라.

—네….

가비는 폐하와 밀우에게 읍을 한 후 조용히 막사를 나왔다. 푸른 새벽공기는 차가웠지만 상쾌했다. 물금이 있는 막사로 걸음을 옮기려는 찰나 누군가가 가비의 손목을 확 잡아끌었다.

—태자님!

—따라오너라.

연불은 가비를 데리고 한적한 곳으로 가서는 손목을 놓아주었다.

—아바마마의 막사에서 밤새도록 무엇을 한 게냐?

—밀우님을 돌봐드렸습니다.

—아무리 막사라고 하나 한낱 장수 따위가 고구려 왕의 침소에서 간호를 받았다고? 대단하구나. 나도 그런 대접은 받아 본 적이 없다.

—태자님, 밀우님은 폐하를 구하시려다….

—안다. 나도 그의 공을 높이 산다. 고구려의 영웅, 아바마마의 충복으로 가장 신뢰할 수 있는 위대한 장군이시지. 하지만…. 이것은 아니다. 게다가 너까지 꼭 그곳에 있어야 하느냐? 네가 아니어도 밀우를 돌봐줄 사람은 많다.

—그분은 제게 친오라비와 같은 분이십니다.

—친오라비가 아니지 않느냐?

—태자님!

연불과 밀우 사이에는 좁혀질 수 없는 커다란 장벽이 가로막혀 있었다. 그 사이에서 가비는 숨이 막히고 어찌해야 할지 안절부절했다. 연모하는 이와 오라비 사이에서 서서 그 둘 사이를 화해시키지 못하고 내내 마음만 졸였다. 연불의 마음이 이해되면서도 조금만이라도 풀어주기를 바라지만 그럴수록 점점 더 돌처럼 굳어져 버렸다.

마치 꼬이기라도 작정한 사람처럼 뒤틀리는 마음의 고리는 점점 더 뒤엉켰다. 문득 연불이 두 사람 사이에서 선택을 강요할 때는 더욱 곤란하고 힘들었다. 누구를 선택하고 누구를 버리고 할 수 있는 관계가 아니지만 연불은 자꾸만 강요했다. 연불은 자신만의 완전한 사람을 가지기를 원하는 것처럼 가비에게 점점 더 집착했다.

—태자님! 지금은 밀우님이 필요한 때입니다. 그분만 한 장수가 없다는 사실은 더 잘 아시잖습니까?

—알고 있다. 하지만 네가 밀우에 대한 이야기를 꺼낼 때면 참을 수가 없다.

연불은 입술을 꾹 깨물며 마음을 다잡았다. 가비의 말이 틀린 것은 없지만 가슴으로는 치밀어 오르는 질투를 어쩔 수 없었다. 더 이상 미운 꼴을 보이기 싫은 듯 연불은 가비를 남겨놓은 채 자신의 막사로 돌아갔다.

왕기부대도 막대한 피해를 입어서인지 다행히 추격꾼들이 더 이상 오지는 않았다. 고구려군도 부상병들이 많아서 일정한 시간 동안 머물 필요가 있었다. 수레를 점검해서 부서진 곳이나 고장 난 바퀴도 고치고 말과 소들의 발굽도 점검했다. 수레장인은 조수들을 데리고 여기저기의 수레의 상태를 살폈다. 고르지 못한 수레바퀴는 빼내어 고르게 깎고, 바퀴의 뼈대를 붙어주기도 했다. 야산에서 나무를 몇 그루 베어다가 깎고 톱질을 하여 여유분의 바퀴를 만들기도 했다.

잠시 진을 친 곳이지만 강이 흐르고 야산이 있어서 물과 식량을 구하기 좋았다. 사람들은 주변의 야산을 돌면서 약초나 열매들을 캐오기도 하고, 사냥을 나서서 짐승을 잡기도 했다. 그날따라 운이 좋았는지 커다란 멧돼지를 두 마리나 잡아왔는데 장작불 속에서 타들어가는 고기 익는 냄새에 어른, 아이 할 것 없이 홀린 듯 몰려들어서 제대로 익기도 전에 아우성을 치며 난리를 떨었다.

아낙들은 옷가지들을 꺼내어 강에서 빨래를 하고, 수다를 떨기도 하면서 힘든 피난에도 잠시나마 걱정이나 두려움을 떨쳤다. 아이들은 까르르 웃으며 뛰놀다가 강물 속에서 물장난을 쳤다. 지나가던 어미가 고뿔에 걸리면 어떡할 거냐며 불같이 화를 내면 무서워하기보다 재밌다는 듯 도망 다니기 바빴고, 날이 저물면 어미 곁에서 스르르 잠이 들었다.

밀우도 모처럼 몸이 회복되어서 밖으로 나와 바람을 쐬었다. 전쟁 중에도 여전히 일상생활을 누리고 있는 사람들을 보면서 안도감이 들면서도 유유에 대한 걱정으로 마음이 무거웠다. 시비를 걸면서 툭툭 치던 모습이 금방이라도 나타날 것 같아 그리웠다.

모처럼의 여유로 모두들 잠시 행복에 젖어 있을 때, 유유를 찾으러 갔던 유옥구가 병사들과 함께 돌아왔다. 밀우는 유옥구 쪽으로 몸을 돌렸다. 피를 뿌려놓은 듯 노을은 유난히 붉었다. 두 사람의 얼굴은 노을에 붉게 물들었다. 그들은 서로를 바라본 채 말없이 서 있었다.

사람들이 웅성거리며 유옥구 쪽으로 몰려들기 시작했다. 앞으로의 피난길을 의논하던 교체도, 교체의 옆에 있었던 연불도, 물금과 함께 물을 긷던 가비도, 그리고 유유의 아내와 어린 아들도 점점 다가왔다. 목이 잘린 싸늘한 시체가 그들 앞에 모습을 드러냈다. 밀우는 달려가 시체의 팔뚝에 새겨진 날 선 칼자국을 확인했다. 공손연 정벌 때 생긴 칼날에 깊게 파인 상처, 마치 자랑삼듯 보여주곤 했던 흉터자국이 선명하게 새겨져 있었다. 유유의 아내는 그 상처를 보자 부들부들 떨며 처음에는 인정할 수 없다는 듯이 고개를 흔들더니 결국 아들을 끌어안고 목놓아 울었다.

잠시 한숨을 돌릴 수 있었던 이 휴식은 따라붙는 위군들을 막아내기 위해 자신의 몸을 던졌던 유유 덕분이었다. 그는 홀로 적진에 들어가 항복하는 척하며 급습하여 적장을 죽였다. 대장이 죽자 위군들은 바로 그 자리에서 유유를 처단하고 목을 잘라서 본진으로 돌아갔다. 유유는 말보다 행동이 먼저 앞서서 무지하고 포악스럽다는 핀잔을 많이 듣곤 했다. 행동이 앞설 수 있었던 유유였기에 혼자서 적진으로 들어갈 수 있었다.

―유유가 맞느냐?

―…네….

―혼자서 적진으로 들어가서 저렇게 목숨을 내던지다니 과연 유유답구나.

—유유니까 그럴 수 있었습니다.

—그래도 내게 아무 말도 하지 않고 지 마음대로 목숨을 내어줘? 유유, 이 고얀 놈 같으니라고! 내가 목숨을 중하게 여기라고 그렇게 말했거늘…!

—폐하….

교체는 목이 잘린 유유의 시체를 안고 한없이 울었다. 왕이 통곡하자 가족과 친구들뿐 아니라 주위에 몰려 있던 장졸들이며 일반 백성들마저 모두 숙연해져 함께 소리 높여 울었다.

장작을 태우는 매캐한 냄새가 코를 찔렀다. 수리는 일렁거리는 불꽃을 뚫어지듯 쳐다보다 가만히 눈을 감았다. 가슴을 치고 올라오는 무언가가 잡아 흔들었다. 이곳까지 오게 된 것은 거의 기적에 가까웠다. 길을 쫓아서 흔적을 쫓아서 말을 달렸고 주달을 만났다. 아니 주달이 자신을 쫓아왔다고 해야 할까.

두 사람이 동행한 지 벌써 보름이 지났다. 어색하고 거북스럽지만 주달의 도움이 없었다면 유무에게 벌써 붙잡히고도 남았다. 유무의 추격은 집요했다. 길목마다 위군이 점령했고 그 길을 피해서 숨어서 다니는 생활이 계속 이어졌다. 주달은 모르는 길이 없을 정도로 가는 길마다 산과 들, 숲, 성에 대해서 꿰뚫고 있었다. 박달을 도와서 수만 리를 마다하지 않고 재료를 구하려 다녔다고 들었지만 이 정도로 환히 아는지는 몰랐다. 그는 흔적을 지우고 새로운 길을 찾는 데 비상한 능력이 있었다.

마치 술래잡기를 하듯 유무를 피해서 수리는 달아나고 또 달아났다. 주달의 도움으로 유무의 손아귀에서 어느 정도 벗어날 수 있었다. 밤이 되면 잠을 자고 다시 길을 떠나기를 반복했다. 어디로 가고 있는지 물어도 주달은 아무런 대답을 하지 않았고, 박달이나 궁방에 관련된 일을 물어도 묵묵히 길을 갈 뿐이었다. 문득 두려움이 몰려와도 다시 유무의 추격이 바짝 다가오면 또다시 주달을 따라 길을 나설 수밖에 없었다.

검은 하늘은 평화로웠고 이 땅에 전쟁이 벌어지고 있다는 사실조차 모르는 듯했다. 똑같이 반복되는 생활, 알 수 없는 목적지, 내일도 변함이 없을 것이다. 수리는 문득 궁금해졌다. 주달을 만난 일이 과연 자신에게 행운이었을까, 아니면 유무를 피하려다 더한 위험으로 떨어진 불운일까. 무엇도 지금은 알 수가 없었고, 주달을 벗어난다고 한들 수리는 유무에게 잡힐 수밖에 없었다.

주달은 날이 어두워지기 전에 어디론가 사라졌다. 수리에게는 위군들이 이곳까지는 찾아오지 않을 것이니 장작불도 피워 놓으라고 했다. 낮에는 아직 날이 따뜻했지만 아침저녁으로는 급격히 추워졌다. 수리는 주변에 마른 풀이나 나뭇가지를 모았다. 건조한 날씨 탓에 불은 금방 일어나서 활활 타올랐다.

해는 마지막 아름다운 붉은 빛을 토해내었다. 이윽고 밤이 모든 빛을 삼키자 완전한 어둠이 찾아왔다. 장작불만이 유일한 빛이었다. 어둠 속에서 퍼져나오는 발소리가 수리 쪽으로 가까워졌다. 위협을 느낀 수리는 항상 옆에 놔둔 활을 들고 소리 나는 쪽으로 시위를 겨누었다.

–나다. 다행히 불을 잘 피웠군.

어둠 속에서 굵직하고 낮은 목소리가 울려 퍼졌다. 주달은 장작불 앞으로 노루 한 마리를 털썩 내려놓았다. 슥슥슥, 익숙한 솜씨로 가죽을 벗기고 살을 떼어 내 쇠꼬챙이에 하나씩 끼웠다. 주달의 손에서 뚝뚝 떨어지는 비리한 피냄새가 역했다. 수리는 자신도 모르게 옆으로 얼굴을 돌렸다. 주달은 비웃으면서 고기를 돌려가며 골고루 굽더니 하나를 집어서 수리에게 내밀었다.

–가져온 식량이 거의 다 떨어졌어. 계속 다니려면 사냥을 해서 배를 채울 수밖에 없다. 왜 못 먹겠냐?

–아니오. 먹겠소.

수리는 노루고기를 받아들고 한입 물자, 고기의 누린내가 확 풍겨왔다. 며칠 동안 제대로 먹지 못한 것은 사실이었다. 환도성을 빠져나왔을 때 가져왔던 식량도 얼마 되지 않았으니 떨어질 법도 했다. 주달의 말이 맞다. 언제까지 이어질지 모르는 여정인데 무엇을 가릴 처지가 못 되었다.

날이 지날수록 낮보다 밤의 기온이 급격히 떨어졌다. 겨울이 성큼 다가서고 있다는 증거였다. 식량 구하기는 더욱 어려워질 것이고 사냥으로 배를 채울 수 있다는 자체만으로도 감사히 여겨야 했다.

–박달어르신은 피난을 가신 게요?

–….

–말하고 싶지 않소?

–늙은이는 죽었어. 내 손에….

–주…달….

–난 아버지의 복수를 한 것뿐이야. 조금 오래 걸렸지만….

주달은 묵묵히 고기를 씹었다. 아주 천천히, 이가 어그러지듯 꾹꾹 누르며 오직 먹는 데만 열중했다. 지금은 아무것도 건드리지도, 말하지도 말라는 무언의 압력을 넣으며 오랫동안 고기를 씹었다.

–그 늙은이가 얼마나 추악한 인간인 줄 알어? 헛! 허세만 살아서 입만 살아서 고함이나 질러대는 더러운 인간! 내 아버지를 그가 죽였어. 내 아버지는 검은 숲의 용사였다. 아버지는 고구려인이었던 어머니를 납치해 와서 자신의 여자를 만들었고 내가 태어났다. 난 검은 숲이 좋았다. 숲 속의 자유로움이 좋았다. 숲의 어느 곳이나 나의 놀이터였고, 여름에는 나무 위가, 겨울에는 동굴이 집이었다. 아버지의 어머니에 대한 마음은 진심이었고 남달랐다. 하지만 어머니는 검은 숲의 삶을 도저히 견뎌내지 못했다. 언제나 그곳을 벗어나고 싶어 했다. 내가 여섯 살인가 일곱 살인가, 어머니는 나를 안고 꽁꽁 언 강을 건너서 검은 숲을 벗어났다. 그리고 어머니의 아버지인 그 늙은이의 집으로 왔지.

주달은 울컥 목이 메인 듯 잠시 말을 멈추었다.

–아버지가 우리를 찾았다. 반가웠다. 아버지를 본 순간 난 검은 숲으로 다시 돌아갈 줄만 알았다. 그런 줄만 알았지. 그런데 어머니가 반항을 하더군. 아버지는 분노했고 자신의 힘을 결국 어머니에게 쏟아부었지…. 더 이상 움직이지 않고 숨도 쉬지 않는 어머니 앞에서 아버지는 자신의 손을 저주했다. 커다란 손이 부들부들 떨며 자신을 저

주했다. 그 순간 날카로운 소리와 함께 화살 하나가 아버지의 심장을 뚫었다. 세상에서 가장 강했던 사내가 고작 화살 하나에 죽었다. 내 눈앞에서 아버지가 죽었다. 연약하고 가냘프던 내 어머니를 닮았던 그 화살이 가장 강한 사내인 아버지를 죽였다. 늙은이는 자신의 딸을 죽인 사내의 아들인 나를 미워했다. 커갈수록 난 아버지를 닮아갔어. 얼굴과 체격은 물론이고 걸음걸이, 식성까지도 말이야. 늙은이는 아버지를 똑똑히 기억하고 있었어. 클수록 보이는 아버지의 얼굴에 나를 더욱더 미워했어. 그래, 우린 서로 미칠 정도로 증오하며 삼십 년을 그렇게 살았다. 근데 내가 왜 늙은이 곁에 있었는 줄 알아? 활 때문이다. 한 손으로도 부러뜨릴 수 있을 만큼 작고 연약한 그 활 때문에 난 늙은이 곁에 있었다. 내가 어리다고 검은 숲으로 돌아가지 못했던 것은 아니었다. 갈 수 있었다. 검은 숲 용사의 아들로서 그 길을 아직도 생생하게 기억하고 있다. 하지만 참았어. 내가 활을 만들기 전까지는 돌아가지 않을 것이라고 생각했지. 그런데 그 늙은이가 끝끝내 마지막 비법을 가르쳐 주지 않았어. 그런데 말이야. 늙은이가 그랬어. 네가 자신보다 더 뛰어난 활장이라고….

–주…달….

–난 네가 필요하다. 나와 함께 검은 숲으로 갈 것이다. 성 밖에서 우연히라도 만난 줄 알았더냐? 아니다. 고구려인들이 환도성을 모두 비울 때 난 끝까지 남아 있었다. 찾아야 할 것이 있었다. 늙은이가 죽어가면서도 끝까지 가르쳐 주지 않았던 마지막 비법 말이다. 내가 왜 활을 마지막 순간에 만들지 못하는지 알 수가 없었다. 남들보다 더한

노력을 했지만 마지막까지 되지 않았던 그것 말이야. 알고 싶었다. 미칠 정도로 알고 싶었다. 늙은이는 내 손에서 죽으면서도 날 비웃으며 비법은 어디에다 숨겨놨는데 난 절대로 찾을 수 없을 것이라 했어. 샅샅이 뒤지고 또 뒤졌다. 그때 환도성 안으로 위군이 들어왔고 그 다음날 네가 왔다. 그래서 생각을 바꿨지. 너를 검은 숲으로 데려가는 것으로 말이야. 도망갈 생각은 하지마라. 돌아간들 넌 유무에게 잡힐 뿐이다. 그자에게 잡히는 것보다 낫지 않겠어? 먹어라. 더 먹어라. 우린 갈 길이 아주 멀다.

평소에 그토록 말이 없었던 주달이 마치 그동안 못했던 것이 한이라도 되듯이 엄청난 말을 쏟아내었다. 저 밑바닥까지 끄집어내서 몽땅 보여주기라도 작정한 사람처럼 수리에게 응어리진 감정을 토해냈다. 사납게 울부짖으며 화풀이하다가 커다란 두 눈이 금방이라도 튀어나올 듯 수리를 노려보며 노루고기 하나를 집어 들었다. 노루 한 마리를 몽땅 먹는다고 해도 그의 탐욕은 끝날 것 같지 않을 것처럼 고기를 씹고 또 씹었다.

이상하게도 수리는 주달이 무섭지도, 징그럽지도 않았다. 다만 커다란 덩치에 감춘 슬픔을 그의 눈에서 언뜻 보았을 뿐이었다. 매일 으르렁거리는 박달의 눈에도 죽어라고 구박을 받는 주달의 눈에서도 서로에 대한 증오보다는 애정을 보았다. 그들은 서로에게 남은 유일한 가족이자 자신만의 방식으로 서로를 아꼈다. 주달은 주달의 방식으로 박달의 죽음을 슬퍼하며 참고 있었다. 솟구치는 울분을 거친 말로 애써 외면하면서 소리치고 있었다.

그들 사이에 무슨 일이 있었는지는 알 수가 없었다. 더 이상 깊이 물어볼 수도 없었고, 다만 주달이 박달을 죽였다는 생각이 들지 않았다. 슬픔이 너무 깊어서 스스로 모든 죄를 뒤집어쓴 채 악다구니를 떨고 있는 것으로밖에 보이지 않았다. 자신을 학대하면서 스스로에게 자꾸만 죄를 묻고 있는 모습이 낯설지 않았다.

—넌 내가 무섭지 않는가?

—무섭지 않아요. 나도 한때 살기를 포기하려 한 적도 있었으니까. 그 다음부터는 그저 덤으로 사는 삶이라고 생각하니 어떤 일이 닥쳐도 무섭지도 않고, 걱정도 되지 않더이다. 불내에로 돌아갔을 때 난 이미 껍데기뿐이었지. 아무것도 느낄 수도, 생각할 수도 없는 상태였어요. 어찌 되어도 좋다고 생각했어요. 거의 자포자기했다고 해야 하나. 항상 난 내 마음대로 살았던 적이 별로 없었고, 누군가에 의해 삶이 결정되고 그 결정에 의해 살아야 했어요. 누군가의 필요에 의해 정략결혼을 하고 필요에 의해 낙랑으로 보내졌지요. 그런데 이제는 당신이 내 인생을 결정하려 하는군요. 내가 그렇게 필요한 사람인 줄 이전에는 알지 못했어요. 내 마음을 달래기 위해 무언가에 매달릴 것이 필요해서 시작한 활 때문에 날 필요로 하는 사람이 이렇게 많이 생기게 될 줄 몰랐어요. 당신도 그들 중에 한 사람이군요.

—그래. 잘 보았다. 너는 내 손아귀에서 절대로 벗어나지 못할 거다.

두 눈이 섬뜩하게 번쩍거렸다. 도망이라도 친다면 세상 끝까지라도 잡으러 갈 듯이 유무보다 집요하고 끔찍한 집착이 보였다.

다음 날에도 두 사람의 동행은 끝없이 이어졌다.

끝없는 추격

사냥을 나섰던 병사들은 오늘도 허탕을 치고 돌아왔다. 기다리던 사람들은 큰 실망을 한 채 고개를 떨구었다. 배불리는 고사하고 제대로 무언가를 먹어본 것이 언제인지 기억도 나지 않았다. 게다가 북풍이 휘몰아치고 극식한 추위가 계속되자 얼어 죽는 사람도 늘어났다. 보통은 늙은이나 어린아이였고, 그때마다 통곡이 끊이지 않았다. 혹독한 추위 앞에 관구검은 추격을 잠시 멈추었는지 더 이상 따라오지 않았다. 그들도 환도성에서 겨울을 나는 것이 두려웠는지 위나라로 돌아갔다는 말도 전해왔다. 하지만 전쟁이 끝났다고 보기는 어려웠다.

나부들의 지원을 받기 위해서 교체는 끝없이 사자를 보냈지만 하나같이 성문을 걸어 잠근 채 묵묵부답이었다. 그들은 두려워했다. 고구려 왕에게 성문을 열어주었다가 관구검이 바로 쳐들어올 것만 같은 불안감에 휩싸였다. 그렇게 수많은 성을 지났다. 낙담과 원망은 점점 쌓여갔고 끝을 알 수 없는 바닥으로 치달아갔다.

늙은 병사가 무심한 눈으로 허공을 응시했다. 평생을 전장을 떠돌았고 고구려 병사로 사는 것을 자랑스럽게 생각했지만 이렇게 절망적인 순간을 맞이한 것은 처음이었다. 지금은 환도성이 점령당하고 고구려의 멸망을 눈앞에 두고 있고, 일생을 바쳐 마련한 땅과 집이 한순간에 잿더미가 된 채 어디에도 정착할 수 없는 떠돌이 신세였다. 이제는 몸이 노쇠해져서 더 이상 행군도 어려울 것만 같았다. 추운 날씨에 몸이 점점 더 굳어지고 여기저기 쑤시는 신경통으로 하루도 몸이 성할 날이 없었다.

–아버지, 뭐하세요?

–이런저런 생각을 좀 했다. 며늘아기한테 다녀오는 거냐?

–네. 먹는 게 너무 없어서 젖이 잘 안 나오는가 봐요.

–그렇구나. 어린 자식들 데리고 고생이 많구나.

–저는 병사니까 그렇다 쳐도 아내나 아이들이 고생하는 건 더 이상 못 보겠어요.

–이것도 정말 할 짓이 아니다.

–연나부나 비류나부든 그 사람들은 뭐 하고 있는지. 자기들 성 안에서 꼼짝도 안 하고 게다가 성문을 열지도 않고, 군사도, 식량도, 아무런 지원도 해 주지 않는대요. 대체 왜 그러는 걸까요? 자기들은 고구려인이 아닙니까?

–목소리 낮춰라. 누가 들으면 어쩌려고 그러누? 여기 아직 연두지 장군이 있다.

–들을 테면 들으라지요. 애가 배고파서 계속 보채는데 뭘 해 줄 수가 있어야죠!

–어쩌겠느냐? 폐하를 믿고 기다릴 수밖에….

늙은 병사는 자신도 아들에게 뭐라 말할 자신이 없어 말을 잇지 못했다. 고구려인으로서 자부심이 충만했던 늙은 병사도 고구려가 다시 일어날 것이라는 확신을 주지 못했다. 환도성으로 언제 돌아갈 수 있을지, 연나부나 다른 나부들이 끝까지 외면한다면 고구려가 어떻게 될지 아찔했다.

계루부 다음으로 가장 많은 군사를 동원할 수 있는 나부는 연나부였다. 연나부가 나서준다면 다른 나부에서도 가만히 있지 않고 함께 보태줄 수도 있었지만 연나부가 등을 돌리면 고구려의 역사는 이대로 끝날 수도 있는 위기였다.

왕의 곁을 끝까지 지켰던 연두지는 아버지에게 끊임없이 서신을 보냈지만 아무런 답이 없었다. 시간이 지날수록 울화통이 터지고 면목이 없었다. 연두지도 고구려의 장수였다. 양맥에서 목숨을 잃은 철기군들이 떠올라 매일 악몽을 꾸었다. 그는 패전에 대해서 극심한 책임감을 느꼈다. 그런데 아버지는 어떻게 된 일인지 묵묵부답이었다. 왕 앞에서 연두지는 얼굴을 들지 못했다.

연나부의 고추가는 지금쯤 무엇을 모의하고 있을까. 어쩌면 나부 전체가 위나라에 귀속하자는 말이 나왔을지도 모를 일이었다. 환도도 빼앗기고, 백성들은 모두 뿔뿔이 흩어지고, 왕비마저 자기라도 살겠다고 두 아들을 데리고 연나부성로 들어갔다.

각 나부들은 주몽이 나라를 건국하기 이전부터 고구려에서 수백 년을 이어서 살아왔다. 자신만의 고유한 풍속을 지키며 강한 세력이 등장하면 싸우기도 하고 타협하기도 하면서 오랜 세월을 생존해 왔다.

열한 번째의 왕이 바뀌는 만큼 많은 세월이 흘렀지만 그들은 여전히 고구려보다 나부의 생존이 더 중요한 문제였다.

나부들은 관구검이 노리는 것은 고구려의 왕 교체임을 알고 있었다. 성 안으로 교체를 받아들이는 일은 바로 자신의 나부가 공격받아 위험에 빠진다는 것을 의미했다. 왕에 대한 충성은 어디까지나 고구려가 견고하게 버티고 있을 때까지를 뜻했다. 어떤 나부에서도 교체에게 성문을 열어주지 않았다. 그들 나름대로의 생존전략이기 때문에 무엇도 강요할 수는 없었다. 자신을 따르는 대가들과 군사들 그리고 백성들을 책임져야 할 의무가 교체의 어깨를 짓눌렀다.

고구려 왕의 권위를 밑바닥까지 실추시킨 죄로 죽어서 선왕을 볼 면목도 없었고, 우태후의 멸시를 견딜 자신도 없었다. 더 이상 달아날 힘도 버틸 자신도 없었다. 관구검이 다시 군사를 정비하여 몰려온다고 해도 싸울 군사조차 남아 있지 않았다. 차라리 자신이 죽는다면 이 모든 지옥이 끝날 것만 같았다. 관구검에 자신의 목을 내어주고 싶었다. 침상의 머리맡에 둔 오자도가 날카롭게 빛나며 유혹했다. 모든 것이 한순간에 끝날 수 있다고 속삭였다. 칼자루를 쥐었다. 날카로운 칼끝이 번뜩이며 교체의 목 한가운데에 닿았다. 이 모든 고통에서 해방될 수 있다는 생각에 너무 황홀했다.

갑자기 등줄기가 서늘해지면서 소름이 끼쳤다. 칼을 든 두 손이 바들바들 떨렸다. 뭐라고 소리치고 싶었지만 목이 굳어버린 듯 아무런 소리가 나오지 않았다. 오로지 두려움에 숨이 막히고 몸이 덜덜 떨렸다.

백발이 성한 태후가 무서운 눈으로 교체를 노려보고 있었다. 태후의 목소리는 들리지 않았지만 소름 돋을 만큼 차갑고 매섭게 교체를 꾸짖었다. 살아 있을 적 그대로의 모습으로 당당하고 무시무시했다. 평생을 따라다니며 교체를 미워하고 증오한 눈빛은 여전히 살벌했고, 가느다란 입술에서 새어 나오는 들리지 않는 독설들은 살이 떨릴 정도로 매서웠다. 태후의 모습은 목이 잘린 유유의 모습으로 변해 있었다. 목에서는 붉은 피가 튀어나와 교체의 얼굴과 온몸에 뿌려졌다. 그러더니 양맥에서 헛된 교만에 빠졌을 때 죽어간 병사들이 한 명씩 눈앞에 나타났다. 하나같이 처참한 몰골을 하고는 이름도 모르고 얼굴도 생소하지만 모두들 교체를 향해 원망하고 저주하는 핏빛 울부짖음을 토해냈다.

우태후, 유유 그리고 이름 모를 수많은 병사들이 교체의 주위를 감싸며 원망의 말들을 쏟아냈다. 가슴이 찢어질 듯 통증이 심해지고 숨조차 쉴 수가 없었다. 몸을 아무리 움직이려 애를 써도 손가락 하나 까닥할 수가 없었다. 있는 힘을 다해 마지막으로 소리쳤다.

–폐하! 정신 차리십시오.

–저기에!

–무엇이 있단 말입니까!

–태후마마, 유유 그리고 나 때문에 죽어간 병사들….

–꿈을 꾸셨습니다.

–나 때문이다. 그들이 나 때문에 죽었다. 태후마마가 나에게 호된 호통을 치셨다. 어리석고 우둔한 놈이라고….

–아닙니다. 전투는 이길 수도 있고 질 수도 있습니다.

–하지만 난 해서는 안 되는 우를 범했다. 교만에 빠져 병사들을 사지에 몰아넣고 결국 유유까지….

–폐하….

–어디에서도 더 이상 병력을 보충해 줄 생각조차 하지 않는다.

–조금만 더 기다려보시면….

–아니 벌써 많이 기다렸다.

–폐하!

연두지가 흥분된 목소리로 막사 안을 사정없이 밀고 들어왔다. 먼저 와 있는 밀우를 보고 잠깐 동안 눈살을 찌푸리다가 우쭐하며 교체 앞에 한쪽 무릎을 꿇고 서신을 전했다.

–연나부에서 서신이 왔습니다.

–연나부에서?

–네. 군사와 식량을 약조했습니다. 그동안 아버님께 갔던 서신들이 중간에 빼돌려졌다고 합니다. 이제야 서신을 받았다고 하셨습니다.

–정말인가?

–어서 보십시오.

교체는 일어나서 서신을 보았다. 군사와 식량을 보내주고, 또한 옥저성으로 피난을 갈 수 있게 알선을 해 준다는 등의 내용이었다. 연두지가 하늘을 찌를 기세로 으스대었지만 누구도 책하는 사람이 없었고, 모두들 진심으로 고마워했다.

어떤 뿌듯함이 연두지의 마음에서 일렁거렸다. 언제나 무장으로서는 밀우나 유유에게 밀렸고, 집안에서도 아버지의 눈에 차지 않는 아들이었다. 연나부 출신이라는, 고추가의 아들이라는 것이 무장들에게 질투와 부러움을 받아서 사람들은 그에게 머리를 숙이면서도 거리를 두었다. 진심으로 고마워하는 마음이 자신에게 잇닿자 뿌듯하면서 마음이 이상했다.

적막한 방 안 공기가 서늘하면서 불안했다. 고추가는 초조한 듯 검지와 중지를 번갈아 탁상위를 두드리기를 반복했다. 중대한 일을 앞두고 있을 때 생기는 그만의 버릇이었다.

주몽이 나라를 세울 무렵 연나부는 신흥세력으로 등장한 계루부에게 왕위를 내주어야 했지만 적정한 선에서 타협을 찾아가며 강한 나부로 명맥을 이어왔다. 왕비족이라는 호칭에 걸맞게 계속 왕후를 배출했고, 국상자리마저도 꿰차며 막강한 권력을 행사했다. 고구려가 성장할 수록 연나부도 성장했다. 하지만 지금은 환도성마저 파괴되어 나라 자체가 멸망할 위기에 빠졌다.

연두지는 수십 차례의 서신을 고추가에게 보내왔다. 왜 군사를 보내주지도 않고 있냐며 아버지를 원망하고 질타했다. 아들의 끈질긴 청원에도 고추가는 침묵으로 일관했다. 연나부는 고구려에서 가장 큰 철광산을 가지고 칼, 창, 도끼, 갑옷, 방패 등의 무기를 만들었다. 대규모 목장에 뛰어난 말들이 넘쳐났다. 전투에 바로 투입할 수 있는 군사들과 몇 년을 버틸 수 있는 식량까지 갖추고 있었다.

이러한 사실은 연두지가 너무나 잘 알고 있었기 때문에 더욱 속이 탔다. 그러다 문득 아버지가 어쩌면 고구려를 버릴지 모른다는 생각이 들었다. 허술한 인상과 달리 속에는 무엇이 들었는지 알 수 없을 정도로 무서운 사람이 바로 자신의 아버지인 연나부 고추가였다. 연두지는 마지막 서신을 고추가에 보냈다. 아버지가 군사를 내어주지 않는다면 자신은 연나부로 돌아가지 않고 고구려 장수로서 의무를 다하겠다고 했다.

연두지의 서신을 읽은 후 고추가는 손가락으로 연신 탁상을 두드리며 골치아파했다. 하나밖에 없는 아들이 아버지의 말을 들은 척도 하지 않고 고집을 피우고 있는데 부인은 속사정도 모르고 무조건 연두지를 데려오라고 난리였다.

드르륵, 문이 열렸다. 깊은 생각에 빠진 고추가는 누군가 들어온 것을 느끼지 못했는지 꼼짝을 하지 않았다.

–아버지.

–어허, 인영이구나. 언제 들어왔느냐?

–오라버님의 서신입니까?

–그래. 그 녀석이 자꾸 고집을 부리는구나.

–저는 오라버님을 다시 보았습니다.

–뭐라고? 인영아. 아비의 속도 모르고 너까지 그렇게 말하면 어떡하느냐?

–오라버님에게 군사를 내어주세요.

–무슨 소리냐? 관구검이 포기할 것 같으냐? 아니다. 그는 아주 집요한 사람이다. 난 고구려인이기 이전에 연나부 사람이다. 연나부의

안전은 내 손에 달려 있다.

—이대로 고구려가 없어진다고 해도 상관없으십니까?

—음….

—연나부도 고구려 안에서 힘을 발휘할 수 있습니다. 고구려가 없다면 연나부도 하나의 부족에 불과합니다.

—그래도 되지 않을 전쟁에 끼어들 생각은 없다.

—폐하께서 어이없는 실책으로 양맥전투에서 지셨지만 고구려의 패망까지 가지는 않을 것입니다. 위나라가 고구려의 영토를 손에 넣어봤자 그들에게 무슨 이익이 있겠습니까? 위나라와 고구려는 너무 멀리 떨어져 있어서 점령하기도 힘들뿐더러 식민지배는 더욱 불가능합니다. 그 사실을 아버지께서도 잘 아시잖습니까?

—인영아, 네가 거기에까지 생각이 미쳤느냐?

—폐하와의 힘겨루기는 그만두십시오.

—무슨 소리냐?

숨겨놓은 마음을 들킨 듯 고추가는 당황해했다. 인영은 엷은 미소를 띤 채 조용히 말했다

—그만 고집 피우시고 폐하를 도와드리세요. 너무 늦으면 연나부는 아무것도 얻지 못합니다. 이정도로도 폐하는 그리고… 태자님은 아실 것입니다. 연나부가 어떤 존재라는 것을…. 게다가 오라버님께서 아주 훌륭하게 폐하를 보필하고 계시니 전쟁이 끝나고 난 후 저희 가문의 명성이 드높아질 것입니다. 이쯤에서 물러나십시오.

—으음….

고추가는 인영의 안목과 지혜에 감탄을 금치 못했다. 어느새 위나라의 상황과 고구려의 앞날까지 조각을 맞추고 있는지 놀라울 뿐이었다. 인영은 좀처럼 생각을 읽을 수 없는 아이였다. 어떤 일에 대해서도 감정을 드러내는 법이 없어서 아비인 자신도 어려웠다. 그 속에 도대체 무엇이 더 들어 있을지 무섭다는 생각마저 들었다.

문득 인영에게서 예전 태후의 모습이 비쳤다. 부드러운 미소 뒤에 숨겨둔 날카로움과 서늘한 안목은 우태후를 오히려 능가하는 듯했다. 우태후가 죽고 난 후 연나부의 힘은 많이 약해졌다. 지금의 왕후는 왕과의 사이가 좋지 않을뿐더러 연나부가 기댈 언덕은 되지 못했다. 왕은 아주 천천히 연나부의 힘을 야금야금 빨아먹었다. 왕의 친위대는 동부, 남부 등 신흥나부로 채워졌고, 관나부와 환나부도 어느새 목소리에 힘이 실리기 시작했다. 위기의식을 느낄 때 전쟁이 벌어졌고 왕은 치명적인 실수를 했다.

연나부는 위기 속에서 언제나 길을 찾았다.

미친 듯이 부수고 불태워버린 보기 흉하게 변해버린 곳, 환도성. 오랫동안 돌을 쌓고, 기둥을 세우고, 기와를 얹혀서 만든 아름다우면서도 거대한 궁궐이 있었고, 귀족들의 수많은 가옥들이 즐비했었다. 그러나 이제는 궁궐은 형체도 알아볼 수 없을 만큼 파괴되었고, 집집마다 더 이상 사람이 살 수 없을 정도로 불타버렸다.

관구검은 흉물로 변해버린 궁궐 한가운데서 술잔을 들이켰다. 관구검은 울분에 차서 술에 위로받지 않으면 참을 수가 없었다. 양맥의 전투는 관구검의 일생에 커다란 오점을 남겼다. 하늘이 도와 비록 승리를 거두었지만 그날의 치욕을 잊지 못했다. 교체의 목을 베기 전까지 한이 풀리지 않을 듯싶었다.

바로 추격대장으로 왕기와 백여를 임명하고 교체를 뒤쫓게 했다. 하지만 모두들 눈앞에서 교체를 놓쳤다. 게다가 백여는 고구려 장수의 속임수에 넘어가서 전투를 치르기도 전에 죽어 싸늘한 시체로 돌아왔다. 왕기는 기습한 고구려 돌격대에게 참패를 당했다. 그 사이 고구려 왕은 아주 멀리 도망쳤다.

요동의 실세였던 공손연을 무찔렀던 관구검이 고구려를 손에 넣지 못하는 것은 도저히 참을 수가 없었다. 오만한 자존심에 깊은 상처를 남았다. 마음속으로 수차례 다짐하면서 교체가 잡힐 때까지 추격을 멈추지 않을 것을 맹세했다. 고구려라는 나라가 더 이상 존속할 수 없을 정도로 파괴하고 쓸어버릴 작정이었다.

이러한 관구검의 마음과 달리 병사들은 끝도 없는 추격전과 추위에 점점 지쳐갔다. 고구려의 겨울은 너무 빨리 다가오고 또한 잔혹했다. 유무가 군사와 식량을 지원해 주었지만 언제 바닥이 날지 알 수 없었다. 고구려 백성들이 곡식 한 톨 남기지 않고 도망쳐 버린 데다, 폐허로 변해 버린 환도성에 계속 남아 있다가는 얼어 죽거나 굶어 죽을 수도 있을 판이었다.

마음이 급해졌다. 마지막 술잔을 비웠다. 겨울이 더욱 깊어지면 식량을 구할 길은 더욱 막막해지고 낙랑군의 보급품도 한계가 있었다. 노장의 수염이 파르르 떨렸다. 환도성을 함락시켰다는 것만으로는 무언가가 부족했지만 병사들의 사기는 떨어지고 거듭된 추격에도 고구려 왕이 어떻게든 빠져나갔다. 결단이 필요했다. 게다가 위나라 상황도 여러모로 심상치 않은 분위기가 흘러서 고구려 토벌에 신경을 쓰지 않았다.

관구검이 결단을 내리기 위해서 고심할 때 왕기는 울분에 차서 관구검에게로 향했다. 이대로 포기하는 것은 그의 성미에 맞지 않았고, 눈앞에서 놓친 고구려 왕과 어이없이 죽어버린 백여가 눈앞에서 아른거렸다. 그리고 그날의 고구려 장수가 잊혀지지 않았다. 장수였는지 확실지도 않았다. 옷차림을 보아서 장수라고 보기는 어려웠다. 투구도, 철갑옷도 하지 않은 채 검은 옷을 입었지만 일반 병사는 아니었다. 분명한 사실은 검은 옷의 사내가 전투를 지휘했고 수적으로 훨씬 적은 병사들을 가지고 추격군을 격파시켰다.

검은 옷의 장수는 말과 한 몸이 된 듯 질주하며 앞뒤로 활을 쏘며 위협했다. 어디에서도 그처럼 활을 잘 쏘는 자는 본 적이 없었다. 고구려인들이 대체로 명궁수가 많다는 이야기는 들었지만 그는 신궁에 가까웠다. 뒤에서 공격을 하다가 어느 순간 재빨리 위군을 앞질러 도망가면서도 몸을 완전히 돌려 화살을 쏠 때는 당황스러워 말고삐를 놓칠 뻔했다. 백여가 죽지만 않았다면 합세하여 세상 끝까지 따라갔을 것이다.

혼자서 술을 마시던 관구검은 갑자기 막사 안으로 들어온 왕기를 보고 조금은 놀란 표정을 지었다. 왕기는 무릎을 꿇었다.

—무슨 일이냐?

—자사! 저에게 다시 기회를 주십시오.

―실패하지 않았느냐?

―한 번만 더 믿어주십시오.

―겨울이 오고 있어. 고구려의 겨울은 위나라보다 더 혹독해.

―겨울은 무섭지 않습니다. 고구려 왕을 사로잡지 못한다면 이곳까지 온 보람이 없습니다.

―그토록 고구려 왕을 잡고 싶은가?

―네. 고구려 왕과 검은 옷의 장수를 잡아서 백여의 복수를 할 것입니다.

―검은 옷의 장수?

―평범한 검은 옷을 입고 있었지만 분명히 장수였습니다. 그의 지휘 아래 고구려 병사들이 움직였고, 활솜씨도 신기에 가까웠습니다. 그자만 아니었다면 지금 고구려 왕을 사로잡아 위나라로 회군했을 것인데….

―음…. 좋다. 한 번 더 기회를 주겠다. 가거라. 가서 고구려 왕을 반드시 잡아오너라.

―네, 자사!

―그리고 낙랑태수 유무와 함께 가도록 해라.

―유무와 함께요?

―그자가 낙랑으로 돌아가지 않고 북쪽으로 가기를 원하더구나. 환도성에 올 때 데려온 계집이 도망을 갔다더군. 완전히 넋이 나가서 한동안 병사들을 풀어서 미친 듯이 찾았어. 계집 혼자서 어디까지 달아났는지 흔적을 찾을 수 없었어.

–그 계집이 누구길래 그토록 법석을 떤답니까?

–그건 나도 잘 모른다. 유무가 아주 중요하게 생각하는 계집이라 조금 호기심도 생기더구나. 그 계집 때문에 사마의에게 부탁하여 불내예후에게 책봉서까지 받아서 가져다 준 모양인데.

–책봉서라니요?

–불내예후를 왕으로 책봉한다는 책봉서 말이다.

–왕?

–부족장이 왕이 되고 싶어서 안달이 난 게지. 그리 대단한 미인도 아니고 별다른 특색도 없는데 그렇게 집착을 하는 이유는 알 수가 없구나. 아무튼 데리고 가거라.

–유무가 과연….

–걱정하지 마라. 방해는 되지 않을 것이다.

–네! 알겠습니다.

골칫덩어리를 끌어안은 것 같아 왕기는 적잖이 부담이 되었다. 지위 상으로도 유무가 자신보다 훨씬 높으니 상전을 모시고 다니는 일이었다. 하지만 자신도 고구려 왕을 놓친 실책이 있어서 크게 주장을 내세우지 못했다.

추격대는 다시 편성되었다. 왕기는 한 사람씩 세심하게 추격군을 뽑았다. 말을 잘 타는 것은 물론이고, 칼, 창, 활솜씨도 뛰어난 병사들로 특별히 추렸다. 그들에게 따로 은자까지 두둑이 챙겨주었을 뿐 아니라 고구려 왕을 사로잡을 시에는 몇 배의 포상금을 약속했다. 환도성에서 약탈의 재미를 보지 못한 병사들은 기대에 차서 눈을 번뜩였다.

각자의 말안장에 육포를 잔뜩 싣고, 물과 그 밖에 식량도 챙겼다. 각자의 무기를 다시 한 번 점검하고 추위에 대비해서 다들 표범가죽옷을 한 벌씩 받아들고 좋아라 했다. 사실 표범가죽옷은 유무가 별도로 제공했다. 추운 겨울을 나는 데 짐승의 가죽보다 더 좋은 것은 없었다. 유무는 추격군에게 하나씩 표범가죽옷을 내리면서 별도로 수리를 찾으라는 명을 내렸다.

하급 병사들은 생전 처음 받아보는 표범가죽옷에 감격하며 유무의 말을 귀담아들었다. 유무는 여인을 찾는 자에게 고구려 왕을 사로잡아 받는 이상의 은자를 약속했다. 단 절대로 여인을 다치게 해서는 안 된다는 조건을 걸었다.

유무는 수리가 갑자기 흔적도 없이 사라졌을 때 조만간에 찾을 수 있을 것이라 여겼다. 하지만 하루, 이틀, 열흘이 다 되어도 말로 최고 속도로 달려도 갈 수 있을 거리보다 더한 거리를 찾아다녀도 그 흔적조차 찾을 수 없었다.

길목마다 빈틈없이 동원할 수 있는 군사들은 모두 배치하고 관구검에게 억지를 부려서 수색작업을 벌였다. 그러나 무엇도 찾을 수 없었고 아무런 단서도 없었다. 그래도 이대로 낙랑으로 돌아갈 수 없었다. 수리가 없으면 활을 만들 수 없었다.

그렇게 몇 달을 헤매다가 며칠 전 상단을 통해서 수리를 보았다는 사람을 찾았다. 거구의 사내에게 수레와 말을 팔았고 그 옆에 여인이 있었다고 했다. 사내가 누구인지는 알 수는 없었다. 하지만 반드시 찾아야만 했다. 끝날 것 같지 않은 추격은 또다시 시작되었다.

검은 숲

날씨는 점점 혹독해졌다. 운 좋게도 동굴을 발견하면 그곳이 하룻밤 쉬어갈 곳이 되었다. 허기진 배는 육포를 씹으면서 간신히 달래고, 눈을 녹여 목을 축였다. 하루 종일 말을 달려도 한 사람도 찾을 수 없는 날이 대부분이었다. 그러다 운이 좋은 날엔 상단을 만나 식량을 구할 수도 있었다. 주달은 흥정에도 상당히 재주가 있었다. 아무리 노련한 장사꾼들도 결국에 주달의 요구를 들어줄 수밖에 없었고, 꽤나 풍족한 식량을 은자 등과 교환했다.

장사꾼들은 수많은 소식을 전했다. 무엇보다 고구려와 위나라의 전쟁에 대해서 하나같이 소리를 높였다. 고구려는 이제 망할 것이라 했다. 환도성은 불탔고, 왕은 나부들에게 모두 외면을 받은 채 길거리에서 얼어 죽었을 것이라는 말까지 나왔다. 아무리 고구려가 강하다고 하나 결국은 중원의 강자 위나라에 겁도 없이 대들었으니 당연한 결과라고 입을 모았다. 그럴 때면 수리는 말없이 그들의 이야기에 귀를 기울이며 다가갔지만 주달은 언제나 그 사이를 가로막았다.

여러 날 지독한 눈보라가 몰아쳤다는 사실이 믿어지지 않을 정도로 고요한 날이었다. 주달은 수레에 쌓인 눈을 치우고 바퀴가 혹시 고장이라도 났는지 세밀하게 살피고 눈을 녹여 물을 만들고 멀건 콩죽을 쑤었다. 주달은 멍하니 앉은 수리를 보고 인상을 잔뜩 찡그리며 따뜻한 죽 한 그릇을 그녀의 두 손에 쥐어 주었다. 손바닥 사이로 따뜻한 온기가 전해졌다. 하지만 먹을 수가 없었다. 밀우라면 왕 곁에서 끝까지 남아 있을 사람이었다. 왕이 정말로 얼어 죽기라도 한 걸까. 말도 안 된다. 어떻게 한 나라의 왕이 길 위에서 허망하게 죽을 수 없었다. 밀우도 허망하게 죽을 사람이 아니었다. 불가에 앉았지만 온몸이 떨렸다. 추워서인지 두려워서인지 뼛속까지 차가운 기운이 돌아다니며 얼어붙는 듯했다.

말의 건강상태를 살피고 물과 먹이를 주고 난 후 주달이 다가왔다. 수리의 죽그릇이 그대로인 것을 보고 버럭 소리를 질렀다.

–왜 먹지 않는 거냐!

–배가 고프지 않아요.

–흥! 배부른 소리 하지 마라. 내가 아니었으면 넌 벌써 길바닥에 얼어 죽었어. 아니면 유무에게 다시 잡혀가던가.

–그래, 당신이 아니었다면 난 벌써 죽었겠죠.

–그러니 잔말 말고 먹기나 해. 너는 내게 활장이일 뿐이야. 그저 시키는 대로 해.

–당신도 유무와 똑같군요.

–흥! 그래, 다를 건 없겠지. 평생 넌 내 곁에서 활을 만들어야 해. 다른 생각 같은 건 하지 마라. 난 유무보다 더 독하다. 도망갈 생각은

아예 버려라. 우리 아버지가 어머니를 평생 뒤쫓아 다닌 것처럼 널 반드시 찾아낼 거다.

상단과 떨어져 며칠을 헤매다 한 무리의 사람들과 마주쳤다. 상단도 아니었고 유목민도 아니었다. 옷차림을 보아서는 환도성을 빠져나온 고구려인들이었다. 대부분 노인네들과 아이를 안은 여인들이었고, 장정들은 몇 명 되지 않았다. 수리가 이전에 시장에서 보았던 재빠르고 생기 있던 사람들의 모습은 찾아볼 수 없었고, 추위와 굶주림에 지쳐 삶의 희망이 모두 무너져 있었다.

수레를 보자 그들 중 몇 명이 다가왔다. 굶주림에 먹을 것을 얻어볼 작정인 것이었다. 주달은 수레에서 활을 꺼내와 그들이 더 이상 가까이 다가오지 못하게 화살을 날렸다. 수리는 주달 앞을 막으며 소리쳤다.

–무슨 짓이에요!

–비켜!

–굶주리고 지친 자들이에요.

–가만히 있다가는 식량을 모두 빼앗기게 될지도 몰라.

주달은 수리를 밀쳐내고 또다시 활을 쏘았다. 사람들은 발걸음을 멈추고 애원하듯이 주달을 쳐다보았다.

–다가오지 마라!

–제발 부탁이오. 먹을 것을 조금만 나눠주시오. 우린 며칠째 아무것도 먹지 못했소.

–너희들에게 줄 것은 아무것도 없다.

–당신도 고구려인인 것 같은데 좀 도와주시오.

—난 고구려인이 아니야!

주달은 그들에게 더욱 버럭 소리를 지르며 시위를 걸었다.

—그만둬!

수리는 악다구니를 쓰며 주달 앞을 가로막으며 활을 붙잡았다.

—저기에 당신과 대적할 만한 사람은 아무도 없어요! 제발 그만둬요! 저들은 며칠째 아무것도 먹지 못해 힘도 없고, 무기도 없단 말이에요.

맹독을 잔뜩 품고 금방이라도 물어버릴 뱀처럼 주달은 수리를 노려보았다. 수리는 그 눈을 피하지 않았다. 서로에게 한 치의 양보도 없이 팽팽한 긴장감이 흘렀다. 그때 인자해 보이는 한 노파가 다가왔다.

—우리는 당신들을 해치지 않을 것이오. 대부분 노인네와 여인들 그리고 아이들이 대부분이라오. 장정들은 다섯 정도인데 그마저도 아직 스물을 넘기지 못했다오. 조금만 식량을 나눠주시오. 부탁이오.

—주달….

—젠장! 콩 한 자루 갖다 줘. 그러나 더 이상 다가오지 못하게 해.

수리는 수레에서 콩 한 자루를 꺼내 그들 곁으로 갔다. 오랜 여정으로 피곤에 지친 그들은 모두 핏기 없는 얼굴이 안타까웠다. 불을 피우고 눈을 녹여서 콩죽을 쑤기 시작했다. 구수한 냄새가 퍼지자 아이들은 군침을 삼키며 불 앞으로 점점 다가왔다. 오랜만에 먹어 보는 따뜻한 죽 한 그릇에 모두들 행복해하며 생기가 돌았다.

—할머니는 어디에서 오셨어요?

—나는 환도성에 왔소. 아들은 병사라서 먼저 가고 난 후 우리는 위

군이 들이닥치기 직전에 도망쳤지.

—혹시 밀우라는 분을 아십니까?

—밀우장군님? 그분은 폐하를 모시고 북옥저로 가셨소.

—정말입니까?

—그렇다오. 내 아들이 그분 밑에 있지. 나도 북옥저로 가는 길이라우. 며칠만 더 가면 내 아들을 그리고 폐하를 만날 수 있으니…. 쿨룩쿨룩!

노파는 탁한 가래가 끓는 기침을 내뱉으며 힘겨워했다. 오랜 추위와 배고픔에 쇠약해진 몸이 금방이라도 쓰러질 것 같았다. 수리는 자신의 담비가죽을 벗어 노파의 구부정하고 가녀린 어깨를 덮어주었다.

—이거라도 덮으세요.

—난 괜찮소, 쿨룩쿨룩….

—무슨 짓이야! 얼어 죽고 싶어?

어느새 옆에 다가선 주달은 화가 잔뜩 나서 노파의 어깨를 덮었던 담비가죽을 낚아채 수리의 손목을 잡고 질질 끌고 가 버렸다.

—무슨 짓이에요! 놔줘요!

—미쳤어? 얼어 죽고 싶지 않으면 잠자코 있어.

—저 할머니 몸이 많이 편찮으세요.

—그걸 네가 왜 신경 써! 어차피 노파는 오래 살지도 못할 거야. 오늘 내일 당장 숨이 끊어질지 모르는 송장덩어리에게 담비가죽이 무슨 소용이야!

—사람이 어떻게 그럴 수가 있어요?

—사람! 웃기지 마. 네 몸이나 챙겨. 나도 활만 아니라면 널 거두지도 않았을 거야! 활은 사람을 죽이라고 만든 무기라고. 그걸 만드는 네가 사람을 쏘지 말라고? 사람이 어떻게 그럴 수 있냐고? 네가 낙랑에서 만든 활들은 어쩌면 밀우의 가슴을 노리고 있을지 모르지.

주달의 냉소 가득한 웃음이 공기를 타고 흘렀다. 그 말들이 가시가 되어 수리의 가슴을 깊숙이 점점 파고들었다. 그랬다. 주달의 말이 틀리지 않았다. 낙랑에서 만들었던 그 활들이 지금은 밀우의 가슴을 노리고 있을지 몰랐다. 이제는 정말 활을 만들 수 있을지 알 수가 없었다. 활은 누군가를 죽여야 하는 무기였다.

온몸에 소름이 돋았다. 낙랑에서 만든 검은 활을 환도성으로 가져왔다. 위나라 최고의 궁수들에게 검은 활이 지급되었다. 그리고 그 활들은 고구려 왕과 밀우를 뒤쫓고 있었다. 활을 만든다는 것이 얼마나 끔찍한 일인지 비로소 알았다. 몇십 년을 미친 듯이 매달린 일이 결국 사람을 죽게 만드는 일이었다. 밀우의 가슴을 겨누는 일이었다.

하얗게 질린 채 덜덜 떨고 있는 수리를 내버려 둔 채 주달은 휑하니 수레로 돌아갔다. 그 날 이후 수리와 주달은 말이 없었다.

며칠째 유민들은 주달의 수레를 따랐다. 가까이는 다가오지 못하고 언제나 일정거리를 유지하며 이동했다. 수리는 조금씩 식량을 그들에게 가져다주었고, 주달은 모른 척했다. 가까이 다가오면 커다란 눈으로 한 번 감았다 떴다 하면서 위협했지만 활을 쏘아대지는 않았다.

얼마 되지 않아서 수레 안의 식량도 거의 다 떨어져 갔고, 수리와 주달조차도 며칠째 아무것도 먹지 못하게 되었다. 세상은 온통 얼어

붙은 듯했고 먹을 수 있는 것은 어디에도 없었다. 추위와 배고픔에 점점 지쳐갈 때쯤 어느 날 아침 젊은 장정 몇몇이 꽁꽁 얼어붙은 땅을 힘겹게 파고 있었다. 차가운 바닥에 시퍼렇게 얼어버린 시체가 덩그러니 놓여 있었다. 수리에게 맨 처음 식량을 얻으러 왔던 노파였다. 아들을 만나기도 전에 길거리에서 얼어 죽어버린 것이다.

누군가 겉옷과 신발을 가져갔는지 노파는 간신히 몸을 가린 속옷차림에 맨발이었다. 관은 고사하고 제대로 된 옷도 한 벌 입지 못한 채 언 땅 안으로 차가운 몸이 들어갔다. 얼굴과 몸 위로 흙이 쌓였다. 사람들은 오랜 피난생활로 감정 자체가 메말려 버렸는지 무심하게 언 땅을 팠고 그들의 눈에는 어떤 연민이나 슬픔 같은 것은 어려 있지 않았다. 그들에게 사람의 도리는 더 이상 중요하지 않았고 당장 신발 한 짝, 옷 한 벌이 더 소중했다.

수리는 너무도 끔찍했지만 그들을 책할 수도 없었다. 환도성이 함락되고 난 후 미처 왕을 따르지 못했던 사람들, 성 안에서 살지도 못해서 외면 받았던 사람들은 어디에도 안착하지 못하고 떠돌았다. 북으로 향하는 길은 끝이 없어 보였다. 길의 끝에서 자신들을 받아 줄지는 아무도 알 수가 없었다. 또다시 버림받을지 모른다는 두려움이 그들의 뼛속까지 스며들어 있었다. 하지만 이대로 멈출 수도, 돌아갈 수도 없었다. 아무것도 알 수 없는 어둠 속에서 발을 내딛을 뿐이었다. 그 속에서 더 이상 사람으로서 가져야 할 기본적 도리도 존재하지 않았다.

노파의 장례를 치르고 힘없이 돌아온 수리를 보고 주달이 쏘아붙였다.

—뭐하러 돌아다녀! 며칠째 먹지도 못해도 아직 힘이 남아도나?

—할머니가 돌아가셨어요.

—말했잖아. 그 노파는 금방 죽을 거라고. 사람 죽은 거 처음 보나? 난 무수히도 많이 보았다. 나이 먹을 만큼 먹은 늙은이가 죽었는데 뭐 그리 애달파해. 연고가 있는 사람도 아니면서.

—아무도 슬퍼해 주는 사람이 없는 게 마음이 걸릴 뿐이에요.

—그러면 너라도 울어주지.

—그런데 눈물이 안 나와요. 왜 그런지 모르지만 아무런 눈물도 나오지 않았어요. 사람 마음이 이처럼 무감각해질 수가 있다는 게 너무 무서워요. 죽음이 아무렇지도 않게 되어 버렸어요.

—사람이 이기적인 존재이니 그럴 수 있어. 아무리 부모가 눈앞에서 죽어가도 자기가 살려면 못할 게 없어져. 그게 사람이야. 세상에서 가장 더러운 존재가 바로 사람이야. 너도 그러잖아. 착한 척은 혼자 다하더니 결국 그 노파를 위해 한 방울의 눈물도 흘리지 못하잖아.

주달은 화가 난 듯 두 눈을 벌겋게 부라리면서 독설을 내뱉었다. 주달이 독설을 내뱉을수록 그도 아파보였다. 화를 내고 버럭 소리를 지르며 무언가 상처주는 말을 하지만 그 말들은 밖으로 내뿜는 것이 아니라 안으로 깊숙이 파고들어 주달 자신을 찌르고 있는 것만 같았다.

—주달, 당신은 검은 숲으로 왜 가려고 해요? 여덟 살 이후로 한 번도 간 적도 없다면서 그곳에는 당신의 피붙이는 아무도 없잖아요.

주달은 멈칫하며 수리를 노려보았다.

—그곳은 내가 태어난 곳이다. 난 검은 숲 용사의 아들이니까…. 그

리고… 내가 있을 수 있는 유일한 곳이니까. 이 능선만 넘으면 검은 숲이다.

산등성이를 앞에 두고 주달은 멈칫했다. 자신과의 기억과 너무나 닮은 길에 스스로 놀랐다. 이십 년이 훨씬 지난 적지 않은 세월 동안 각인되어 있었던 기억을 더듬어서 여기까지 왔다. 고구려에서 박달과 서로 미워하며 죽일 듯이 그렇게 살면서도 오로지 검은 숲에 돌아갈 날만 손꼽았다.

그런데 막상 바로 앞에서 망설였다. 검은 숲의 사람들이 자신을 받아줄지 아니면 반역자로 처단할지 아무것도 알 수가 없었다. 두렵지만 가야 했다. 받아들여지든, 내쳐지든 아니면 죽음에 이르든, 그 길을 가야 했다.

막 산등성이를 넘으려고 할 때쯤 주달은 멈칫했다. 수레에서 뛰어내려 땅에다 바짝 귀를 대고 동물적 감각으로 더듬었다. 미묘한 소리가 귓속으로, 몸 속으로 전달되었다. 수많은 군사들이 말을 타고 몰려오는 울림이었다.

수리는 갑작스런 주달의 행동에 의아해했다.

–무슨 일이에요?

–위군들이 몰려오고 있다.

–뭐라고요?

–아주 가까이에 다가오고 있다. 어서 가야 해!

주달은 말고삐를 단단히 쥐며 말을 몰았다. 이윽고 위군들의 말 달리는 소리가 천지를 삼켰다. 뒤를 따르던 고구려인들은 놀라서 우왕

좌왕하며 사방으로 흩어졌다. 거대한 기병군단이 세상 전체를 삼킬 듯이 달려들었다. 눈앞에 고구려 유민들을 보자 먹이를 쫓는 늑대들 마냥 우르르 달려들어 미친 듯이 창과 칼을 내리쳤다.

아무런 무기도 없는 여인들과 아이들을 가지고 놀듯이 사방을 둘러 싸더니 칼과 창으로 툭툭 건드리거나 찌르며 히히덕거렸다. 고구려인들은 비명 한 번 내지르지 못하고 벌벌 떨며 숨을 죽였다. 위군들은 아무런 성과 없이 벌어지는 오랜 추격전에 대한 무료함을 달래기 위해서인지 고구려인들이 놀잇감이라도 되듯 가지고 놀았다.

사방을 둘러싼 위군들이 물러나면서 길을 열어주자 높은 직위로 보이는 장수가 고구려인들에게 다가왔다. 섬뜩한 눈매로 사로잡힌 포로들의 얼굴을 한 사람씩 훑어보더니 얼굴을 찡그렸다. 이내 그림 한 장을 가져와 고구려인들 앞에 보였다.

–이 여인을 본 적이 있느냐?

–….

–혹 본 사람이 있다면 살려주마.

–….

고구려 유민들은 서로 눈치만 볼 뿐 선뜻 말하기 두려워했다. 유무는 그들 사이에서 풍기는 이상한 낌새를 알아차렸다. 유난히 눈빛이 불안하게 흔들리는 젊은 사내의 멱살을 잡고 흔들었다.

–본 적이 있느냐?

–저기….

잔뜩 겁에 질린 청년이 아주 작은 목소리로 말했다. 맞지 않은 옷을 껴입어 우스꽝스러운 모습에 광대뼈가 금방이라도 튀어나올 것 같았다.

—저기 저 산등성이를 넘어 갔습니다.

—정말이냐? 혼자서 갔느냐?

—…아닙니다. 험상궂게 생긴 거구의 사내와 함께였습니다.

—알았다.

유무는 벌떡 일어나서 왕기에게 달려갔다.

—왕기! 내게 날쌘 병사 몇 명만 붙여 주시오.

—무슨 일이오. 유무.

—다녀온 후 말해 주겠소.

다급한 유무의 목소리에 심상치 않은 기운을 느낀 왕기는 정예병을 선발해 주었다. 유무는 병사들을 이끌고 산등성이로 달려갔다. 이제 수리를 잡을 수 있다는 흥분감에 말을 달렸다. 한참을 달리고 보니 눈앞에 여인과 사내를 태운 수레가 모습을 드러내기 시작했다.

수리와 주달은 얼어붙은 강 앞에서 수레를 세웠다. 한겨울이 지나고 날씨가 풀리기 시작할 즈음이라 강물의 빙판도 위태해 보였다. 위군들의 말발굽 소리는 점점 가까워졌다. 이대로 있다가는 꼼짝없이 유무에게 다시 잡힐 것만 같았다.

—이런 젠장. 다 와서 이게 뭐람. 얼음이 너무 얇아.

—유무에게 다시 잡히고 싶진 않아요. 건너요.

—그래, 가 보자. 뛰어! 죽을 힘을 다해 뛰어보는 거야.

주달은 수리의 손을 잡고 빙판길을 달렸다. 강 한복판에 이르자 두 사람의 체중을 견디다 못해 빙판은 금이 가고 급기야 갈라지기 시작했다. 서둘러 발을 내딛을 때 빙판이 쩌억 갈라졌고 두 사람은 강물 속으로 빠져 들어갔다.

유무는 강으로 달려갈려고 할 때 부하들이 붙잡았다.

—태수님, 참으십시오. 이대로 가다간 강물에 빠져 죽습니다.

—안 된다. 눈앞에 있다. 절대로 놓칠 수 없다.

—어쩔 수 없습니다. 이대로 있다간 저희들도 모두 빠져 죽습니다.

—밧줄을 가져와라.

—태수님!

—빨리 가져오라 했다.

유무는 자신의 몸에 밧줄을 묶은 다음 바위에 걸었다. 다른 병사들도 어쩔 도리가 없다는 듯 밧줄로 몸을 묶고는 강물로 뛰어들었다. 그들이 수리와 주달이 물에 빠진 지점에 거의 다달았을 즈음 깨진 얼음판 사이로 주달과 수리가 빠져나왔다.

간신히 빙판 위로 올라온 수리는 온몸에 송곳이 찌르는 듯한 추위가 엄습했고, 점점 몸이 마비되는 듯 감각이 없어졌다. 기어갈 힘도 없는데 위군들은 거의 바싹 뒤쫓아왔다. 그 순간 피융, 바람을 가르며 강한 소리와 함께 날아온 화살은 뒤따라 오던 병사의 머리에 박혔다. 이윽고 또 하나의 화살이 검은 숲에서 날아왔다.

화살 하나가 수리의 어깨를 스쳐갔다. 불에 덴 듯한 통증을 느끼는 순간 의식은 끝도 없이 바닥으로 치달았다. 마지막으로 주달의 목소리가 들리는 듯했지만 아무것도 보이지 않고 아무 소리도 들리지 않았다.

얼마의 시간이 흘렀는지 알 수가 없었다. 작은 웅성거림이 멀리서 들려오더니 점점 커졌다. 웅얼거리며 뜻을 알 수 없는 말들이 오고갔다. 누군가 입안으로 끈적끈적한 액체를 들이밀었다. 이제껏 맛본 적 없는 쓰고 고약한 맛에 혀가 마비될 것만 같았다. 뱉어내고 싶지만 커다란 손이 자꾸만 꾸역꾸역 밀어 넣었다. 도저히 삼킬 수가 없어서 토해내려고 할 때 낯익은 목소리에 정신이 들었다.

–삼켜! 살고 싶으면 삼켜!

마치 죽일 듯이 위협하며 위악을 떨지만 살기가 느껴지지 않았다. 금방이라도 올라올 것 같은 구토를 참으며 알 수 없는 액체를 목구멍 안으로 억지로 삼켰다. 액체는 혀를 마비시키고 목구멍에서 위, 창자를 통과할 때마다 타는 듯한 통증을 남겼다. 속이 뒤틀리고 피가 마르는 것 같았다. 손끝마저 움직일 수 없을 정도로 온몸이 굳어지고 정신은 다시 바닥으로 치달아 거부할 수 없는 깊은 잠에 빠져들었다.

생선 썩는 냄새인지 아니면 오줌똥 썩는 냄새인지, 해괴하고 지독한 악취가 코를 찔렀다. 어깨에 욱신거리는 통증보다 숨을 들이쉴 때마다 코로 들어오는 냄새가 더욱 고통스러웠다. 세상에 온갖 악취가 모두 뒤섞여 있는 듯 지독했다. 올라오는 구토를 참으며 몸을 일으켰을 때 어둠 속에서 낯익은 목소리가 들렸다.

–이제 정신이 드는가 보군.

–주달! 어떻게 된 거에요?

–검은 숲 용사의 독화살이 네 어깨를 스쳤다. 다행이 해독제를 재빨리 먹어서 다시 살아났다.

—그 액체가 해독제였소?

—그렇다.

수리는 몸 속 모든 것을 토해내 듯 구역질을 했다. 속이 울렁거렸고 위액과 검은 액체에 섞여서 시큼하고 비릿한 맛이 입안을 가득 메워 또다시 토해냈다.

—걱정하지 마라. 해독이 되었다는 증거다.

—여기는 어디죠?

—검은 숲이다. 이곳에는 아무도 들어오지 못해. 유무는 어쩔 수 없이 발걸음을 돌렸다. 다시는 널 쫓지 않을 거야. 아마도 죽었다고 생각하겠지. 검은 숲의 독화살은 스치기만 해도 해독제를 빨리 먹지 않으면 온몸에 독이 퍼져서 결국 죽고 만다. 다행이 대인께서 날 알아보시고 해독제를 바로 주셨다.

—대인?

—이곳의 우두머리시다. 검은 숲의 가장 자랑스러운 용사가 우리 아버지셨다. 형제들은 날 기억하고 반겨주었다. 이곳은 나의 집이고 그리고 너의 집이다. 이제 잠을 좀 자둬.

주달은 처음 맡는 독특한 향을 수리에게 맡게 했다. 온몸의 힘이 스르르 풀리더니 또다시 깊고 깊은 잠 속으로 빠져들었다. 어둠 속을 헤매었다. 아무것도 보이지 않았다. 춥고 두렵고 외로운 채 걷고 또 걷기만 했다. 저 멀리 아주 희미하게 빛줄기가 새어 나왔다. 그 순간 커다란 검은 무언가가 수리를 가로막았다.

꿈에서 깨어나 일어났을 때 수리는 동굴 안에 혼자 있었다. 주달은 보이지 않았고, 동굴입구에서 옅은 빛줄기가 새어나왔다. 빛줄기에 가까이 가자 사다리가 늘어져 있었다. 수리는 천천히 사다리를 타고 동굴 밖으로 나갔다.

수리가 깨어난 사이 주달은 대인의 집으로 갔다. 가장 깊숙하고 내밀한 동굴이 대인의 집이었다. 길게 내리뻗은 계단을 한참을 내려갔다. 검은 숲 사람들은 신분이 높을수록 부유할수록 동굴 안 계단을 더욱 깊이 만들었다. 동굴은 넓고 깊었으며 숨이 막힐 정도로 적막했지만 깊은 고요 속에서 질긴 생명력이 용솟음쳤다.

자연이 만든 기둥들은 불기둥처럼 휘감아 올라 천정까지 솟아 있었고, 널따란 바위 위로 커다란 조각상들이 군데군데 흩어져 있었다. 얼핏 보면 사람이나 동물 모양 같아 보였지만 사람의 손에 의해 조각된 것은 아니었다. 폭포수가 얼어붙은 듯 동굴 벽면을 장식한 그 앞에 호랑이 가죽을 덮은 의자에 앉아 있는 한 늙은 사내가 주달을 맞았다.

아른거리는 장작불이 대인의 얼굴을 희미하게 비춰 주었다. 동굴처럼 쑥 들어간 깊은 눈과 이마의 굵은 주름에서는 연륜을 엿보였고, 구부정하지만 한 때는 넓고 탄탄했을 어깨, 힘줄이 튀어나올 듯 울긋불긋한 팔뚝은 한눈에 보아도 엄청난 힘을 가졌던 용사임을 짐작하게 해 주었다.

이제는 늙어버린 대인의 눈은 많은 것을 담고 있었다. 무섭고 험악한 인상이었지만 주달에게 무한한 애정이 가득했다.

–검은 숲으로 다시 돌아올 때까지 너무 오랜 세월이 걸렸구나.

–너무 늦어서 죄송합니다.

–네가 원하는 것은 가졌느냐?

—아직 완전하지 않습니다. 하지만 곧 그렇게 될 것입니다.

—그날 널 바로 데려왔어야 했어.

—그랬다면 전 미련을 버리지 못하고 늙은이를 찾아갔을 것입니다.

—늙은이는 네가 죽였느냐?

—….

—네가 그러지 못할 것이라는 건 잘 알고 있다. 넌 네 어미를 지독히도 좋아했으니까.

—전 그저 늙은이의 기술이 필요했을 뿐입니다.

—우리에게도 석궁이 있다. 무엇에도 뒤지지 않을 만큼 무서운 무기다.

—고구려 활은 그보다 더 무서운 무기입니다. 그날 전 한눈에 알아보았습니다. 그건 저의 숙명이었습니다.

—하지만 네가 검은 숲으로 오는 데 너무 많은 세월이 흘렀다.

—죄송합니다. 제가 워낙 재주가 없었습니다. 마지막까지 결국 얻지 못할 것이라 여겼는데 그 기회를 다시 잡았습니다.

—기회라?

—제가 데려온 여인이 바로 제가 원하는 기술을 완성시켜 줄 것입니다.

—네 뜻대로 해라. 그날 너에게 허락한 일이니 일체 상관하지 않겠다.

—감사합니다, 대인!

—돌아와서 반갑다. 내 손자여! 마루한의 아들이여!

대인은 주름진 커다란 두 손을 주달의 어깨 위에 올렸다.

시퍼런 강물이 넘실대었다. 강은 살아 있는 듯 요동쳤다. 소름끼칠 정도로 시퍼런 물 색깔 때문인지 정말 기분 나쁜 강이었다. 마치 죽음의 세계로 인도하는 듯했다. 검은 숲 앞을 흐르는 강을 보고 병사들은 술렁거렸다. 건너편에서 풍겨오는 공포에 잔뜩 겁을 집어먹었다. 짐승 같은 사람들이 살고 있다는 검은 숲, 그곳은 미지의 세계였다. 살짝 스치기만 해도 온몸을 태워버리는 맹독을 바른 화살을 날린다고 했다. 온갖 억측과 소문이 위군들 사이에서 돌았다. 검은 숲에 들어가기도 전에 두려움이 뒤덮었다.

–유무! 정말로 이 강을 건널 셈이오? 당신이 찾던 그 여인은 화살에 맞고 쓰러졌다고 하지 않았소?

–아니, 꼭 저 숲 안에 숨어 있을 것만 같소. 부탁이오. 그 여인만 찾아 준다면 그대가 원하는 것은 무엇이든지 들어주겠소.

–음….

왕기는 병사들을 살펴보았다. 검은 숲에 잔뜩 겁을 먹고 긴장하는 모습이 역력했다. 싸우기 전에 벌써 사기가 떨어졌다는 것은 싸우기를 거의 포기하는 것과 같았다. 하지만 유무의 부탁을 무시할 수도 없었다. 본국의 원조가 없는 상황에서 낙랑군 태수인 유무가 식량을 빨리 보내주지 않는다면 고구려 왕을 추격하는 것은 중단될 수도 있었다.

유무는 왕기를 자꾸만 재촉했다. 그의 집착은 어디까지인지 스스로도 알 수가 없었다. 여기서 멈춘다면 검은 활을 절대로 만들 수 없었다. 낙랑군의 어떤 활장이도 수리의 기술을 연마하지 못했다. 수리를 고구려로 데려온 것부터가 잘못이었다. 이렇게 달아날 것이라 생각하지 못했던 자신의 아둔함을 자책했다. 이대로 포기할 수 없었다. 검은 활을 만들기 위해서는 수리가 너무도 필요했다. 이제는 멈출 수가 없었다. 무엇도 그의 비뚤어진 열망을 멈출 수가 없었다.

뿔나팔 소리가 불안하게 울려 퍼졌다. 검은 숲에서는 오랜만에 햇볕을 즐기며 이를 잡던 노인부터 돼지가죽을 벗기던 젊은 장정 그리고 나무를 기어 오르던 아이들까지도 일순간 멈추더니 불안한 표정을 드러냈다. 검은 숲의 용사들은 각자의 무기를 갖춰들고 강가의 나무 틈으로 모두 숨어 들었다.

위나라 병사들이 뗏목을 타고 강을 건너기 시작했다. 독화살에 대해 익히 들은 병사들은 커다란 방패로 몸을 가리고 천천히 앞으로 나아갔다. 강을 거의 다 건널 때까지 검은 숲은 지나치게 고요했다. 강을 건너기 시작할 때부터 화살이 날아오기 시작한 지난번과는 너무나 대조적이었다. 아무런 반응이 없자 오히려 무서운 함정이 있을 것만 같아 위군은 더욱 겁을 집어먹었다.

주춤거리며 한 명씩 숲 속으로 들어가기 시작했다. 숲은 숨이 막힐 정도로 적막했다. 그 고요함이 사람의 숨통을 막히게 하는 것 같았다. 하지만 정말 이상한 것은 흔한 새소리마저 들리지 않고 지독하게 고요하다는 것이었다. 마치 숲이 모든 소리를 삼킨 듯 신성한 기운이 감돌았다.

피융! 날카롭게 바람을 가르는 소리가 들렸다. 위군 한 명이 쓰러졌다. 그리고 이윽고 화살들이 쏟아져 나왔다. 그것은 어디서 오는지 도저히 알 수가 없었다. 유무는 칼을 높이 들고 진을 형성하게 했다. 일제히 군사들은 둥그렇게 원을 그리며 방패로 에워쌌다. 순식간에 둥근 방패무덤이 형성되었다. 방패 안의 병사들은 그 안에서 꼼짝을 하지 않았다. 하지만 화살이 다시 날아오는 데는 시간이 걸렸다. 유무는 방패를 걷고, 나무 위에 화살을 날렸다. 나뭇잎만 떨어질 뿐 아무도 없었다.

—태수님. 이상합니다. 이 숲 자체에 들어오는 게 아니었습니다.

—시끄러워. 우리 위나라 군사들이 이깟 야만족에게 겁을 집어먹는다는 게 말이 되느냐!

—하지만… 병사들은 이미 겁에 질려 싸우는 것 자체를 두려워합니다.

끝나지 않을 것 같은 긴 침묵이 이어졌다. 유무는 속이 바짝바짝 타들어갔다. 어디에서도 들어보지도 못한 기괴한 검은 숲 종족들이었다. 모습을 드러내지 않고 숨어서 위군들을 지켜본다는 게 너무 꺼림칙했다. 부장이 말하지 않아도 병사들이 이미 싸울 의욕이 없다는 것을 알고 있었다. 하지만 여기서 포기한다면 이제 검은 활은 끝이었다.

이윽고 화살들이 머리 위로 무더기로 쏟아졌다. 겁에 질린 위나라 병사는 대오를 이탈해서 강 쪽으로 달아나기 시작했다. 화살 한 발이 달아나는 위군의 목덜미를 뚫었다. 이윽고 또 한 명의 위군이 쓰러졌다.

—태수님. 더 이상은 안 됩니다. 어서 피하셔야 합니다.

—으악!

유무는 울분에 찬 소리를 질렀다. 분하지만 퇴각할 수밖에 없었다. 더 버티어보았자 죽음만이 바로 앞에 있었다. 방패로 화살을 막으며 뗏목을 타고 다시 검은 숲 건너편으로 후퇴했다. 서둘렀지만 병사들은 반으로 줄어들어 있었다. 이제는 다른 길이 없었고, 더 이상 해 볼 도리도 없었다. 왕기는 노발대발했고 그 앞에 설 염치도 없었다. 유무는 허탈하게 검은 숲을 바라보았다. 검은 숲이 검은 활을 삼켰다.

위군이 모두 물러갔지만 검은 숲의 용사들도 적지 않은 부상을 입었다. 대인은 곧 부상병들을 치료했고 용사들을 독려했다. 승리의 기쁨에 겨워 그날 밤 잔치가 벌어졌다. 돼지가 산 채로 불에 구워졌고, 승리의 기쁨으로 가득 찬 웃음소리가 검은 숲을 채웠다.

둥둥둥, 북소리가 흥겨웠다. 높다랗게 장작을 올리고 불을 붙였다. 커다란 몸집의 멧돼지가 꾸욱꾸욱 비명을 지르며 몸부림쳤다. 사람들은 그 소리에 더욱 흥분하며 탄성을 지르고 춤을 추었다. 곰가죽을 뒤집은 쓴 사내가 단도로 멧돼지의 숨통을 한 번에 끊었다. 핏물이 그의 얼굴이 튀었다. 익숙한 손놀림은 한 치의 망설임 없이 돼지껍질을 파고들었다. 붉은 불빛에 비친 붉은 핏방울은 그를 더욱 잔혹하게 보이게 했다.

날것으로 벗겨진 돼지는 머리, 팔, 다리, 몸통이 잘려졌고, 몸통의 비계는 떼어내서 커다란 무쇠솥에 담아서 따로 두었다. 잘려진 살은 쇠꼬치에 끼워져 불 위에서 자글자글 기름을 내뿜으며 구워졌다. 고기냄새가 피어오르면서 아이, 어른 할 것 없이 모두들 흥분했다.

서로 한 점 더 먹으려고 몸싸움을 벌이기도 하고 몸놀림이 잽싼 아이들은 입안에 가득 문 채 한 덩어리씩 더 손에 들고 의기양양해하며 또래들을 놀렸다. 난장판을 벌이며 싸움을 벌여도 누구 하나 말리는 사람도 없었고, 관심도 가지지 않았다. 모두들 손 안에 있는 고깃덩어리를 먹는 데 정신이 팔렸다.

무쇠솥 안에 넣어둔 돼지비계가 모두 녹아 액체가 되자 사방에서 여인들이 득달같이 달려 나왔다. 얼굴부터 가슴, 배, 팔, 다리까지 서로 더 바르기 위해서 몸싸움도 서슴지 않았다. 아이들은 어미의 억센 손아귀에 잡혀서 온몸에 기름을 바르면서도 손에서 고기를 놓지 않았다. 여자와 아이들이 모두 끝내고 나면 남자들은 솥 안을 싹싹 긁어서 기름을 걷어내어 자신의 몸에 발랐다. 기름이 한 방울도 남지 않았다며 투덜거리기도 했다.

며칠을 잠에 빠져 있던 수리는 비로소 의식을 회복했다. 일어서자 머리가 어찔했다. 동굴의 벽을 더듬거리며 빛줄기가 새어나오는 쪽으로 조심스럽게 발걸음을 옮겼다. 동굴바깥과 통하는 입구에서부터 사다리가 늘어져 있었다. 수리는 사다리를 타고 동굴 밖으로 나갔다. 현기증이 일었다. 눈앞에서 사람들이 장작불은 높다랗게 피워놓고 그 둘레를 돌면서 독특한 춤을 추고 있었다.

수리는 모닥불 곁으로 점점 다가갔다. 아무도 가까이에 수리가 왔다는 것을 생각지 못한 것 같았다. 고기를 뜯어먹고 있던 한 사내가 수리를 발견하고는 능글거리며 다가왔다. 채 익지도 않은 돼지고기를 뜯어먹으면서 입가에 핏물이 고여 있었다. 수리는 뒷걸음쳤다. 주위에 있는 사람들은 모두 키득거리기며 재미있어 했다.

위협을 느낀 수리는 뒤돌아서서 달아났다. 하지만 얼마 가지도 못하고 사내의 손에 머리채를 잡혀 끌려왔다. 있는 힘을 다해 손아귀에서 빠져 나오기 위해 발버둥을 쳤지만, 사내는 가소롭다는 듯 여전히 한 손으로는 고기를 뜯어먹고 한 손으로는 수리의 머리채를 다 뽑아 버릴 듯 더 세게 잡았다. 질질 끌려가면서 악다구니를 아무리 써 보아도 누구 하나 도와 주기는커녕 재미있는 구경거리도 난 듯 다가와 쿡쿡 찌르기도 하고 머리카락을 잡아당기기도 했다.

짐짝 끌려가듯이 사람들 사이를 통과할 때 한 사내가 사내를 막아섰다. 마구 자란 수염으로 얼굴을 온통 뒤덮은데다 커다란 곰가죽을 뒤집어써서 가까이서 보지 않으면 사람인지 곰인지 구분하기가 어려울 정도였다.

—놔라! 주달의 여자다.

—그까짓 게 뭔 상관이야?! 내가 오늘 이년 때문에 죽을 뻔했다고!

—주달의 여자라고 했다.

—백고! 그는 우리를 배신한 여자의 자식이다.

—함부로 말하지 마라! 주달은 숲의 아들이며 대인의 핏줄이다. 어떤 놈이든 대인의 핏줄을 욕보일 수 없다. 그 손 놔라!

–젠장!

사내가 어쩔 도리가 없다는 듯 수리를 땅바닥에 내팽개쳤다. 독한 해독제로 인해 탈진 상태에다가 며칠째 아무것도 먹지 못한 몸이었다. 수리는 차가운 바닥에 처박힌 채 쉽사리 일어나지 못한 채 이까지 딱딱 부딪칠 정도로 떨었다. 곰가죽을 뒤집은 쓴 사내는 수리를 일으켜 장작불 곁으로 데려갔다. 불기운이 온몸에 퍼지자 한기가 조금 가셨다.

곰가죽 사내는 아직도 핏방울이 마르지 않은 손에 고깃덩어리를 들고 와서는 수리에게 내밀었다. 수리가 고개를 돌린 채 받지 않자 차갑게 비웃으며 땅바닥에 한쪽 다리를 펴고 한쪽 다리는 오므리고 앉았다. 고기를 여러 조각을 잘게 찢어서 한쪽 발가락 사이에 하나씩 끼워놓고 잘근잘근 씹으며 먹기 시작했다.

피비린내와 돼지고기냄새 그리고 곰가죽에서 나는 이상야릇한 냄새가 섞어 코끝을 자극했다. 참지 못한 냄새로 구역질이 올라올 것만 같았다. 수리가 벌떡 일어나자 곰가죽 사내가 갑자기 손을 확 잡았다.

–앉아 있어! 내 옆에 있어야 안전할 거다. 주달의 부탁이 아니었다면 발정난 미친 놈들에게 당하든 말든 상관하지 않았을 거다.

–주달은 어디 있나요?

–대인에게 갔다. 우리가 아니었다면 넌 위군에게 잡혔다. 넌 주달에게, 우리 검은 숲에 목숨빚을 졌다.

검은 숲에도 여름이 찾아왔다. 땅속에서 기어나온 사람들은 저마다 커다란 나무를 고르기 시작했다. 검은 숲 사람들은 집을 지을 줄 몰랐다. 겨울에는 땅속 동굴에서 살다가 여름이 되더니 나무 위가 집이었다. 저마다 능력에 따라 커다란 나무를 골라서 안착했다. 나무위의 집은 어떤 형식이 없었다. 누울 수 있으면 그만이었다.

여름이면 아이들은 옷이라는 것 자체가 없이 발가벗은 채로 뛰어다녔다. 나무타기를 얼마나 잘하는지 다람쥐보다 더 재빠르게 큰 나무로 올라갔다. 새까맣게 그을린 얼굴은 햇빛에 더욱 반들거렸다. 여름에는 어른들도 별반 다를 게 없어서 거적때기로 아래만 가린 채 부끄러움 없이 돌아다녔다.

검은 숲 사람들은 바깥 세상의 일들과는 아무 상관없이 단절된 삶을 살았다. 돼지고기를 좋아해서 돼지를 주로 길렀지만 농사일은 할 줄 몰랐다. 모자라는 식량은 허름한 뗏목을 타고 내려가서 다른 나라에서 빼앗아 오기 일쑤였다.

어깨에 나무를 한 짐 지고 주달이 검은 숲 안으로 들어왔다. 철모르고 발가벗고 다니던 아이들도 한순간 조용해지며 나무 사이로 몸을 웅크렸다. 그리고는 주달의 뒤를 따르는 수리를 호기심으로 혹은 배타적인 시선으로 흘깃 훔쳐보았다.

끝날 것 같지 않았던 왕기의 추격도 막을 내렸다. 얼마 걸리지 않을 것이라 자만했던 전쟁이 질질 끌게 되자 관구검도 어쩔 도리가 없었다. 아무것도 남아 있지 않은 환도성에 더 이상 머물 여력이 없었다. 관구검은 결국 아무것도 얻지 못하고 위나라로 돌아갔다.

위군이 철수한 환도성으로 교체가 돌아왔다. 장엄한 위용을 자랑했던 환도성의 모습은 사라지고 철저히 파괴된 폐허 앞에서 교체는 절망감에 빠졌다. 과연 이곳에 무엇을 세우고 정착할 수 있을지 미지수였다. 하지만 절망감마저 사치였다. 살아 있는 자들은 절망의 순간에도 희망을 기대할 수 있었지만, 전쟁으로 죄 없이 죽어간 이들은 아무것도 남지 않았다.

밀우는 마지막까지 기를 쓰는 교체를 애처롭게 바라보았다. 어떤 왕도 교체만큼 하지 못했다. 천한 출신일지라도 겁 없이 중원의 강대국인 위나라를 상대로 전쟁을 벌였던 담력이 컸던 왕이었다. 그러면서도 진솔하고 소탈하며 약자에게 한없이 자애롭고 따뜻한 마음을 지녔다. 지지해 주는 세력이 없이도 귀족들에 맞서 가난하고 약한 자의 앞에 서려 했다.

교체와 밀우가 마주했다. 교체는 몇 년 사이에 갑자기 늙고 야위었다. 장대한 기골이 사라진 노쇠한 왕이 앞에 있었다.

–밀우야, 환도성으로 돌아왔지만 이게 끝이 아니다.

–네. 잘 알고 있습니다.

–조금만 더 내 곁에 있어라. 언제까지 널 붙들고 있을 생각은 없다. 내가 널 붙잡을수록 너에게 불리해질 테니까…. 곧 너를 놓아줄 때가 있을 것이다.

–폐하!

–나의 시대는 갔다. 이제는 내가 할 수 있는 일은 아무것도 없다.

–마음을 굳건히 하십시오.

교체의 고독과 죄책감이 밀우의 가슴에 박혔다. 어깨에 짊어진 짐을 조금이라도 덜어주고 싶었지만 그저 옆에서 서 있는 것 외에는 아무것도 할 수가 없었다. 오롯이 고구려 왕인 교체가 짊어져야 하는 책임이었기 때문이었다.

파괴된 환도성 옆 평지에 막사를 쳤다. 일 년 동안 교체는 거의 일에만 파묻혀 살았다. 큰 전공을 세운 밀우, 유옥구 그리고 연두지에게도 상을 내렸고, 유유와 양맥에서 허무하게 죽었던 수많은 병사들은 그 식솔에게 보상이 이루어졌다. 교체는 단 한 사람이라도 누락될까 봐 노심초사하면서 밤을 새웠다. 제대로 자지도 먹지도 않은 채 몸을 혹사시키면서 사소한 일 하나도 놓치지 않으려 했다.

백성들에게 일일이 집을 마련해 주려 애쓰면서도 왕이라는 체면을 다 내던지고 피난 때처럼 막사생활을 계속했다. 낮이고 밤이고 백성들과 하급병사들의 삶을 살피면서 돌아다니는 모습을 자주 볼 수 있었다. 구척 장신의 큰 키에 거대한 몸집의 교체는 어디에서도 눈에 띄었다. 왕을 너무 자주 보아서 친근함을 느낀 나머지 멋모르고 장난을 거는 아이들까지 생겨났으나 그는 오히려 반기며 즐거워했다.

교체가 가는 곳은 어디든지 밀우는 그림자처럼 따랐다. 밀우는 점점 작아지는 왕의 뒷모습에서 생명의 빛이 얼마 남지 않았음을 감지했다. 밀우와 단둘이 있을 때 교체는 두통과 심장의 통증을 그대로 드러냈다. 절대 쓰러지지 않을 것 같았던 건강하고 기운이 센 큼직한 골격도 약해졌다. 낯빛은 점점 어두워졌고, 한겨울에도 추위를 타지 않았는데 여름에도 한기를 느꼈다.

환도성으로 돌아온 지 일 년 정도 지난 후 교체는 부쩍 몸이 이상한 것을 느꼈다. 환도성에서 도망쳐 쫓겨 다녔을 때는 몸을 돌아볼 여력이 없었지만 돌아온 후에도 마찬가지였다. 교체는 어느 순간부터 자신의 생이 얼마 남지 않음을 예감했다. 시간이 얼마 남지 않았지만 아직 마무리할 일이 많았고 마음만 급했다.

뜨거웠던 여름이 지나고 선선한 바람이 불어왔다. 교체의 막사 안으로 연불이 황급히 들어갔다. 밀우는 근심스런 표정으로 교체의 곁을 지키고 있었다. 나이보다 십 년은 훨씬 늙어버린 왕이 침상에 누워있었다.

교체는 몸을 축 늘어뜨린 채 거친 숨을 몰아쉬었다. 잿빛으로 변한 얼굴 위로 두 뺨은 홀쭉해졌고 눈은 깊은 동굴처럼 한없이 들어가 어두웠다.

—연불아!

—네, 아바마마.

—나의 자랑스런 아들, 태자야. 참으로 미안하다. 너에게 내 짐을 물려주고 싶지는 않았는데 정말 미안하다.

—무슨 말씀이십니까…?

—고구려를 부탁한다. 그리고 양맥의….

교체는 마지막 말을 차마 하지 못했다. 무거운 죄책감에 시달려 밤낮을 가리지 않았던 왕은 그렇게 갑작스런 죽음을 맞이했다. 믿어지지 않는 아버지의 죽음에 연불은 울음조차 뱉지 못했다. 십 년은 더 자신의 버팀목이 되어 줄 것으로 여겼던 아버지였다.

아직 성도 복구하지도 못했고, 기거할 작은 궁궐 한 칸도 미처 완성하지 못했는데 교체는 허망하게 가 버렸다. 교체가 짊어졌던 무거운 책임감은 연불에게 고스란히 넘어갔다.

새로운 왕이 등극하자 나부들의 귀족들은 발 빠르게 움직였다. 관나부의 장유는 촉각을 곤두세웠다. 그는 예전부터 연불과 가비의 관계를 미심쩍어했다. 장유는 어느 순간부터 두 사람이 평범한 관계가 아니라는 것을 눈치 채자 새로운 꿈을 꾸기 시작했다.

관나부는 이전에 새로운 도약을 꿈꿨던 적이 있었다. 하지만 경솔한 판단으로 우태후와 연나부에게 처참하게 당한 뒤 더욱더 추락해야 했다. 아버지는 장유에게 그 때의 이야기를 두고두고 말하면 치욕을 되삼켰다.

교체의 친어미는 관나부 여인 후녀였다. 공주조차 낳지 못했던 우태후에 비해 후녀는 소후가 되고 난 후 얼마 안 있어 교체를 낳았다. 관나부 귀족들은 이것을 기회로 보았다. 그들은 들뜬 마음에 다섯 살밖에 되지 않은 교체를 태자를 삼는 일에 적극 참여했다. 하지만 우태후를 너무 과소평가한 탓으로 후녀를 비롯해서 몇몇 관나부 귀족들은 목숨을 내놓아야 했다.

장유는 연두지를 볼 때마다 그 때의 일이 잘 되었다면 지금과 다른 삶을 살고 있을지도 모른다고 생각했다. 그는 억울하고 분하기까지 했다. 별달리 뛰어나지도 않은 주제에 가문을 잘 타고났다는 이유만으로 모든 것을 가진 연두지가 너무 싫었다. 장유가 아무리 애를 써도 도약하는 데는 한계가 있었다. 작은 관직이라도 받으려면 권력에 줄이 닿거나 재물이 아주 많거나 해야 했지만 장유는 아무것도 없었다. 드디어 강력한 밧줄을 발견했다. 장유는 연불의 무한한 사랑을 받고 있는 작고 연약한 한 여인에게 주목했다. 가비가 관나부 출신이라니

이보다 더한 기회가 없었다.

장유는 가비라는 존재를 통해 관나부를 일으켜 세울 수 있는 무언가를 꿈꾸었다. 이전처럼 당하지 않기 위해서 더욱 철저히 준비해야 했다. 같은 선인이자 관나부 귀족인 중문과 술자리를 함께했다. 술이 오가고 취기가 돌 때쯤 꺼낸 장유의 말에 중문은 두 눈을 커다랗게 뜬 채 입을 다물지 못했다.

–장유! 그게 무슨 말인가?

–말 그대로네. 지금의 폐하께서 물금의 딸을 마음에 두고 계시네.

–아직 왕후도 맞아들이지 않으신데 소후부터 들이시겠나?

–그래, 아직은 아닐세. 하지만 차차 일을 진행하시겠지.

–아무리 그래도 난 믿어지지 않네. 왕자 시절부터 어떤 궁녀에게도 눈길 한 번 주신 적이 없는 분이시네.

–그렇기 때문에 더 무서운 법이지. 그 불길이 얼마나 거세게 일지는 아무도 모르는 것일세. 나도 서두르지 않을 생각일세. 얼마 만에 온 기회인데 허투루 날릴 생각은 없네.

–연나부가 가만히 있을 것 같나? 이전에도 그러하지 않았나? 지금의 폐하도 연나부에게 큰 빚을 지고 있는 것은 마찬가지일세.

–그렇네. 하지만 지금은 또 다르네. 그때야 우태후는 절대 우위의 권력을 쥐고 흔들었지만 지금은 그렇게까지는 하지 못할 걸세. 물금의 딸이 왕자라도 낳는다면 혹시 모르지 않는가?

장유는 즐거운 듯 껄껄 웃었다. 하지만 중문은 장유의 장담에 쉽게 동조하지 않았다. 연나부는 고구려가 세워진 이래 권력을 놓아본 적이 없는 족속들이었다. 관나부가 아무리 용을 쓴다해도 따라잡을 수 없었다. 장유의 허망한 욕심은 곧 부서질 것이라는 것을 예감했다.

나부들이 저마다 새로운 왕을 사이에 두고 저울질할 때 밀우는 짐을 정리했다. 이제 더 이상 환도에 남아 있을 이유가 없었다. 물금과 가비를 데리고 주통촌으로 내려갈 생각이었다. 물금은 나이가 너무 들어서 이전처럼 술도가의 일을 할 수도 없었고, 고향에 가기를 원했다.

그런데 가비가 가지 않겠다고 선언을 하자 밀우는 놀라우면서 섭섭했다. 연불과 가비가 보통 사이가 아니라는 것은 알고 있었지만 연모하는 마음이 그렇게 강할 줄은 몰랐다. 교체의 장례를 치르고도 한참을 설득했지만 소용이 없었다. 밀우는 불안했다. 연불이 가비를 연모하고 끝까지 지켜주겠다고 했지만 그것이 얼마나 어려운지 잘 알았다. 연불은 왕이었다. 순수한 마음만으로 사람을 지킬 수 없는 자리였다.

밀우의 말을 언제나 잘 따라주었던 가비가 이번만큼은 너무나 확고했다. 결국 가비를 설득하지 못한 밀우는 물금만을 데리고 주통촌으로 내려가기로 했다. 짐을 싸고 있는 중에 예기치 못한 사람이 찾아왔다.

—밀우야.

—어쩐 일이십니까?

—네가 주통촌으로 떠난다는 이야기를 들었다.

긴 침묵이 이어졌다. 밀우는 고개를 들어 늙은 사내를 바라보았다. 하얀 백발과 깊고 굵은 주름은 그동안 얼마나 수많은 세월이 흘렀는지를 짐작할 수 있었다. 아버지와 아들인 두 사람은 몇십 년을 깊고도 넓은 강을 사이에 두고 서로가 전혀 모르는 사람처럼 살아왔다. 밀우는 어머니가 죽던 날 이미 아버지도 같이 죽었다고 여겼다. 혈혈단신으로 집을 나와서 나부도 가문도 모두 버렸다. 어디에도 속하길 거부하고 마음을 잃어버린 사람처럼 살아왔다. 그런데 갑작스럽게 아버지란 사람이 눈앞에 나타났다.

–오늘이 아니면 널 다시 만날 수 없다는 생각에 이렇게 왔다.

–….

–미안하다. 밀우야. 날 용서해 주겠느냐?

–이제 와서 그런 게 다 무슨 소용이겠습니까. 전 아버지를 미워하는 마음은 이미 오래전에 버렸습니다.

–집으로 돌아와 다오.

–그곳은 제 집이 아닙니다. 용서받으시고 마음이 편해지기를 원하시겠지만 그것은 아버지가 끝까지 가져가셔야 할 책임의 몫입니다.

–밀우야….

–전 아버지의 아들로 살아갈 수 없습니다.

밀우는 무심하게 돌아섰다. 누구에게나 짊어진 책임은 있었다. 크든 작든 간에 자신의 책임을 벗어나 자유로울 수는 없었다. 밀우의 아버지는 단지 자신의 쾌락을 위해서 부인과 아들을 외면했다. 한때의 잘못이라고 말하고 용서해 달라고 하지만, 밀우는 아버지의 죄책감을 면해주고 싶은 마음은 없었다.

장발미인

길고 긴 칠흑의 머리카락이 바닥을 닿을 듯 늘어졌다. 시녀는 빗질을 하면서 감탄을 금하지 못했다. 박달나무 빗이 스르르 머리카락을 타고 내려갔다.

–머리결이 너무 고우셔서 빗질을 할 필요도 없으십니다. 아무런 장식 없이도 너무 아름다우십니다. 이번 연회에서도 단연 부인께서 가장 아름다우실 것입니다.

–….

시녀는 어색한 침묵을 어떻게라도 모면하고 싶어서 칭찬을 해 보아도 목석처럼 아무런 반응이 없었다. 무안해진 시녀는 재빨리 손을 놀려 머리카락을 땋아 둥글게 말아 올린 후 세밀한 빗으로 마무리를 끝냈다. 보통은 다리를 올려놓지만 머리숱도 많고 길이도 워낙 길어서 굳이 하지 않아도 충분했다. 분함을 열어 고운 분가루를 얼굴에 두드리고 눈썹, 볼, 입술을 단장했다.

시녀는 청동거울을 앞에 내밀며 감탄했지만 장발여인은 여전히 반응이 없었다. 치장이 어찌되어도 좋다는 듯 무심하게 청동거울 속의 얼굴을 바라보았다. 아름답지만 슬픈 얼굴이 어렸다.

—부인.

—입술 연지가 지나치지 않느냐?

—무슨 말씀이십니까. 수수한 색으로 고르고 골랐습니다. 왕후마마에 비해서, 아니 대가들의 부인들에 비해서도 단장을 하지 않으시지 않습니까?

—왕후마마께서 또 뭐라 하실까 두렵구나.

긴 한숨을 내쉬고는 손등으로 입술마저 지웠다.

—부인! 그걸 지우시면….

—늦었구나. 연회장으로 가자꾸나.

—네….

일 년에 두 번, 왕후의 주최로 열리는 연회였다. 모든 나부의 대가들의 부인들을 초대해서 서로 간의 친목도모라고 했다. 겉으로는 웃으며 안부를 묻고 인사를 건네지만 속으로는 시기와 질투가 난무했다. 그날만은 누구에게 뒤지지 않게 더 화려하게 더 아름답게 치장을 하고 나섰다.

환도성이 이미 함락되고 피난을 간 지 겨우 여섯 해가 지났을 뿐이었다. 파괴된 궁궐은 아직 완전히 복구되지 않았고, 임시로 평지에 성을 쌓아놓고 기거했다. 얼마 전에야 비로소 궁으로 거처를 옮겼다. 백성들은 여전히 제대로 된 집도 없이 움막에서 지내는 경우가 허다했고 황무지로 변한 농토를 간신히 개간해 살고 있지만 귀족들의 사치는 다시금 고개를 슬며시 들었다.

연회라도 있는 날이면 성 전체가 들썩거렸다. 귀족부인들은 뒷거래로 위나라에서 들여오는 진기한 장신구와 비단을 구해왔다. 경쟁이라도 하듯 돋보이고 싶은 욕망을 멈출 수가 없었다. 올해는 누가 무엇을 입고 어떤 장신구를 했는지 시기와 질투가 오고 갔다.

한껏 차려입은 귀족부인들은 각각의 남편의 지위에 따라 자리를 잡았다. 각자의 아름다움과 위세를 뽐냈다. 하지만 가장 화려한 여인은 왕후였다. 아들이 둘씩이나 있다는 사실이 믿기지 않을 정도로 젊고 생기가 넘쳤다. 타고난 미색에 원숙미가 더해져 아름다움이 더욱 빛을 발했다.

아무리 고급비단과 장신구로 치장을 한다고 해도 어울리지 않으면 아무런 소용이 없고 오히려 천박해 보일 수도 있었다. 하지만 왕후는 어떤 옷이든 우아하고 멋들어지게 소화해 모든 여인들의 시선을 한 몸에 받았고, 스스로도 즐겼다.

지금 무엇도 왕후에게 도전할 수 없었다. 인영은 왕후가 되어서 일 년 만에 첫 왕자를, 그 다음해에 둘째왕자를 낳은 후 기세가 하늘을 찌르면서 권력의 중심부에 있었다. 환도성을 버리고 달아날 때 연나부는 왕이 피할 수 있는 은신처를 제공했고 막대한 군사와 무기를 공급했다. 그 덕분에 연나부는 고구려에서 막강한 지위를 더욱더 굳힐 수가 있었다. 태자 시절 그들에게 적대감을 드러내놓고 표출하던 연불도 연나부의 공적을 무시할 수 없었다. 인영을 왕후로 받아들이는 일은 당연한 수순이었고, 동생들인 예물과 사구가 반란을 일으켰을 때도 연두지가 아니었다면 막기 힘들었을 것이다.

우태후가 환생했다는 말이 나돌 정도로 인영의 권력은 강력했다. 아니 더 완벽했다. 평생 아이를 가지지 못한 우태후에 비해 인영은 두 왕자를 낳았다. 그녀 앞에 그 어떤 걸림돌도 없는 듯했다. 모든 나부의 귀족들은 머리를 조아렸다.

하지만 아무리 완벽한 사람이라도 치명적인 약점은 있게 마련이었다. 귀족부인들은 날카로운 매의 눈으로 왕후의 약점을 읽어냈다. 그들은 있는 듯 없는 듯 고개를 떨군 채 차를 마시는 한 여인에게 시선을 거두지 못했다. 왕의 또 다른 여인인 가비였다.

작은 다리조차 올리지 않은 평범한 머리에 수수한 옷차림을 하고도 혹여 눈에 띌까 봐 조심 내고 있었다. 숨기려 해도 숨겨지지 않은 아름다움이라 은밀하게 빛났다. 귀족부인들은 가비에게 자연히 가는 눈길을 거둘 수가 없었다. 여인들은 본능적으로 알았다. 아니 자신들이 알고 있다는 사실조차 모르면서 느끼고 있었다. 아무런 결점이 없는 듯 보이는 완벽한 왕후에게 치명적인 상처를 주고 있는 존재가 가비인 것을 말이다.

가비는 비호해 줄 변변한 배후세력도 없는 관나부의 이름 없는 촌락출신이었다. 왕후가 두 아들을 낳는 동안에 단 한 번의 잉태도 하지 못했다. 왕의 총애가 없다면 벌써 내쳐지거나 관심 밖으로 밀려나 일반 궁녀보다 더 못한 삶을 살 수도 있었다. 왕후의 입장에서 본다면 조금도 비교의 대상이 될 수도 없고, 그럴 가치도 없었다.

겉으로는 미소를 띤 채 안부를 건네는 그 자리에서 속으로는 시기와 질투로 얼룩진 감정들이 뒤섞였다. 권력을 쥐고 있는 자들은 그들

나름대로 고개를 치켜들고 으스댔다. 힘이 없는 자들은 약하다고 굽신거리고만 있지는 않았다. 사실 속내는 자기보다 높은 자들을 비웃으면서 미워하고 숨겨진 약점들을 캐내어 은근히 공격했다.

그들은 가장 높고 귀한 자리에 앉은 왕후를 향해서 본마음을 숨긴 채 치명적인 상처를 입히려고 했다. 인영이 아무리 드러내고 있지 않은 듯 보여도 모두들 알고 있었고 한껏 비웃고 있었다. 완벽할수록, 강할수록, 결국 왕후조차도 어쩔 수 없구나 하고 쾌재를 불렀다. 무기를 들고 피를 보는 싸움만이 전쟁이 아니었다. 앞에서는 생글거리며 웃으면서 진심을 감추고 서로를 미워하기를 멈추지 않는 그곳에서의 전쟁 또한 치열했다.

인영도 예전에는 지나친 겉치레에 불과한 왕후의 치장을 마음속으로 한껏 비웃었던 적이 있었다. 연회장에서 눈과 귀를 쫑긋 세우고 있는 여인들의 마음을 누구보다 잘 알아서인지 조그마한 약점이라도 잡히지 않으려고 더욱 치열하게 그들 앞에서 완벽한 모습을 보이고 싶어 했다.

하지만 들키고 말았다. 맹렬하게 쫓아오는 매서운 눈들을 피할 길은 없었고 보일 듯 말 듯 얼굴에 내비쳐졌다. 아니 그렇지 않았다. 왕후는 얼굴에 자신의 감정을 비쳐 본 적이 없었다. 그냥 본능적으로 알고 있었다. 여인들이 가장 가지고 싶어 하는 진정한 소망을 가비는 가지고 있었다. 가비는 오직 한 사람만을 바라보는 사내의 진정 어린 사랑을 받고 있었다. 누구나 가질 수 있었지만 아무나 가질 수 없는 진심이었다.

귀족들은 서로 간의 마음에 오고가서 혼인을 치루는 아주 드문 경우도 있었지만 대부분 적당한 선에서 부모의 주선으로 혼인이 이루어졌다. 비슷한 힘을 가진 세력이나 가문끼리 혹여 아니면 장래가 촉망받는 사내의 경우는 능력을 발휘해서 인정을 받은 자를 거두어 사위로 삼기도 했다. 누구나 가문 또는 개인의 능력을 두고 저울질하면서 배우자를 정했다. 서로에게 진심을 어느 정도 있다고 하더라도 완전한 것은 아니었다.

고구려 왕이 한 여인에게 진심을 다한다는 사실 하나만으로도 여인들의 이상적인 사랑으로 보였다. 입으로 전해지면서 가비에 대한 아름다움은 더욱 부풀려지고 그 두 사람의 사랑은 더욱 아름답게 포장되었다. 결국 왕후는 껍데기에 불과하다는 소문까지 돌기도 했다.

연불이 가비를 소후로 맞아들이고 싶다 했을 때 왕후는 흔쾌히 승낙했다. 어차피 왕이 한 여인만을 취하지 않을 것이기 때문이었다. 한편으로는 마음속에 담아둔 가비에 대한 불쾌하고도 묘한 감정에 대해 정면으로 맞닥뜨려 보려고 했다. 처음에는 별 문제가 없는 듯 보였다. 연불도 처신을 잘해서 드러내놓고 가비만을 총애하며 인영을 혼자 내버려두는 일 따위는 하지 않았다. 겉으로 보기에도 인영에게 충실했고 왕자들이 잇따라 태어나자 세상의 모든 것을 다 가진 듯 기뻐했다. 연불은 다정한 남편이고 아버지였다.

하지만 아무것도 없는, 아무것도 가지지 못한 가비에게 보내는 연불의 사랑과 신뢰의 눈빛을 인영은 가지지 못했다. 왕자들을 낳고 여러 해가 지나면서도 부부 사이에는 언제나 거래가 존재했고 무언가를 얻기 위해서는 무언가를 내주는 식으로 이어졌다.

인영은 처음에 무엇이든 자신이 있었다. 우태후가 왕을 능가하는 권력의 중심부에 있으면서도 미천한 여인 따위에게 질투를 느끼고 평생 자식을 낳지 못한 열등의식에 휩싸여 산 것을 이해하지 못했다. 자신은 태후와 다를 것이라 확신하며 자신만만했다. 그래서 가비에게 드는 미묘하면서 불쾌한 감정이 무엇인지 몰랐다. 그것이 열등감이라는 것을.

지옥 같았던 연회가 끝나자 인영은 처소로 돌아온 후 거칠게 장신구와 옷을 벗었다. 청동거울을 들었다. 청동거울은 날카로운 빛을 내며 반짝거렸다. 손자국 하나 없이 너무도 매끈하고 깨끗해서 질릴 정도였다. 인영은 청동거울을 노려보았다. 마음을 속이기 위해서 과한 치장을 한 우스꽝스러운 얼굴을 매섭게 노려보며 파르르 떨었다. 인영은 청동거울을 바닥으로 던졌다. 쨍그랑, 날카로운 쇠울음을 냈다.

오랜만에 왕후전으로 찾아온 연두지는 얼굴이 어두운 인영을 걱정스레 쳐다보았다. 어릴 때부터 마음에 들지 않은 일이 있을 때마다 입술을 꾹 다물고 노려보는 눈이 보통 무섭지가 않았다. 누이동생이지만 대하기가 무척이나 까다롭고 어려웠다. 무슨 생각을 하는지 도통 알 수 없었고, 한 치의 실수도 없이 완벽한 성격이라서 아버지조차도 조심스러워했다.

—왕후마마. 무슨 일이 있으십니까?

—제 꼴이 우스워서요.

—우습다니요? 고구려에서 마마보다 우아하고 아름다운 분은 어디

에도 없습니다.

–그렇게 생각하십니까? 유치하고 졸렬한 제 자신이 밉습니다. 오늘 정말 견디기 힘들었습니다. 지금의 태후마마를 언젠가 비웃었던 적이 있습니다. 모든 것을 다 가지고도 가지지 못한 한 가지에 집착하는 꼴이 너무나도 우스꽝스러웠습니다.

–왕후마마는 태후마마와 다르십니다.

–아닙니다. 다를 게 없습니다. 가비가 싫습니다. 밉습니다. 도저히 견딜 수가 없습니다.

–가비는 마마에게 어떤 위협도 되지 않습니다. 선왕의 친모처럼 왕자를 낳은 것도 아니고, 비호해 줄만한 세력도 없는데다 출신도 명확하지 않습니다. 아무런 힘도, 가진 것도 없는데 왜 그리 집착하십니까?

–오라버니도 제가 그 아이에게 유난히 집착하는 것을 아시는군요.

–그것은 신경을 쓸 필요조차 없는데 그러시니….

–그래서 더욱 싫습니다. 차라리 조금이라도 폐하의 마음을 잡을 외적인 무언가가 하나라도 있으면 마음이 이렇지는 않을 것입니다. 전 다 가졌습니다. 왕자를 낳았고 연나부라는 뒷배는 폐하에게 줄 것이 참으로 많습니다. 그런데 가비는 아무것도 없습니다. 아무것도 가진 게 없습니다. 왕자라도 낳았다면 그 때문에 폐하의 총애를 받는다고 생각하겠습니다. 하지만 아닙니다. 가비가 어떤 모습을 한들 폐하는….

–왕후마마. 신경 쓰지 마십시오.

–싫습니다! 오라버니께 이미 제 마음을 들켰다면 모르는 사람이

없다는 것입니다. 그러니 더욱 두고 볼 수만은 없습니다.

초가을의 선선한 바람이 불어왔다. 밀우는 숨을 깊게 들이마시고는 엄지로 활시위를 약간 틀어서 잡았다. 숨을 멈춘 뒤 잡았던 시위를 놓는 순간 손가락과 손목에 더할 수 없이 미묘한 움직임이 더해졌다. 화살은 몹시 사납고 세차게 회전하면서 과녁을 꿰뚫었다.

—과연 대단하군. 활솜씨가 전보다 더 늘었소. 내가 들어온 줄도 모르다니. 활에 너무 집중하고 있구려.

—폐하.

—뭘 그리 놀라는가? 내가 온 것이 반갑지 않은가 보군.

—그것이 아니라 너무 갑작스러워서….

교체가 죽자 밀우는 모든 직에서 물러난 후 주통촌으로 들어가 세상에 나오지 않았다. 위나라의 복잡한 정치적 상황 때문에 더 이상 고구려를 침공해 오지 않았고 모두들 내정에만 힘쓸 시기였다. 무인으로서 밀우는 더 이상 할 일이 없다고 판단했고, 교체가 없는 궁은 더 이상 그에게 의미가 없었다.

연불은 밀우에게 끊임없이 돌아오라고 했으나 거절하기를 수차례 반복했다. 하지만 이렇게 연불이 직접 찾아온 것은 처음이라 적잖이 놀랬다.

—어인 일로 이곳까지 오셨습니까?

—밀우장군이 아무리 청해도 궁으로 오지 않으니 직접 올 수밖에. 아바마마가 돌아가신지도 벌써 수년이 흘렀는데 어찌 하여 이리도 무

심하단 말인가?

–송구스럽습니다.

–나와 함께 궁궐로 가세.

–궁에서 제가 할 일이 없습니다.

–위나라가 아직도 고구려를 노리고 있음을 모른단 말인가?

–저보다 뛰어난 장수는 많습니다.

–밀우! 고집 그만 부리고 날 도와주게. 난 반드시 해야 할 일이 있소. 아바마마는 돌아가실 때까지 양맥전투의 죄책감에서 벗어나지 못하셨네. 그리고 내게 유언으로 복수를 부탁하셨고 그 책임의 무게가 내겐 너무 버겁구려. 돌아가시기 직전까지 몸부림치시던 그 모습이 아직도 생생하다네. 내게는 군사를 부릴 힘이 없네. 양맥에서 왕실의 정예병이 몰살되다시피 했고, 지금 궁궐수비를 맡고 있는 군사들조차도 연나부 소속인 것을 그대도 잘 알고 있지 않은가? 누구보다 연나부에게 적대적이었던 내가 지금은 아주 비굴하게 그 밑을 설설 기고 있어. 고구려의 왕인데도 군사들이 없으니 아무런 힘이 없어 그대의 힘이 필요하다네. 난 양맥의 복수를 반드시 해야 하네.

젊은 왕의 얼굴에 아버지의 책임을 물려받은 깊은 고뇌가 드리웠다. 새로운 왕이 등극하고 시대가 변했지만 무거운 죄책감은 대를 이어가고 있었다. 교체의 얼굴이 떠올랐다. 무슨 힘이 될 수 있을지 모르나 젊은 왕의 고뇌를 조금만 덜어주고 싶은 마음이 생겼다.

결국 연불의 설득을 이기지 못한 밀우는 궁궐로 돌아왔다. 그가 돌아왔다는 소식에 유옥구는 한달음에 달려오고 수많은 젊은이들로 북적거렸다. 밀우의 용맹담은 그들에게 전설이 되었다.

성이 한 번 발칵 뒤집어지고 난 후 한 수레가 밀우의 집을 찾았다. 밀우는 반갑게 손님을 맞이했다.

—참으로 오랜만입니다. 소후마마.

—그냥 가비라고 하세요. 어색합니다.

—그럴 수는 없습니다.

—누이동생이 찾아왔는데 이렇게 깍듯이 예를 갖추시면 제가 너무 무안합니다.

—그럼 가비님이라고 하겠습니다. 잘 지내셨습니까?

—항상 분에 넘치는 총애를 받고 있습니다. 전 아무것도 해드릴 것도, 해드릴 수도 없는데 받기만 하고 있습니다. 오직 왕후마마께서 모든 일을 하시지요.

—요즘도 술을 빚으십니까?

—제게서 술내음은 납니까?

—나지 않습니다.

—술을 빚지 않은 지 오래되었습니다. 소후가 되고 나서도 이 년 정도는 술을 빚었는데 어느 순간부터인가 폐하께서 싫어하시니 그만두었습니다.

—참으로 아깝군요. 고구려 최고의 주조장인이신데.

—가끔씩 술을 빚고 싶습니다. 제일 자신이 있었던 것은 차조술이었는데 선왕 폐하께서도 참으로 좋아하셨죠. 돌아가시기 전날에도 제 술을 드시면서 맛있다고 하셨습니다.

—폐하께 술을 빚고 싶다고 다시 말씀드려 보세요.

—싫어하실 것입니다. 그나저나 밀우님이 돌아오셔서 얼마나 좋은지 모르겠습니다.

가비는 환하게 웃었다. 하지만 그 미소가 너무 슬프고 외로워보여서 가슴이 아팠다. 적지 않은 세월 동안 가비는 더욱 아름다워졌다. 술을 빚던 천한 신분의 여인이라고 도저히 보이지 않을 정도로 세련되고 우아했다. 절구를 찧고, 반죽을 치대고, 물을 긷고, 고된 일을 하는 통에 항상 발갛게 상기되었던 얼굴은 눈처럼 하얘져 핏기가 없어 보일 정도였다.

힘들게 일할 필요도 없고 시녀들이 시중을 다 들어주었다. 화장을 하고 머리를 빗고 옷을 갈아입는 것 외에는 아무런 할 일이 없었다. 가끔씩 처소를 찾는 연불을 맞이하는 것 외에는 만날 사람도 없었다.

아이를 가지고 싶었지만 왕후가 두 아들을 낳은 뒤에도 아직도 아무런 소식이 없었다. 언제나 자신의 처소에서 멍하니 시간을 보내는 것이 다였다. 그런데 밀우가 궁으로 돌아온다는 말에 며칠째 잠을 설칠 정도로 흥분했다.

—밀우님, 옛날에 떠돌이 생활을 할 때가 자주 그립습니다.

—그리 고생을 했는데 무엇이 그립습니까?

—춥고, 배고프고, 언제 끝날지 모르는 두려움 같은 것이 있었으나 그래도 좋았습니다. 그때 전 어디에도 얽매이지 않았고 자유로웠지요. 수리언니가 제게 부럽다고 했습니다. 무거운 책임감도, 의무도 없는 제가 부럽다고 했습니다. 그때는 너무 어려서 그게 무슨 말인지 몰

랐는데 이제 알 것 같습니다.

—….

—수리언니를….

—그만하시지요. 이미 지나간 일입니다.

—죄송합니다. 오늘은 이만 가 보겠습니다. 후일 궁으로 절 찾아 오시겠지요?

—네. 이제 자주 찾아가 뵙겠습니다.

밀우를 만나고 가비는 수레에 올라탄 후 깊은 한숨을 내쉬었다. 불내예로 돌아가서 다시는 올 수 없는 사람을 마음에 품은 밀우가 그리고 그런 선택을 할 수밖에 없는 수리가 떠올랐다. 밀우에게 묻고 싶었다. 수리를 아직도 그리워하냐고, 달려가서 데려오고 싶었냐고 말이다. 결국 말하지 못했다. 수리라는 이름만으로도 밀우의 두 눈이 심하게 요동쳤다. 혹여 밀우에게 더 큰 상처를 줄까 두려워서 결국 입을 다물었다.

밀우가 돌아왔다는 말에 가비는 너무 기뻐서 어쩔 줄 몰라했다. 연불의 싸늘한 시선을 받으면서도 웃음을 감출 수가 없었다. 마냥 기뻐하는 가비에게 연불은 차갑게 말했다. 밀우에게 원한다면 불내예의 공격권을 다시 주겠다고 말하라고 했다. 위나라에 붙어서 고구려를 배신한 불내예를 용서할 수 없고 곧 응징에 들어갈 것이라 했다. 그 지휘권을 밀우에게 줄 것이라 했다.

가비는 너무 혼란스러웠다. 과연 불내예를 공격한다면 수리가 밀우에게 돌아올 수 있을 지 알 수 없었다. 굳이 불내예로 돌아간 수리였다. 수리를 데려올 수 있는 마지막 기회인지도 모르겠지만 두 사람이 과연 그렇게 대면한들 다시 함께할 수 있을지는 미지수였다. 무거운 책임감을 내려놓지 못하는데 그런 식으로 만나게 하고 싶지는 않았다.

가비의 처소에서 연불은 차를 마시고 있었다. 진한 향기가 온 방 안에 퍼졌다. 중원에서 어렵게 구한 귀한 차라고 했다. 좋은 향기가 났지만 가비는 별로 좋아하지 않아서 잘 마시지 않았다. 그 차는 연불이 좋아해서 그가 올 때만 내놓았다.

—내 말은 전했느냐?

—하지 못했습니다.

—왜?

—불내예는 그냥 두십시오.

—그럴 순 없다. 감히 고구려를 배신했다. 지금까지 그냥 둔 것만 해도 고맙다고 여겨야 하거늘, 넌 어찌 그런 말을 하느냐?

—지금은 벌하지 마십시오. 어차피 위나라와도 사이가 좋지 않은데 그곳까지 신경 쓸 여력이 없지 않습니까?

—그렇게 그 여인을 못 잊는다면서 다시 기회를 주겠다고 하는데, 왜 막느냐?

—밀우님은 그런 분이 못 되십니다. 지금에서 와서 승낙하실 거면 애초에 수리언니를 보내지도 않았을 겁니다.

—그자를 그리 잘 아느냐? 물어보지도 않고 어찌 그리 마음을 잘 아느냐? 널 지키려고 애쓰는 내 마음은 알기는 하느냐?

연불은 거칠게 가비의 두 어깨를 부여잡았다. 아직도 가비가 밀우에 대해서 말할 때마다 화가 났다. 두 사람이 연정을 품고 있는 사이가 아님을 너무도 잘 알면서도 마음이 풀리지 않았다.

굳이 궁궐로 밀우를 불러들인 것도, 불내예 정벌을 맡기려 한 것도, 모두 가비를 위해서이기도 했다. 몇 년째 아무리 애를 써도 아이가 생기지 않는 가비에게 무슨 버팀목이라도 만들어 주고 싶었다. 변변한 뒷배가 없는 가비를 자신만의 힘으로 지키기에는 힘에 부쳤다.

연불은 하루하루 긴장의 끈을 놓을 수가 없었다. 엄청난 짐을 두 어깨에 지고 왕후 그리고 연나부와 대립, 결탁을 반복하며 살아갔다. 환도성 함락 이후 너무 많은 군사를 잃은 대가로 지금까지도 회복이 어려웠다. 왕실 직속의 부대는 궁궐을 지키기에도 벅찰 정도였다. 예물과 사구가 반란을 일으켰을 때도 연나부의 군사가 아니었다면 그들에게 자리를 내주었을지도 몰랐다.

죽을 힘을 다해서 재도약을 위해 애썼지만 단기간에 되는 일이 아니었다. 회복하기 힘들 정도로 큰 타격을 받은 왕족들은 제대로 거처할 만한 곳 없이 몇 년을 보냈다. 인영을 왕후로 맞아들이고 난 후 연나부에서 막대한 물량공세를 퍼부어 성을 복구하고 궁궐을 건설했다. 예물과 사구의 반란 이후에는 연나부가 궁성수비에도 깊숙이 개입했지만 다른 방안이 없었다. 연나부는 점점 더 왕실에 강한 힘을 발휘하면서 고구려를 잠식해 갔다.

선왕은 죽어가면서도 양맥의 악몽에서 벗어나지 못했다. 비참하게 죽어간 병사들의 피울음소리가 아직도 귓전에서 생생하다며 마지막까지도 괴로워했다. 숨을 거두는 순간에도 양맥전투의 한을 풀어달라는 것이 유언이었다.

연불에게는 아직 힘이 없었다. 궁궐 수비만으로 벅찬 직속부대만으로는 위군이 침입해 온다면 막아낼 수 없었으므로 굴욕을 견디면서 하루하루를 보냈다. 가끔씩이라도 볼 수 있는 가비가 유일한 안식처였지만 그마저도 잃어버릴까 봐 두려웠다.

훈훈하고 부드러운 누에솜털 같은 바람이 불어왔다. 유무는 몇 년 만에 다시 찾은 고구려 땅을 바라보았다. 관구검의 명에 따라 고구려군을 쫓았던 것이 며칠 전이었던 것만 같았다. 비록 왕을 잡지 못했지만 환도성을 완전히 파괴하고 돌아와서 각각의 공을 인정받았다. 고구려는 다시 일어나지 못할 것이라 생각했다. 하지만 동쪽 땅의 사람들은 너무도 질긴 종족들이었다. 폐허가 된 땅 위에 다시 성을 쌓고 왕궁을 세우고 점차 안정을 찾아갔다.

성의 육중한 문이 열리고 안으로 들어갔다. 위나라 사신들을 바라보는 따가운 시선에 섬뜩함마저 느껴졌다. 고구려 백성들은 두려움과 증오가 복잡하게 얽힌 눈으로 그들을 노려보았다. 먹잇감을 덮치기 위해서 숨마저 멈춘 늑대처럼 모든 소리를 삼킨 채 기다리고 있었다. 유무의 등줄기로 식은땀이 흘러내렸다.

왕궁으로 들어서 고구려 왕을 알현했다. 선왕보다는 호방한 기질은 적어 보였으나 날카롭게 빛나는 눈매는 예사롭지 않았다. 유무는 두려움을 떨쳐내기 위해 더욱 고개를 빳빳이 들면서 위나라 황제의 조서를 전했다.

대사자 장유가 조서를 받들고 큰 소리로 읽기 시작했다. 지난 과오를 용서할 테니 잘못을 뉘우치고 담비가죽 천 장, 말 천 필, 활 이천 장, 궁녀 백 명을 보내라는 등의 내용이었다. 긴 침묵이 이어지다 이내 말을 꺼냈다.

−먼 길 오느라 수고했소. 황제의 뜻은 잘 알겠으니 오늘 밤은 여독이나 푸시오.

−감사합니다.

유무는 오만하게 고개를 쳐들고 그 자리에서 물러났다. 사신들을 위한 연회가 한창이었다. 고구려든, 위나라든 모든 관리들이 술에 취해서 흥에 겨워 춤을 추거나 추태를 벌이는 이도 있었다. 젊은 왕은 생각 외로 만만치가 않았다. 도대체 무슨 생각을 하는지 읽어낼 수가 없었고, 과한 요구임에도 전혀 동요가 없었다.

위군이 고구려를 공격한다면 아직까지는 막을 힘이 없다는 것을 잘 알고 있었다. 계속된 첩보에 의해서라면 왕은 궁성을 수비할 군사조차 없다는 소문까지 있었다. 그렇다고 위나라 역시 고구려를 당장 공격할 수 있는 처지는 아니었다. 위나라 안의 여러 상황이 이리저리 복잡하게 꼬여 있었다.

관구검이 왜 그토록 고구려의 끝을 보고자 했는지 알 것만 같았다. 사마의와 조상의 세력다툼으로 나라가 어지럽지만 않았다면 그렇게 급히 철수를 명하지도 않았을 것인데 안타까웠다. 이들의 재생능력이 이토록 뛰어나다면 머지않아 위나라와 결전이 불가피할 것은 분명해 보였다. 고구려는 얕잡아 볼 상대가 아니라는 관구검의 주장은 옳았다.

밑바닥을 경험한 고구려인들은 더욱 무섭게 성장했다. 그들의 들끓는 끝없는 힘이 두려워졌다. 위나라로 돌아가면 사마의에게 고구려를 저대로 놔두어서는 안 된다고 진언하리라 결심했다.

유무는 보는 듯 보지 않는 듯 여러 대신들을 살폈다. 고구려 대신들은 하나같이 유무를 피하며 고개를 돌렸다. 그러던 차에 대사자 장유가 그에게 다가와 술을 권했다. 평소에 술을 잘 마시지 않던 유무지만 이상하게도 자꾸만 끌렸다. 위나라의 술과는 다른 은은하면서 알싸한 향기와 혀 끝에 감도는 묘한 맛이 기막혔다.

–술맛이 정말 좋군.

–네. 저희 관나부 출신이 만드는 술인데 기가 막히지 않습니까?

–자네는 아까 전에….

–맞습니다. 황제의 조서를 읽었던 대사자입니다.

–음… 내게 무슨 볼일이라도 있는가?

–저는 잘 모시라는 명을 받았을 뿐입니다.

장유는 유무가 술 한 병을 다 마실 때까지 비굴한 웃음을 띤 채 찰싹 붙었다. 유무는 장유가 귀찮은 듯 비틀거리며 일어났다. 오랜만에 과하게 술을 마셨던 탓인지 머리가 지끈거렸다. 차갑지만 바람의 감촉이 감미롭고 온몸을 노곤하게 만들었고, 가슴이 타들어갈 듯한 갈증을 불러 일으켰다.

유무는 낯설고 어두운 길을 더듬어갔다. 얼마를 헤맸을까. 코끝에 감도는 향긋하고 아찔한 냄새가 유무를 사로잡았다. 냄새를 따라 어두운 길을 더듬었다. 냄새의 강도가 점점 강해지더니 커다란 우물이 눈에 들어왔다. 서넛이 동시에 물을 길어도 될 만큼 커다란 우물 옆에는 네 개의 기둥으로 세우고 그 위에 지붕을 얹어 비를 피할 수 있게 만들었다. 지붕 밑에는 아궁이와 부뚜막 등이 갖춰져 있었고, 칸막이를 하나 두고 대여섯 개의 커다란 독이 차례로 놓여 있었다. 한 궁녀가 반죽덩어리를 열심히 치대었다. 힘들었는지 거칠게 숨을 몰아쉬면서도 손을 좀처럼 멈추지 않았다. 커다란 시루 위에 반죽덩어리를 올려놓고 뚜껑을 덮고는 아궁이에 불을 지폈다.

장작을 아궁이에다 집어넣자 불이 화르르 피어올랐다. 장작 불길에 궁녀의 얼굴이 드러났다. 그녀를 쳐다본 유무는 순간 세상이 멈추는 듯했다. 위나라에서 허다하게 많은 미인들을 봐왔지만 이런 여인은 처음이었다. 붉은 불기운에 발갛게 달아오른 궁녀의 얼굴은 숨 막히게 매혹적이었다. 쉰 살을 넘긴 나이에 딸 같은 젊은 궁녀에게 한순간 마음을 빼앗긴 유무는 체면이고 뭐고 넋을 잃고 있었다. 강한 시선을 느낀 궁녀는 유무를 발견하고 화들짝 놀라며 일어섰다.

겁에 질린 궁녀는 재빨리 몸을 돌렸지만 그사이에 유무는 궁녀의 손목을 낚아채 듯 붙잡았다. 손목은 너무 부드럽고 가냘펐다. 힘든 일에 익숙한 손이 아니었다. 바로 앞에서 본 궁녀의 얼굴은 더욱 아름다웠다. 길고 풍성한 머리카락에, 크고 또렷한 눈매, 반듯한 이마, 매끈한 콧날, 얇고 가늘지만 적당히 붉은 입술은 사내의 마음을 사로잡기에 충분했다. 그리고 온몸에서 풍겨오는 알싸하고 코끝을 찡하게 만드는 체취는 묘한 감정을 불러 일으켰다.

궁녀는 제발 놓아달라고 사정했다. 이미 정신을 반쯤 나간 유무는 애달픈 궁녀의 요청 따위는 들리지 않았다. 마음속에 불길이 일어나서 잠재울 수가 없었다. 가지고 싶다는 욕망이 출렁거렸다. 무슨 대가를 치러서라도 가지고 싶다는 생각밖에는 들지 않았다. 궁녀는 겁에 질린 채 오들오들 떨었다. 유무의 두 눈에 불길이 일면서 절대 놓지 않으려는 듯 손에 더욱 힘을 주었다. 궁녀는 더 이상 참지 못하겠다는 듯 몸서리를 치더니 갑자기 유무의 팔을 사정없이 물어뜯었다. 아악, 소리와 함께 유무는 손을 놓쳤고 그 순간 궁녀는 달아났다.

유무는 피가 흥건히 고인 팔을 붙잡고 연회장으로 돌아갔다. 연회장은 삽시간에 소란스러워졌고 의원이 달려왔다. 치료를 받는 내내 유무는 무엇에 홀린 사람처럼 넋을 놓고 있었다.

장유는 유무의 팔뚝에 깊게 새긴 이빨자국을 보았다. 얼마나 사정없이 물어뜯었는지 끔찍했다. 흉터자국은 두고두고 남을 듯싶었다.

–누가 이런 짓을 했습니까? 제가 당장 잡아들이겠습니다.

–그 궁녀를 찾아 줄 수 있는가? 만약 그래 줄 수 있다면 자네가 원하는 것은 무엇이든지 들어주겠네.

–네? 궁녀라고요?

–그래. 아주 큰 우물이 있었어. 알싸한 술냄새도 났고, 펄펄 김이 무성한 커다란 솥도 있는 곳이었어. 술에 취해서, 향기에도 취해서 내가 정신이 어찌 된 것인지 모르지만 그렇게 대단한 미인은 처음이었어. 그 궁녀를 찾아만 준다면 내 무엇이라도 해 주겠네.

유무는 아직 술이 덜 깬 충혈된 두 눈으로 장유를 올려다보았다. 장유의 머릿속에 무언가가 휙 지나갔다. 온몸이 떨려왔다. 연회장에서 선발한 기녀들에게도 눈길도 주지 않았던 자였다. 그러한 유무를 한눈에 사로잡은 여인이라면 궁궐에서 단 한 사람밖에 없었다. 말도 되지 않는 생각이었다. 하지만 상대는 위나라 대사신이었다. 유무가 원하는 것을 얻게 해 준다면 관나부에 어떤 힘을 실어 줄지 알 수가 없는 일이었다.

가비…. 처음에는 관나부의 모든 것을 걸었다. 가비가 왕자만 낳아 준다면 모든 일이 술술 풀릴 것만 같았다. 하지만 왕후가 왕자를 둘이나 낳을 때까지 소식이 없었다. 소후가 된 지 오 년이 넘었다. 이제 아이를 잉태할 가망성도 보이지 않고 왕자를 낳는다고 하더라도 적자가 둘이나 있는 상황에서 가비에게 무엇을 기대할 게 없었다.

장유는 관나부에게 그리고 가비에게도 좋은 기회일지도 모른다는 생각이 들었다.

유무는 상처가 아물자 왕을 찾아갔다. 따뜻한 차를 사이에 두고 두 사람 사이에 냉랭한 기운이 감돌았다.

—몸은 좀 어떠시오?

—네. 이제 많이 좋아졌습니다.

—다행이구려.

잠시 어색한 침묵이 흐른 뒤 유무는 다시 말을 꺼냈다.

—폐하. 관구검을 기억하십니까?

—내가 어찌 잊겠소?

—그분이 지금 진동도독으로 부임해 계십니다. 아직도 고구려에 대한 미련을 버리지 못하고 계시지요. 이제 나이가 드실 만큼 드셨지만 아직도 정정하십니다.

—그러하오? 참으로 질긴 사람이군.

—폐하. 위나라는 고구려를 눈여겨 보고 있습니다. 저를 사신으로 보낸 이유도 단순히 조공문제 때문만은 아닙니다. 제가 위나라로 돌아가서 어떤 말을 하는가에 따라 상황이 아주 많이 달라질 것입니다.

찻잔을 드는 연불의 손이 가늘게 떨렸다. 유무는 지금 연불을 협박하고 있는 것이었다. 고구려가 아직 전쟁을 벌일 힘이 없다는 것을 아주 잘 알고 있다는 듯 유무는 여유롭게 향을 느끼며 찻물을 마셨다.

—그대는 내게 무엇을 원하는 것이오?

—아주 작은 부탁 하나만 들어주십시오. 그러면 위나라가 고구려를 다시 침범하는 일 따위는 없을 것입니다.

—부탁?

—한 궁녀를 찾고 싶습니다. 부끄럽지만 쉰을 넘긴 나이에 처음으로 가지고 싶은 여인이 생겼습니다.

—궁녀라 했소?

—네. 감히 폐하의 궁녀를 제게 주십자고 요청드리는 것입니다.

—어허….

—이름도, 어디 소속인지도, 아무것도 모릅니다. 어둠 속에서도 빛나는 아름다운 여인이었습니다. 아주 잠깐이지만 아직도 그 얼굴이

생생합니다. 그 알싸한 체취가 제 코끝에 남아 있습니다. 술내음이었던가. 아무튼 그날 술을 많이 마시지도 않았는데 궁녀에게서 나는 체취 때문에 정신이 몽롱해졌습니다.

가만히 미소 짓던 연불의 얼굴이 흙빛으로 변했다. 불현듯 느껴지는 그 불안감이 그를 휙 지나쳤다. 아니다. 아닐 것이다. 한밤중에 궁녀의 옷차림으로 홀로 있을 리가 없었다.

유무가 나가자마자 연불은 뒤도 돌아보지 않고 바삐 걸음을 재촉했다. 왕후전을 찾아야 할 때 갑작스레 소후전으로 들어서자 따르던 호위무사들은 깜짝 놀랐다. 즉위한 이후 한 번도 일어나지 않았던 일이었다. 연불은 왕후에게 착실하고 다정한 남편으로서 책무를 다했다. 절대로 왕후보다 소후의 처소에 먼저 들리는 일은 없었고 그것을 엄격하게 지키는 것은 누구보다 연불 자신이었다.

왕후와 차를 즐기기로 한 시각에 난데없이 소후의 처소에게 가는 연불의 행동에 모두들 의아해하면서도 선불리 말을 꺼내지 못했다. 그러기에는 연불의 얼굴이 너무나 무서웠다.

한달음에 달려온 연불의 출현에 가비는 물론이고 궁녀들도 놀랐다. 황급히 모든 이를 물린 뒤 연불은 가비에게 성큼성큼 다가갔다.

–너 혹시 닷새 전날 밤 무슨 일이 있었느냐?

–폐하….

–무슨 일이 있었냐고 물었다!

–너무 답답하여 술도가에 갔습니다.

–거길 네가 왜 가!

―물금님이 그리웠고, 술내음이 그리웠습니다. 손에 감기는 곡식가루의 까끌함마저 그리웠습니다. 아무도 없기에 그저 잠깐만 술 한동이만 채우고 오려고 했는데…. 갑자기 사내가 나타났습니다. 그자의 팔을 물어뜯고 도망쳤습니다….

―이 방에서 절대로 나오지 마라. 혹여 왕후가 널 부른다고 해도….

―그자가 누굽니까?

―알 것 없다! 다시는 주조장 근처도 가지 말거라! 당분간은 이 방을 나올 생각도 하지 마라!

연불은 가비의 얼굴을 쳐다보지도 않고 차갑게 방을 나왔다. 설마 했던 일이 터져 버렸다. 아닐 것이라고 몇 번이나 스스로에게 주문을 걸다시피 했다. 하지만 역시 불안했던 예감이 맞아떨어졌다. 유무가 본 궁녀가 가비가 맞는 게 확실했다.

유무가 무엇을 원하는지 잘 알고 있었다. 만약 요구를 들어주지 않는다면 그가 위나라의 황제에게 무엇을 어떻게 고할지는 너무 분명했다. 절대로 고구려에게 유리하게 말하지 않을 것이다. 선왕의 유언을 받들어야 하는 연불로서는 위나라와의 충돌은 불가피했다. 하지만 지금은 아니었다. 궁궐 수비를 할 군사도 벅찬 상황에서 위나라가 대군이라도 보낸다면 고구려는 다시 회생하기 힘든 상황으로 치달을 것이었다.

그렇다고 가비를 보낼 수 없었다. 세상에서 오직 곁에 두고 싶은 유일한 한 사람이었다. 연불에게는 아무도 없었다. 동생들을 죽음으로 몰아넣었다고 친어머니인 태후조차 자신에게 침을 뱉으며 돌아서서 수년 동안 인연을 끊고 살았다. 벗도 없었고, 충성스런 신하도 없었다. 자식을 둘씩이나 낳은 왕후에게도 아무런 정을 느끼지 못했다. 그저 배우자로서 정치적 동료 같은 느낌 외에는 무엇도 없었다.

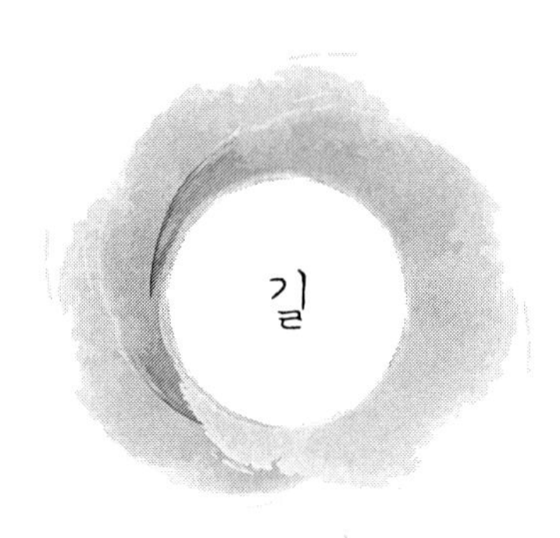

길

기고만장했던 위나라 병사들도 별다른 돌발행동을 하거나 무리한 요구를 하지 않았다. 유무도 오만하게 굴지 않았고 예의를 다하는 모습을 보여주었다. 큰 동요는 보이지 않았지만 뭔가 궁궐 내의 분위기가 이상했다. 꺼림칙하고 불길한 기운이 궁궐을 감돌았고, 궁녀들은 둘만 모이면 무엇이라 쑥덕대었다. 밀우는 궁궐 안의 경비를 맡고 자리를 잡을 무렵 이상한 낌새를 알아챘다. 그것이 무엇인지 확실하지는 않았지만 유무와 관련된 일임을 짐작했다.

퇴궐할 무렵 밀우는 궁방에 들렀다. 궁인들 모두 마지막 작업이 한창이었다. 활을 고칠 필요도 없었지만 무언가에 대한 끌림으로 그를 궁방으로 인도했다. 궁방에는 아는 사람이 거의 없었다. 이제는 정식 활장이가 된 추로가 꼬장꼬장한 목소리로 제자들을 닦달하고 있었다.

박달의 제자였던 추로가 어느새 불혹의 나이를 넘어선 지금 고구려 최고의 활장이가 되었다. 박달을 기억하는 자들은 오히려 스승보다 더 지독하게 제자들을 몰아세워 일 년을 버티지 못하고 나간다면서 비아냥거렸다. 남이야 뭐라고 말하든 추로는 이제는 누구보다 활에 목숨을 거는 진정한 활장이가 되었다.

—어구! 이게 누구십니까?

—잘 있었나?

—스승님이 돌아가신 이후 궁방에는 인연을 끊은 줄 알았습니다.

—미안하네.

—아구, 농입니다. 밀우장군님이 저희를 기억하지 않으셔도 당연한 것입니다.

—요즘 어찌 지냈는가?

—한참 바쁠 때는 지나서 이제는 조금 한가합니다.

—그런가. 제자들이 많이 바뀐 것 같군.

—어구…. 요즘 젊은 것들은 옳은 놈이 하나도 없습니다. 일은 제대로 하지 못하면서 꾀만 부리고 있으니 큰일이죠.

—훗. 박달도 자네와 똑같은 말을 했었지.

—어이쿠. 그런가요? 그래도 주달형님 같은 사람은 어디에도 찾을 수가 없습니다.

—주달?

—기억나십니까? 스승님께 매번 구박을 받았지만 가장 열심히 일했죠. 이상하게도 스승님이 주달형님을 병적으로 싫어하셨죠. 그날도 그랬죠.

—무슨 일이 있었나?

—환도성으로 위군들이 쳐들어온다고 할 때 스승님은 수레에 활부

터 챙기시더니 주달형님이 오기 전에 어서 가라고 하시더라구요. 그리고는 제게 그 활들을 맡기면서 절 활장이로 임명하고 계루부를 따르게 했는데…. 저도 얼떨결에 맡은 것이라 한참을 믿어지지 않았고 두려웠습니다. 저의 무엇을 보시고 그런 무거운 책무를 맡기셨는지…. 솔직히 제가 꾀를 많이 부렸죠. 막 환도성을 빠져나가려 할 때 얼굴이 벌겋게 상기되어서는 궁방으로 달려가는 주달형님을 본 게 마지막이었습니다. 무언가 모를 불안한 마음이 들었지만 활을 지키라는 엄명 때문에 주달형님을 모른 척한 채 성을 나왔습니다.

–자네에게서 무언가를 봤을 테지.

–아직도 전 버겁습니다. 제 능력 밖의 일이고. 지금도 활의 성능이 떨어진 것 같다는 소리만 들어도 가슴이 철렁 내려앉습니다. 주달형님이라도 계시면 좋으련만….

–주달은 어디로 갔나?

–모릅니다. 그날 이후 본 적이 없습니다.

–그런가. 추로 자네의 활은 박달만큼 멋지네. 자신을 믿고 열심히 해 보게.

–고맙습니다. 참 며칠 전에 위나라 사신이 여기에 왔습니다. 활에 대해서 무척이나 관심이 많더니 지나가는 말로 예전에 낙랑군에서 자신도 활을 만들어 보려고 했는데 활장이가 달아나는 바람에 모든 것이 수포로 돌아갔답니다. 그런데 마지막 말에 여인이라서 너무 방심했다며 놓친 게 평생 후회된다는 소리에 왜 그런지 몰라도 수리님이 생각났습니다. 사실 스승님은 수리님이 여인인 사실을 무척 안타

까워하셨습니다. 여인만 아니었다면 자신의 뒤를 이을 활장이라고, 아니 자신보다 더 뛰어나다고까지 하셨습니다. 활에 관해서는 고구려에서 가장 자부심이 강했던 분이 하신 말씀입니다. 그건 저희들도 모두 인정하지요.

밀우의 얼굴빛이 창백하게 변하자 추로는 말을 멈추었다.

—여인이라고 했나?

—네. 유무라는 위나라 사신이 그렇게 말했습니다.

앞이 캄캄해지고 정신이 아득해졌다. 추로가 걱정스레 뭐라고 말했지만 아무런 소리도 들리지 않았다. 당장 유무에게 달려가 확인해 보고 싶었다. 궁방을 뛰쳐나와서 위나라 사신들의 처소로 달려갔다. 무슨 일이 있어도 냉정을 잃지 않았던 밀우가 앞뒤도 재보지 않고 사신들의 처소로 들어가려 하자 호위병들이 붙잡았다. 하지만 저돌적으로 들어가는 밀우를 막을 수 없었다.

사신들의 처소에 들어가자마자 밀우는 놀라서 그 자리에 멈추어섰다. 바람이 불었다. 연분홍 매화꽃이 향기를 품은 채 흩날렸다. 낯익은 얼굴이 밀우의 눈에 들어왔다. 점점 커지는 동공은 분노로 가득찼다. 위나라 사신의 처소 뜰 한가운데에 있어서는 안 되는 사람이 있었다. 가비였다.

—소후마마가 여기 왜 계신 것입니까?

—밀우님….

—오, 그대가 밀우장군이오? 왕기가 자네한테 단단히 당했는지 한참 독이 올라있었소. 이렇게 실제로 보니 무척 반갑구려.

–소후마마가 왜 이곳에 계신 것입니까?

유무가 반갑게 인사를 했지만 여전히 가비에게 눈길을 거두지 않았다. 내내 불길했던 생각들이 이것이었다. 절대로 말이 되지 않는 일이 일어나고 있었다. 밀우의 눈길을 의식했는지 유무는 목소리를 가다듬고 애써 태연한 척 이야기했다.

–일전에 소후마마가 내게 실수를 하신 적이 있소. 그래서 사과하러 오신 것뿐이오.

–마마께서 공을 언제 보았다는 게요?

유무는 소매를 걷어서 잇자국이 선명한 팔을 보여주었다. 가비는 소스라치면서 고개를 숙인 채 아무 말이 없었다.

–연회 때 내 팔을 이렇게 만든 사람이 소후마마이시오.

–말도 안 되오!

–사실이오. 그나저나 밀우장군께서는 어찌 이 곳에 오셨소?

유무는 정작 밀우를 수상쩍어하며 기분 나쁜 듯이 물었다. 그제야 평정을 되찾은 밀우는 입을 열었다.

–일전에 낙랑태수로 계실 때 여자 활장이를 데리고 있다고 들었습니다.

–음, 맞소. 한때 예족의 활에 매료되어서 그런 적이 있었소.

–그 여인은 지금도 낙랑에 있습니까?

–아니오. 함께 환도성에 왔었는데 어느 순간 도망쳤소. 쫓아갔지만 검은 숲이 그 여인을 삼키고 난 후 나도 한 번도 본 적이 없소.

–검은 숲이라면?

—북옥저 경계선에 있던 그곳이오. 들어가면 다시는 나올 수 없는 곳 말이오.

—활장이의 이름이 무엇이었소?

—수리였던가. 불내예후의 부인이었소.

밀우와 가비의 얼굴에 놀라움이 퍼졌다. 끝도 없이 가라앉을 것 같은 무거운 침묵이 흘렀다. 이윽고 밀우는 다시 물었다.

—불내…예후 부인이 어떻…게 공과 환도성에 온 것이오?

—어흠. 내가 강제로 데려간 것은 아니라오. 스스로 원했소. 낙랑군으로 온 것도, 환도성으로 온 것도, 모두 부인이 원한 것이었소. 무슨 인연인지는 모르나 내가 아는 것은 이게 전부요. 이만 돌아가시오.

유무는 불쾌한 듯 이맛살을 찌푸리며 돌아섰다. 밀우는 황급히 유무의 앞을 가로막았다. 손끝부터 발끝까지 미세한 세포 하나하나가 곤두서며 신경을 강타했다. 만약 유무의 말이 사실이라면 수리가 불내예를 왜 떠나야만 했고, 왜 검은 숲으로 들어간 것일까. 너무도 궁금한 것이 많았다.

—도대체 뭐가 또 궁금한 거요?

—저에게 무엇보다 중요한 일이오. 제발 답해 주시오.

—뭘 말이오?

—불내예후의 부인이 왜 낙랑군으로 간 것이오?

—음….

—제발 부탁이오.

—그 여인의 활이 탐났소. 불내예후에게 왕위 책봉을 약조하고 그 부인을 데려온 것이오. 그렇다고 평생 데리고 있을 생각은 없었소. 기술을 전수받은 뒤 돌려보낼 생각이었는데 환도성에서 갑자기 사라졌소. 왕기와 함께 고구려군을 추격하는 도중 잠깐 맞닥뜨렸는데 웬 거구의 한 사내와 함께였소. 부인이 화살을 맞고 쓰러지자 사내가 들쳐 업고 검은 숲으로 들어가는 걸 봤소. 독화살이 날아오는 바람에 우리 병사들이 몇 명에 독에 중독되어 죽었지. 부인도 아마….

—시체는 찾았습니까?

—아니오. 거구의 사내가 부인을 끌고 검은 숲으로 들어갔소. 그게 마지막이었소.

봄비가 검은 숲 안을 적셨다. 동굴 밖으로 나온 아이들은 빗물을 받아먹기도 하고 목욕하듯 발가벗은 몸을 활짝 펼쳤다. 빗물은 아직 차가웠지만 추위를 전혀 느끼지 않는 듯 보였다. 수리는 습한 기운이 올라오자 오른쪽 어깨의 통증이 심해졌다. 독기운은 모두 제거되었지만 깊이 박힌 화살촉은 깊은 상처를 남겨 통증이 쉽게 없어지지 않았다. 비라도 오는 날이면 더 심해져서 하루 종일 몸살을 앓을 적도 있었다.

수리는 얼굴을 찡그린 채 동굴 벽면에 기대었다. 아무래도 쉬어야지 싶었다. 눈을 감았다. 검은 숲으로 들어온 지 적지 않은 세월이 흘러갔다. 이곳을 나가기 위해서 부단히 노력했다. 커다란 강을 앞에 둔 검은 숲은 바깥세상에 나가기 위해서는 얼어붙을 때 아니면 배를 타야 나갈 수 있었다. 강은 무서울 정도로 시퍼레 진저리가 날 정도였다. 수리가 어디를 가도 눈과 귀가 따라다녔다. 검은 숲을 나간다는 것은 거의 불가능해 보였다.

고구려와 위나라의 전쟁이 끝나고 모두들 돌아갔다는 소식을 들었을 때 마음이 급해졌다. 어서 가야 한다는 생각밖에 들지 않았다. 하지만 주달은 놓아주지 않았다. 검은 숲에 묶어둔 채 사방에 눈을 두었다.

자작나무, 참나무, 떡갈나무, 산뽕나무, 싸리나무 등 활을 만드는데 적합한 나무를 봄부터 초가을까지 검은 숲에서도 모자라 경계를 넘어 옆 부족 땅까지 찾아 헤매었다.

하지만 아무리 좋은 나무를 찾는다고 해도 물소뿔을 구할 수 없는 것이 가장 큰일이었다. 활의 나라인 고구려에서조차 물소뿔은 모두 중원대륙에서 교역으로 가져오고 있었다. 고구려에서도 구하기가 무척이나 힘들었으니 검은 숲은 말할 나위가 없었다. 소뿔도 구하기가 힘들어서 노루나 멧돼지의 뼈로 잇대고 붙여서 활을 만들었다.

물소뿔에 비해 길이가 작은 짐승의 뿔이나 뼈는 여러 번 이어 붙여야 하다 보니 활의 성능이 많이 떨어졌다. 무엇보다 중요한 것이 그 모든 재료를 붙이는 풀이었다. 민어부레로 만든 풀이 가장 접착력이 뛰어났지만 그조차도 구하기가 힘들어서 주달이 몇 달씩 걸려서 구해오곤 했다. 바싹 잘 말린 민어부레를 여러 번 씻어서 풀을 뭉근하게 끓였다. 되게 해서도, 너무 묽게 해서도 안 되었다.

누군가 동굴 안으로 불쑥 들어왔다. 타라였다. 타라는 주달의 아내였다. 검은 숲과 가까운 흰머리 산 부족장의 딸로 젊고 대단한 미인이었다. 두 아이의 어미라고 믿기지 않을 만큼 늘씬하고 탄탄한 몸매에, 허리까지 내려오는 굵은 곱슬머리는 풀어헤친 채 바람에 날리는 것을 좋아했다. 알맞게 그을린 피부는 건강하고 생기 있어 보였고, 도톰한 콧망울과 입술은 매혹적이었으며, 무엇보다 약간 치켜든 눈은 신비스러운 푸른빛이 돌았다.

타라는 부끄럼이나 얽매임 없이 당당해 누구라도 기선을 제압했다. 주달조차도 거침없는 그녀의 행동과 말에 토를 달지 않았다. 수리는 타라가 부러웠다. 몸속 깊이 배인 그 자신감은 평생 자신이 가지지 못한 것이었다. 모든 것을 안으로 품은 채 살아가던 자신과 반대로 밖으로 뿜어내며 당당한 타라의 모습이 한없이 부러웠다.

처음 타라는 수리에게 좋지 않은 감정을 여과없이 드러냈다. 흰머리 산 부족장의 딸로서 자부심도 강했지만 남편이 자신이 아닌 다른 여인에게 눈길을 주는 것을 참을 수 없었다. 수리와 주달의 관계는 그녀로서는 이해할 수 없었다. 그토록 오랫동안 묶어두면서도 사내와 여인의 관계가 아닌 참으로 애매한 사이였다.

어쩔 때는 몸은 자신에게 있지만 마음은 언제나 수리에게로 향하고 있는 듯했다. 나이도 많고 그다지 미인도 아닌 수리에 대한 남편의 집착은 갈수록 더해졌다. 차라리 두 번째 부인으로 맞이한다면 차라리 나을 듯싶었다. 그들 사이의 끈끈한 무언의 관계는 뭐라 설명하기 힘들었다.

검은 숲이나 흰머리 산이나 모두 숙신의 영역에 있었다. 그런데 전혀 다른 땅에서 온 정체 모를 여인이 자신의 남편에 대한 지배권을 가진 것 같아 자존심이 허락지 않았다. 주달의 경고에도 아랑곳하지 않고 타라는 수리에 대한 증오를 드러내며 못 살게 굴었다.

타라의 첫아들 하산이 갑자기 아프기 시작했다. 태어났을 때 건강하고 우렁찬 울음소리로 아비를 닮아서 남다른 기개를 자랑한다고 입을 모았다. 돌이 조금 지난 어느 날 하산은 축 늘어지면서 온몸이 뜨거워졌다. 의원이나 별다른 약 같은 것이 있을 리 없는 검은 숲에서는 그저 스스로 낫기만을 기다릴 수밖에 없었다.

첫아이를 품에 안고 타라는 울부짖었다. 아이의 죽음을 가만히 보고 있을 수 없다며 주술사를 재촉하고 아이를 많이 키워 본 노파들을 쫓아다녔다. 그때 수리가 하얀 가루를 가져왔다. 못 미더워서 먹이기를 거부했지만 숨소리가 점차 희미해지자 혹시나 하는 마음에서 먹였다. 수리는 하얀 가루를 물에 타서 하산의 입속에 조금씩 넣었다. 하산은 얼굴을 찌푸리며 먹기를 거부했지만 하나도 남김없이 깨끗이 먹였다.

밤새 열과 사투를 벌이던 하산이 새벽녘 무렵부터 열이 떨어지기 시작했다. 거친 숨소리도 편안해지고 어미의 젖도 빨기 시작했다. 타라는 하산을 감싸 안으며 기뻐했다. 그 이후에 타라는 수리의 말이라면 무엇이든지 했다. 누군가 수리에 대해 좋지 않은 이야기를 하기라도 하면 신경을 곤두세우며 달려들었다.

수리는 어깨의 통증으로 얼굴을 찡그리자 타라가 걱정스레 쳐다보았다.

―왜 또 아파?

―응.

―몸이 상할 정도로 일을 하는 이유가 뭐야? 이제 그만해.

―이거라도 하지 않으면 참기가 힘들어.

―검은 숲이 그렇게 싫어?

―싫진 않아. 어떨 때는 검은 숲만의 자유로움이 부럽고 편안할 때도 있어.

―그런데 이렇게까지 하면서 일에 매달리는 이유가 뭐야?

―그것은….

―난 질투같은 건 안 하니까. 주달과 혼인해.

―타라….

―난 수리가 좋아. 하산을 살려주어서가 아니라 나에게도 벗이 필요해. 주달에게도 마찬가지고….

―타라, 미안해….

타라의 푸른 눈이 실망과 슬픔으로 뒤섞였다. 아무도 막을 수가 없다는 것을 잘 알았다. 매일 밤 주달의 깊은 한숨의 뜻이 무엇인지도 알았다. 수리는 절대로 검은 숲의 사람이 될 수 없기에 아무리 애를 써도 떠나려고 하는 마음을 돌릴 수 없었다. 타라도 검은 숲에 수리를 붙들고 싶었다.

―뭣들 하는 거야?

거칠고 퉁명스럽게 내뱉는 주달이 성큼 다가왔다.

―흰머리 산에 싸리나무가 좋은 데를 발견했다. 며칠 내로 가보도

록 하자.

–주달. 수리가 아파.

–비가 그치면 나을 거다.

주달은 도망치듯 동굴을 나갔다. 그 뒤를 타라가 재빨리 따라가 그를 가로막았다.

–수리를 놓아줘.

–시끄러워! 갑자기 무슨 소리야! 난 아직 수리가 필요해!

–이젠 모든 기술을 익혔잖아.

–헛소리 하지 마!

–나 알아. 수리를 묶어두려고 하는 건 단순히 활 기술을 익히려는 욕심 때문이 아니라는 것을….

주달의 커다란 두 눈이 튀어나올 듯 타라를 노려보며 요동쳤다. 그는 큰 비밀을 들켜서 당황한 것을 감추려는 듯 더욱 과도하게 화를 내며 위협할 듯이 다가섰다. 하지만 이내 돌아섰다.

자신의 아이를 둘이나 낳은 아내였다. 타라는 흔들림 없는 눈으로 항상 자신을 바라보고 이 땅을 지킬 믿음직스러운 검은 숲의 사람이었다. 주달이 타라를 아내로 선택한 것은 머리부터 발끝까지 완전한 검은 숲의 사람이 될 것이라 여겼기 때문이었다. 타라는 검은 숲에 뿌리박힌 나무와 같은 여인이었다. 온몸으로 검은 숲을 사랑했다. 주달의 어머니와 수리와도 완전히 다른 여인이었다.

언제나 먼 곳을 향해 있던 어머니의 눈은 아버지를 불안하게 하고 더욱 집착하게 해서 급기야는 가두려고만 했다. 떠나고 싶은 어머니와 붙잡고 싶은 아버지의 마음은 언제나 삐걱댔다. 주달은 아버지처럼 배신당한 채 비참하게 생을 마감하지 않으리라고 수만 번도 넘게 결심했다. 그래서 타라와 혼인했고 수리에게서 마음을 떨쳐내려고 애를 썼다.

그러면서도 주달은 검은 숲이 아닌 먼 곳을 향해 있는 수리를 놓지 못했다. 아버지와 마찬가지로 억지를 부리며 갈수록 포악해졌다. 타라가 자신의 마음을 간파하여 무엇이라도 말하면 더욱 날뛰며 위협했다. 그러고 나면 마음은 더욱 무거웠고 끝간 데 없이 가라앉았다. 사실 수리에 대한 자신의 마음도 불분명했다. 환도성에서 수리를 발견했을 때 그녀를 데려와야겠다고 마음먹은 것은 활 때문이었지만 여정이 길어질수록 알 수 없는 감정에 휩싸여 혼란스러웠다.

검은 숲에서 수리의 눈은 어머니와 닮아갔다. 그것이 점점 더 복잡한 마음으로 이끌었다. 적지 않은 세월 동안 검은 활을 만드는 기술은 모두 익혔다. 박달이 마지막까지도 못미더워하며 내주지 않았던 부레풀 만드는 법도 완전히 익힌 지 오래였다. 수리는 순순히 아주 상세하게 그에게 모든 것을 내어주었다.

모든 기술을 익혔을 때 그것이면 되는 줄 알았다. 하지만 수리를 더욱 놓지 못하고 점점 더 흉물스럽게 변한 못난 마음만 남았다. 강제로 취하려 든다면 얼마든지 그럴 수가 있었지만 차마 그렇게는 하지 않았다. 그렇게 한들 결국 수리는 떠날 것을 알았기 때문이었다. 수리는 무거운 책임과 의무를 회피하지 않았지만 또한 체념과 포기를 몰랐다. 정면으로 모든 책임을 다하고 마지막에는 결국 자신의 자리로 돌아가려고 했다. 주달은 수많은 생각들로 머리가 어지러웠다. 이제는 결정해야 할 때가 온 것 같았다.

푹푹 찌는 날씨가 연일 계속되었다. 더위에 지친 말은 헉헉대며 숨을 몰아쉬었다. 날씨가 부쩍 무더워지기 시작하자 활도 느슨해졌다. 바짝 현을 당겨보았다. 습기가 차서인지 줄이 헐거워져 있었다. 갑자기 목구멍까지 불길이 올라왔다. 의원이 진맥을 해 보더니 마음을 가라앉히라고 신신당부했다. 불길이 너무 거세어 혹 심장을 상하게 할 수 있다고 경고했다. 밀우는 불길을 잡을 수 없음을 잘 알았다. 이제 토해내지 못하고 마음속에 담아둔 불길을 잡으러 떠날 준비를 끝냈다. 활을 부리고 시위를 걸자 미세한 떨림이 느껴졌다.

궁을 떠나기 전날 밀우는 가비를 찾아갔다. 며칠 사이에 더욱 수척해진 가비는 억지로 환하게 웃으며 밀우를 맞이했다.

–떠나시렵니까?

–네.

–가실 줄은 알았지만 이렇게 빨리 서두르실 줄은 몰랐어요.

–오늘은 소후마마가 아니라 제 누이동생 가비에게 묻겠습니다.

–네, 오라버님.

–가비야. 가자꾸나. 함께 검은 숲으로 가자. 힘든 여정이 될 것이지만 네가 어렸을 때는 그보다 더한 것도 참아내지 않았느냐?

–전 갈 수 없어요.

–가비야….

—전 이제 고구려 사람이에요. 폐하를 놔두고 어디에도 갈 수가 없어요.

—결국 버려질 것이다. 폐하는 욕심이 많은 분이시다. 너를 위해서 권력을 포기하실 분이 아니다.

—알고 있어요. 그리고 버려지는 것이 아니에요. 모든 것은 제 선택이에요.

—너만 여기 놔두고 갈 수는 없다!

—언제까지 밀우님의 그늘에서 투정만 부리고 있을 순 없어요. 제 길은 제가 선택해요. 제 선택은 폐하입니다. 그분은 너무 외롭고 불쌍한 분이에요. 누구에게 이해받지도, 따뜻한 마음을 나눌 사람도 없어요. 저는 수리언니, 밀우님 그리고 물금님까지 이루 말할 수 없는 따뜻한 사랑을 받았어요. 하지만 폐하는 그렇지 못하셨어요. 끊임없이 사람의 정에 목말라 하시지만 누구에게도 환영받지 못하고 계세요.

—스스로 불구덩이 속으로 들어갈 셈이냐?

—아니에요. 그렇지 않아요.

—가비야….

가비는 스스로 불구덩이 속으로 들어가려고 하고 있었다. 금방이라도 삼킬 듯한 불구덩이 앞에서 위태로웠지만 가비의 선택은 확고했다. 더 이상 두려움에 떨기만 했던, 돌봐줘야 했던 어린 소녀는 없었다. 흔들림 없는 두 눈은 설득할 수 없는 의지가 담겨 있었다. 밀우는 더 이상 가비를 설득할 수가 없었다. 밀우는 가비를 궁에 남겨둔 채 길을 떠났다.

낯설지 않은 길이다. 왕기의 집요한 추격에 쫓겨 산을 넘고 평야를 지나서 혹은 남쪽으로 혹은 북쪽으로 길을 따라서 갔다. 그 당시에는 고구려의 복속지였던 나라들이 하나같이 성문을 걸어 잠근 채 외면했다. 길 위에서 수많은 사람들이 죽어갔다. 우직하고 정이 많았던 유유, 그 외에도 이름을 알 수 없는 수많은 사람들이 추위와 배고픔에 생을 마감했다. 그해는 유난히 추웠다. 땅이 돌덩이처럼 얼어붙어 장정이 곡괭이로 내리쳐도 쉬이 파낼 수가 없어서 간신히 파낸 땅속에 관도 없이 거적으로 싼 시체를 놓고 흙을 간신히 덮어주기 일쑤였다. 다시 찾아왔을 때는 무덤의 흔적을 찾을 수도 없었다. 아마도 시체냄새를 맡은 짐승들이 무덤을 헤집고 주린 배를 채우고도 남았으리라.

왕기가 언제 급습할지 모른다는 두려움보다 어디로 가야 할지도 모른 채, 앞날에 대한 어떤 희망도 없이 도망치기 급급한 현실이 견디기 힘들었다. 이대로 고구려가 사라질지 모른다는 두려움은 왕만 짊어진 것이 아니었다. 묵묵히 말없이 왕을 따르는 사람들도 속내는 끝도 알 수 없는, 언제 끝날지 알 수 없는 그 길이 공포 그 자체였다.

밀우는 또다시 길 위에 섰다. 이전과 달리 검은 숲이라는 뚜렷한 목적지가 있지만 두렵기는 마찬가지였다. 아무도 없다는 사실이 그를 완전한 고독상태로 밀어 넣었다. 주변을 둘러싸고 있던 많은 사람들이 죽거나 그의 곁을 떠났다. 끝없는 신뢰를 보내주었던 교체는 죽었고, 누이동생이었던 가비는 자신의 사랑을 선택했다.

이전에 느꼈던 것과는 비교도 되지 않을 만큼 고독에 대한 극심한 공포가 밀려왔다. 밀우는 멈춰 섰다. 만약에 검은 숲에 수리가 없다면 자신은 어떻게 해야 하는 것인지도 알 수 없었다. 이 세상에 더 이상 존재하지 않는다는 사실을 어떻게 받아들여야 하는가. 아무도 존재하지 않는 이 세상에서 과연 살아나갈 자신이 있는가. 수많은 질문 속에서 잠시 주춤했다.

커다란 손이 수리의 어깨를 흔들었다. 그 촉감에 소스라치며 일어났다. 바로 앞은 형체도 알 수 없는 완전한 어둠이었지만 주달이 앞에 있다는 것을 알았다. 주달은 수리의 어깨를 툭툭 치고 밖으로 나갔고 그 뒤를 말없이 따라나섰다. 아슴푸레 동이 터올 무렵 형체가 드러났다. 놀랍게도 강 앞에 배 한 척이 떠 있었다.

푸른 빛깔의 강물이 유난히 고요했다. 바람조차 불기를 멈춘 듯 검은 숲에는 정적이 감돌았다. 주달의 붉은 얼굴은 열이 오른 듯 더욱 벌그스름했다. 두 눈을 치켜든 채 수리를 노려보았지만 그 눈에는 말할 수 없는 슬픔과 고통이 담겨 있었다. 울컥하는 무언가가 치밀어 오른 것을 애써 참은 듯 눈은 핏줄이 튀어나올 듯 충혈되었다.

–가라. 타라가 깨기 전에 어서 떠나라. 골치 아픈 일은 딱 질색이다.

–주달….

–네가 필요 없어졌다. 필요한 기술은 이미 다 익혔으니 너는 쓸모없는 존재인 거다. 그러니 어서 가 버려라. 이곳에 너 같은 여자가 있으면 골치만 아프다.

—고마워요.

—무엇이 고맙다는 거냐? 난 너를 버렸다.

—검은 숲의 대인이여…. 당신을 잊지 않겠어요. 그리고 이 검은 숲을….

—가라. 어서 가라.

수리는 배에 올랐다. 주달은 냉정하게 돌아선 채 검은 숲으로 사라졌다. 잔잔한 물결 위로 노를 저으며 앞으로 나갔다. 수리 앞으로 막막한 길이 기다리고 있었다.

—끝—

저자 후기

대학원 시절 어떤 선배가 물었다. "뭐하려고 역사를 공부해?" 난 잠시 망설이다가 대답했다. "재미있는 역사 이야기를 쓰고 싶어서요. 그러려면 공부를 많이 해야 할 것 같아서요." 선배는 철없는 나를 보고 웃기만 했다. 박사과정도 들어가고 공부를 계속 할 것이라 큰소리쳤던 나는 동기들 중에서 제일 빨리 결혼했다.

결혼하고 아이를 낳고 하루하루 빠듯한 시간이 흘러갔다. 점점 굳어지는 머리에 쌓았던 지식마저 거의 바닥이 나 버렸다. 정신없이 살다보니 재미있는 역사 이야기를 쓰고 싶던 꿈과는 점점 멀어져만 갔다.

어느 날 불현듯 선배가 내게 했던 질문이 떠올랐다. 수많은 대화 중에서 왜 하필 그게 떠올랐는지 모르겠다. 아마도 내 안에 글을 쓰고 싶다는 생각이 잠재되어 있다가 불쑥 튀어 올랐을 수도 있다. 그날 이후 나는 닥치는 대로 책부터 읽기 시작했다.

그러다가 예전에 본 책들을 정리하던 중 먼지가 뽀얗게 쌓인 『삼국지』 위서 동이전을 발견했다. 대학원 시절을 떠올리며 책을 뒤적였다. 예에 대한 기록을 훑어보던 중에 "낙랑의 단궁이 그 지역에서 산출된다."와 "위나라 조정에 와서 조공하므로 조서를 내려 봉작을 불내예왕으로 고쳐주었다" 라는 구절이 눈에 들어왔다. 여기서의 예는 동예이다.

중국인들이 자신의 역사서에 기록할 정도라면 예의 활인 단궁은 얼마나 우수했을까? 그런 활, 즉 단궁을 만들었던 사람들은 누구였을까 하는 의문이 생겼다. 우리나라는 고대부터 지금까지 활의 민족이라 할 만큼 활쏘기에 능한 나라였다. 활을 쏘는 재주도 뛰어났지만 활을 잘 만들었으니까 활의 민족이라는 별칭이 붙지 않았을까 하는 생각이 들었다.

하지만 활을 만든 사람들에 대한 기록은 별로 남아 있는 것이 없다. 기록의 부재는 엉뚱한 상상력과 결합되어 활을 만들었던 사람들의 이야기가 만들어지기 시작했다.

불내예후에게 왕이라는 봉작이 내려진 시기인 3세기 중엽은 수많은 일들이 벌어졌던 시기였다. 당시 고구려는 서안평을 침입해서 당시 초강대국이었던 위나라를 자극했다. 이에 고구려는 위나라의 공격을 받아 수도까지 함락되어 거의 멸망 직전까지 갔다. 그에 비해 고구려의 속국이었던 불내예는 위나라에 조공을 바치고 후에서 왕으로 봉해졌다.

역사 속 실제 인물인 고구려에서 쫓겨나 도망다녀야 했던 동천왕과 밀우 그리고 왕으로 봉해졌던 불내예후 등과 허구인물인 화려국의 수리, 검은 숲의 주달, 옥저의 염유장 등이 교감하면서 수많은 이야기들이 머릿속에서 자라났다.

다시 공부를 하고 글을 쓰기 시작하는 일은 쉽지 않았다. 게다가 소설은 논문이나 에세이를 쓰는 것과는 또 다른 영역이었다. 내 능력 밖의 일인 것 같았고 중간에 그만두고 싶은 적도 많았다. 과연 끝을 낼 수가 있을까 하는 생각이 가장 힘들고 두려웠다.

수없이 방황하고 흔들리기를 반복한 후 이 소설을 끝낼 수 있었다. 그런데 검은 활이 끝나기 무섭게 난 또 다른 소설에 매달리고 있다. 이렇게 나는 어쩔 수 없이 글쟁이가 되어가고 있나 보다.